문순태 중단편선집

2

징소리

징소리 문순태 중단편선집 2

초판인쇄 2021년 2월 20일 초판발행 2021년 3월 10일
지은이 문순태 엮은이 조은숙 펴낸이 박성모 펴낸곳 소명출판
출판등록 제13-522호 주소 서울시 서초구 서초중앙로6길 15, 2층
전화 02-585-7840 팩스 02-585-7848 전자우편 somyungbooks@daum.net 홈페이지 www.somyong.co.kr

값 20,000원
ISBN 979-11-5905-589-8 04810
ISBN 979-11-5905-587-4 (세트)

❶ 1959년 광주고 문예부 시절. 중앙이 수 필가 송규호(문예부지도교사), 좌측 이성 부, 우측 문순태

❷ 1974년 봄. 왼쪽부터 시인 조태일, 소설 가 한승원, 이문구, 문순태

❸ 2001년 가을 장흥에서. 우측부터 문순 태, 최일남, 김현주, 임철우, 은미희, 황 충상, 윤흥길, 박범신 등 호남 출신 소설 가들과 함께

❹ 2010년 광주고 동기생인 절친 이성부 시 인과 함께

❺ 2013년 용아문학제에서. 우측부터 김준 태 시인, 문병란 시인과 함께

❻ 2013년 생오지에서. 좌측부터 송수권 시 인, 신경림 시인과 함께

문순태 중단편선집

2

징소리

소설은 내 스승이었고,

종교였으며 생명이었다.

소설을 쓸 때만이

내 자신에 대한 실존을 확인할 수 있었다.

— 산문집 『꿈』

문순태 작가에게 소설은 삶 자체였다. 평생 그와 동고동락을 해온 소설이 있었기에, 삶의 고비마다 찾아온 아픔을 치유할 수 있었다. 그가 소설에게 위로받았듯이, 그의 소설은 많은 이들의 가슴을 따뜻하게 적셔주었다. 그는 밖으로 꺼낼 수 없는 이야기를 안고 살아가는 사람들의 삶을, 자신만의 언어로, 구수한 된장처럼 감칠맛 나게 풀어냈다. 된장은 오래 묵을수록 맛이 좋다. 또 어떤 재료와 섞어도 그 풍미를 잃지 않고 다른 음식과도 잘 어울린다. 문순태 작가의 소설도 그러하다. 그래서 독자는 그의 소설을 읽으며 자신의 이야기처럼 쉽게 공감한다.

좋아하는 작가의 전체 작품과 그와 관련된 텍스트를 아울러 읽을 수 있었다는 것은 한 독자로서 큰 기쁨이었다. 동시에 작가가 살아오는 동안 축적된 삶의 지혜와 이야기들을 직접 들을 수 있었다는 것은 한 연구자로서 축복이었다. 이렇게 독자로서 그리고 연구자로서 나는 문순태 작가 부부와 맛있는 밥을 먹고 핸드드립 커피를 마시며 지난 8년간 호사를 누렸다. 이러한 만남을 통해 나는 그간 작가의 삶과 작품을 나란히 펼쳐놓고 그 둘 사이의 공백을 촘촘히 메우는 작업을 해왔었다. 그 결과 『생오지 작가, 문순태에게로 가는 길』(역락, 2016)이라는 작가론을 낼 수 있었으며, 이번 중·단편선집 작업도 편안하게 진행할 수 있었다.

작가론을 쓰는 일과 작품선집을 엮는 일은 큰 차이가 있다. 작가론이 작가와 내가 대화를 하듯 당시 작가의 삶과 그때 쓰인 작품을 읽으며 그 둘 사이의 퍼즐을 하나씩 맞춰가는 지극히 개인적인 작업이었다면, 작품선집을 엮는 일은 한 작가가 피땀으로 남긴 작품을 독자에게 어떻게 온전히 전달할 것인가에 초점을 맞춘 막중한 책임과 부담이 수반되는 작업이기 때문이다. 특히 문순태는 1974년 「백제의 미소」로 『한국문학』의 신인상을 수상하면서부터 장편 23편(38권)과 중·단편 약 147편, 중·단편집과 연작소설집 17권, 기행문 3권, 시집 2권, 산문집 6권, 동화집 2권, 어린이 위인전 2권, 평전 1권, 소설창작이론서 4권, 희곡 2편 등 방대한 양의 작품을 남겼다. 이처럼 방대한 작품으로 인해 작품선집을 엮으면서 가장 큰 고민은 작품을 어떤 기준으로 설정할 것인가였다.

애초에는 문순태 중·단편전집을 엮을 계획이었다. 그래서 이미 출간된 단편소설집 『고향으로 가는 바람』(창작과비평사, 1977), 『흑산도 갈매기』(백제, 1979), 『피울음』(일월서각, 1983), 『인간의 벽』(나남, 1984), 『살아있는 소문』(문학사상사, 1986), 『문신의 땅』(동아, 1988), 『꿈꾸는 시계』(동광출판사, 1988), 『어둠의 강』(삼천리, 1990), 『시간의 샘물』(실천문학사, 1997), 『된장』(이룸, 2002), 『울타리』(이룸, 2006), 『생오지 뜸부기』(책만드는집, 2009), 『생오지 눈사람』(오래, 2016), 연작소설집인 『징소리』(수문서관, 1980), 『물레방아 속으로』(심설당, 1981), 『철쭉제』(고려원, 1987), 『제3의 국경』(예술문화사, 1993) 등에 실려 있는 중·단편 147편을 발표한 순서대로 정리했다. 그러나 작품 수가 너무 많아서 작가와 상의한 끝에 7권의 중·단편선집을 내기로 생각을 바꾸었다. 이때부터 시기별로 중요하다고 여겨지는 작품 100편을 선별하기 시작했다. 그러나 선별된 작품 가운데 중편소설이 다수 포함되어 다시 75편으로 줄이는 과정을 거쳤다. 그럼에도 7권으로 엮기에는 분량이 너무 많았다. 작가에게는 작품 한 편 한 편이 모두 자식처럼 소중한 존재이기에, 고민의 시간이 길어졌다. 얼마 후 작가와 다시 만나 작품 선정에 대해 이야기를 나누었다. 그 자리에서 작가는 "많이 싣는 것도 좋겠지만, 독자들이 읽으면 좋을 작품으로 선정하는 것이 더 의미가 있지 않을까요?"라고 부담을 덜어주었다. 이러한 과정을 거쳐 문순태 작가의 중·단편 중에서 오래도록 독자들과 호흡을 같이 할 65편의 소설이 선정되었다. 한 작가의 문학적 여정을 살펴보기 위해서는 중·단편뿐만 아니라 장편까지 함께 엮는 것이 맞겠지만, 여건상 이는 차후 과제로 남기기로 했다.

선집의 편집체제는 작가가 이전에 발표했던 중·단편집과 연작소설집 17권에 실린 순서를 따르지 않고, 가능한 작가가 발표한 연대를 기준으로 하되, 각 권의 분량을 고려하여 주제별로 재구성했음을 밝힌다. 작품이 발표된 시기에 따라 초기 소설에서는 한자가 많이 섞여 있었다. 그래서 독자의 가독성을 위해 한자를 한글로 바꾸거나 한자를 생략 또는 병기하기도 했다. 그리고 된소리는 내용을 강조할 경우와 대화 글에서는 그대로 살렸으며, 서술 부분에서는 표준어 규정에 맞게 수정했다. 또한 용어 사용에서는 '국민학교'를 '초등학교'로, '뻰치'를 '펜치'로 바꿨으며, 혼용해서 사용하고 있는 '5월과 오월', '6·25전쟁과 유월전쟁' 등은 서술 부분에서는 5월과 6·25전쟁으로, 대화에서는 '오월과 육이오전쟁'으로 일치시켰다. 의미가 불분명한 문장이나 문단은 작가와 상의하여 삭제했으며, 단어와 문장도 많은 부분 수정했다. 초판 발표 당시의 작품명과 다르게 작품명을 바꾼 경우는 각각 작품의 말미에 표기했다. 참고로 작품명을 바꾼 경우는 「금니빨」을 「금이빨」로, 「흰 거위산을 찾아서」를 「흰거위산을 찾아서」로, 「늙은 어머니의 향기」를 「늙으신 어머니의 향기」로, 「은행나무처럼」을 「은행잎 지다」로, 「아버지와 홍매화」를 「아버지의 홍매」로, 「안개섬을 찾아」를 「안개섬을 찾아서」로, 「생오지 눈사람」을 「생오지 눈무덤」으로, 모두 일곱 작품이다. 「생오지 눈무덤」은 초판 발표 당시에는 「생오지 눈무덤」으로 발표되었으나, 단편집으로 엮으면서 「생오지 눈사람」으로 작품명을 바꾼 경우이다.

특히 이번 7권의 선집에는 문순태의 창작집 『고향으로 가는 바람』(1977)부터 『생오지 눈사람』(2016)까지 각각 창작집 초판에 실린 '작가의 말'과 평론가의 '해설'을 각 권에 나누어 실었다. 이는 두 가지의 의미를 지닌다. 하나는 작품을 독자들에게 내놓았을 당시, 작가의 소회와 고백을 생생하게 느낄 수 있다는 점이다. 예를 들면, 『고향으로 가는 바람』에서 문순태는 "이 산 저 산 쫓기며 전쟁의 총알받이가 되었던 유년 시절, 지게 목발 두드리다가 부모 몰래 광주로 튀어나왔던 소년 시절, 퀴퀴한 하수구 위의 판잣집 단칸방에 네 식구가 뒤죽박죽으로 벌레처럼 엉켜 살았던 청년 시절, 그러다가 어른이 되어선 제법 으스대고 사치와 허영에 길들어지면서, 고향은 두 번 다시 생각하기도 싫었던 삼십 대 느지막에, 나는 비로소 번데기가 되어 다시 태어난 셈"이라고 고백한다. 그리고 문순태가 어느 정도 중견 작가의 반열에 오른 뒤에 쓴 『시간의 샘물』에서 "어렴풋이나마 소설이 무엇인가를 깨닫게 되고 차츰 나이가 들어가면서부터 소설쓰기가 마치 끝없는 절망과 싸운 것처럼 힘들어진다. 이제는 전통적 소설쓰기로는 살아남기조차 어려울 것 같은 위기감마저 느낀다"라고 하면서, 90년대 소설문학의 지각변동에 대한 작가로서의 소회를 밝힌 것과, 일흔여덟에 출간한 『생오지 눈사람』에서 "아마도 내 생의 마지막 창작집이 될 것 같다. 이제야 어렴풋이 소설이 보이는 것 같은데 내 영혼이 메마르게 되었구나 싶어 아쉽다. 이럴 줄 알았더라면 더 치열하게 붙안고 매달릴걸…… 어영부영 흉내만 내다보니 어느덧 길의 끝자락이 보인다"라고 하면서 회한을 드러낸 점 등이 그러하다. 이처럼 선집의 각 권마다 실려 있는 초판 '작가의 말'은 작품을 쓸 당시, 작가의 마음을 엿볼 수 있게 구성되어 독자들에게 새로운 재미를 줄 것으로 기대된다.

다른 하나는 작가 의식의 변모 양상과 함께 소설의 주제가 확장되는 지점을 포착할 수 있다는 점이다. 가령, 초기에 쓴 『고향으로 가는 바람』에서 문순태는 자신이 소설을 쓰는 이유를 "지적인 칼로 잘못된 사회와 역사를 담대하게 베어내고 새 싹이 돋게 하기 위해서"라고 말한다. 그러다가 1980년대 5·18 민주화운동을 체험한 이후에 쓴 『철쭉제』에서는 "작가가 된 지금 누구인가 나에게 왜 소설을 쓰느냐고 묻는다면, 먼저 나 자신을 구원받기 위해서"라고 말한다. 즉, 젊은 시절에는 소설이 역사의 칼로서 역할을 해야 한다고 생각했던 그가 중년에 이르러서는 소설이 '구도의 길 찾기'로서 역할도 해야 한다고 주장한 것이다. 그리고 최근에 쓴 『생오지 눈사람』에서는 소설이 "날카로운 침으로 잠든 영혼을 깨울 수 있다면 족하다"라고 하면서, 소설에 대해 '성찰의 거울'로서의 역할을 강조한다. 이렇듯 문순태는 초기에는 소설이 인간의 삶과 사회를 변화시키는 데 도움을 줄 것이라는 확신에서 '일상성 안에서 의미 찾기'와 '이질적인 것들의 어울림'을 추구했다면, 중년에 들어서 쓴 작품에서는 6·25전쟁, 5·18 민주화운동의 체험을 객관화하여 '구원'의 문제로까지 심화시켰으며, 노년에 쓴 작품에서는 성찰의 깊이가 더해져 노년의 삶과 소통 문제, 그리고 후손에게 물려줘야 할 자연의 생태문제로까지 주제를 확장시켰음을 '작가의 말'과 '해설'을 통해 확인할 수 있을 것이다.

이번 편집을 하면서 '작가의 말'과 '해설' 부분에서도 독자의 가독성을 위해 한자를 한글로 바꾸었다. 다만, 의미 파악을 위해 반드시 필요하다고 생각될 경우에는 한자를 병기했다. 또한 '해설'의 경우 각 권마다 해설자가 다르고, 초판 출간 당시 편집체제가 일치하지 않아 홑화살괄호(〈 〉)와 홑낫표(「 」)의 경우, 강조 시에는 작은따옴표(' ')로, 대화 글이나 인용 시에는 큰따옴표(" ")로 바꿨다. 그리고 '르뽀'를 '르포'로 바꾼 것처럼 외래어나 한글 맞춤법 표기법 개정 이전의 단어와 용어는 개정된 한글 맞춤법 표기법 규정에 따랐다.

마지막으로 문순태 소설의 많은 독자와 연구자를 위해 이번 선집에 수록한 작품의 발표지면과 작가 연보를 실었다. 만약 이를 참고하여 작가의 삶과 시대를 연관 지어 소설을 읽는다면 독자들은 훨씬 더 깊고 다양한 재미와 울림을 느낄 수 있을 것이다. 유년시절을 소환하거나 잃어버린 고향을 찾고 싶은 이에게는 1권 『고향으로 가는 바람』과 2권 『징소리』를, 아버지에 대한 그리움이 간절한 이에게는 3권 『철쭉제』와 6권 『울타리』를, 어머니에 대한 사랑이 그리운 이에게는 4권 『문신의 땅』과 5권 『된장』을, 인생을 되돌아보고 싶거나 삶을 아름답게 갈무리 짓고 싶은 이에게는 7권 『생오지 뜸부기』를 추천한다. 그리고 소설 쓰기를 준비하는 예비 작가는 이 중·단편선집을 통해 지난 51년간의 작가 인생이 농축된 창작에 대한 열정을 배울 수 있을 것이다. 또한 문순태 소설에 대한 본격적인 연구를 준비하는 연구자는 작가에 대한 기초 자료와 중·단편선집이 확보된 만큼 다양하고도 활발한 연구가 가능할 것으로 보인다. 이처럼 이번 중·단편선집은 문순태 작가의 주요한 작품을 한데 묶음으로써, 독자들이 그의 작품 세계에 보다 쉽게 접근할 수 있도록 했다는 데 그 의의가 있을 것이다.

1965년 작가가 김현승 시인의 추천을 받아 『현대문학』에 처음 이름을 올린 지 56년이 되는 해에, 그의 중·단편선집을 발간하게 되어서 엮은이로서도 매우 기쁘다. 이 선집 작업은 많은 이들의 사랑과 관심이 있었기에 가능했다고 본다. 먼저 선집 작업을 시작할 때부터 "한국문학사에 남을 의미 있는 작업을 하고 있다"라고 격려해 주신 이미란 교수께 감사드린다. 그리고 바쁜 와중에도 기꺼이 기초 작업에 도움을 준 전남대학교 국어국문학과 석·박사 과정 연구자들과 감수 과정에서 독자의 눈으로, 때로는 교감자의 시선으로 꼼꼼하게 읽고, 교정에 참여해 준 이영삼 박사에게 감사를 드린다. 또한 편집과 세세한 부분에 신경을 써 준 편집부와 이 선집 작업을 누구보다 기뻐하며, 어려운 여건에서도 기꺼이 맡아주신 박성모 대표께도 감사드린다. 마지막으로 만날 때마다 얼굴 가득 웃음 머금고, 두 손으로 내 손 꼬옥 잡아주시며 힘을 주셨던 문순태 작가 부부께 감사드린다. 더불어 문순태 작가의 소설 작품들이 오랫동안 우리 곁에서 눈향나무와 같은 향기를 품고 살아 숨쉬기를 소망한다.

2021년 2월
엮은이 조은숙

차례

징소리

방울재 허칠복이가 고향을 떠난 지 3년 만에 미쳐서 돌아와 징을 두들기며 댐을 막은 뒤부터 밀려드는 낚시꾼들을 쫓아 댔다.

덩실덩실 춤을 추며 징을 두들기는 칠복이의 모습은 나무 탈을 쓴 도깨비 같다고들 했다.

그리고 그가 그렇게 된 것은 고향을 잃은 서러움, 아내를 빼앗긴 원한 때문이라고들 했다.

아무도 기다리는 사람이 없는 고향에 여섯 살 난 딸아이를 업고 불쑥 바람처럼 나타난 그는, 물에 잠겨 버린 지 3년째가 되는 방울재 뒷동산 각시바위에 댕돌같이 앉아서는, 목이 터져라 마을 사람들의 이름을 하나하나 불러 대는가 하면, 혼자서 고개를 끄덕거려 가며 오순도순 귀신 씻나락 까먹는 소리를 중얼거리다가도, 불컥 고개를 쳐들어 하늘을 찔러보고, 창자가 등뼈에 달라붙도록 큰 소리로 웃어 대고, 느닷없이 징을 두들기며 경중경중 도깨비춤을 추었다.

그런데 이상한 것은 그의 성질이 염병을 앓아 귀머거리가 된 사람처럼 물렁해지고, 바보처럼 느물느물해진 거였다. 황소같이 힘이 세고 성깔이 왁살스럽던 그는, 도깨비 춤추듯 징을 두들기다가도 방울재 사람들이 쫓아와서 한마디만 질러 대도 슬그머니 징채를 감추고 목을 움츠리는 거였다.

"덕칠아, 봉구야, 싸게싸게 갈치배미 나락 베러 가자."

징 징 징…… 징 징 징…….

칠복이는 징을 치며 장성호 물이 넘칠넘칠 떡갈나무 밑동을 핥아대는 호숫가를 이리 뛰고 저리 뛰었다. 그가 징을 치고 경중거릴 때마다 졸래졸래 아비를 따라다니는 여섯 살 난 그의 딸이 징소리에 맞춰 춤을 추듯 옴죽거렸다.

구름 한 가닥 없이 청명한 하늘에서는 명주실처럼 윤기 있는 늦가을의 햇볕이 선득선득 꽂혀 내리고, 고속도로가 뻗고 산들이 삐끔하게 트인 장성읍 쪽으로 아슴히 보이는 댐 위에서부터 삽상한 바람이 수면을 조리질하듯 천천히 훑어 올라왔다.

"덕칠이, 봉구, 팔만이 몽땅 뒤졌는겨 살았는겨?"

칠복이는 부릅뜬 눈으로 호수를 찔러보며 계속 징을 치고 목청껏 방울재 친구들의 이름을 불렀다.

호숫가에 띄엄띄엄 한가하게 낚싯줄을 드리운, 얼추 헤아려도 여남은 명이 넘을 것 같은 낚시꾼들은 난데없는 징소리에 벌떡벌떡 일어서서는 울화가 머리끝까지 치민 얼굴로 각시바위 쪽의 칠복이를 꼬나보았다.

징 징 징…… 징 징 징…….

마치 하늘 어느 한구석이 무너져 내리는 소리 같기도 하고, 수많은 사람이 떼 지어 울부짖는 소리와도 같은 징소리는 호수 안통 방울재 골짜기를 샅샅이 훼혼들었다.

"이봐, 빨리 꺼지지 못해?"

앙바틈한 체구에 챙이 길쭉한 빨간 운동모자를 비뚜름하게 눌러쓴 낚시꾼 하나가 실팍한 돌멩이를 집어 들고 무섭게 노려보며 소리를 치자, 칠복은 잽싸게 참나무 뒤로 몸을 피하고 잠시 조용해지더니, 이내 다시 징채가 부러지도록 힘껏 휘둘러 댔다. 그때 징소리는 징징징 우는 것이 아니고 와글바글 사뭇 방울재 골짜기의 너덜경을 호수로 허물어 내리는 듯싶었다.

"저 미친놈이 끝내 훼방이여!"

낚시꾼들 대여섯 명이 당장 칠복이를 잡아 물속에 처박을 기세로 각시 바위 쪽으로 뛰어 올라갔으나, 칠복이는 참나무를 끼고 이리저리 피하며 잠시도 징채를 멈추지 않았다.

단숨에 칠복이를 붙잡지 못한 낚시꾼들은 더욱 화가 치밀어 씩씩거렸고, 칠복이는 칠복이대로 신이 나서, 딸아이마저 팽개친 채 두레패 상쇠 놀음 하듯 고개까지 까닥거리며 겅중겅중 뛰었다.

빨간 모자의 낚시꾼이 긴 작대기를 후려치는 바람에, 칠복이는 헉 외마디소리와 함께 아기다복솔 위로 꼬꾸라지고 말았다. 작대기에 허리를 얻어맞고 쓰러진 칠복이는 징을 빼앗기지 않으려고 가슴에 꼭 안았다.

칠복이가 꼬꾸라지자 대여섯 명의 낚시꾼들이 우르르 달려들어 발길로 엉덩이를 걷어차기도 하고, 어떤 사람은 그의 품에서 징을 빼앗으려고 했으나 그는 솔가지에 얼굴을 묻고 엉덩이를 하늘로 추켜올린 채 고슴도치처럼 몸을 도사렸다.

아비를 따라다니며 징소리에 맞춰 깡충대던 딸아이가 아빠를 부르며 울음을 터뜨리자, 그들은 비로소 발길질을 멈췄다.

"미친 사람이니 용서해 줍쇼!"

그때, 호숫가에 가건물을 지어 놓고 낚시꾼이나 댐을 구경하러 온 관광

객들을 상대로 술이며 매운탕을 끓여 파는 방울재 남자 셋이 허위허위 뛰어 올라와서 칠복이를 가로막아 서며 사정을 했다.

"아는 사람이우?"

낚시꾼이 물었다.

"한마을 사람이구먼유."

검적검적 점이 많은 얼굴이 발그레하게 술이 오른, 삐쩍 마른 봉구는 연신 허리를 굽적거렸다.

"이 마을에 사는 사람이란 말이우?"

"없어졌지라우."

"없어지다니 뭐가요?"

"방울재가 없어졌지라우. 몽땅 물에 잼겨 뿌렸어유. 남은 것이라고는 저 뒷골 감나무뿐인갑네유."

봉구는 황새처럼 목을 길게 뽑아 그들이 서 있는 발부리 아래, 찰랑찰랑 허리가 물에 잠긴 채 빨갛게 익어 가고 있는 접시 감나무를 가리켰다.

"그러면 우리가 낚시질을 하고 있는 여기가 바로 방울재라는 마을이었단 말이우?"

나이가 지긋하고 턱끝이 도끼날처럼 날캄한 낚시꾼이 흥미가 있다는 말투로 물었다.

"그렇구먼유. 우리덜 지붕 위에다 낚시를 던지신 거나 마찬가지지유."

"히야, 지붕 위에서 낚시질이라!"

빨간 모자는 재미있다는 듯 웃었다.

"선생님들, 이 사람은 우리가 데려갈랍니다요."

"다시는 여기 못 오게들 허쇼."

"염려 놓으십쇼. 다리 모갱이를 작씬 분질러 놓겠으니께유."

방울재 사람들은 왁살스럽게 칠복이의 어깻죽지를 잡아 일으켰다. 조금 전까지만 해도 신들린 사람처럼 경중대며 징을 두들기던 그 기세는 어디로 숨어 버렸는지, 그는 징을 가슴에 소중하게 두 팔로 꼭 껴안은 채 겁먹은 얼굴로 큰 눈을 뒤룩거렸다.

"미친 사람은 묶어 둬야 합니다. 에잇 재수 없어!"

낚시꾼들은 방울재 사람들이 칠복이를 끌고 내려가는 것을 보고 큰 소리로 다짐을 받고 나서 다시 낚시터에 앉았다.

"좀 올렸습니까요?"

칠복이를 끌고 내려간 줄 알았던 삐삐 마른 봉구가 빨간 모자 옆에 엉거주춤 무릎을 세워 앉으며 물었다. 그는 기왕 예까지 올라온 김에 매운탕 손님 하나라도 미리 잡아 두어야겠다는 생각으로 슬그머니 뒤에 처진 거였다.

"미친놈이 나타나서 훼방을 놓는 바람에 김 팍 새버렸소."

"엠병헌다고 미쳐 갖고 없어져 뿐진 고향에는 끄덕끄덕 돌아올 꺼유!"

"고향엘 찾아온 걸 보니 미친 사람이 아닌 게로군요."

"오락가락허유."

봉구는 어룩어룩 때가 묻은 흰 와이셔츠 주머니에서 새마을 담배를 꺼내 입에 물고 잠시 고개를 돌려 주막으로 끌려 내려가는 칠복이의 뒷모습을 보았다. 봉구와 칠복이는 방울재 안에서 누구보다 가까운 친구였다. 그들은 마을이 없어지기 전까지만 해도 방울재에서 앞뒷집에 나란히 처마 맞대고 살면서 너냐 나냐 친동기간처럼 가까웠다. 봉구는 부자였고 칠복이는 가난했지만 봉구는 칠복이 앞에서 조금도 있는 티를 내지 않았다.

"저 미친놈이 또 징을 치고 지랄해 싸면 어디 낚시질을 하겠소?"

"아닙니다유. 그런 염려는 붙들어 매십쇼. 앞으로 물가에 얼씬 못 하게 헐 꺼잉께유. 저놈이 날마다 훼방을 치면 낚시꾼들이 안 올 게고, 그라믄 우린 굶어 죽을 껀디 그대로 내버려 두겠어유?"

봉구는 입에서 담배를 빼 들고 사뭇 흥분한 어조로 다급하게 말했다.

"왜 미쳤답니까?"

낚시꾼은 그냥 지나가는 말로 물었다.

"땜 때문이지라우. 고향을 잃고 도회지로 나갔다가 마누라꺼정 도둑맞고 오장이 회까닥 뒤집혔다고 허드만유."

"마누라를 도둑맞아요?"

빨간 모자는 조금씩 깐닥거리는 찌를 향해 시선을 팽팽하게 던지며 물었다.

"가난흐고 못난 촌놈 마다흐고 잘난 도회짓놈흐고 배가 맞은 거지유. 어이쿠 물었네유. 감잎은 되느만유."

빨간 모자가 아이들 손바닥만한 붕어를 낚아 올리자, 봉구는 빠른 솜씨로 낚싯줄을 잡아 낚시에서 붕어를 빼 구덕에 넣고 입감까지 끼워주었다.

"그래서 미친 게로군!"

"고향 잃고 마누라꺼정 뺏겼으니 안 미치게 생겼남유?"

"미인이었소?"

낚시꾼은 흥미 있다는 듯 피시시 웃음을 머금어 날리며 물었다.

"촌에 미인이 있간디유? 새끼 하나만 낳으면 철푸덕 엉덩판만 커지고 무신 매력이 있어야지유. 그래도 그 칠복이 여편네는 얼굴도 반반하고 도회지 바람을 묵어서 촌티는 벗었지라우. 칠복이헌티는 좀 과헌 여자지유."

"마누라 뺏기고 원, 창피해서 지랄한다고 고향엔 와요?"

"그러다마다유. 하지만, 오죽했으면 고향에 뭐 볼 거 있다고 다시 왔겄남유? 결국 우리덜도 도회지에 나갔다가 발을 못 붙이고 다시 돌아와서 이르케 낚시꾼들 덕으로 살아가고 있습니다만요. 으디 갈 데가 있어야지유. 굶어 죽어도 고향 선산에 뼈를 묻어야겠다는 생각 땜시……."

봉구는 푸우 한숨 섞인 담배 연기를 길게 내뿜으며, 멀고 회한에 가득한 눈으로 산자락 모퉁이 옛날 창평 고씨 제각이 있던, 펀펀한 곳에 즐비하게 늘어선 매운탕집 주막들을 바라보았다. 지난봄까지만 해도 선산을 버리고는 죽어도 방울재를 떠나지 않겠다면서 처음부터 집을 뜯어 옮기고 그대로 눌러앉은 박팔만이네를 제외하고, 다섯 집밖에 안 되었는데 벌써 열한 집으로 늘어났다.

새로 생긴 방울재 매운탕집들 앞으로는 아카시아 숲이 휘움하게 울타리처럼 둘러쳐져 있고, 아카시아 숲 너머로는 호남고속도로와 연결되는 좁장한 신작로가 뻗쳐 들어오고, 그 길을 따라 낚시꾼들이 타고 온 자가용차들이 집 둘레 여기저기에 번쩍번쩍 햇빛을 쪼개어 날렸다. 봉구의 눈에는 모든 것이 슬프고 어쭙잖게만 보였다.

말이 보상금이지, 보상 가격을 책정해 놓고도 1, 2년 뒤에야 지불을 받고 보니, 이미 인근 농토값은 몇 배로 뛰어올라 대토 잡기에 어려웠고, 도회지로 나가서 살자 해도 전세방을 얻고 나면 자전거 하나 사기도 힘든지라, 아무 짓도 못 하고 솔래솔래 곶감 꼬치 빼먹듯 하다가는 두 손바닥 탈탈 털고 영락없이 알거지가 되고 만 집이 어디 한두 사람인가.

봉구 그 자신도 보상금 받아 가지고 읍에 나가서 버스정류장 옆에 가게를 얻어 쌀집을 냈으나 어찌 된 셈인지 남는 것은 없고 옴니암니 본전만 까먹게 되어 전셋돈이나마 가까스로 건져 다시 방울재로 돌아오지 않았는가.

"지붕 위에서 낚시질한다고 생각하니 기분이 이상합니다."

빨간 모자 낚시꾼은 뚜벅뚜벅 곧잘 말을 걸어왔다.

"사람들꺼정 한꺼번에 쟁겨 뿐 거이 더 마음 아프구먼유."

"누가 빠져 죽었나요?"

"죽은 거나 매한가지라우. 수십 년 동안 얼굴 맞대고 정붙이고 살아온 방울재 사람들을 시방 어디에 가서 찾을 겁니까유. 살아남은 사람들은 몇 집 안 되지라우."

"예끼 여보슈. 난 또 무슨 소리라구!"

"선생님들은 우리 속 몰라유."

"땜이 원망스럽겠군요."

"으째서유?"

"고향을 삼켜 버렸으니까요."

"워디가유. 아무리 배우지 못했어도 우리가 그러키 앞뒤 꽉 맥힌 멍충이들이란가유? 땜이 생겨서 많은 농민덜이 가뭄 모르고 농사 잘 짓는 것이 을매나 잘헌 일인가유? 우리도 그 정도는 압니다유."

"그렇다면 됐습니다."

"그래도 고향이 없어져 뿔고 정든 사람덜이 뿔뿔이 풍비박산되야 뿐졌는디 으찌."

"딱하게 됐습니다."

"그라니께 우리는 뿌리 없는 나무여라우. 우리헌티 땅이 있소, 기술이 있소?"

빨간 모자가 대꾸를 해주지 않자, 봉구는 고개를 들어 다시 매운탕집들 위로 내리뻗은 고속도로를 바라보았다. 자동차들이 바람처럼 쌩쌩 내달았다.

2

호수 위에 검실검실 어둠이 내렸다. 호수를 한 아름 보듬은 산그림자가 칙칙하게 내려앉기 시작하면서 하늘의 구름이 낮게 흐르더니 바람이 드세어지고 수면이 거칠어졌다.

어둠이 두꺼워지고 바람이 거칠어지자 낚시꾼들은 하나둘 돌아가 버렸다.

어둠이 무겁게 찌 누르는 호수에는 휘휘하고 음산한 그림자들이 일렁이는 듯싶었다. 마치 방울재 사람들의 그림자 같았다.

칠복이는 조금 전 빨간 모자 낚시꾼이 앉았던 자리에 무릎을 세우고 두 손바닥으로 턱을 받쳐 들고 앉아서 우두커니 수면 위에 우줄거리는 칙칙하고 휘휘한 그림자들을 내려다보고 있었다. 그의 옆에는 딸아이가 두 팔로 아비의 세운 무릎을 껴안고 찰싹 달라붙어 있었다.

호수에서 사각사각 나락 베는 소리가 들렸다. 사람들의 두런거리는 말소리도 들렸다. 방울재와 방울재 사람들의 모습이 한눈에 모두 보였다. 금줄을 두른 마을 앞 윗당산의 늙은 팽나무와, 방울재에서는 칠복이 혼자만이 들어 올린 큰 들독이 보였고, 이엉을 입힌 돌담과 판놀이네 탱자나무 울타리, 군데군데 말라붙은 쇠똥이 널린 고샅들, 빨간 고추가 널린 초가지붕이며, 두껍다리 옆 그의 집도 보였다. 외양간에 매여 있는 송아지가 음매 하고 우는 소리, 꿀꿀대는 돼지, 꼬꼬댁 꼬고 닭이 알 낳는 소리,

바람 모퉁이 공터에서 아이들이 공치기하며 와자지껄 떠들어대는 시끌 시끌한 소리, 고샅이 쩡쩡 울리도록 아이들 이름을 부르는 소리, 이 자식 저 자식 죽일 놈 살릴 놈 욕을 퍼부어대며 싸우는 소리가 귀에 쟁쟁하게 들려왔다.

발그무레하게 꽃이 핀 살구나무 가지들 사이로 훨쩍 열린 순덕이네 싸리문과 살구꽃처럼 환한 순덕이의 탐스러운 얼굴도 보였다. 순덕이와 함께 만나곤 했던 상엿집 모퉁이의 아카시아 숲속에서는 그때처럼 휘휘한 바람 소리가 들려왔다.

"아빠 추워, 집에 가아."

딸아이가 몸을 웅숭그리며 칭얼대자 그는 무릎을 열어 가랑이 사이에 넣고 꼭 껴안았다.

칠복이는 갈 곳이 없었다. 호수 속에 그의 집이 보였으나 물에 뛰어들 수가 없었다.

"저기 물속에 우리 집이 뵈이쟈?"

칠복이가 손으로 가리키며 물었다.

"피이, 우리 집이 어딨어?"

"저어기, 물속에. 바보야 우리 집도 안 뵈?"

"이잉, 엄마아……."

아이는 울음을 터뜨렸다.

"벼락 맞어 뒈질 년!"

그는 아내의 골통을 박살 내기라도 하려는 듯 큰 돌을 집어 호수에 던졌다. 풍덩 하는 소리에 딸아이가 흠칠 놀랐다.

"이잉, 엄마한테 간다고 해 놓고……."

"그래그래, 네 엄마는 저기 물속에 있다. 물속에 있는 엄마한테 갈래?"

칠복이는 버럭 고함을 지르며 딸을 떠밀어내려고 겁을 주었다.

"개만도 못한 녀언……."

그는 고개를 뒤로 젖버듬히 젖혀 별도 없이 시꺼먼 하늘을 쳐다보며 퍼허 하고 어처구니없는 웃음을 토해내고 나서 다시 물에 잠긴 방울재를 내려다보았다.

족두리를 쓰고 원삼을 입은 순덕이의 모습이 보였다. 청실홍실을 드리운 합환주를 입에 댈 때 순덕이는, 게슴츠레한 눈으로 신랑인 칠복이를 훔쳐보면서 다른 사람이 눈치 안 채도록 싱긋이 웃어 보일 수 있을 만큼 여유를 보여 주었다.

3년 동안 식모살이를 하면서 도시 바람을 쐰 때문인지, 순덕이는 시골 처녀답지 않게 슬거운 데가 있었다. 그런 순덕이를 방울재 칠복이 친구들은 너무 화딱 까졌다거니, 생긴 게 맷맷하여 어딘가 온전치 못한 여자라거니 하며 칠복이와는 어울리지 않는다고 하면서 그녀를 헐뜯고 은근히 훼방을 놓았다.

그러나 칠복이 생각은 그렇지가 않았다. 매사에 생각이나 행동거지가 굼뜨지 않고 사리가 분명한 순덕이가 꼭 필요했다.

결혼한 지 한 달도 못 되어 순덕이는 도회지로 나가서 살자고 했다. 그 말에 칠복은 섬찟 무서웠다. 어려서 아버지를 잃고 홀어머니마저 병으로 죽어, 외할머니 치맛자락에 가려 눈칫밥 먹고 자라서, 장가를 들 때까지 방울재에서 삼십 리도 안 된 정읍장과, 징병 신체검사 할 때 읍에 갔다 온 일 외에는 여지껏 대처 바람을 한 번도 마셔 보지 못한 그로서는 도회지에 나가 산다는 것이 마치 방울재 개울의 미꾸라지를 목포 앞바다에 넣는 것이나 진배없는 일인지라, 그 말을 들을 때는 가슴이 울렁거리고 눈앞이 캄캄했다.

"전답도 없이 이런 촌구석에서 멀 바라고 살 꺼시요."

순덕이는 입버릇처럼 이렇게 되뇌곤 했었다.

"우리도 논밭을 장만하면 될 거 아닌감."

칠복이 생각에, 그녀가 한사코 도회지로 나가 살자고 한 것은 그녀 말마따나 전답이 없는 탓이라고 헤아리고, 뼈가 으스러지도록 밤낮을 안 가리고 일을 했다. 외가에서 장성하도록 머슴 노릇을 하다시피 해주었는데도 외숙부는 그가 장가들자 겨우 개다리 초가삼간에, 방울재 큰애기들이 하룻밤 오줌만 싸질러 대도 새끼내가 넘치고 물난리가 나서 농사를 망친다는 하천부지자갈논 일곱 되지기를 떼어 주었을 뿐이었다.

"십 년 안에 방울재에서 일등 가는 부자가 될 꺼잉께 두고 보드라고잉."

칠복이는 외양간과 돼지우리를 지어 해마다 배냇소를 기르고 힘에 부치도록 고지품을 빌려, 결혼한 지 3년 만에 문서 없는 하천부지 자갈논 서 마지기를 사들였다. 그대로만 간다면 그의 장담대로 10년 안으로 방울재 일등 부자는 안 되어도 남부럽지 않을 만큼 포실하게 전답을 마련할 것이 분명했다.

그러던 차에, 방울재에 댐을 막아 전답이 몽땅 물에 잠기게 된다는 것을 안 칠복이는 제정신이 아니었다. 사람 하나쯤 죽인다 해도 가슴을 꽉 메운 불덩이 같은 응어리가 없어질 것 같지 않았다.

"그랑게 머이라고 합뎌. 우리는 방울재에서 살 팔자가 못 된 거 아니오. 끙끙대 쌓지만 말고 언능 도회지로 나갑시다."

칠복이의 매지매지 오장육부가 무클하게 녹아내리는 속마음을 알 턱이 없는 순덕이는 얼씨구나 싶은 얼굴로 엉덩이를 들썩거렸다.

홧김에 서방질하더라고, 칠복이는 문서 없는 전답에 대해서는 보상 한 푼 못 받은 채 광주시로 옮겨 가, 임업시험장 옆 산동네 꼭대기에 쥐구멍만 한 사글셋방을 얻었다.

낯짝이 좋은 아내는 방울재를 떠나 온 날부터 신바람 나게 싸대 쌓더니, 사흘 만엔가 큰 식당 주방에서 일하게 되었으며 날마다 새벽같이 집을 나가서는 통금시간이 다 되어서야 돌아오곤 했다.

칠복이는 밤낮 방구석에서 딸아이와 노닥거릴 수만도 없기에 일자리를 찾아다녀 보았지만, 찾아가는 곳마다 무슨 기술이 있느냐는 물음이었고, 그때마다 그는 농사짓는 기술뿐이라고 부끄럼 없이 대답하곤 했다.

"농사짓는 기술도 기술이우? 차라리 마누라 배 타는 기술이 있다고 그러슈 원!"

칠복이의 부끄럼 없는 대답에 그들은 기분 나쁘게 킬킬대고 웃어 댔다.

그는 막일이라도 해보려고 새벽마다 양동 큰다리께 품팔이 시장에 나가 보았지만 팔려나가는 것은 언제나 목수나 미장이, 도배장이, 타일공 따위의 경험이 있는 기술자들이고, 해가 머리 위에 벌겋게 떠 오르도록 남는 것은 칠복이와 같은 무거리들뿐이었다. 그런대로 지난 가을까지는 재수가 있는 날이면 질통꾼이나, 목도꾼, 모래와 자갈을 차에서 부리는 일 등 기술 없이 뚝심으로 하는 일에 간단히 팔려 나다니기도 했는데, 날씨가 쌀쌀해지면서부터는 도무지 막일꾼 구하는 사람이 없어, 긴 겨울을 콧구멍만한 방에서 늙은 곰 겨울잠 자듯 처박혀 살았다.

칠복이는 아내가 벌어다 준 돈으로 가만히 앉아서 몸 편하게 살면서도 방울재의 봉구네 사랑방을 못 잊어 자나 깨나 풀이 죽어 있었는데, 아내는 무슨 좋은 일들이 그리 많은지 하루하루 얼굴에 생기가 돌고 새벽에 집을 나갈 때는 그 주제꼴에 얼굴 토닥거리며 화장을 하고 미장원에 들락거리며 모양을 내는 데 유난을 떨었다.

봄이 오자 칠복이는 양동 품팔이 시장에 나가는 것을 포기하고 혼자서 고향인 장성으로 돌아가, 수몰이 안 된 가까운 마을에서 모내기 일을 해 주었다. 농사철이라 농촌에서는 하루도 쉴 새 없이 바빠서 일자리는 얼마든지 있었으며, 방울재 사람들이나 방울재 사람들의 친척들이 더러 있어서 그런지, 도회지에서 막일하는 것보다는 마음이 편해서 좋았다.

광주에서는 도회지의 찌꺼기가 된 듯싶어 집 밖에 나가기가 그렇게도 부끄럽고 무서웠는데, 비록 방울재는 아니지만 산과 들이며 하늘, 나무 한 그루, 풀 이파리 하나까지도 낯익어 조금도 뜨악하거나 부끄러운 마음이 없었다.

칠복이는 장성댐 아랫마을에서 모내기 한철 농사일을 하고, 다시 여름에는 장성읍 과수원에서 살충제도 뿌리고 사과며 복숭아도 따주어 이십만 원을 손에 쥐고 광주로 돌아왔다. 그는 아내를 설득해서 방울재는 없어졌더라도 다시 시골로 들어갈 결심이었다. 생각지도 않게 시골에는 그런대로 일거리가 많았고, 댐 아랫마을 노루목에 머슴으로 들어가면 소작논 다섯 마지기를 떼어 주고 식구들이 따로 한집에서 살 수 있게 문간채를 내어 주겠다는 집도 있었다. 그는 어떻게 해서든지 아내와 같이 다시 시골로 돌아가고 싶었다. 아내가 끝까지 싫다고 한다면 코뚜레를 뚫어서라도 끌고 가야겠다고 단단히 마음을 공글리며, 아내가 기다리고 있을 광주로 가기 위해 마지막 밤 버스를 탔다.

시골에 돈벌이를 하러 내려간 뒤에 한 달에 한두 차례씩 잠깐잠깐 아내와 딸아이 얼굴을 보고 오긴 했으나, 식구를 데리고 다시 시골로 돌아갈 가슴 부푼 생각 때문인지 여느 때와는 달리 쿵덕쿵덕 심장이 마구 뛰었다.

버스에서 내린 칠복이는 큰맘 먹고 사과 한 꾸러미와 저육 한칼을 떠서 달랑달랑 들고 산동네를 향해 마음 졸이며 숨 가쁘게 내달았다.

그는 아내가 식당에서 집에 돌아올 시간과 맞추려고 일부러 느지막이 밤 버스를 탄 거였다. 합동주차장에 내려 대합실 시계를 보았더니 아내가 돌아오기는 약간 이른 것 같아 식당으로 찾아가서 같이 들어갈까 하다가, 아내가 먼저 집에 올라온 다음에 슬그머니 밤손님처럼 들어가 깜짝 놀라게 해 주려고 지싯지싯 늑장을 부렸던 것이다.

산동네 꼭대기까지 허위허위 단숨에 추어 올라간 칠복은 잠시 집 앞에서 미적거리다가 까치발을 하고 손을 넣어 소리 안 나게 판자 대문을 따고 살금살금 그들이 세 들어 살고 있는 작두샘 가에 있는 방 쪽으로 갔다. 불이 꺼져 있는 것으로 보아 아내가 돌아오지 않았거나, 아니며 벌써 돌아와서 잠을 청하고 있는 것인지도 모를 일이었다.

칠복이는 일부러 뒷문으로 가서 살그머니 문을 열고 들어가 더듬더듬 천장을 더듬어 때격 전기 스위치를 돌렸다. 방에 불이 켜지는 순간, 칠복이의 눈이 확 뒤집히면서 앞이 깜깜해져 버렸다. 분명 그의 아내 임순덕이 외간 남자와 발가벗은 채 한 덩이가 되어 있지 않겠는가. 이 장면을 보는 순간 그는 하늘이 와르르 무너지는 듯한 놀라움과 울분으로 온몸이 떨리면서 피가 뚝 멎어 버리는 것만 같았다.

아내와 남자가 퍼뜩 놀라 일어나 앉는 것과 함께 칠복이는 우르르 부엌으로 뛰어나갔다. 헉헉 숨을 몰아쉬며 식칼을 들고 다시 방으로 들어 왔을 때 아내와 남자는 이미 방 안에 없었다. 신을 꿸 겨를도 없이 판자문을 박차고 골목까지 뛰어나갔으나 그림자도 보이지 않았다.

그날 밤 칠복이는 눈이 뒤집혀 식칼을 들고 거리를 헤매고 돌아다니다가 경찰에 붙들려 경찰서에서 하룻밤 신세를 지기까지 했는데, 보호실에 갇힌 그는 이미 정신이 온전하지 못해 더럭더럭 고함을 지르고 길길이 날뛰었다.

다음 날 산동네에 돌아와 보니 딸아이 혼자 집 밖에서 발을 뻗고 얼굴에 흙 범벅이 된 채 목이 쉬도록 울고 있었다. 그날부터 칠복이는 딸아이를 등에 업고 아내를 찾아 나섰다. 식당에도 가보았지만, 그날 밤 이후로 나타나지 않는다고 하였다. 같이 도망친 남자가 누구인지 알 길이 없었다. 아내를 찾다가 지친 그는 이제라도 돌아와 주기만 한다면 용서를 해 줄 생각이었다. 아내가 그렇게 된 것은 모두 자기 탓으로 치부할 수밖에 없었다. 자신이 못났기 때문에 아내가 식당에 나가게 된 것부터 잘못이 아니겠는가 싶었다.

아내를 찾아다니느라고 시골에서 벌어 온 돈마저 모두 깨 먹어버리고, 얼마 안 남은 산동네 사글셋방 값마저 찾아 쓴 칠복이는, 방울재에서 나올 때 나눠 가진 굿물인 징 하나만 들고 거렁뱅이 신세가 되어 떠돌았다.

칠복이는 거렁뱅이 신세가 되어 떠돌면서도 방울재에서 가지고 나온 징을 마치 그의 딸아이만큼이나 애지중지했으며, 밤에 잠을 잘 때는 그 징을 꼭 베고 잤다. 그런데 그 징을 베고 잘 때마다 이상하게 그 징에서 마치 방울재 할미산 너덜경이 와르르 허물어지는 것 같은 소리가 들려오기도 하고, 또 어찌 들으면 방울재 사람들 한 사람 한 사람이 흐느껴 우는 소리가 아슴하게 들려 오곤 했다.

그때마다 방울재에 살던 시절이 눈에 선하게 떠올랐다.

칠복이는 징에서 고향 사람들이 그를 오라고 부르는 소리를 들었다. 그 소리를 들은 뒤 딸아이를 업고 꼬박 하루를 걸어 방울재에 닿았다.

"아빠, 배고파잉……."

잠이 든 줄로만 알았던 딸아이가 부스럭부스럭 상반신을 출썩거리며 칭얼대기 시작했다.

"천벌을 받을 녀언……."

칠복이는 다시 돌멩이를 집어 호수에 던지며 욕을 퍼부어댔다.

"아빠, 배 고파아."

"그려그려, 마을로 내려가자."

칠복이는 딸을 업고 일어서며 별 없는 하늘을 쳐다보았다. 이따금씩 빗 방울이 얼굴에 떨어졌으나, 그때마다 그의 정신은 더 맑아졌고, 정신이 맑아질수록 고향과 아내를 잃어버린 큰 슬픔이 목울대에 꽉 차올랐다.

"우리 집으로 가아……."

"우리 집? 물속에 있는 집으로?"

"아빤 늘 그 소리뿐이네!"

"그러믄 어떤 집 말이냐?"

"순자네 집 같은 거!"

순자는 봉구의 딸이다.

"그래, 그러믄 순자네 집으로 가자."

"순자네 말고, 우리 집으로 가아……."

"바보 멍충아, 이 세상이 다 우리 집이라고 생각혀!"

칠복이는 딸아이가 알아들을 수 없는 말을 혼잣말처럼 중얼거리며 검 정 우단에 보석 몇 알이 흩어진 듯 불빛이 반짝이는 매운탕집들 쪽으로 내려갔다. 바람이 드세고 빗방울까지 비쳐 밤낚시꾼들은 하나도 눈에 띄지 않았다.

칠복이가 후미진 솔수펑 모퉁이를 돌아 불빛이 출렁이는 매운탕집들 가까이 왔을 때 빗방울이 후두둑후두둑 떡갈나무 잎들을 요란하게 두들겼다.

3

봉구네 집에 매운탕집을 하는 방울재 사람들이 모두 모였다. 그들은 장사가 안되는 날이면, 옛날 방울재 윗당산머리 봉구네 사랑방에 모여 놀던 버릇대로 밤만 되면 찾아왔다.

하나, 이날 밤 모임은 좀 달랐다. 이날 밤에는 칠복이 문제로 모인 것이다.

"당장 쫓아 버려야 혀. 옛정도 좋지만 살고 봐야 헐 꺼이 아닌감!"

올봄에 혼기가 다 찬 두 딸과 중풍에 걸려 기동을 못 하는 병든 아내를 끌고 방울재로 다시 돌아온, 회갑 줄에 앉은 강촌 영감이 아까부터 와락와락 성깔을 부려 가며 큰소리로 말했다.

"차마 워치크롬 쫓아낼 거여."

봉구였다. 옛날에 위 아랫집에서 처마 맞대고 살아온 정 때문에, 강촌 영감의 의견에 찬성하지 못했다.

"봉구 말도 일리가 있재잉. 고향에 찾아온 사람을 워치기 쫓아낼 거요잉."

덕칠이도 칠복이와 가깝게 지내 왔던 터라, 쫓아내자는 데에는 어딘가 마음이 꺼림칙했다.

"제정신 갖고, 먹고살겠다고 헌담사 워떤 무지막지헌 놈이 고향 찾아온 사람을 쫓아내자고 허겄어?"

"암, 그러고 마니!"

"옴짝달싹 못허게 묶어 놓으면 으쪄겠소?"

덕칠이였다. 그는 봉구의 눈치를 살피며 말했다.

"묶어 놓으면 징을 치고 지랄염병은 안 헐 거 아닌고?"

"자석이 말짱헐 때는 암시랑 안 허다가도 날씨만 꾸무럭헐라치면 발광이니⋯⋯."

"그랑께 미쳤재."

"오늘 낮에도 나헌티 찾아와서는 여편네 찾으러 가겠담서 새끼를 좀 맡어 달라고 허등만."

"그럴 때는 제정신이 든게."

"좌우당간에 낚시터에서 미친놈이 징 치고 훼방 친다는 소문이 나면 낚시꾼이 얼씬도 안 헐 거고, 그렇게 됨사 우리는 굶어 죽는 거 아닌가."

강촌 영감은 칠복일 쫓아내자는 의견을 조금도 꺾지 않았다.

"그눔에 징을 뺏어서 불 속에 던져 베리까?"

"그러다 살인 나게?"

아무도 칠복이에게서 징을 빼앗지는 못했다. 며칠 전에도 그가 낚시꾼들 사이를 강변에서 덴 소 날뛰듯 하며 징을 두들기고 소리소리 질러, 방울재 사람들이 몰려가서 징을 빼앗아 감춰 버렸는데, 그때 칠복이가 눈을 허옇게 까뒤집고 쇠스랑을 휘두르며 징을 내놓지 않으면 찍어 죽이겠다고 어찌나 무섭게 어우르는 바람에 슬그머니 두엄자리 속에 감춰둔 것을 꺼내 주지 않았던가.

"병신 같은 놈, 제 여편네 단속을 그렇게 잘했더라면 뺏기지 않았을 것잉만!"

봉구는 램프불 주위에 새까맣게 달라붙은 벌레들을 멀뚱히 바라보며 한숨 섞인 목소리로 걱정이 되어 한마디 뱉는다.

"오늘 밤에 당장 쫓아 베려!"

강촌 영감이 벌떡 일어나서 큰 소리로 내질렀다.

"쫓아낸다고 갈 놈이우?"

"안 가겠다고 버티면 어쩔 거유."

덕칠이는 친구 된 입장이라, 참으로 난감하여 딱 부러지게 매듭을 짓지 못하고 봉구의 눈치만 살피는 듯싶었는데, 봉구 역시 강촌 영감 말대로 당장 쫓아내자는 말을 못 하고 지싯지싯 말꼬리를 흐렸다.

"끌고 가서 차에 태워 보내 베려. 안 가겠다면 꽁꽁 묶어서 버스에 태우면 될 거 아니라고!"

강촌 영감의 말에 모두들 아무 대꾸도 하지 못했다.

"조금 있으면 잠자리 찾아올 테니께. 그때 인정사정 볼 것 없이 쫓아 베리는 거여!"

이때 칠복이가 아이를 등에 업고 고개를 길쭉하게 빼어 내밀어 봉구네 술청 안으로 들어섰다. 그들 부녀는 비를 맞아 머리칼이 능수버들나무처럼 휘주근하게 젖어 있었다.

"다들 여기 있었구만. 그러고 보니 옛날 봉구네 사랑방 친구들은 다 모였네그려."

칠복이는 아이를 평상에 내려놓고 손으로 머리의 빗방울을 훔쳐 뿌리며 반가운 얼굴로 두렷두렷 주위 사람들을 살폈다. 모두들 아무 말도 없이 칠복이만 물끄러미 쳐다보았다.

"어이 봉구, 우리 딸내미 식은 밥 한 덩이 주소. 배 속에 왕거지가 들어

앉았는지 쥐창시만헌 것이 밤낮 처묵어도 배가 고프다고 지랄이니."

칠복이는 바보처럼 벌룸벌룸 이를 드러내고 웃으며 스스럼없이 봉구에게 한마디 던지고는, 평상 모서리에 철부덕 걸터앉아 소맷자락으로 촉촉하게 젖은 머리카락을 닦고 문질렀다.

"칠복이 나 좀 보세!"

강촌 영감이 시비 투의 가시 걸린 목소리로 칠복이를 불렀다. 칠복이는 버릇대로 벌쭉 웃으며 강촌 영감 쪽으로 얼굴을 돌렸고, 봉구와 덕칠이는 강촌 영감의 입에서 무슨 말이 나오리라는 것을 뻔히 알고 있는 터라, 고개를 돌려 외면했다.

"저 불렀어유?"

"자네 말이시, 우리가 이러고라도 묵고사는 거이 배가 아픈가?"

"영감님……."

봉구가 강촌 영감의 옆구리를 쩔벅거리며 심한 말을 막으려고 했다.

그사이 까무잡잡한 얼굴에 광대뼈가 유난히 툭 불거진 봉구 아내가 결코 달갑잖은 얼굴로 칠복이 부녀의 상을 내왔는데, 그래도 밥그릇이 무춤하고 반찬도 자기네 식구들 먹는 그대로였다.

"칠복이 자네는 정신이 멀쩡헐 때는 방울재 사람이 영락없는디, 정신이 나가면 꼭 옛날 우리 마을에 불두더지(불도저) 들이댄 공사판 사람 같당께로."

강촌 영감의 말에 칠복이는 왕방울 눈을 꿈벅거릴 뿐이었다.

"어차피 고향은 없어졌는디, 고향 사람이라고 있겠는가? 자네 입장은 딱허지만두루 어쩔 수 없어."

강촌 영감은 여기까지 말하고 나서 괴로운 얼굴로 고개를 돌려 버린 채 말이 없었다.

"엠병헌다고 낚시질허는 디 가서 징을 치고 지랄여!"

마지못해 봉구는 혼잣말처럼 입안에서만 웅얼웅얼할 뿐이었다.

"당장 오늘 밤에 떠나게!"

"오늘 밤에유?"

칠복이는 뒤룩거리는 눈에서 왈칵 눈물이 쏟아질 것 같은 얼굴로 강촌 영감과 친구들의 얼굴을 번갈아 쳐다보았다.

"매정헌 사람이라고 헐지 모르재만, 오늘 밤 우리덜 정을 싹둑 짝두질 허는 수밖에 도리가 없네."

강촌 영감도 내심 칼로 심장을 도려내는 것만큼이나 괴로웠다. 그는 말을 하면서 연신 담배를 삐억삐억 빨아댔다.

"괜시리 없어진 고향 짝사랑허지 말어. 고향이고 여편네고 잊어뿔 건 냉큼 잊어뿌리야 살기가 쉬워!"

"강촌 영감님, 부탁입니다유. 지발 쫓아내지만 마셔유. 다시는 훼방 치지 않겠구먼유. 이렇게 빌께유."

칠복이는 우르르 강촌 영감에게로 달라붙어 어깻죽지며 팔을 붙들고 애원을 하다가, 그대로 무릎을 꿇고 비대발괄 빌었다.

이 모습을 본 봉구와 덕칠이, 강촌 영감까지도 목울대에 모닥불이 타오르면서 시울이 시큰시큰했다.

"안 가겠다면 덕석몰이를 혀서라도 내쫓을 꺼여!"

강촌 영감은 담배 연기를 허공에 토해내며 결연히 말했다.

"봉구, 덕칠이, 팔만이 나를 내쫓지 말어. 고향에서 내쫓기면 워디로 갈 것인감. 이보게덜 내 사정 좀 봐줘!"

칠복이는 무릎을 꿇은 채 친구들의 아랫도리를 두 팔로 덥석 껴안으며 통사정을 했으나, 방울재 친구들은 도시 말이 없었다.

칠복이는 소리 내어 울고 싶었으나 이를 응등 물고 참아냈다. 강촌 영감의 말마따나 고향이 없어져 버린 판국에 고향 사람인들 남아 있을 리 없지 않겠느냐는 생각이 들었다.

그런데 이상한 일이었다. 칠복이 자신이 참 알 수 없는 일은 때때로 그의 눈에 방울재와 방울재의 옛사람들이 너무도 선명하게 보이면서, 그가 영락없이 방울재 사람들과 한데 어울려 살고 있는 환각에 정신을 가늠할 수 없게 된 거였다. 방울재를 삼킨 호수의 물도 거대한 댐도 보이지 않고 낯익은 하늘, 반갑게 맞아 주는 마을 사람들만이 눈에 가득 들어오고, 그럴 때는 정월 대보름날 밤 메귀굿을 할 때처럼 어깨가 들썩거리면서 경중경중 춤을 추고 싶어져 징을 찾아 들고 나서는 거였다.

그러다가 온몸이 흠뻑 땀에 젖은 채 정신을 차리고 보면, 방울재와 낯익은 사람들은 온데간데없고 호수의 물만이 그를 삼킬 듯 넘실거리고 댐은 더욱 하늘 닿게 높아지는 듯싶었다.

"자네 정신 말짱허니께 허는 소리네만 좋은 얼굴로 헤어지세. 지발 부탁이니 지금 떠나도록 히여."

강촌 영감이 볼멘소리로, 그러나 약간은 사정조로 말하고 나서 칠복의 겨드랑이에 손을 넣어 일으키려고 했다.

"낼 아침 떠나라 허고 싶네만. 정은 단칼에 자르는 거이 좋은겨."

칠복이는 아이를 업고 천천히 일어서서 희끄무레한 램프 불빛에 비쳐 보이는 침울하게 가라앉은 마을 사람들의 얼굴들을 하나하나 가슴속 깊이깊이 새기며 찬찬히 뜯어보았다. 그의 눈에서는 금방 눈물이 소나기처럼 주르륵 쏟아질 것만 같았다.

"펑 서둘러 나가면 광주 나가는 버스를 탈 꺼여!"

강촌 영감이 앞서 술청을 나가며 하는 말이다. 강촌 영감을 따라 칠복이가 고개를 떨구고 나갔고, 뒤이어 봉구와 덕칠이, 팔만이가 차례로 몸을 움직였다.

봉구네 주막에서 나온 그들은 칠복이를 앞세우고 미루나무가 두 줄로 가지런히 비를 맞고 늘어서 있는 자갈길 구신작로를 향해 어둠 속을 걸었다. 그들은 아무도 입을 열지 않았다. 칠복이의 등에 업힌 그의 딸아이가 캘록캘록 기침을 하자, 바짝 뒤를 따르던 봉구가 잠바를 벗어 덮어씌워 주었다.

빗방울은 점점 굵어졌고 호수를 훑고 온 물에 젖은 가을바람에 으스스 몸이 떨렸다.

이따금씩 고속도로에서 자동차들이 헤드라이트로 눅눅한 어둠의 이 구석 저 구석을 쿡쿡 쑤셔대며 바람처럼 내달았다. 자동차의 불빛이 길게 어둠을 가를 때마다 칠복이를 앞세우고 걷는 방울재 사람들의 가슴이 마치 총을 맞는 것만큼이나 섬찟섬찟했다.

신작로에 당도해서 조금 기다리자 읍으로 들어가는 헌털뱅이 버스가 왔으며, 그들은 서둘러 차를 세우고 칠복이를 밀어 넣었다.

"징헌 고향 다시는 오지 말어."

봉구가 천 원짜리 두 장을 칠복이의 호주머니에 푹 쑤셔 넣어 주며 울먹울먹한 목소리로 말했다.

칠복이가 무슨 말인가 하는 것 같았으나 부르릉 버스가 굴러가는 바람에 알아들을 수가 없었다.

그들은 버스가 어둠 속에 묻히고 자동차 불빛이 보이지 않게 되어서야 말없이 돌아섰다.

한사코 가기 싫다는 칠복이 부녀를 억지로 버스에 태워 쫓아 보낸 그날 밤, 방울재 사람들은 잠을 이룰 수가 없었다. 후두둑 후두둑 빗방울이 굵어지고 땅껍질 벗겨 가는 소리가 드세어질 무렵, 봉구는 잠결에 어슴푸레하게 들려오는 징소리에 퍼뜩 놀라 일어나 앉았다.

"아니, 이 밤중에 무신 징소리당가?"

그는 마른기침을 토해내고 삐그덕 방문을 열어, 송곳 하나 박을 틈도 없이 꽉 들어찬 어둠의 여기저기를 쑤석여 보았다. 어둠 속 어디선가 딸을 업은 칠복이가 휘주근하게 비에 젖은 채 바보처럼 벌쭉벌쭉 웃으면서 불쑥 나타날 것만 같았다.

그는 문을 안으로 걸어 잠그고 자리에 들어 아내의 툽상스러운 허리를 꼭 껴안고 잠을 청하려고 했으나, 땅껍질을 두드리는 빗방울 소리 사이사이로, 징소리가 쉬지 않고 큰 황소울음처럼 사납고도 구슬프게 들려왔기 때문에 잠시도 눈을 붙일 수가 없었다. 어쩌면 바람 소리와도 같은 그 징소리는 바로 뒤란의 아카시아 숲께에서 가깝게 들린 것 같다가도 다시 댐쪽으로 어슴푸레 멀어져 가곤 했다.

"바람 소린지, 징소린지."

봉구는 벌떡 일어나 더듬더듬 담배를 찾아 성냥불을 붙였다. 그는 좀처럼 잠을 이루지 못하고 몇 번인가 누웠다 앉았다 하며 담배만 피웠다. 자꾸만 귓바퀴를 후벼 파고 들려오는 징소리가 오목가슴 깊숙이에 가시처럼 걸렸다.

이날 밤, 팔만이도, 덕칠이도, 강촌 영감도 다 같이 방울재 안통 여기저기서 쉴 새 없이 들려오는 징소리 때문에 한숨도 잠을 이루지 못하고 뒤척였다.

징소리는 점점 더 가깝게, 그리고 때로는 상엿소리처럼 슬프게 들렸는데, 그 소리에 잠을 이루지 못한 방울재 사람들은, 그게 어쩌면 그들한테 쫓겨난 칠복이가 우는 소리일지도 모른다는 생각을 다 같이했다. 그 생각과 함께 징소리가 더욱 무서워졌으며 아침을 맞기조차 두려웠다.

『창작과비평』, 1978.겨울

저녁 징소리

1

끝없이 어두운 바다를 깜박거리며 비추는 등댓불처럼, 잠이 오락가락했다. 순덕이는 도시 깊은 잠을 이룰 수가 없었다. 눈이 감겼는가 싶으면 대각大角의 아가리처럼 귀가 팽팽하게 열려 있었고, 다시 귀가 닫혔는가 싶으면 어느 결엔가 두 눈이 또랑또랑 어둠을 꿰어 혼미한 밤이 계속되었다.

낮에 보았던 거렁뱅이 부자의 모습이 자꾸만 눈에 밟혀 왔기 때문인지도 모른다. 그녀는 그들 부자에게서, 그녀가 버린 남편 칠복이와 딸 금순이의 모습을 읽을 수가 있었다.

오십이 넘을락 말락 한 거렁뱅이 남자는, 손자 같기도 한 꼬마 사내아이를 동냥자루처럼 꿰매 차고 다녔는데, 그들 부자 모습은 꼭 볏짚으로 만든 허수아비 같았다. 그들의 뒷모습은 배고픔과 외로움에 찌들어져 조그맣게 보였다.

그들 부자는, 석양 무렵이면 언제나 순덕이네 대폿집 맞은편 차고가 딸린 이층집 철문 앞 갈닦이를 잘해 반들반들한 석반石盤 위에 쪼그리고 앉아 있었다. 그곳에는 언제나 햇볕이 오래 머물러 있었기 때문이다.

그런데 오늘 아침, 이층집 식모 아이가 철문 앞 석반 위에 질펀하게 물을 뿌려 버렸다.

"엠병헐, 대문 밖이 제 안방인가? 내버려 뒀다간 엉뚱헌 송장 치게 생겼당께."

식모 아이가 두런거리며 뿌린 물은 곧 얼음이 되었으며, 해가 설핏해지자 자리를 찾아 돌아온 거렁뱅이 부자는 집 잃은 강아지처럼 어정어정 베돌기만 했다.

큰 문기둥 때문에 바람막이가 잘 되고, 석양에 햇볕이 오래 머물러 그들 부자의 보금자리로 삼았던 곳이 난데없이 얼음장이 되고 말았으니, 집을 뜯기고 길바닥에 나앉게 된 것만큼이나 난감한 얼굴이었다.

그러나 그들은 소리 없이 항거라도 하는 듯 쉽게 그곳을 떠나지 않고 한동안 허수아비 그림자를 길게 늘어뜨린 채 베돌다가, 순덕이네 대폿집 눈썹차양 밑에 웅숭그리고 앉아 있었다.

순덕이는 그들 부자를 가게 안으로 불러 난롯불이라고 쬐게 하고 싶었지만, 인정머리라고는 없는 강만식의 눈치를 보느라 못 본 척해버리고 말았다.

바람보다 더 무기력한 그들 부자에 대해서 아무도 관심을 두지 않았다. 거나하게 퍼마시고 떠들어 대며 대폿집을 나가는 사람들도 그들 거렁뱅이 부자를 한갓 어둠에 묻혀 가는 티끌처럼 가볍게 보아 넘겨 버렸다.

순덕이가 보기에도 허수아비와도 같은 그들 부자는 영락없는 먼지였다. 숨 쉬는 먼지, 어쩌면 이층집 식모 아이의 말마따나 송장 치게 될까 걱정인, 차라리 먼지보다 더 짐스럽고 귀찮은 존재일지도 모른다. 순덕이는 그들 부자를 처음 보았을 때 고향이 어디냐고 물으려다 외면해 버리고 말았다. 그에게 고향을 묻는다는 건 마치, 집과 가족들이 어디 있느냐고 묻는 것과 같이 엉뚱한 물음이 될 것 같았기 때문이다.

가게 문을 닫은 뒤, 콩국이라도 한 사발 주려고 내다보았는데, 그들 모습은 보이지 않았다.

욱신욱신 정월 대보름날 밤 메귀굿할 때처럼 귀청이 찢어질 것 같은 징소리에 잠이 깬 순덕이는, 벌떡 일어나 귀를 기울였다.

"이 밤중에 무슨 징소리람."

순덕이는 귓바퀴를 곤추세웠으나, 휘휘휘 가게 앞 전깃줄을 간지럽히는 북풍 내닫는 소리와 찰브락거리며 모래톱을 핥아대는 파도 소리뿐, 징소리는 들리지 않았다.

"바람 소리였으까…… 파도 소리까."

순덕이는 다시 자리에 들었으나 잠이 오지 않았다. 하기야 변두리라고는 하지만, 방송국이며 경찰서가 바로 어깨너머에 있는 항구도시에서, 그것도 세상이 곤히 잠들어 있는 한밤중에 징소리가 난데없이 들려올 리가 없지 않겠는가 싶었다.

그러나 순덕이는 분명히 잠결에 징 징 울어 대는 징소리를 들었다. 방울재 윤 초시네 마당밟기를 할 때처럼 징소리가 온통 욱신거렸다. 징징…… 안산 너덜겅이 허물어지는 것 같은 소리로 보아 순덕이 남편 칠복이가 징채를 잡은 것이 분명했다. 칠복이는 언제나 흰 두루마기를 입고 학처럼 경중거리며 춤추듯 징을 두들겨 팼다.

"징소리 못 들었수?"

순덕이는 문 쪽으로 돌아누우며 물었다. 대답이 없다.

"아니, 징소리를 못 들었냐니게!"

그녀의 목소리가 징을 두들겨 패듯 툭박졌다. 그래도 아무 소리가 없다. 다시 벌떡 일어나 문 쪽을 더듬거렸으나, 손에 잡히는 게 없었다. 순덕이는 비척거리며 일어나 형광등 줄을 잡아당겨 불을 켰다. 방금 전까지만 해도 드르렁드르렁 하루에 한 번씩 방울재를 드나들던 헌털뱅이 버스 굴러가는 소리를 내며 곯아떨어져 있던 강만식이가 보이지 않았다. 뒷간에 갔거니 하고, 무릎을 세우고 앉아 기다렸다.

섣달그믐을 이틀 앞둔 날의, 맵싸한 갯바람이 문틈으로 들어와 등짝이 시렸다. 해 질 무렵까지만 해도 하늘 어느 한구석이 무너져 내리듯이 눈덩이가 술술 쏟아지더니 어둠과 함께 눈발이 걷히면서 바람이 드세어졌다.

순덕이는 세운 무릎을 두 팔로 감아 잡고, 그 위에 턱을 받치고 앉은 채 어름어름 졸았다. 다시 징소리가 들렸다. 잠결에 들려온 그 징소리는 마치 순덕이가 걷어차 버린 전 남편 칠복이의 울부짖음 같기도 하고, 여섯 살 난 딸아이 금순이가 엄마를 찾으며 목 놓아 우는 소리 같기도 했다.

순덕이는 징소리에 놀라 소스라치듯 눈을 뜨고 고개를 들었다. 잠이 깨자 다시 바람만 휘휘 울어 댔다. 강만식은 돌아오지 않았다. 펀듯 지피는 데가 있었다. 갑자기 심장이 절구질하듯 쿵쿵 뛰면서 사지가 데쳐놓은 풋나물처럼 흐물흐물해졌다.

요즈막 강만식이가 건넌방 화자를 힐끔거리며 질러보는 눈치가 아무래도 수상쩍었다. 어제는 순덕이 보는 앞에서 손금을 봐준답시고 얇은 수작까지 부리지 않았던가.

주섬주섬 바지를 입고 스웨터를 걸친 순덕이는 소리 안 나게 방문을 열고 나가, 살금살금 건넌방 쪽으로 갔다. 화자 혼자 붙어사는 건넌방에선, 뿌유스름한 고추 불빛이 새어 나왔다.

화자의 방에서는 도란도란 말소리가 들려왔다. 혼자 자는 방에서 말소리가 들려오자 순덕이는 온몸의 개털까지도 빳빳하게 일어서는 것 같았다.

"춥구마, 이리 뽀짝 와!"

얼핏 들어도 강만식의 우렁우렁한 목소리가 분명했다.

그의 목소리가 들리자 헉 숨이 차올랐다. 생각 같아서는 우당탕 방문을 열고 쳐들어가서는 직신직신 밟아 버리고 싶었지만, 뿌드득 소리가 나게 이빨을 응등 물고 참았다.

"싱거운 사람!"

"아니, 왜 오늘 밤에 또 비쭉새 모양 팩 토라졌냐?"

"몰라서 물어요?"

"쐐기를 삶아 묵었나 원, 왜 툭툭 쏴? 그러지 말고 뽀짝 오라니께!"

"피익, 약속두 안 지키고선!"

"약속? 무슨 약속?"

"대관절 언제 쫓아낼 거예요?"

화자의 목소리는 제법 앙탈을 부렸고, 강만식은 그런 화자를 느질느질 달래고 있었다.

"나는 또 무슨 소리라고, 그딴 약속이라면야 당장이라도."

"있잖아요. 그럼 당장 낼 아침에 쫓아내 버려요. 처녀로 시집을 온 것도 아니고, 오다가다 눈이 맞아 눈 번히 뜬 남편과 자식 팽개친 년이, 짓까짓 게 무슨 안방마님이래두 된 것처럼 군다니깐요. 증말 눈꼴사나워 못 견디 겠다구요."

화자의 말을 들은 순덕이는 두 다리가 후들후들 떨렸다. 목울대에 뜨거운 불덩이가 꽉 차올랐다.

"자기두 눈이 삐었지. 나이두 나보담 다섯 살이나 더 처먹구 얼굴도 냄비뚜껑 덮어 놓은 것같이로 너푼헌 저년이 뭬가 좋다고!"

"그래그래, 네 말마따나 내 눈이 삐었는갑다. 설만 넘기면 다리 모갱이를 분질러서라도 쫓아낼 텐께 걱정 말고."

"증말?"

"정말이라니깐."

"자기가 최고야."

화자의 목소리는 금세 사르르 녹았으며, 킬킬대며 간드러진 웃음과 함께, 투덕투덕 볼기짝 두드리는 소리가 들려왔고 이내 헐근벌떡 숨소리가 방안을 요동쳤다.

순덕이는 가슴이 절구질해대고, 두 다리가 후들후들 떨리는 몸을 가까스로 이끌고 방으로 돌아와, 이불을 뒤집어써 버렸다. 비닐장판 바닥에 얼굴을 묻고 눈물이 질퍽하도록 울었다.

"내가 죽일 년이제. 벌을 받아야 마땅한 년이여."

순덕이는 혼자 중얼거리면서 온몸의 물기가 다 빠져 버리도록 눈물을 짜고 울었다.

남편과 자식을 헌신짝처럼 버리고 강만식이 같은 막돼먹은 남자를 따라나선 것이 죽고 싶도록 후회막급이었다.

아내와 자식밖에 모르고, 아내의 온갖 트집 다 받아 주며, 기쁠 때나 괴로울 때나 하늘 쳐다보고 허허 웃고, 그저 뼈가 휘도록 끙끙 일하는 것을 낙으로 알고 살아온 남편 칠복이를, 이 세상에서 제일 못나고 옹졸한 졸장부로만 낮잡아 보았던 자신이 얼마나 미련하고 소갈머리 없는 여자였던가 하는 것을 알아차리게 되면서부터, 그녀의 후회막급 함에 오직 죽고 싶은 생각만 커갈 뿐이었다.

술 잘 먹고, 넉살스럽고, 뭉텅뭉텅 돈 잘 쓰고, 삐딱한 껌정 나비넥타이에 삐까번쩍 멋을 부리는 강만식의 뻔드르르한 외모에 반해서 쉽게 몸과 마음을 송두리째 줘버렸던 자신이 그렇게 미울 수가 없었다.

지금에 와서 생가슴 뜯는 것이 부질없는 일이긴 하지만, 헛되고 미덥지 못한 강만식의 꼬드김에 쉽게 넘어가 버린 자신이 미울 따름이었다.

그러나 따지고 보면 남편 칠복이의 잘못도 있었다. 일자리를 못 구하면 말 것이지, 꾸벅꾸벅 시골로 다시 들어가서 처자식 팽개쳐 두고 반년씩이나 혼자 흙 속에 파묻힐 이유가 없지 않겠느냐 싶었다.

살림 꾸려 도회지로 나왔으면 죽든 살든 부닥뜨려 봐야지, 자기는 농사꾼이니 품을 팔아도 땅 파는 일을 하겠다면서 다시 시골로 들어가 버린 것도 달갑지 않으려니와, 잠깐 농사철만 넘기면 나오려니 했었는데 반년이 넘도록 가족들에게로 돌아오지 않았으니, 뿌질뿌질 울화가 치밀고 종래에는 그런 그가 이 세상에서 더없이 못나게 생각되면서, 이쪽 마음도 알게 모르게 뻐드름하게 내굽기 시작했던 것이다.

그 무렵, 같은 식당에서 주방장으로 일하고 있던 강만식이가 노골적으로 찔벅거려 왔다. 순덕이가 주방에 들어가면 주방장 강만식은 칙칙 살쾡이 웃음을 피워 가며 그녀의 엉덩이를 쓰다듬기도 하고 심하면 슬그머니 허리에 팔을 넣어 꽉 껴안아 보기도 하는 것이었다. 처음에 그녀는 질겁을 했으나 점차 그의 팔을 뿌리칠 수가 없었다. 되레 그녀는 주방 출입이 번다해지기까지 했다.

강만식은 밤마다 그녀를 집까지 바래다주었고, 산동네 후미진 골목에 들어서면 와락 허리를 휘감고 입술로 입술을 더듬곤 했으며, 그때마다 순덕이는 온몸의 뼈가 호물호물 녹아내리는 듯싶었다.

남편 칠복이 입에서는 쿠리한 입 냄새가 났지만, 강만식의 입술은 들척지근한 해삼 씹는 맛이 있었고, 그 맛은 핏속까지 깊숙이 스며들어 피돌기와 함께 쩌릿쩌릿 온몸을 갈퀴질해 댔다.

그러나 강만식의 그런 맛은 잠깐이었다. 지금 그에게서는 아무런 냄새도 맛도 없었다.

순덕이는 자신이 그렇게 된 것은 원수 놈의 댐 때문이라고 생각했다. 댐만 생겨나지 않았다면 고향 방울재가 물에 풍당 잠기지도 않았을 것이고, 그랬다면 고향 등지고 광주까지 밀려 나와 식당에 나가지도 않았을 것이며, 더더구나 강만식이 같은 못된 남자도 만나지 않았을 게 아닌가.

강만식의 꼬드김에 홀려, 둘이서 목포 째보선창가에 대폿집을 낸 두어 달 동안은 그래도 생소했던 정에 불붙은 화끈함에 이만하면 인생이 살맛 나지 않느냐 싶었는데, 차츰 강만식의 사람 됨됨이며 마음 씀씀이를 헤아리게 되면서부터 불같은 사랑 쉬 식는다는 푼수로, 마음이 시멘트 속에서 자맥질을 한 것처럼 정도 굳어져 버렸으며, 버린 남편과 불쌍한 자식이 자나 깨나 눈에 밟혀와, 촐싹거리는 바다 위에 맴도는 갈매기만 봐도 울컥울컥 눈물이 솟구치곤 했었다.

강만식은 날이 갈수록 사람이 잡상스러워져 갔다. 치마만 둘렀다 하면 아무에게나 집적거려 배를 맞췄으며, 돈이 모이기가 바쁘게 질탕질탕 먹고 멋부리는 데다 써버렸다.

그는 보름 전에 잔심부름하는 꼬마 사내아이를 내보내고 삼학도에서 굴러먹었다는 얼굴이 제법 반반하고 행동거지 하나하나가 해반들하게 되바라진 화자를 데려왔었다. 술꾼들이 순덕이한테 집적거리는 게 눈꼴 사나워 못 보겠으니, 화자한테 술 심부름시키고, 순덕이는 주인 마담답게 카운터에 앉아 계산이나 하라고 했었다.

순덕이는 이불을 걷고 앉았다. 징소리가 듣고 싶었다. 그러나 바람 소리와 철썩거리는 파도 소리만 들려왔다.

기실 그녀는 강만식을 따라나선 것을 후회한 그 날부터 밤마다 잠결에 징소리를 들어 왔다. 때때로 징소리는 그녀의 가슴 속 깊숙한 데서 슬프게 들려오는 것 같기도 했는데, 그때마다 그녀는 가슴이 빠개지는 것처럼 아팠다. 남편 칠복이가 실팍한 징채로 그녀의 가슴을 마구 후려치는 듯싶었기 때문이다.

방울재에서 굿 놀이를 할 때면, 언제나 칠복이가 맡아 놓고 징채잡이를 했다. 그가 경중대며 징을 치면 징소리가 어쩌나 우람한지 천둥 치는 소리처럼 요란스러워 삼십 리 밖 장터까지 들린다고들 했다. 그가 징을 두들길 때마다 방울재 사람들은,

"위따 위따, 징 깨지긋네, 깨지긋어."

하면서 걱정을 하는 것이었으나, 칠복이가 징채잡이가 된 지 10년이 넘도록 금하나 나지 않았다.

칠복이는 늘, 징소리는 우람하면서도 은은하게 멀리 퍼져야 제맛이 나는 벱이유. 에밀레종이 아무리 유명한 종이라도 치는 사람에 따라서 소리가 다르디끼, 방울재 징도 내가 아니면 암도 이 소리를 못 낼 거유, 하면서 징을 머리 위로 높이 쳐들고 징 징 징 징채를 휘두르면 마치 백양사 범종처럼 세상을 일깨우듯 은은하고 우람하게 그 소리가 땅 속으로 하늘 위로 멀리멀리 퍼져 나갔다.

순덕이가 이따금 그의 남편한테,

"이녁은 소고잽이나 장구잽이가 될 것이재 으째서 하필이면 징채잽이가 되었소?"

하고 약간은 불만스럽게 물을라치면,

"허 이 사람, 방울재 안에서 이 허칠복이가 아니면 누가 그 무거운 징을 그렇게 멋드러지게 칠 꺼여!"

하면서 헤벌쭉하게 웃곤 했다.

"쳇, 징이야 아무나 두들겨 대면 징징 울어 대는 기 아닌감요?"

"허허, 방울재 징채잡이 허칠복이의 마누라가 이로코롬 무식허다니 원! 아무나 나 같은 징소리는 못 낸다니께!"

하고 자랑스럽게 어깨를 껍죽거리곤 했다. 그러면서 칠복이는 늘 자기 아버지도 방울재에서 유명한 징채잡이였다고 꼭꼭 되풀이해서 말하는 것을 잊지 않았다.

그런 칠복이는 방울재를 떠나오면서도 옴니암니 장만한 장독들이며, 지지구지한 살림들 다 팽개치고도 징 하나만을 소중하게 간직했었다. 순덕이가 그까짓 징 장성호에다 퐁당 던져버리고 장독 하나라도 더 가지고 가자고 사정을 해도,

"벼락 맞을 소리 말어. 여그에 방울재 사람들 혼이 들어 있는겨. 허칠복이 혼도, 순덕이 혼도, 장말재 혼도, 모두들 이 속에 옴씰하게 남아 있는겨, 방울재 사람들 목소리가 들어 있는디, 장성호에 빠쳐 뿌려."

하면서 발끈 성깔을 곤두세웠었다.

광주시에 나와 임업시험장 옆 산동네에 살면서도 칠복은 벽기둥에 큰 못을 박아 징을 걸어 두고 하루에 한 번씩 만지작거리고 쓰다듬으며, 구들장이 꺼지도록 푸욱푹 깊은 한숨을 몰아쉬곤 했다.

그는 때때로 벽에 걸어 둔 징을 내려 왼손으로 머리 위 높이 쳐들고 오른손으로 징채를 꽉 움켜쥔 채 부르르 온몸을 떨면서 징을 치고 싶어 미

치겠다고 푸념처럼 말했었다.

그는 특히 밖에 일자리를 구하러 나갔다가 허탕을 치고 파김치가 되어 들어오는 날이나, 순덕이가 식당에서 밤늦게 돌아오는 날이면 언제나 징을 꼬옥 품에 안고 방 안을 서성거리며, 징을 치고 싶다는 말을 하곤 했다. 한번은 하도 징이 치고 싶다기에 무등산에 올라가서 싫도록 징채를 휘둘러보라고 농으로 말을 했더니, 칠복이는 정말로 아침 일찍이 징을 들고 바쁘게 집을 나서는 것이었다. 그날 칠복이는 밤이 깊도록 돌아오지 않았다. 순덕이가 식당에서 돌아와서도 한참을 기다려서야 우거지상이 되어 휘적휘적 들어오기에 왜 이리 늦었느냐고 묻자, 여지껏 파출소에 붙들려 있었다면서 징채를 방바닥에 내동댕이쳐버리는 것이었다.

칠복이는 징을 들고 무등산 중턱까지 올라가서 신바람 나게 메귀굿 하듯 경중거리며 징을 쳤다고 했다. 징 징 징 징소리가 온통 무등산을 허물어 버릴 듯 하늘 닿게 울렸고, 그 소리를 따라 칠복이의 마음도 둥둥 나는 것 같았다고 했다. 그러자 등산객들이 몰려들고, 미친놈이라 거니 간첩이라 거니 해쌓다가 결국 등산객들한테 끌려 파출소에까지 가게 되었다. 파출소에서 고향이 어디냐고 묻기에 고향이 없다고 말했는데, 고향 없는 사람이 이 세상천지에 어디 있겠느냐면서, 윽박지르고 놀려대면서 아무래도 수상쩍다면서 쉽게 놔주지 않았다. 파출소에서는 칠복이의 주민등록과 민방위 수첩을 대조한 다음, 징은 어디서 훔친 거냐고 사뭇 도둑으로 몰아세웠다. 칠복이가 어눌하고 바보스러운 말투로 방울재 이야기를 가까스로 까발린 뒤에야 마지못해 내보내 주더라고 했다.

그러면서 칠복은,

"이노무 데서는 징도 함부로 못 치겠으니 으디 사람 살 데여."

하고 맥 빠진 목소리로 말하더니,

"그나저나 오늘 무등산에 올라가서 실컷 징을 쳤더니 삼 년 묵은 체증이 꾸르룩 내려가 버린 것 모양 속이 후련허구먼!"

하면서 아이처럼 벌쭉벌쭉 웃어 댔다.

방울재를 떠나와 광주에 겨우 발가락 붙이고 살면서도 칠복은 매양 정월 대보름날이 돌아오기를 손꼽아 기다렸다. 돌아오는 정월 대보름날에 방울재 사람들이 고향에서 다시 만나기로 철석같이 약속하고 헤어졌다고 했다.

물에 풍덩 잠겨 버린 방울재에서 만나 무얼 할 거냐고 물었더니,

"메귀굿을 칠 끄여. 마당밟기 헐 디가 없으면 할미봉에 올라가서도 밤새워 굿을 칠 끄로구만. 내가 지금 사는 낙이라면 고향 사람들을 다시 만날 정월 대보름날을 기다리는 거여!"

하면서 벌떡 일어나는 벽에 걸어 둔 징채를 쥔 손을 허공에 휘젓곤 하는 것이었다.

그 정월 대보름날 밤이 이제 며칠 안 남았다. 순덕이 생각에 칠복이가 지금 어디서 무엇을 하고 있건, 며칠 안 남은 보름날 메귀굿을 기다리며 도망쳐버린 순덕이 대신에 무거운 징을 가슴에 꼭 품고 있을 것이었다.

순덕이는 형광등 줄을 잡아당겨 불을 끄고 옷을 입은 채 이불을 뒤집어 썼다. 화자 방에 가 있는 강만식이 생각이며, 그가 차버린 전 남편 칠복이, 엄마를 찾으며 울어 댈 딸 금순이 생각이 한꺼번에 머릿속에 뒤엉켜 왔다. 온갖 생각 다 뿌리치고 잠을 청해 보았으나, 서러움과 괴로움이 밀려와 잠시도 마음을 가늠할 수가 없었다. 순덕은 잠을 이룰 수가 없었다. 생각 같아서는 당장 식칼을 들고 화자 방으로 뛰어 들어가 너 죽고 나 죽고

결판을 내고 싶었지만 마음뿐이었다.

그녀는 얼핏 자신의 입장을 칠복이와 바꿔 생각해 보았다. 눈 번연히 뜬 앞에서 강만식이와 도망쳐 나간 것을 본 칠복이의 마음이 얼마나 아팠을까 하는 것을 생각하자, 더럭 자신이 죽고 싶도록 미웠다.

하기야 자신은 이제 꼼짝없이 죽은 몸이나 진배없이 되어버렸지 않은가. 강만식이 말마따나 설을 넘기면 쫓아내겠다고 했으니, 이제는 눈꼴사납고 오장육부가 매지매지 녹아내리는, 그의 그늘 밑에서도 발을 붙이지 못하게 되지 않았는가.

강만식이한테서나마 쫓겨나면 이제는 아무 데도 갈 곳이 없었다. 그렇다고 다시 전남편 칠복이를 찾아 나선다는 것은 얼굴에 개가죽을 둘러쓰지 않는 한 생각할 수도 없는 일이었다.

다시 서러움이 복받쳤다. 서러움에 살찌고, 괴로움에 여윈다는 말이 있지만, 이 같은 서러움은 온몸의 피가 말라붙은 듯 마음이 아팠다.

바람이 드세어진 듯 모래톱을 핥아대는 파도 소리가 한결 요란해지고, 휘휘휘 전깃줄이 바람에 떠는 음산한 소리마저 슬픈 흐느낌처럼 들렸다.

다시 징소리가 들려왔다.

선잠을 깨어 정신이 또랑또랑한데도 고막이 떨려 왔다. 그것은 흥겹거나 경쾌하지 않았고, 자식을 잃은 늙은 어미의 흐느낌처럼 한스럽게 들렸다.

칠복이의 징소리는 언제나 그렇게 가슴을 쥐어짜듯 계면조 가락으로 구슬프게 들려왔다.

고향 방울재에서는 그래도 조금은 흥겨웠던 것이 고향을 잃은 뒤부터는 소리의 떨림이 길어져, 소리가 끝났는가 싶은데도 가늘게 떨리며 계속 실꾸리를 풀듯 한없이 이어졌다.

방울재에서 칠복이는 여러 가지 징소리를 냈다. 그는 늘,

"나는 말여, 징으로 슬픈 소리 기쁜 소리 다 낼 수 있단 말여!"

하며 어깨를 들먹이며 자랑스럽게 말했다. 그는 징소리로 말을 할 수 있다고 했다. 그리고 순덕이도 그가 징을 울려 말하는 몇 마디는 알아들을 수가 있게 되었다.

그들이 혼약을 결정하고 날받이를 보낸 그날, 순덕이는 칠복이가 징을 치며 부르는 소리를 들었다. 징소리는 장터골에서 바람을 타고 들려왔는데 메귀굿할 때 듣던 흥겨운 휘몰이 가락이 아니고, 멀리서 애타게 사람을 부르는 소리였다.

순덕이는 혼수 이불을 시치다 말고 징소리에 끌려 지싯지싯 집을 나서 동구 밖 당산을 휘어 돌아 바람이 거칠게 불어오는 장터골로 향했다.

그녀는 마치 징소리에 혼을 뺏긴 사람처럼 얼굴에는 표정이 없었고, 발걸음은 장터골에서 불어오는 바람처럼 가볍게 건들거렸다.

칠복이는 노란 유채꽃이 바람에 넘실거리는 아름드리 좀팽나무 아래에서 유채밭을 내려다보며 징을 치고 있었다.

하늘만큼이나 넓은 유채꽃밭이며, 시원스럽게 불어오는 봄바람, 징소리의 긴 울림에 십자가 모양의 노란 유채꽃이 파르르 떨고 있는 것 같은 정경에 순덕이는 한동안 무시해 버렸던 칠복이가 마치 하늘에서 내려온 사람처럼 신비스럽게 보이기까지 했다.

"징소리 듣고 올 줄 알았구만."

순덕이가 유채꽃밭을 가로질러 좀팽나무 밑으로 가까이 가자, 칠복이는 머리 위로 높이 치켜올린 징을 무릎 높이로 내리며 말했다.

"순덕이를 만나고 싶어서 징소리로 불렀어! 순덕아 나오너라, 순덕아

나오너라, 이르케 징소리를 냈거든."

참 이상한 일이었다. 순덕이 자신도 분명 그렇게 들었다.

"앞으로는 말여, 순덕이를 만나고 싶으면 말여, 징소리로 부를꺼인께 그리 알어. 징소리를 듣고 여그꺼정 나온 거 보니께, 내 말을 잘도 알아듣는구먼그려!"

그러면서 칠복은 입에 햇볕을 담뿍 머금고 오달지게 벌죽벌죽 웃어 댔었다.

2

순덕이가 울다가, 한숨도 토하다가, 잠을 이루지 못하고 끙끙 앓고 있는 사이, 몇 번인가 가게 양철문이 덜컹거렸으나, 바람 때문이거니 하고 지나쳐버렸다. 그러나 퉁텅퉁텅 마치 실팍한 돌멩이를 문짝에 내던지는 것 같은 소리에, 순덕이는 이불을 걷고 벌떡 일어나 앉았다. 새벽 두 시가 가까운데 어느 미친 술꾼이 찾아오는 것도 아닐 게고, 누가 문을 두드리는가 싶어 귀를 쫑긋거렸으나 이내 조용해지고 말았다.

순덕은 이불을 뒤집어썼다. 가슴이 미어질 것처럼 답답했다. 못 먹는 술이라도 정신을 놓아 버릴 만큼 마셔 버릴 요양으로 다시 형광등을 켜고 술청으로 나갔다. 술에 취하지 않고서는 온전하게 하룻밤을 새울 수가 없을 것 같았다.

순덕은 술청에 나가 불을 켰다. 그때 밖에서 끙끙대는 짧은 신음소리가 들렸다.

무서운 생각이 덮쳐왔으나 힘을 내어 가게 문을 열었다. 맵싼 바람에 희끔희끔 눈발이 날렸다.

가게 문을 열고 한 발짝 밖으로 몸을 내민 순덕은 하마터면 기절초풍해서 뒤로 꿍 넘어질 뻔했다. 가게 눈썹차양 아래 시커먼 물체가 눈을 맞은 채 웅크리고 있지 않겠는가. 이쪽에서 큼큼 기침을 해보았으나 물체는 움직이지 않았다. 시선이 차츰 어둠에 익숙해지자 그 물체가 사람이라는 것을 알 수가 있었다. 그리고 자세히 보니 하나가 아니고 둘이었는데, 한쪽은 어른인 듯싶었으며 나무둥치처럼 무겁게 웅크린 어른한테 찰싹 달라붙어 있는 것은 아이 같아 보였다.

편뜻 순덕이의 머리에 칠복이와 딸 금순이가 비집고 들어왔다. 그녀는 몇 번이고 아니라고 고개를 흔들어 봤다.

"거기 사람이우?"

순덕이가 큰소리로 외쳐 보았으나 나무토막처럼 단단해 보이기만 하는, 어둠 속의 물체는 아무런 반응이 없었다. 가게에서 새어 나오는 희끄무레한 불빛에 비쳐 보이는 그 물체는 영락없이 사람 같아 보였는데, 반응이 없자 이상한 생각이 스쳤다.

"사람이우 아니우?"

순덕이는 조심스럽게 한 발짝씩 가까이 접근해 보았다. 틀림없는 사람이었다. 세운 무릎 사이로 얼굴을 꿍겨 박은 채 웅크리고 앉아 있는 어른의 옆구리에 대여섯 살쯤 되어 보이는 어린아이가 고목의 매미처럼 찰싹 붙어 있었다. 그러고 보니 그들은 날마다 순덕이네 대폿집 맞은편 이층집 앞에서 허수아비처럼 서성거리곤 하던 거렁뱅이 부자였다.

"이 추위에 한뎃잠이라니."

순덕이는 아무래도 그들을 그냥 얼어 죽게 내버려 둘 수가 없어, 난로를 피우고 가게 안에서 잠을 자게 할 요량으로, 어서 아이를 보듬고 들어

오라고 다그치듯 말했다. 그러나 웅크리고 앉은 사내는 여전히 반응이 없었다. 순덕은 불안한 생각이 뇌리에 찔러 왔다.

"이봐요, 이봐요."

순덕이는 다급하게 외치며 사내의 어깨를 흔들었다. 그러나 웅크린 사내는 움직이지 않았으며 짧은 신음만, 그것도 딱 한 번 토해낼 뿐이었다. 혹시 깊이 잠이 든 것인지도 모른다는 생각에, 다시 큰 소리로 여러 차례 거듭 외쳐대며 등을 흔들어 보았으나, 사내는 여전히 꼼짝하지 않았다.

이번에는 사내의 옆구리에 달라붙은 아이를 흔들어 보았다. 아이도 역시 반응이 없었다. 순덕이는 순간 이들이 잠들어 있는 것이 아니라는 것을 알고 서둘러 아이를 안고 방으로 들어왔다. 아이의 몸은 돌처럼 차가웠으며, 아랫목에 눕히고 얼굴을 이리저리 흔들었으나 깨어나지 않았다. 아이는 의식을 잃고 있었다. 코에 귀를 대보았더니 가느다랗게 숨소리가 들렸다.

순덕이는 다시 가게 밖으로 뛰어나가 사내를 부축해 일으키려고 했지만 그녀의 힘으로는 힘들었다. 결코 사내의 몸피가 큰 것은 아닌데도 좀처럼 일으켜 세울 수가 없었다. 건넌방으로 가서 강만식이를 깨울까 하다가, 그러고 싶지도 않았다.

순덕은 서둘러야 했다. 그대로 내버려 둔다면 사내는 꼼짝없이 얼어 죽고 말 것이 자명한 거였다. 귀를 사내의 코에 대보았더니, 역시 가느다랗게 숨소리가 들렸다.

순덕이는 이를 응등 물고, 두 팔을 사내의 어깻죽지 밑에 넣고 다리에 힘을 주며 천천히 일어섰다. 사내는 조금 전처럼 짧은 신음을 내면서 순덕이의 부축을 받고 일어섰다. 그녀는 온몸의 힘을 깡그리 짜내어 끙끙대며 사내를 부축하고 가게 안으로 들어서는 데 성공했다. 그녀는 기어코 이 사내를 살려야 한다고 생각하면서 마지막 힘을 쏟았다.

순덕이는 혼자 사내를 끌거니 밀거니 하며 그녀의 방에까지 가까스로 집어넣고 나자 온몸의 기력이 쫙 빠져버렸으며 땀벌창이 되고 말았다.

그녀는 사내와 아이를 아랫목에 나란히 눕히고 이불을 덮었다. 그러나 살아나게 될지 아니면 그대로 깨어나지 못하고 죽게 될지 걱정이 되었다. 그때 순덕은 옛날에 어머니한테서 들은 이야기가 떠올랐다. 남자가 동상에 걸려 죽게 되었을 때는 여자의 알몸으로밖에 살려 낼 도리가 없다는 이야기였다. 그러면서 어머니는, 방울재에도 지리산 곰 사냥을 하러 가서 눈에 갇혀 길을 잃고 얼어 죽을 뻔하다가 주막집 여자 도움으로 살아서 돌아온 사람이 있었다고 했다.

순덕이는 말없이, 깊은 잠에 곯아떨어진 것 같은 구저분하게 땟국이 흐르는 사내와 아이의 얼굴을 내려다보고 앉아 있었다. 깐깐한 체구에 얼굴이 푸석푸석한 사내의 얼굴은 죽은 사람처럼 싸늘하게 느껴졌다. 가까이서 들여다보니 몽똥한 코끝이며 숱이 많은 눈썹이 사내와 아이가 영락없이 닮았다.

순덕이는 다시 사내와 아이의 코에 귀를 대보고, 누더기를 헤치고 앙상한 가슴에 손을 넣어 맥박의 움직임을 확인해 보기도 했다. 그대로 내버려 두면 영영 깨어나지 못하게 될지도 모른다는 불안한 생각에 겁이 났다. 차라리 밖에서 얼어 죽게 되건 말건 상관하지 말걸 괜히 방으로 끌어들였구나 후회스럽기도 했다. 그러나 그런 몰인정한 생각을 할수록 전남편 칠복이와 금순의 얼굴이 떠오르곤 했다.

순덕이는 갑자기 이불을 젖히고, 서둘러 사내와 아이의 옷을 벗겨 알몸으로 만들었다. 그리고 불을 끈 다음 그녀 자신도 훌훌 옷을 벗고 조금 전 그녀가 잠이 들었을 때 쉴 새 없이 징소리가 들려왔던 것은 칠복이가 가게 밖에서 죽어가고 있는 이들 두 사람을 살려 달라고 알려 준 것인지도 모른다는 생각을 하면서, 사내와 아이 사이로 바짝 끼어들어 되도록 살을 맞대고 반듯하게 누웠다.

순덕이의 몸이 불덩어리처럼 뜨거워졌고, 그 뜨거운 체온이 사내와 아이의 얼어붙은 몸을 서서히 녹였다. 그녀는 반듯하게 누워있지를 못하고 사내와 아이 쪽으로 번갈아 몸을 뒤척이곤 했는데, 돌아누울 때마다 팔로 허리를 감으며 힘껏 껴안아 주곤 했다. 그녀는 사내 쪽을 향해 더 오랫동안 누워있었으며, 바듬하게 사내를 안고 있으면 몸의 열이 더욱 뜨겁게 벌떡거렸다.

발가벗고 누워있으려니, 칠복이의 생각이 떠올랐다. 그는 한겨울에도 실오라기 한 가닥 몸에 걸치지 않고 알몸으로 잠을 자는 버릇이 있었다. 결혼 첫날밤부터 그랬다.

그런 남편에게 순덕이가 꼴사나우니 옷을 입으라고 할라치면,

"부부 일심동체라는 기 뭔디 그려? 넘덜이 안 보는 동안이라도 지남철 같이로 딱 붙어 있어야 할 거 아녀?"

하면서 되레 순덕이를 나무라는 것이었다. 그러면서 칠복이는 홑치마라도 입고 자겠다는 순덕이를 옥박질러 가며 기어코 알몸을 만들곤 했었다.

정월 보름을 며칠 앞둔 한겨울이었던가. 한번은 둘이서 홀랑 옷을 벗고 자다가 앞집 봉구네 집에서 불이야 하는 황급하게 외치는 소리에, 칠복이는 그만 엉겁결에 벌거벗은 채 마당으로 뛰어나갔었다. 그는 봉구네 안채에 불이 붙어 훨훨 타오르는 것을 보고, 그 자신이 알몸이라는 사실조차

까맣게 잊은 채, 사립짝 밖까지 뛰쳐나가서는 미친 듯 불이야 외쳐댔는데 칠복이의 다급한 목소리에 놀라 후두둑 뛰어나온 이웃 사람들은 불빛과 달빛에 그대로 발갛게 드러난 칠복이의 발가벗은 모습을 보고 황망 중에도 허리를 꺾고 배꼽이 쑥 빠지도록 웃어 댔다. 그제야 칠복이는 자신이 알몸이라는 것을 알아차리고 후딱 방으로 뛰어들어 온 적도 있었다.

그런 일이 있은 뒤부터 마을 사람들은 칠복이만 보면 "빨가숭이 허칠복이, 빨가숭이 허칠복이" 하고 놀려대곤 했으며, 시집온 지 반년도 안 되어, 아직 새색시티를 못 벗은 순덕이는 후끈후끈 얼굴이 달아올라 한동안 문밖출입을 하지 못했었다.

칠복이가 아닌, 가게 밖에서 추위에 얼어 죽어가고 있던 거렁뱅이 사내를 살려내기 위해 발가벗고 나란히 누워있는 순덕이는 문득 아직도 죽은 듯 깨어나지 못하고 있는 그가 자꾸만 전남편 칠복으로만 생각되어졌다. 그리고 누워있는 곳도 목포 째보창이 아니고 옛날 그들이 밤마다 홀랑 벗고 둘이서 하나가 되어 정을 나누며 잤던 방울재 그들의 집 같았다.

옆에 누운 사내는 좀처럼 깨어나지 않았다. 심장은 여전히 개구리 턱주가리처럼 팔딱거렸고, 코에서는 쌔근쌔근 숨소리가 고르게 새어 나왔다.

순덕이는 갈비뼈가 앙상한 사내의 가슴에 손을 얹어 조심스럽게 흔들어 보았으나, 깨어나지 않았다.

순덕이는 잠을 이루지 못했다. 사내가 깨어나기 전에는 잠시도 눈을 붙일 수가 없을 것 같았다. 그녀는 어떻게 하면 자신의 몸을 더 화끈하게 달구어 빨리 사내의 몸을 녹일 수가 있을 것인가 하는 일념뿐이었다.

징소리가 듣고 싶어 살며시 눈을 감고 귓바퀴를 세워 보았으나, 어느덧 바람마저 죽고, 역 쪽에서 절겅절겅 열차가 휘어 들어오는 소리만이 들려왔다.

순덕이는 죽은 듯 잠자듯 쌔근거리는 사내의 숨소리를 들으며 얼핏 잠이 들고 말았다.

잠이 깬 것은 우당탕탕 벼락 치듯 한 미닫이 소리와 함께 잠결에도 귀청이 쩡쩡 울린 강만식의 왁살스러운 목소리를 듣고서였다.

깜짝 놀라 눈을 떴을 때는 방 안이 희번하게 밝아 있었으며, 강만식이가 이불을 미닫이 밖으로 걷어 던진 다음, 도끼눈을 무섭게 부라려 발가벗은 채 꼭 안고 누워있는 순덕이와 사내를 찍어 내려다보고 있는 게 아닌가.

"이런 개 같은 화냥년!"

강만식은 얼굴을 무섭게 쩡등그리며 발길로 당장에 순덕이를 걷어찰 기세였다.

그러나 순덕이는 알몸을 가릴 생각도, 강만식의 발길을 피하려고도 않고 옆에 누워있는 사내와 아이부터 살펴보았다.

어느 사이엔가 아이는 산머루같이 새까만 두 눈을 똥그랗게 뜨고 부시시 일어나 앉아 있었으며 사내도 둘레둘레 방안을 둘러보고 천천히 상반신을 일으키다 말고, 발가벗은 자신을 발견하고 섬찟 놀라며, 버릇처럼 몸을 웅크렸다.

"이 개만도 못한 화냥년야, 썩 나가지 못해!"

강만식이가 냅다 소리를 지르며 발길로 그녀의 옆구리를 걷어차는 바람에 순덕이는 알몸이 된 채 방바닥에 벌렁 넘어지고 말았다. 그러나, 순덕이는 옆구리가 찢어지는 것 같은 아픔도 잊고, 겁에 질려 눈을 커다랗게 뜨고 고슴도치처럼 웅크리고 있는 사내와 아이를 보며 싱긋이 웃었다.

발가벗은 알몸을 가릴 생각도 않고 두 눈에 햇살보다 밝은 웃음과 눈물이 가득 괴어 있는 순덕이는 그 순간, 눈 앞을 가린 어룽어룽한 안개밭 위로 선명하게 떠 오르는 전남편 허칠복이와 그녀의 딸 금순이의 얼굴을 볼 수 있었다.

『한국문학』, 1979.3

말하는 징소리

1

그 소리는 하늘에서 울려오는 것만큼이나 신비스러워 지상에 있는 생명을 가진 모든 것들의 마음을 싱그럽고 후련하게 씻어주었다.

그 소리를 들을 때, 모든 시민은 일손을 멈추고, 여름날 아침 햇살과 함께 피는 남보라색 나팔꽃처럼 귓바퀴를 쫑긋하게 세웠다. 그리고 그 소리를 들은 시민들은 경건하게 기도하는 모습으로 고개를 떨구곤 했다. 이제 시민들은 날마다 정오만 되면 어김없이 울려 퍼지는 그 소리를 귀가 아닌 가슴으로 듣고 있었다.

그 소리는 예고도 없이 울리는 예비군 비상 나팔 소리나 시가지를 질주하는 빨간 불자동차의 사이렌 소리도 아니었다.

그것은 잊어진 고향에서 불어오는 한 줄기의 뭉클한 바람이었다. 고향 사람들의 울부짖음이었다. 울부짖음과 함께 이름만 생각나는 고향 사람들의 얼굴이 희미한 모습으로 머릿속에서 펄럭였다. 비로소 잊어버렸던 고향이 떠올랐다. 1년 내내 금줄에 묶여 있는 마을 어귀의 아름드리 늙은 느티나무며, 느티나무 그늘에 덮여 한여름 삼베 땀등거리만 걸친 어른들의 침대가 되어 준 판판한 당산돌, 대낮에도 그 앞을 지나자면 으스스하게 몸이 떨리고 머리끝이 쭈뼛거리는 후미진 아카시아 숲길의 상엿집, 안산의 잡목 숲 나뭇잎들마저 삐들삐들 시들어가는 더위에도 한 바가지만 퍼마시면 땀띠가 가라앉는 징검다리 건너 비석거리의 각시샘이며, 여름이면 보라색의 초롱빛 엉겅퀴꽃들이 발에 밟히는 제각 아래 귀 달린 큰 구렁이가 산다는 방죽 등이 하나씩 머리에 떠올랐다.

그 소리를 처음 들어보는 아이들은 어디서 들려오는 무슨 소리냐고 끈덕지게 물었다.

어른들은 그들이 아는 바 모든 기억력을 동원하여 손짓발짓해 가며 설명을 해주었지만 그 설명은 아이들에게는 결코 만족할 만한 것이 못 되었다.

시민들은 소리가 울려 퍼지는 쪽을 바라보았다. 하늘은 자동차와 공장 굴뚝에서 내뿜는 매연으로 거무죽죽하게 가라앉아 있었다. 그러나 시민들은 옛날 고향에서 메귀굿이나 당산제를 구경할 때처럼 소리 나는 쪽을 찾아보았다.

소리는 분명 광주시의 한복판, 가장 높은 칠보증권의 11층 건물 옥상에서 울려왔다.

"저게 무슨 소리랴?"

시장과 점심 약속이 있어서 저고리를 걸치고 막 사장실에서 나오던 칠보증권의 박철 사장은 그것이 무슨 소리인가를 알고 있으면서도, 고혈압 증세 때문에 버릇처럼 오른손으로 투실한 목덜미를 쓱쓱 문지르며 섬진강 은어처럼 팔팔한 여비서 미스 오에게 물었다.

"사장님, 징소리가 아닙니까?"

"징소리?"

"네, 사장님."

"어디야?"

"옥상인 것 같습니다, 사장님."

"어떤 정신 나간 놈이 한낮에 옥상에서 징을 두들겨 패는 건가!"

오십 줄을 마지막으로 넘기고 있는 박철 사장은 게뚜더기 눈을 씰룩거리는 말투로 쏘아붙였다. 그러나 그는 마음속으로는 참 오랜만이로구나, 내가 저 소리를 들은 것이 고향에 어머니가 살아계셨을 때니까 벌써 한 12년쯤 되었나, 하고 생각하며 마치 망막에 자욱하게 낀 망각의 안개를 서서히 걷어 내고 아른아른한 고향을 간신히 떠올리기라도 하는 듯, 바람이 가라앉은 수면처럼 잔잔한 얼굴로 자동차들이 빵빵거리며 질주하는 창밖의 거리를 공허하게 내려다보았다. 미스 오는 박철 사장의 깊은 생각에 잠긴 그런 얼굴을 처음 보는 듯싶었다.

"가서 어떤 미친놈인가 데리고 오라고 해!"

박철 사장은 여전히 불종 쏘아대듯 퉁명스럽게 내지르고 사장실로 되돌아 들어갔다. 그는 푹신한 소파에 육중한 몸을 깊숙이 파묻고 투실한 목을 젖버듬히 뒤로 당겨 편안하게 반쯤 누웠다. 그는 되도록이면 편안한 자세로 징소리를 들었다. 공간이 차단된 고층 빌딩의 깊숙한 사장실에서 듣는 징소리는 신비하고 감미로운 혀끝으로 얼어붙은 심장을 핥아 향수의 지느러미들을 일으켜 세웠다. 그것은 마치 어렸을 적에 고향에서 걸립 패 어른들이 메귀굿을 하던 날 밤 얼쑹얼쑹 잠결에 들었던 것처럼 희미하게 온몸의 털구멍들을 뚫고 뇌리와 심장에 찍혀 왔다.

갑자기 징소리가 멎었다. 박철 사장은 다시 오른손으로 목덜미를 주무르기 시작했다. 그는 시장과 함께 점심을 먹기로 한 만월장 하 마담의 향긋하고 보드라운 손의 촉감을 목덜미에 느끼며 어흐흐 길게 하품을 깨물었다.

"사장님, 데리고 왔습니다."

그 소리에 박철 사장은 고향 당산의 들독이라도 들어 올리듯 힘겹게 눈을 떴다.

땅개비 뒷다리같이 얄찍한 금테안경을 날렵하게 붙인 총무과장이 데리고 들어온, 머쓱하게 키가 크고 어글어글하게 생긴 젊은 남자는 마치 도살장에 끌려온 농우처럼 어깻죽지를 내리고 목을 움츠려, 왕방울 눈을 뒤룩거리며 죄지은 얼굴이 되어 박철 사장을 조심스럽게 핼끔핼끔 내려다보았다.

박철 사장은 꺼벙하게 징을 들고 서 있는 거렁뱅이 몰골을 한 젊은이와, 징채를 잡은 그의 오른팔에 매달리듯 바짝 달라붙어 있는 예닐곱 살쯤 되어 보이는, 얼굴이 누렇게 뜬 계집아이를 번갈아 보며 양미간을 바짝 죄었다. 그는 언제나 마음에 없는 화를 낼 때는 위신을 지키려고 게뚜더기 눈거죽에 힘을 주어 쏘아 보는 버릇이 있었다.

박철 사장은 징을 들고 서 있는 사내를 한동안 말없이 쏘아보았다.

벙거지를 엎어 놓은 것같이 뭉뚝한 방석코에 언제나 겁을 잔뜩 집어먹은 듯 뒤룩뒤룩한 왕방울 눈이 마치 그가 어렸을 때 고향에서 그를 날마다 학교까지 업어다 주곤 했던 머슴 띠꾸 같다는 생각이 들었다.

사내의 몰골은 영락없는 거렁뱅이였다. 발등에서 한 뼘 정도나 올라붙은 꽉 째인 홀태바지에 소매 끝이 너덜너덜한 20년은 입었음직한 색깔이 옅게 바랜 검정 외투를 입고 있었는데, 그나마 외투에는 가운데 단추가 하나뿐이었고, 두 곳의 단춧구멍엔 옷핀으로 꽂아 꾀죄죄한 속옷이 삐주름히 들여다보였다.

그들 부녀는 허수아비 같은 옷차림을 하고 있었다.

"자네, 뭐 하는 사람인가?"

구겨진 이맛살에 비해서는 그래도 은근한 목소리였다. 박철 사장의 묻는 말에 그는 대답하지 않았다.

"일정한 직업이 없는 모양입니다, 사장님."

명령을 받기 좋은 자세로 김밥 싸듯 두 손을 감아 잡으며 금테안경의 장 과장이 대신 말해 주었다.

"저 몰골에……."

박철 사장은 혼잣말처럼 뱉고 나서 제 아비의 양복저고리를 입었음인지, 소매를 여러 겹으로 걷고 자락이 무릎 아래까지 치렁하게 드리운 계집아이를 보았다.

"자네 정신이 제대루 박힌 사람인가?"

박철 사장이 이번에는 신경질적으로 언성을 높였다.

"대낮에 옥상에서 징을 치다니 원, 자네 모자라도 웬만큼 모자라는 사람이 아닌 거 같아."

"지는 마누라를 불렀습니다."

그가 말했다. 우렁우렁하게 울림이 좋은 목소리였다. 그의 그 같은 말에 박철 사장은 다시 양미간을 팽팽하게 좁혀 눈꼬댕이와 눈썹들을 세웠다.

"마누라를 부르다니?"

"지 마누라는 지가 치는 징소리를 알아듣기 땀시."

"징소리를 알아들어?"

묻고 나서 박철 사장은 하품을 쥐어 짜내듯 어흐흐흐 웃었다.

"그래, 자네 마누라는 어디 있는데?"

"우리 부녀를 두고 나가 삐렀는디, 아매 이 도시 안에 있을 꺼로구먼입쇼."

"그으래? 왜 나갔나?"

"지가 짜잔혀서."

"하긴, 자네 그 꼬락서니를 보아하니 마누라 간수 제대로 못 하게 생겼구만. 헌데 한번 나가 버린 여자가 징소리를 듣는다고 다시 찾아오겠는가?"

박철 사장은, 어이구 이 바보야 하는 말꼬리를 그냥 깨물어 삼켜 버렸다.

"지 마누라는 맘씨가 비둘기만치나 착허고, 또 지 징소리라믄 사죽을 못 쓰게 좋아허그든요. 징소리만 들음사 꼭 올 거로구먼요."

그는 말을 하면서 누런 이빨 사이로 푸시시 소 웃음을 피워 날렸다.

"징소리를 들으면 마누라가 온다?"

박철 사장은 느글느글한 미소를 희미하게 떠올리며 손으로 뭉실하게 짧은 턱끝을 만지작거렸다.

"집이 어딘가."

박철 사장의 묻는 말에, 그는 늦봄 방울재 언덕바지에서 큰 방가지똥 꽃잎들이 바람에 날리듯이 햇살이 뿌유스름하게 내리꽂히는 창밖 쪽만을 바라보았다. 봄이면 방울재 들에는 온통 꽃밭처럼 여러 가지 꽃들이 탐스럽게 수를 놓았고, 햇살은 꽃잎들과 시샘이라도 하는 듯 더욱 눈부시게 꽂혀 내렸다.

5월에 별 모양의 흰 꽃이 피는 벌꽃이며, 콩제비꽃, 광대수염, 제비꽃, 황새냉이, 중대가리풀꽃, 방가지똥 등 꽃천지였다.

"사장님이 집이 어디냐고 묻고 계시잖어!"

장 과장이 꽹과리 소리보다 더 때글때글한 목소리로 다그쳤다.

"없구먼요."

"집이 없어?"

"있었는디, 없어져 뿌렀어요."

이때, 마른 멸치 대가리같이 세모꼴의 얼굴에 살붙이라고는 한 점도 찾아볼 수 없는 장 과장이 사장 앞으로 허리를 꺾으며, 이 사람은 집도 절도 없이 떠돌아다니는 거렁뱅이이니 그냥 쫓아 보내자고 했다.

"아닐세, 이 사람 징 다루는 솜씨가 보통이 아닐세."

박철 사장은 옛날 고향에서 듣곤 했던 어슴푸레한 징소리를 다시 떠올리기 위해, 기억의 실꾸리를 풀듯 지그시 눈을 감았다.

"징채잡이라면 방울재 안통에서는 지를 따를 사람이 없습니다요. 지는 징을 칠 때 무작정 두들겨 패는 것이 아니고, 말로다가 칩니다요."

"말로 징을 친다?"

박철 사장은 눈을 떴다.

"글타니께요, 아까 옥상에서 칠 때는 마누라 돌아오소, 잘못을 용서할 것인께 돌아오소 험시로 쳤지요."

"허!"

박철 사장이 웃었다.

"옛날 우리 고향에서는 징징 울어라, 풍년 들게 울어라, 징징 울어라, 태평하게 울어라, 징징 울어라, 액년 쫓게 울어라 험시로 징을 쳤습죠."

그는 옴죽옴죽 어깨까지 들썩이고 나더니 다시,

"풍년을 빌거나 귀신을 쫓을라면 머니머니 혀도 징소리가 젤이라요. 북 장고 두드림서 사흘 굿헌 거보담 징 치고 하루 굿헌 거이 낫다는 말 있드끼, 징소리를 내야만 토신이 좋아허재요."

하며 희미하게 웃었다.

"징은 어디서 난 건가?"

"도둑질헌 것이 아닙니다."

그는 털끝만큼의 오해도 받기 싫다는 듯 냅다 고개를 흔들며 격렬하게 말했다. 그러고 나서 그는 지난봄에 어찌나 징을 치고 싶던지 하늘과 가장 가까운 무등산 중봉에 올라가 신들리게 징채를 휘둘러 고향을 잃어버린, 매지매지 얽히고 서린 서러움이며, 찐덥지게 정든 이웃들과 헤어진 아픔을 다독거려 잠재우다가 간첩이라는 오해를 받고 등산객들의 신고로 파출소까지 붙들려 갔던 일이며, 그가 어머니 배에서 나온 뒤에 6·25 난리에 아버지 어머니를 차례로 잃고 외삼촌집 꼴머슴으로 들어가 눈칫밥으로 뼈가 굵고, 장가들어 첫딸 낳고 살다가 여차여차하여 고향을 등지게 된, 그가 살아온 서른네 해 동안의 길고도 짧은 이야기를 버선코 까뒤집어 보이듯 해서야 간첩 누명을 벗긴 했지만, 이번에도 엉뚱하게도 가지고 있는 징이 훔친 게 아니냐고 다짜고짜로 윽박지르는 바람에 산똥을 쌌던 일을 죄 까발려 이야기했다.

"이 징은 방울재에서 몇백 년 동안 물려 온 굿물이구먼요."

그는 자랑스럽게 징을 머리 위로 번쩍 쳐들어 보이며 말했다.

"방울재라니?"

박철 사장이 관심을 표하며 물었다.

"지 고향이라니께요."

"그렇다면 고향으로 돌아가게!"

박철 사장은 사뭇 명령조로 말하고 나서 시계를 보며 천천히 몸을 일으켰다.

"방울재가 없어진 지가 언젠디요?"

"없어지다니?"

"풍덩 잠겨 뿌렀어요. 그랑께, 이 징도 방울재 사람들이 다 큰 강아지 새끼들 모냥 뿔뿔이 흩어질 적에 저저끔 체감헌 거로구만요. 저는 징채잡이였응께 징을 차지헌 거라요. 덕석기는 죽어도 고향을 떠나지 않겄다고 맨 나중꺼정 남아 있었던 덕보 영감이 차지허굽쇼."

그의 말이 끝나자 옆에 서 있던 장 과장이 그의 고향 방울재가 아마도 장성댐 수몰지인 모양이라고 설명을 해줘서야 박철 사장은 동정과 이해가 함께 얽혀 크게 고개를 끄덕이더니,

"자네 자랑헐 만한 것이 뭔가?"

하고 물었다.

"지 자랑이라믄 농사짓는 일허고, 징 치는 거입죠. 이 두 가지는 하늘 아래서 열 손가락 안에 들 껍니다요."

그는 자신 있게 오랜만에 목을 빳빳하게 세우며 말했다.

"그래 이름이 뭔가?"

"허칠복입니다요."

"우리 회사 이름하고 비슷허구만. 요새 사람이 아니야."

박철 사장은 한동안 면도 자국이 거뭇거뭇한 턱끝을 버릇처럼 만지작거리며 묘한 웃음을 피워 날렸다.

"칠복이 자네, 오늘부터 우리 회사에서 일하게."

박철 사장은 이렇게 말을 하고 나서 장 과장에게 내일부터는 점심시간을 알리는 벨소리 대신에 칠복이로 하여금 옥상에서 징을 치게 하라는 지시를 내렸다.

그 말에 장 과장은 찜찜한 얼굴로, 신원도 모르는 사람을 어떻게 쓸 수가 있겠느냐면서 난색을 표했다.

"신원보증 서줄 사람 있나?"

"신원보증이라니, 그거이 뭔디요?"

"됐어, 됐어. 마을이 물에 잠겨버렸다는 데 뭘 믿고 누가 신원보증을 서주겠나."

박철 사장은 혼잣말처럼 말하고 사장실에서 나가 버렸다. 칠복은 마치 빈 총 맞고 놀란 얼간이처럼 멀뚱한 눈으로 사장의 뒷모습만 바라볼 뿐이었다.

2

이렇게 해서 허칠복은 봉사 문고리 잡기로 꿈에도 생각지 못했던 칠보증권회사의 수문장으로 취직을 하게 되었다.

칠보증권회사뿐만 아니라 지하실의 칠보다방을 비롯한 백화점, 당구장, 화장품 대리점, 신문사 지사, 경양식집에 심지어는 말더듬이 교정소, 어린이 미술교습소 등이 다닥다닥 들어차 있는 11층 빌딩 입구에서 턱끝에 힘을 주고 떡 버티어 선 칠복이의 모습은, 우스꽝스럽다기보다는 100년쯤 전에 이 땅에 살던 사람이 다시 환생이라도 한 것처럼 접근할 수 없는 근엄한 거리감에 신비스럽기까지 했다.

그는 방울재 농악대들이 메귀굿할 때처럼 비단 한복에 종이꽃이 너울거리는 고깔을 쓰고, 두 어깨에서 양 옆구리에 엇갈리게 빨간 비단 휘장을 둘렀으며, 오른손으로는 대사각령기大四角令旗를 들고 서 있었다.

불개미집 앞 장 보러 가는 개미들처럼 건물을 들락거리는 많은 사람은 마치 박물관 진열품 구경하듯 신기한 눈으로 칠복의 그런 모습을 되작거려 뜯어보곤 했지만, 그는 눈자위 한번 흐트러뜨리지 않고 턱끝에 힘을 주어 쇠말뚝에 옷을 입혀 놓은 것처럼 그렇게 빳빳하게 서 있었다.

그의 딸 금순이도 역시 비단 색동옷에 머리 위에는 빨간 종이꽃을 꽂고 아버지 옆에 바짝 붙어 서 있었는데, 금순이의 그런 모습은 영락없이 걸립패의 어깨에 서서 옴족옴족 나비춤을 추는 꽃나비였다.

금순이는 아버지 옆에 나비처럼 날개를 접고 붙어 있기가 지루할라치면 비단 색동옷을 자랑이라도 하려는 것 모양, 층계를 토닥거리며 1층부터 꼭대기까지 휘젓고 돌아다니다가, 연지를 찍은 것처럼 두 볼이 빨그작작해 가지고 돌아와서는 아버지한테 건물 안에서 보았던 것들을 신기한 듯 잘도 조잘거렸다.

금순이는 건물을 드나드는 사람들이 때때로 동전을 쥐어 주거나 과자 나부랭이를 사 주곤 했기 때문에 야금야금 그것을 받는 재미로 건물 밖에 나가는 일은 거의 없었다.

건물 안의 여자 직원들도 금순이를 끔찍하게 귀여워해 주었다. 점심때가 되면 서로들 끌고 가서 도시락을 나눠 먹이곤 했다.

처음 며칠은 묘한 차림을 하고 빳빳하게 서 있는 그들 부녀를 본 사람들이 킬킬대고 숙덕거리는 듯싶었지만, 그가 바로 날마다 정오만 되면 어김없이 11층 옥상에서 도시의 구석구석까지 울려 퍼지도록 우람하고 신비스러운 징을 치는 사람이라는 것을 안 뒤부터는 보는 눈빛에 웃음이 사라지게 되었다.

칠보증권회사에 수문장으로 취직을 한 허칠복은 그가 이 세상에 태어나서 처음으로 사람대접을 받는 것 같아 마냥 신나고 오달진 마음에 하루에도 몇 번씩 빌딩 꼭대기 위로 뽀곰히 열려오는 한 가닥 하늘을 향해 감사하는 마음을 띄워 보내곤 했다.

그는 조금도 부끄럽지가 않았다. 부끄러울 것이 없었다. 되레 자랑스러웠다.

"당신이 징을 치는 사람이우?"

건물을 드나드는 사람이나, 그 앞을 지나는 행인들이 가끔 걸음을 멈추고 칠복을 보며 이렇게 묻곤 했다. 그때마다 칠복은 종이 고깔의 꽃잎들이 싸르르 소리를 내며 출렁이도록 크게 고개를 끄덕이곤 했다.

이때 다시,

"징 한번 후련하게 잘 칩디다."

하고 칭찬이라도 한마디 해줄라치면 벙시레 소리 없는 웃음이 얼굴에 가득 괴게 마련이었다.

이럴 때면 그는 징이 더욱 소중하게 여겨졌다.

칠복은 하루에 한 차례씩 옥상에 올라가 시가지를 발부리 아래 한눈에 넣고 더욱 흥겹고 간결하게 징을 쳤다.

꼭두새벽, 눈을 뜨기가 바쁘게 걸립패 옷으로 바꿔 입고 회사 철문을 올린 다음, 아무도 출근을 하지 않은 이른 아침부터 입구에 버티고 선 칠복은, 언제나 징을 칠 수 있는 점심시간이 오기만을 기다렸다.

회사 현관 벽기둥에 붙은 전자시계가 열두 시를 가리키면, 그들 부녀가 신세를 지는 숙직실로 뛰어 들어가 벽에 걸어 둔 징을 들고 방울재에서 부락제를 올리러 할미산 산신당으로 올라갈 때처럼 조금은 흥겹고 엄숙한 마음으로 11층 꼭대기까지 천천히 층계를 밟고 올라갔다.

징을 치기 위해 11층까지 올라가는 동안 칠복은 방울재에서 마지막 장승제를 지냈던 2년 전의 정월 열 나흗날 밤을 떠올리곤 했다. 그날 밤 방울재 사람들은 할미산 너덜겅이 허물어져 내리도록 밤새도록 마시고 놓악을 치다가 한 덩어리가 되어 울어버렸다. 칠복이도 처음으로 비틀거리도록 술을 퍼마셨으며 목이 쉬게 꺼이꺼이 울었다.

근 백년을 이어 온 방울재 마지막 장승제였다. 한 달 전부터 제사 비용을 추렴하여 제기도 장만했고, 제수로 쓸 윗당산머리 각시샘 둘레에 황토를 뿌려 악귀나 부정한 사람의 출입을 막았으며, 각시샘은 멍석을 덮어 아무도 사용을 못 하게 했다.

마지막 장승제라서 어느 해보다 더 정성을 쏟은 거였다.

십팔 대를 이어 살아왔다는 방울재 마을 앞 큰 느티나무 주위에는 열두 개의 장승이 부락 수호신으로 서 있었고 방울재 사람들은 마을이 생긴 이래로 해마다 정월 열 나흗날 밤에 일년 동안의 풍년과 건강을 기원하는 장승제를 지내 왔었다.

정월 초하룻날 방울재 이장 김덕기를 제주로 뽑았다.

제주가 된 이장은 몸과 마음을 깨끗이 해야 하므로 제사 전 일곱 날 동안 술과 고기를 먹지 않고 두문불출해야만 했다. 제물을 장만하는 사람들도 제주와 똑같이 목욕재계하고 몸을 깨끗이 했다.

방울재의 마지막 장승제날 밤에는 유난히도 달이 밝았다. 할미산에 달이 떠오르자 방울재 안통이 대낮처럼 훤했다. 들판에 눈까지 수북이 쌓여대지는 눈부셨으나, 하늘은 오히려 고향을 떠나야 하는 방울재 사람들의 착잡한 마음처럼 답답해 보였다.

할미산에 달이 수밀도처럼 덩실하게 떠오르자, 여자를 제외한 한 집에 한 사람씩 천하대장군, 지하여장군의 열두 개 장승이 늘어선 마을 어귀 큰 느티나무 앞으로 나왔다.

달빛이 산야에 가득하여 밤은 대낮처럼 밝았으나, 마지막 장승제를 지내기 위해 마을 앞 느티나무 아래로 향하는 방울재 사람들의 마음은 한없이 어둡기만 했다. 마음이 어두운 탓으로 그들은 말수조차 줄었다. 지난해 장승제 때만 해도 제를 올리기 전부터 기분이 들떠 와자하게 떠들어대곤 했었는데, 이날 밤에는 떠벌리기 좋아하는 판쇠영감마저 고개를 쿡박은 채 좀처럼 입을 열지 않았다.

느티나무 아래엔 얼추 칠팔십 명이 모였는데도, 무거운 한숨 소리와 삐억삐억 담배 빨아 대는 소리뿐, 고즈넉하게 조용했다.

금줄이 걸린 장승 앞에 촛불이 켜지고 떡시루며, 과일, 북어, 조기 등 제물이 진열되자 농악으로 천신과 지신을 불렀다.

이날 밤만은 농악대도 구색을 다 갖추었다. 징, 꽹과리, 장고, 북, 소고, 호적이 답중악 자진모리로 울러 댔고 부락기와 영기가 각각 한 쌍, 꽃나비, 대포수, 말뚝이까지 곁들였다.

전립 꼭대기에 털 뭉치를 단 상쇠 장말재는 까강깡깡 꽹과리를 두드리며 머리를 들어 털 뭉치를 뱅뱅 돌렸다.

농악대의 농악 소리가 점점 흥겹게 어우러지며 징잡이 허칠복의 경중거리는 발걸음이 구름을 밟듯 가벼워지고 자꾸만 징소리가 하늘로 퍼져 올라갔다.

농악이 끝나자 방울재에서 가장 나이가 많은 상노인 대추나무집 장또삼이 할아버지가 잔을 올렸고, 이어 제주가 된 이장 김덕기가 차근차근하고도 엄숙한 목소리로 축문을 읽었다.

"정든 땅 방울재를 떠나는 이민들이 산지사방으로 흩어지니 천지신명께서는 전과 다름없이 이들을 보살펴 주시옵고……."

이날 축문은 다른 때 보다 길고 애절하여 제사에 참여한 방울재 사람들의 눈시울을 적셨다.

축문이 끝나자 여기저기서 팽팽 코를 푸는 소리가 들렸다. 칠복이도 콧대가 시큰시큰해지는 바람에 콧마루를 잡고 서너 차례 코를 풀었다.

제주의 호명에 따라 호주들이 제단 앞에 나와서 8절지 창호지를 불사르며 각기 가정의 만복을 기원하는 소지燒紙가 끝나자, 여지껏 집 안에 숨어 있었던 남녀노소 할 것 없이 방울재의 모든 사람이 우르르 몰려나와 제사 음식을 나눠 먹었다.

다른 때 같으면 귀밝이술 한 잔씩만 마시고 집으로 돌아갔을텐데 이날 밤만은 오래오래 취하도록 술잔을 돌리고, 희번하게 동이 터올 때까지 농악을 울렸다. 방울재 사람들은 정든 고향을 떠나는 아픔을 농악 소리로 달래기라도 하는 듯 밤새워 자진모리를 울려 댔다.

부끄러움이 많아 마을 앞 각시샘을 아랫당산 쪽으로 휘어 돌아가곤 하던 새색시들까지도 법고놀이를 했고, 아이마다 제 아버지나 어머니의 어깨 위에 올라가서 덩실덩실 꽃나비가 되어 춤을 추었다.

11층 옥상으로 올라간 칠복은 휘휘휘 이상한 소리를 내며 바람을 밀어 내리는 하늘과, 쭝긋쭝긋 건물들이 솟은 도시를 한눈에 담으면서 왼손에 든 징을 머리 위로 힘껏 추켜올렸다.

징 징 징…….

칠복은 징채를 휘둘렀다. 징소리는 바람처럼 울려 퍼졌다. 징채를 휘두르는 칠복의 온몸은 피돌기가 빨라지는 듯싶었다. 그는 옥상에서 경중거렸다. 머리끝에서 발부리까지 한 줄기의 소리가 그의 핏줄을 타고 온몸에 퍼지면서, 고향을 잃은 분한 마음, 아내를 잃은 슬픔이 징소리와 함께 하늘과 땅으로 울부짖음이 되어 흩어졌다.

그는 방울재에 댐을 막으려고 불도저를 들이댔던 빨간 모자를 눌러쓴 측량기사며, 물에 잠긴 마을에 낚싯줄을 드리운 낚시꾼들, 아내를 낚아채 간 식당 주방장의 머리통을 깨부수듯 신들린 사람처럼 징채를 휘둘렀다.

그가 징채를 휘두르는 순간에는 뿔뿔이 흩어져 버린 고향 사람들의 얼굴이 하나씩 되살아나 그와 함께 경중거리는 모습이 보였다.

상쇠잡이 장말재는 까강깡깡 꽹과리를 치며 고개를 까닥거렸고, 장고잡이 김칠덕이는 덩더꿍덩더꿍 어깨를 내두르며 노루처럼 뛰었다. 대포수 최팔만이의 갈쭉한 얼굴도 보였고, 소고잡이의 여러 친구도 신이 나서 경중거렸다.

휘모리 자진모리 가락으로 넘어가면서 메귀굿은 절정을 이루었고, 삼백 평 남짓한 옥상이 손바닥처럼 좁아졌다. 금순이도 신이 나서 꽃나비처럼 두 팔을 쩍 벌리고 나붓나붓 춤을 추었다.

건물 안의 구경꾼들이 옥상으로 올라오자, 그들 부녀는 더욱 신바람이 났다.

칠보증권 건물 안의 모든 사람은 점심시간을 알리는 징소리를 듣고 저마다들 잠시나마 잊고 지내던 고향 하늘을 떠올리며 숙연해지기까지 했다.

"고향에 안 가본 지가 너무 오래됐어."

"나는 한 십 년쯤 됐구만."

"다음 추석 땐 제백사허고 고향에 댕겨와야겠어."

"우리 집 애새끼들이 아빠 고향이 어디냐고 졸라 대는데도 여지껏 구경을 안 시켜 줬구만."

"이러다간 고향은 꿈에도 안 나타나겠어."

"저놈의 징소리가 괜히 심란하게 만드는구만."

그들은 고개를 저뻐듬히 뒤로 꺾어 편한 자세로 의자에 앉아 닫힌 창문에 펼쳐진 손바닥만한 하늘을 목마르게 쳐다보면서 한마디씩 뱉어냈다. 그들은 손바닥만한 회색 하늘에서 고향 사람들의 희미한 얼굴을 떠올리려고 해보았지만, 은딱지를 구겨 던진 것 같은 한 가닥 구름에 가려 아무것도 떠오르지 않았다. 그럴 때마다 그들은 가슴이 답답했고, 그 답답한 가슴을 징소리가 녹여 주는 듯싶었다. 징소리는 철판이 되어버리다시피 한 그들의 가슴을 거세게 후려치면서 잊고 지내던 고향을 끊임없이 일깨워 주었다.

3

"저놈에 징소리에 바늘이 달렸나? 내 마음을 쿡쿡 쑤시네."

칠보증권 건물 안의 모든 사람, 징소리를 들은 80만 남도 시민들은 저마다 한결같이 고향을 떠올리며 잠시나마 뭉클한 향수에 젖곤 했다.

그러나 칠보증권의 총무과장 장필수만은 징소리가 날 때마다 걸레 씹는 얼굴로 귀를 틀어막곤 했다.

"과장님, 왜 그러십니까?"

총무과에서 나이가 가장 많은 배 계장이 심상치 않은 얼굴로 물었다.

"씨팔, 저놈에 징소리 때문에 미치겠어."

"과장님두 원, 얼마나 오랜만에 들어 보는 소립니까?"

"저게 사람 잡을 소리라고!"

총무과장은 털커덕 회전의자에 앉더니만 의자를 창 쪽으로 돌리며 두 손으로 머리를 싸맸다.

징소리를 싫어하는 이유를 아무에게도 말할 수가 없었다. 그는 요즈막 어렸을 때 그가 겪었던 악몽 같은 기억이 대낮에 하늘의 구름을 보는 것만큼이나 선명하게 되살아났기 때문에 징소리를 들을 때마다 가슴을 쥐어뜯고 있는 거였다.

장필수는 어렸을 때부터 징소리를 싫어했다. 그 소리를 들을 때마다 큰 뱀이 그의 몸을 휘감아 오는 것 같은 징그러운 공포를 느꼈다.

그의 고향은 섬진강 상류로, 샘물보다 더 맑은 섬진강 물이 모래밭을 핥고 흐르는 지리산 밑 노루목이라는 마을이었다.

그의 아버지는 지리산 안통에서 이름난 징채잡이였다. 젊어서부터 구례, 곡성, 하동, 화개, 순천, 벌교 등지를 남사당패처럼 걸신 거리며 돌아다니기만 좋아해서 가난을 면치 못했고, 마흔이 다 되어서야 늦장가를 들어서는, 한마을 박 포수네 집에서 머슴살이를 했다.

박 포수는 이름난 지리산 포수로 산돼지며 곰을 수도 없이 잡아 부자가 된 사람이었다. 그는 농사일은 장쇠(장필수 아버지를 그렇게들 불렀다)한테 맡기고, 지리산 피아골에 눈이 녹아내리기 시작하면 집을 나가서는, 다시 눈이 펄펄 내리는 겨울에야 뭉텅이 돈을 벌어 돌아오곤 했다.

박 포수가 집에 있는 것은 눈 때문에 길이 막혀 버리는 동안뿐이었다. 그는 산짐승의 생피를 많이 먹어 언제나 불그레한 얼굴로 마을 앞 돈단에 뒷짐을 지고 댕돌같이 서서는 온 세상이 자기 것인 양 넉넉한 얼굴로 한 겨울을 보내곤 했었다.

박 포수가 집에 있는 정월 한 달 동안은 초하루부터 그믐날까지 하루도 빼지 않고 밤마다 집집이 차례로 돌며 메귀굿을 했다. 그 한 달 동안은 장쇠 세상이나 진배없었다. 그는 저녁상을 물리기가 바쁘게 사랑방에 군불을 지피고 나서는 귀신에 홀린 사람처럼 징을 들고 경중거리며 돈단으로 나갔다. 젊어서 남사당패처럼 돌아다니기만 해 싸서, 힘든 일을 할 때는 시원찮기만 하던 그가, 일단 징채만 쥐었다 하면 경중거리는 모습이 학춤이요, 나붓거리는 어깨춤이 남원 기생 못지않게 흥겹고 구성져서, 노루목 사람들의 혼을 뺐다. 징을 잘 쳐 장쇠라 불리는 그는 징뿐만 아니고 꽹과리, 장고, 북, 소고며 못 다루는 굿물이 없었지만, 징을 치기를 좋아해서 언제고 메귀굿을 할 때는 징채를 다른 사람한테 잠시도 넘겨주기를 싫어했다.

장쇠의 징소리는 한 번만 들어도 백팔번뇌를 잊어버린다는 화엄사 범종 소리보다 더 맑고 힘차게 지리산 안통을 쥐흔들었다.

어린 장필수는 정월 한 달을 아버지의 징소리 때문에 잠을 이루지 못했다. 그는 언제나 눈을 감고 반쯤 잠들어 있으면서 그 소리를 들었다.

아버지 장쇠는 첫닭이 홰를 쳐서야 휘주근하게 데쳐놓은 고사리처럼 길게 어깨를 늘어뜨리고 돌아오곤 했으며, 그때까지도 깊은 잠을 이루지 못한 어린 장필수는 아버지가 통샘거리 두껍다리를 건너 고샅으로 휘어 들어오는 발걸음 소리까지도 죄 귀담아듣고 있었다.

장필수가 잠을 이루지 못한 것은 어머니에 대한 원망보다는 아버지와 박 포수 때문이었다. 박 포수는 메귀굿이 한창 어우러지는 한밤중이면 거의 밤마다 필수와 그의 어머니가 잠자고 있는 방에 달빛처럼 슬그머니 기어들어 와서는 메귀굿이 끝나서야 바람같이 돌아가곤 했다.

박 포수는 그러니까 필수 아버지가 후려치는 징소리가 노루목을 징징 울리기 시작하면 그들 모자가 잠자는 방에 들어와서는 메귀굿 패거리들이 와글와글 농악을 울리며 한창 어우러지면 그도 또한 방 안에서 필수 어머니를 깔고 한바탕 요동을 치다가 징소리가 뚝 그쳐서야 서둘러 돌아갔다.

장필수는 기실 자는 척하면서도 박 포수가 나지막하게 큼큼 헛기침하고 슬그머니 네 발로 문턱을 더듬거리며 방으로 기어들어 올 때부터 도란거리는 말소리, 이상한 산짐승의 울음소리, 찍찍 신을 끌고 사립을 빠져나가는 소리까지 모두 귀담아들었다.

"어서 그만 가보씨요, 잉."

하고 필수 어머니가 앓는 소리로 채근 질을 할라치면,

"아직 징소리가 울리는디 걱정 없어. 참 고마운 징소리여."

하면서 으흐흐흐 멧돼지처럼 배 속에서 틀어 올라온 콧숨을 헐떡거리곤 했다.

필수는 이 순간처럼 아버지가 바보스럽게 생각된 적은 없었다. 그는 아버지가 당장 징채를 집어 던지고 집으로 돌아와 주기를 빌었다. 그러나 징소리는 방 안에 가득한 어둠처럼 그렇게 쉽게 끝이 나지 않았다.

아버지 장쇠는 달빛을 담뿍 받은 그림자처럼 소리 없이 돌아와서 투덕투덕 필수의 엉덩이를 가볍게 두드리고 나서는 짚불 스러지듯 코를 골았다. 필수는 그런 아버지가 마치 벼 이삭에 뜨물이 들기 시작할 무렵 논에 세워진 허수아비 같다는 생각을 수없이 되풀이하곤 했다.

화를 낼 줄도, 소리 내어 울 줄도 모르고 후줄근하게 걸레 같은 헌 옷을 입고 비를 맞으며 바람에 흔들거리기만 하는 허수아비.

아버지가 징을 치며 경중거릴 때는 더욱 그렇게 보였다. 아버지가 징을 칠 때는 다리와 허리 팔 어깨 머리를 마음대로 흔들어댔다. 사람 같지가 않았다. 혼이 빠져 있는 얼굴이었다. 허수아비의 얼굴처럼 아무것도 찾아볼 수가 없었다. 처음엔 그래도 아버지의 그런 모습이 신기하기까지 하여 밤마다 메귀굿 구경을 하러 갔었는데, 박 포수가 슬그머니 그들 방으로 들어온 사실을 알고부터는 어둠 속에 갇히듯 저녁상을 물리고 나서는 이내 방에 드러눕고 말았다. 사람 같지가 않은 아버지의 모습이 보기 싫었다. 그의 마음속 깊숙한 곳에서 슬픈 생각이 뭉클뭉클 솟구쳤다.

"아부지, 오늘 밤엔 굿 치러 가지 말어."

필수는 어둠이 무서웠다. 그래서 징을 들고 나가는 아버지의 소맷자락을 붙들고 속 타는 마음으로 칭얼대 보기도 했다.

그때마다 바보 같은 그의 아버지는,

"이노무 자석아, 이 장쇠가 아니면 누가 징을 칠 꺼여."

하면서, 징채로 가볍게 아들의 머리를 툭툭 치며 벌죽벌죽 웃었다.

"징소리 듣기 싫어 잉."

"내 원 참, 장쇠 징소리 듣기 싫다는 놈 첨 봤구나. 지리산 안통에서 이 장쇠만큼 징을 잘 치는 사람이 있는 줄 알어? 너도 이담에 커서 애비 모양 징채잡이나 돼야 해 이놈아, 애비는 징채만 잡았다 허문 세상에 부러울 것이 없단다."

할 뿐이었다.

아버지 장쇠는 매일 밤 맨 먼저 징을 들고 돈단에 나가서, 놋쇠 덩어리의 그 무거운 징이 마치 살아 있는 것이기라도 한 듯 뭐라고 말을 하면서 징채를 휘둘러 농악꾼들을 불러 모았다.

아버지 장쇠의 징소리와 함께, 낮 동안 깊이 잠든 노루목이 비로소 깨어난 듯싶었다. 메귀굿이 계속되는 정월 한 달 동안 노루목은 낮에 잠들고, 밤이면 깨어나곤 했다.

필수는 그 한 달 동안이 그렇게 지루할 수가 없었다. 온통 머릿속이 뒤죽박죽되어 버렸다. 친구들과 잿등에 올라가 연날리기를 할 때도 조금도 즐겁지 않았다.

　그러던 어느 날 밤, 필수는 아버지의 징소리가 사람의 혼을 빼어 버린 것을 알았다. 그때부터 그는 징소리에는 귀신이 붙어 있는지도 모른다는 생각을 했고, 그 생각 때문에 징소리만 들으면 그의 머리와 귀에서 명주실보다 더 가늘어 눈으로 볼 수 없는 혼이 슬슬 빠져나가고 있는 듯한 착각을 일으키곤 했다.

　"정월이 가까워 오니께 징이 미리 징징 우는구나."

　섣달이 저물기 시작하면 아버지는 벽에 걸린 징을 쳐다보며 늘 그렇게 말했다.

　"징이 혼자 울어요?"

하고 필수가 물을라치면,

　"암, 울고말고."

하면서, 잠시 징채를 휘두를 때처럼 얼굴이 놋쇠 색깔로 굳어지는 것이었다. 그때부터 필수는 징에도 해마다 금줄을 치고 제사를 지내는 마을 앞 늙은 느티나무처럼 귀신이 붙어 있는 게로구나 하고 생각했었다.

　그러나 이날 밤, 필수는 징소리가 사람의 혼을 뿌리째 빼내는 힘이 있다는 것을 확실하게 알았다.

　정월 대보름이 지난 이틀 후라서 달빛은 밤늦게까지 안마당이며, 헛간 지붕, 앙상한 접시감나무 가지들 위에 섬진강 은어의 비늘처럼 쌓여 번쩍거렸다.

　어김없이 박 포수가 와 있는 그 날 밤도 잠을 이루지 못하고 목젖이 후끈하게 달아오르도록 숨을 죽이며 마른침만 꼴딱거리던 필수는, 목자目子

를 모로 사려 한 덩어리가 되어 들썩거리는 박 포수와 어머니의 모습을 촉촉이 물기 담은 눈으로 찔러보며, 제발 아버지가 빨리 돌아오기를 징소리에 빌었다.

그가 간절히 빌자 징소리가 갑자기 뚝 멎었다. 꽹과리며 북, 장고소리가 요란한데 징소리만 들리지 않았다.

"징소리가 죽었나 봐요."

필수 어머니가 소여물 먹는 소리로, 고르지 못한 숨소리를 한껏 가라앉히며 속삭이듯 말하자,

"귀가 묵었어? 내 귀에는 장쇠 징소리가 귀청을 뜯는구만."

하고 박 포수는 한결 더 느긋해지는 듯싶었다.

"그러네요, 내 귀도 시끌덤벙허네요."

필수 어머니도 박 포수의 말을 믿었다.

그러나 필수는 귀청을 열고 머리털처럼 미세하게 갈라진 신경의 편린들을 한곳에 모아 보았지만 아버지의 징소리는 들리지 않았다. 지리산 골짜기를 훑고 섬진강으로 갈퀴질하듯 드밀고 내려오는 휘휘한 바람 소리 외에는 아무 소리도 들리지 않았다.

필수는 느리게 내쉬는 숨소리에 맞춰서 하나부터 백까지 세는 동안에 아버지가 돌아올 것으로 믿었다. 그의 예감은 화살이 과녁에 정통으로 꽂히듯 적중했다. 아버지의 발소리는 쿵쿵쿵 북소리처럼 땅을 울리며 가까이 달려오고 있었다. 여든아홉을 셌을 때 두껍다리를 건너왔고, 사립 안으로 들어서는 소리를 분명하게 들을 수가 있었다.

방문이 벌컥 열렸다.

박 포수와 어머니는 뱀처럼 똬리 진 몸을 미처 풀 겨를도 없었다. 대낮

같이 환하게 비친 달빛 때문에 몸을 숨길만한 어둠도 없었다.

"뉘기여?"

방에 들어서자 박 포수의 그림자를 발견한 아버지가 징채를 후려치듯 한목소리로 튕겼다. 그러고는 아버지는 왼손에 징을 든 채 꾸부정하게 허리를 꺾어, 비실비실 몸을 일으키는 박 포수를 희끄무레한 달빛 사이로 찬찬히 들여다보는 것 같더니,

"아니? 네놈이?"

하며 오른손으로 박 포수의 멱살을 댕댕하게 잡아 올렸으며, 뒤이어 으으흥흥 황소울음을 울다가, 두 손으로 징을 움켜잡아 마구 휘둘러 댔고, 퍽퍽 박 포수의 머리가 징에 맞아 깨지는 소리가 들렸다.

박 포수는 필수 아버지가 휘두르는 징에 맞고 짧은 비명을 지르며 나무 둥치처럼 퍽 쓰러졌는데, 필수 아버지는 방바닥에 넘어진 박 포수의 몸을 징으로, 겨울 동안 얼어붙은 땅에 괭이질하듯 쿡쿡 찍고 두 발로 직신직신 밟았다.

놀란 어머니는 옷을 추슬러 입을 겨를도 없이 홑치마 바람으로 방에서 튀어 나가 버렸다. 필수도 한달음에 동구 밖 돈단까지 뛰어나갔다.

메귀굿을 끝내고 막 집으로 돌아가던 마을 사람들이 횃불을 들고 뛰어왔을 때는, 방안은 온통 피가 흥건하게 괴어 있었고, 피투성이가 되어 네 사지를 쭉 뻗고 엎어져 있는 박 포수는 이미 숨이 끊어진 뒤였다.

밤새도록 추위와 공포에 떨던 필수는 몸뚱이가 콩알만큼 작아져 버린 듯싶었다. 필수는 그날 밤 집에 돌아가지 않고 마을 앞 느티나무 아래서 떨면서 아침을 맞았다.

필수 아버지 장쇠는 그날로 스스로 이십 리나 되는 지서에 나가 자수를

했으며, 10년 징역을 살고 나와서는 시난고난 앓다가 끝내 세상을 뜨고 말았다.

그 후로 필수는 아버지의 징소리를 듣지 못했다. 그는 징소리가 싫어졌다. 어쩌다가 징소리를 들을라치면, 그의 혼이 모두 빠져나가는 것 같은 아릿아릿한 현기증에 떨었다.

아버지의 혼이 울부짖는 소리를 듣는 것 같았다. 맞아 죽은 박 포수의 우는 소리 같기도 했다. 필수는 나이가 들수록 징소리에 대한 공포도 더욱 커졌다.

그런 일이 있던 해 봄이 오기도 전에 어머니는 필수를 데리고 서둘러 노루목을 떠나 지금 살고 있는 광주시로 나왔다. 그들 모자는 징소리를 듣기 싫어하는 것처럼, 한번 돌아서 버린 고향에 두 번 다시 발걸음을 하지 않았다. 그가 아버지 혼의 울부짖음 같은 징소리를 듣지 않게 된 것과 같이 그의 뇌리에서 고향이 잊힌 지 이미 오래되었다.

이제 하고많은 세월 속에 그 악몽이 묻혀 버렸는가 싶었는데 난데없이 바보 같은 징채잡이 허칠복이가 나타나 날마다 징을 치는 바람에 필수는 마치 심장을 도려내는 것 같은 아픈 기억들이 되살아나고 있는 것이다.

그의 과거를 되살려낸 징소리는 끊임없이 삶의 고통을 확인시켜 주었고 그 고통은 하루하루 생활을 무기력하고 짜증스럽게 만들었다.

과거란 아름다운 것이거나 고통스러운 것이거나 간에, 과거의 무덤 속에 파묻혀 있어야지, 그게 되살아난다면 결코 즐거운 것이 못 되었다.

요즈막 필수는 되살아난 과거의 기억 때문에 해소병으로 몇 년째 앓아 누워 있는 그의 어머니가 갑자기 역겹도록 보기 싫어졌고, 박 포수의 핏줄일 것으로 믿어 온, 대학에 다니는 하나뿐인 여동생 필순이마저도 얼굴을 마주 대하기를 꺼려해 하고 있는 터였다.

필순이의 휘움한 꾀꼬리눈썹이며, 끝이 뭉뚱한 주머니코가 영락없이 박 포수를 닮은 것 같았다.

4

장필수 과장은 총무과 직원들이 점심을 먹을 생각조차 잃어버린 듯 몽롱한 시선으로 창밖을 바라보며 징소리에 취해있는 모습들을 보고 벌떡 의자에서 일어섰다.

그는 진군하는 용사처럼 어깨에 힘을 주고 사장실로 직행했다.

사장은 팔걸이 의자에 두 눈을 지그시 감고 편안한 자세로 앉아 있다가 곁에서 인기척이 나자 막 깨어난 듯한 희미한 시선을 들어 총무과장을 가볍게 쳐다보았다.

"사장님께 드릴 말씀이 있습니다."

사장은 팔을 거두고 고쳐 앉으며 고개를 들었다.

"무슨 일인가?"

"저 징소리 말입니다."

"그래, 장 과장도 고향을 생각하고 있었나?"

"지장이 많습니다."

"무슨 소린가?"

"징소리 때문에 직원들 사기가 떨어진 것 같습니다."

그 말에 박철 사장은 갑자기 사장실 안이 컹컹 울리도록 광주리만 하게 입을 벌리고 한바탕 큰 소리로 웃었다.

"장 과장, 고향이 어딘가?"

"지리산 밑입니다."

"좋은 곳이로구만. 자주 가는가?"

"안 간 지가 한 이십 년도 더 넘었습니다."

"너무했구만. 그러니까 그런 엉뚱한 소릴 하지."

"무슨 말씀이신지."

"고향을 잊는 건 부모를 잊는 거나 마찬가질세."

사장의 말에 그는 명치끝이 바늘에 찔린 것 같은 따끔한 아픔을 느꼈다.

그는 사장실에서 나오려다 말고 징 징 징 그의 심장을 쥐어뜯는 듯한 소리에 얼굴이 창백하게 굳어진 채 한동안 말뚝처럼 서 있었다.

"하긴 나도 마찬가질세. 나도 그동안 고향을 잊어버리고 있었네. 그런데 오랜만에 저 징소리를 듣고 나니 다시 고향이 생각나고 옛날 사람들 얼굴이 하나하나 살아나는구만. 고마운 소리지. 저건 마법의 소리일지도 몰라. 고향을 잊고도 이만큼 성공했는데 저 소리를 들으니 내가 그동안 헛살았구나 하는 생각이 든단 말일세."

사장은 잠에 취한 사람처럼 두 눈을 지그시 감고 말했다. 장필수 과장은 현실감이 없이 꿈꾸듯 말하는 사장의 그 같은 소리에 그렇구나, 사장도 혼을 빼앗기고 있었구나 하고 생각했다.

"사장님, 실은 경찰서에서 전화가 왔었습니다."

장필수 과장은 엉뚱한 말을 뱉어냈다.

"전화?"

"네, 저놈의 징소리 때문이죠. 시민들한테서 경찰서에 전화 고발이 빗발친다고 합니다."

"불쌍한 시민들."

"소음 공해라는 겁니다요."

"공해라니!"

사장은 상반신을 벌떡 일으키며, 퍼허 하고 어이없는 웃음을 마치 타이어 튜브에서 바람이 빠지는 소리처럼 토해냈다.

"공해라니, 말이 되나?"

"단속을 하겠답니다."

"불쌍한 것들! 천둥을 치는 하느님을 입건하라지 원!"

과장은 풀이 죽어 시선 둘 곳조차 찾지 못하고 당황했다. 그는 비로소 사장한테 그런 엉뚱한 거짓말을 한 게 지나쳤음을 알아차렸다.

"경찰에서 오면 내게 알려 주게."

박철 사장은 징소리가 멎자 천천히 사장실에서 나갔다.

그런 일이 있고 나서, 장 과장은 걸핏하면 칠복이한테 괜한 트집을 잡아 지악스럽도록 달달 들볶아 댔다.

그는 칠복이의 행동 하나하나까지 신경을 곤두세워 딱따구리처럼 쪼아댔다. 간섭이 심했다.

걸립패 옷을 입고 온종일 건물 입구에 서 있는 칠복에게 턱을 너무 추켜올리지 말라거니, 인상이 절간 입구의 험상궂은 사천왕상 같다거니, 이러쿵저러쿵 강아지 얼음 먹는 소리를 늘어놓으며 과부 시어머니가 며느리 닦달하는 듯했다.

그는 또 청소부가 따로 셋씩이나 있는데도, 건물 입구에 담배꽁초만 하나 떨어져 있어도 칠복이를 다그치며 큰소리쳤다. 칠복이는 그저 장 과장이 시키는 대로 죽으라면 죽는시늉까지 다 할 뿐이었다.

칠복은 단 한마디의 불평도 하지 않았다. 그는 늘 월급쟁이라는 게 그렇게 쉬운 일이 아니로구나, 하지만 장 과장이라는 사람은 우리 외삼촌에 비하면 훨씬 양반인 걸 하고 생각했다. 칠복이가 어려서부터 꼴머슴으로 들어가 순덕이한테 장가를 들기까지 20년 넘도록 머슴살이를 해온 그의 외삼촌은 인정이라고는 담배씨만큼도 없는 사람이었다.

칠복이의 외삼촌 김막동은 무릎까지 올라오도록 눈이 쌓인 한겨울에도 나무를 시켰고, 칠복이가 나무를 해오지 않을라치면 옷을 홀랑 벗겨 황룡강에 처넣은 사람이었다. 잔뼈가 굵어 장가들 때까지 새경은 고사하고 철 따라 옷도 제대로 해주지 않은 그의 외삼촌은 신접살이를 나올 때 오두막 한 칸을 겨우 장만해 주었을 뿐이었다.

장 과장의 극성은 날로 심해졌다.

칠복이 부녀는 칠보증권 숙직실에서 잠을 자고 아침저녁으로 숙직실 블로크 담 뒤편에서 아무도 모르게 감쪽같이 번갯불에 콩 구워 먹듯 라면을 끓여 먹곤 했는데, 장 과장이 어떻게 그걸 냄새 맡고는 어찌나 불호령인지, 숙직실에서는 물도 데워 먹을 수가 없게 되었다. 칠복은 장 과장 눈 밖에 나지 않으려고 하는 수 없이 회사에서 두어 전봇대쯤 떨어진, 푸줏간 골목 입구에 있는 막걸릿집 신세를 지게 되었다.

그러나 장 과장의 꽈배기처럼 배배 꼬인 심사는 좀처럼 풀리지 않았다. 왜 그가 그렇게 지악스럽게 행패를 부리는 건지 그의 꾸정꾸정한 속마음을 알 턱이 없는 칠복은, 아내를 찾을 때까지 칠보증권회사에서 탈 없이 버텨 나가자면 아무래도 장 과장 눈 밖에 나서는 안 되겠다 싶어 그의 앞에서는 코가 땅에 닿게 허리를 휘어 과장님 과장님하고 온갖 너름새를 다 떨었다. 그러나 그는 조금도 달라지지 않았다. 칠복을 보는 장 과장의 눈에는 뱀의 혓바닥 같은 섬찟함이 도사려 있었다.

그는 언제나 고양이 쥐 보듯 시선에 낚싯바늘을 달고 잡아먹을 것처럼 찍어 보았다.

칠보증권의 수문장이 된 지 닷새쯤 지나서, 칠복은 참으로 난처한 입장에 처하게 되었다. 낮 열두 시가 되어 숙직실에 걸어 둔 징을 들고 층계를 급히 올라갔는데, 맨 꼭대기 옥상으로 올라가는 철문의 큼직한 쇠통이 채워져 있었던 것이다. 여지껏 그런 일이 없었다. 당황한 칠복은 총무과로 뛰어 내려와서 옥상으로 올라가는 문을 열어 달라고 비대발괄 빌었으나, 장 과장은 아무도 열쇠를 갖고 있지 않다면서, 지금까지 내내 열려 있던 문을 누가 잠가 버렸느냐고 되레 칠복이한테만 꽝꽝 큰소리를 벼락 치듯 했다.

칠복은 그의 가슴 한구석이 차갑게 얼어붙는 절망감을 맛보았다. 내일부턴 그의 머리 위에 해가 떠오르지 않을 것 같은 참담함에 창자 끝에서부터 한숨이 틀어 올랐다.

점심시간이 다 되었는데도, 열쇠를 찾지 못해 1층에서부터 11층까지 일백아흔여덟 개의 층계를 허파가 곧 터질 듯한 아픔을 참고 헐떡거리면서 다람쥐처럼 되풀이해서 오르락내리락할 뿐이었다.

결국, 그날은 징을 치지 못했다. 내일도, 모레도, 글피도 옥상으로 올라가는 철문이 그대로 닫혀 있게 될지도 모른다는 생각을 했다.

점심시간이 훨씬 지나서야 허수아비처럼 휘주근하게 온몸의 핏줄이 모두 얼어붙은 모습으로 징을 들고 숙직실에 돌아오자, 옥상 철문 열쇠가 숙직실 꽃무늬 비닐장판 바닥에 귀신의 신짝처럼 팽개쳐져 있는 게 아닌가. 그는 열쇠를 집어 들고 부르르 떨었다.

천지신명이여, 방울재 장승님이시여, 성황당 신이시여, 방울재 당산님이시여.

칠복은 부르르 몸을 떨며 마음속 깊숙이 울부짖었다.

칠복은 다음 날부터 다시 정확하게 시간에 맞춰 징을 치기 시작했다.

그러나 하루를 거르게 된 것이 죽었다가 다시 깨어난 것처럼 아슬아슬하게 생각되었다. 열쇠 장난을 한 사람이 장 과장일지도 모른다는 의심이 머리에 찍혀 왔다.

그런 일이 있은 뒤 칠복은 더욱 장 과장을 보기가 섬찟해졌다. 그를 찍어 보는 장 과장의 시선은 느릅나무 껍질을 벗기는 호비칼처럼 사나워졌다.

그러나 장 과장의 그 같은 지악스러움에도 징소리는 어김없이 도시에 울려 퍼졌다. 징소리는 매일 정오만 되면 도시의 한복판에 있는 가장 높은 빌딩인 칠보증권 11층 옥상 한곳에서 한 가지 올림으로 퍼졌지만 80만 시민들은 각기 다른 여러 가지 소리로 들었다.

고향을 잃은 사람들에게는 고향 사람들의 목소리로, 억눌린 사람들에게는 자유의 울부짖음으로, 슬픈 사람들에게는 울음 대신 환희의 소리로, 실의에 빠진 사람에게는 용기의 외침으로 들렸던 것이다.

다음 날 칠복이가 한바탕 신명나게 징을 치고 뿔긋하게 얼굴이 달아올라 층계를 내려오는데 그의 앞을 가로막는 사람이 있었다. 방울재 이장 김덕기였다. 칠복은 그가 김덕기라는 것을 쉽게 알아보지 못하고 떠름한 눈으로 마주 보았다. 옛날 방울재에서 살 때는 신수가 좋아 시골 사람답지 않게 마지막 넉잠을 자고 섶에 오르는 누에처럼 허여멀쑥했었는데 지난 2년 사이에 온통 주근깨투성이에다 광대뼈가 툭 불거지고 까무잡잡하게 타 있었다. 검고 살갗이 엷어진 그의 얼굴이 삶의 고달픔을 말해 주었다. 게다가 그는 오른손에 붕대를 여러 겹으로 감고 있어, 얼추 보면 마치

다방이나 술집을 떠돌음하며 껌 나부랭이를 파는 거렁뱅이나 진배없었다. 그의 몰골은 지난 2년 사이에 한 20년쯤 폭삭 늙어 버린 듯싶었다.

"자네 덕기 아닌가?"

칠복은 죽은 아버지를 다시 만나기라도 한 것처럼, 가슴속 깊숙한 밑바닥부터 뜨거운 불길이 확 치솟아 오르는 반가움에 징채를 쥔 오른손으로 그의 가냘픈 어깨를 꼭 찍어 쥐었다.

"칠복이 자네가 틀림없구먼. 징소리를 듣고 자네라는 걸 그냥 알았어. 징소리가 방울재 사람들 이름을 부르더라니께그려."

김덕기는 슬프고도 반가운 미소를 지으며 말했다.

"처음부터 자네 징소린 줄 알았어. 방울재 사람이라면 자네 징소리를 다 알어듣재잉."

"서울로 올라갔다고 허든디."

"열흘 전에 내려왔구만. 헌디 자네 징소리 듣고 찾아온 방울재 사람들 없든가?"

"아아니! 아직은……"

"이상허구만. 징소리를 들었다면 달음박질쳐 올 껀디, 뿔뿔이 헤어져 번진 뒤로 통 소식을 알 수가 없으니…… 징소리가 나는 거 보니께 아직 방울재가 없어지지 않았다는 생각이 들구만."

"암턴 잘 왔네."

칠복은 우선 덕기를 데리고 숙직실로 들어갔다. 그는 칠복에게 칠보증권회사에 취직하게 된 경위를 자랑삼아 이야기했고, 그의 그런 이야기를 듣고 난 덕기는 또 덕기대로, 고향 방울재에서 나와서 2년 동안 보상금으로 받은 돈을 곶감 꼬치 빼먹듯 다 깨 먹고, 발붙일 곳을 찾지 못하고 서울에서 내려온 이야기를 버릇처럼 코를 훌쩍거리며 시시콜콜히 털어놓았다.

"칠복이 자네는 이제 이 도시에 뿌리를 박았구만그려."

"뿌리를 박았달 순 없어도 요새 같으면 숨통이 바늘귀만큼 터진 것 같구만. 우선 징을 칠 수 있으니 살 것 같으이."

칠복은 차마 마누라와 헤어졌다는 이야기만은 입 밖에 내놓을 수가 없었다.

"그나저나 서울에서는 왜 내려왔어? 깊은 산중 고사리 야지에 심으면 뿌리를 못 뻗고 말라 죽드끼, 고향을 잃은 우리들이 어디 간들 편할까만, 끝꺼정 참어 보재."

"서울은 우리같이 눈 둘 달린 사람은 못 살겠드만."

"에끼 이 사람아, 서울 사람들은 눈이 여남은 개쯤 되든가?"

"열 개도 더 될 꺼여. 뒤꼭지에도 손가락에도 발뒤꿈치에도 눈 안 달린 데가 없어. 눈마다 뻘겋게 불을 쓰고 다니드만. 심장도 말이시, 우리같이 손톱으로만 퉁겨도 피가 팍 솟구치는 그런 심장이 아니고, 송곳으로 찔러도 피 한 방울 안 나오는 양철 심장이라야 살겠데야."

"에끼!"

"내 말 안 믿는구만."

그러면서 덕기는 갑자기 혀끝에 열을 올려 코를 훌쩍거리며 이야기를 계속했다.

"내 손 다친 이야기 헐께 들어보소. 있는 돈 다 깨묵고 달포 전에 신촌 목욕탕에 화부로 들어갔다는 이야기는 아까 했재잉. 목욕탕에서 허는 일은 그다지 힘들지는 않데만, 새벽 일찍이 문 열기가 젤 죽겠드구만. 목욕탕이라께 새벽 손님이 많기 땜에 일찌감치 문을 열어야거든. 아 그런데 마시, 문을 열다가 큰 유리가 와장창 깨지면서 손목 핏줄이 상했단 마시. 피 한번 물꼬 터지드끼 겁나게 나데. 다급한 김에 손수건으로 상처를 싸 맸는데도 어찌나 피가 쏟아지든지, 병원을 찾아 뛰었지. 그러다 빈 택시를 만났어. 무조건 택시를 잡아타고 병원으로 가자고 했지. 한참 가다 운전수가 먼저 내려 건물 안으로 들어갔다 나오면서 내리라고 하드만. 그런데 거긴 병원이 아니고 파출소였어. 그눔에 운전사가 말이시 새벽에 웬 놈이 손에 피투성이가 되어 뛰다가 다급하게 택시를 잡아타는 게 수상쩍었다는 게야. 내가 강도로 보였든갑서. 파출소 순경한테 방울재에서 나온 이야기부터 귀신 씻나락 까먹는 소리로 죄 씨부렁거려서야 놓아주더구만. 마침 파출소 앞에 병원이 보이데. 곰을 **빠락빠락** 질러 병원 문을 열자, 간호사가 퀭한 얼굴로 상처를 보더니 피를 너무 많이 흘렸담서 고무줄로 팔뚝을 꽉 묶드구만. 그제야 신통하게도 피가 뚝 멎데. 피가 멎자 간호사가 이 병원은 산부인과람서 외과병원을 가라고 하지 않겠는가. 외과병원은 파출소 뒤쪽을 한참 가야 있다고 험서 말이시. 그래서 고맙다고 허리까지 꺾고 병원을 나오려는데, 이봐, 이봐요 하고 간호사가 나를 부르더니 팔뚝을 묶은 고무줄을 풀고 가라는 거여. 그래서 인제 고무줄을 풀어도 피가 안 납니껴 하고 물었더니, 고무줄을 풀면 다시 피가 난다는 거여. 그래서 내 말이, 외과병원에 가서 치료를 받고 돌아올 때 고무줄을 갖다 드리지요, 하고 사정을 했네만, 얼굴은 곱상한 그 간호사년 소가지는 꼭 비루먹은 똥개 같데. 안 된다는 거여. 고무줄을 끌러 놓고 가라고 **빠락빠락** 지랄 아니겠어? 하는 수 없이 고무줄을 끌러 던져 주고 나왔다네. 서울은 그런 디여. 그런 일이 있은 뒤 정이 구만 리나 뚝 떨어져서 죽어도 고향에서 죽겠다고 작심하고 식솔들 몰고 내려와 뿌렸구만."

덕기의 이야기를 들은 칠복은 목울대에 불잉걸이라도 맺힌 듯 후끈거렸다. 그제야 칠복이도 방울재에서 나오던 해에 그의 마누라가 식당 주방장과 눈이 맞아 자취를 감춰 버린 일이며, 지난봄에 고향에 내려갔다가 쫓겨 나온 이야기, 징을 치고 싶어 환장해서 무등산에 올라가 신나게 치다가 파출소에 끌려갔던 이야기를 부끄럼 없이 모두 말했다.

"방울재가 온통 낚시터가 되야 뿌렸드구만. 낚시꾼들 덕분에 여남은 집이나 되돌아와서 매운탕이랑 술을 팔데. 그런디 낚시꾼들이 우리 마을에 낚싯줄을 던지고 있는 것을 보니 횃가닥 마음이 뒤집히더구만. 그래서 냅다 낚시터에서 징을 쳐뿌렀어. 그랬드니 마을 친구들이 자기네들이 낚시꾼들 상대로 목구멍 타작이나마 허는 거이 배가 아프냐면서 덕석몰이를 해서 쫓아내드구만. 말하자면 완전히 미친놈 취급당헌 거재. 그런디 마시, 물에 잠긴 호수를 내려다보고 있응께 횃가닥 쓸개가 뒤집히데. 물속을 들여다보니께 헤어진 방울재 사람들 얼굴이 죄다 보이드라니께그려."

말을 마치고 나서 칠복은 슬픈 얼굴로 한숨을 토해냈다.

"실은 나 말이시, 방울재로 다시 들어갈 작정이네."

덕기는 말을 하면서 고개를 깊숙이 떨구었다.

"뭐 허고 살라고? 자네도 낚시꾼들 상대로 매운탕이나 끓여줄라고?"

"흙을 파먹는 한이 있어도 고향 땅에서 죽고 싶네."

"허긴 우리같이 돈도 기술도 없는 등신들은 차라리 방울재가 아니라도 시골에서 사는 기 더 편하재. 요새 시골에 일손이 모자라서 난리라는디."

"그렇다면 칠복이 자네도 같이 가세."

"나는 안 되야. 마누라를 찾아야재."

"이 사람아, 싫다고 나간 사람을 어뜨케 찾어."

"이 징만 있음사 문제없네. 내 징소리를 들으면 꼭 나를 찾아올 꺼여."

"싫다고 다른 사내허고 배 맞아 나간 마누라가 뭐이 좋다고."

"고향을 잃어뿐 우리 아닌가. 그까짓 몸 버린 거 아무것도 아니네. 마음만 돌아서면 용서해야재. 그래서 징을 칠 때도 마누라, 용서할 테니 돌아오소 하고 말하는구만. 아마 마누라도 내 말소리를 들을 꺼여."

칠복의 그 같은 말에 덕기는 참 알 수 없다는 듯이 슬픈 표정으로 한동안 그를 마주 보았다.

덕기는 징소리처럼 긴 여운을 남기고 돌아갔다. 방울재로 내려가기 전에 다시 한번 찾아오겠다는 말을 남기고.

덕기를 만난 다음부터 칠복은 갑자기 방울재에 다시 한번 가보고 싶어졌다. 매운탕집을 하는 봉구와 덕칠이, 팔만이도 만나보고 싶었다. 낚시꾼들을 훼방 놓지 않고 말짱한 정신으로 물에 잠긴 방울재를 한 번 더 휘휘 둘러보고 싶었다.

덕기가 찾아온 다음 날 밤, 칠복이는 봉구를 만났다. 징소리를 듣고 찾아왔다고 했다. 그는 대뜸 방울재로 내려가자고 했다. 고향을 떠나 뿔뿔이 바람꽃처럼 흩어졌던 방울재 사람들이 모두 다시 돌아왔다고 했다.

칠복은 징 하나만을 챙겨 들고 부랴부랴 서둘러 봉구를 따라나섰다. 봉구 말대로 방울재에는 고향을 떠나 풍비박산이 되었던 사람들이 모두 돌아와 있었다. 앉은뱅이 장팔도며 곰배팔이 김칠순이까지 돌아와 있었다. 마을 사람들은 그들이 방울재를 떠날 때 열두 개의 장승을 뽑아 옮겨 놓은 할미봉 중턱 산신당에 모여서 해가 기울고 있는 것도 아랑곳하지 않고 다시 만난 큰 기쁨에 한 덩어리가 되어 살아온 이야기들을 주고받았다. 그들은 밤이 오는 것도 알지 못했고, 다시 헤어져야 하는 슬픔도 잊어버린 듯싶었다.

　칠복이 마누라 순덕이도 돌아와 있었다. 그들 세 식구는 아무 말도 하지 않고 바위처럼 오랫동안 부둥켜안고만 있었다. 눈물마저 말라붙어 울음이 솟구치지 않았다. 모든 슬픔이 가슴 속 깊이 가라앉아 버렸다. 그냥 목구멍에 불이 붙은 듯 후끈후끈 달아오르고 입안이 바싹바싹 타오를 뿐이었다.

　"내 징소리 못 들었어?"

　"징소리가 어찌나 내 가슴을 쳤는지 멍이 다 들었어요."

　그들은 그렇게 묻고 대답했다.

　할미산의 산그림자가 거뭇거뭇 물 위를 덮기 시작하자 갑자기 마을 사람들이 조용해졌다. 호수 위에 어둠이 내려앉자 그들이 돌아가야 할 집들이 물속에 잠겨 버린 사실에 비로소 감당할 수 없는 큰 슬픔을 느꼈다.

　"땜을 부셔 버립시다."

　누구인가 큰 소리로 울부짖듯 말했다. 어느덧 방울재 사람들의 얼굴에도 어둠이 내려앉아 가까이서 들여다보기 전에는 쉽사리 누구인가를 알아볼 수가 없었다.

　"그럽시다. 땜을 부셔 버리고 방울재를 다시 찾읍시다."

　목소리가 더욱 거칠어졌다.

　"안 됩니다. 땜을 없애면 안 됩니다."

　반대하는 사람도 있었다. 그들은 한동안 댐을 부숴 버리자거니, 그래서는 안 된다거니 입씨름을 했다. 그러는 사이에 할미산도 호수도 하늘까지도 방울재가 물에 잠기듯 온통 두텁고 끈끈한 어둠에 묻히고 말았다. 그러나 칠복은 고향의 어둠은 조금도 두렵지가 않았다.

"자, 호수에서 물이나 빼버립시다."

다시 누구인가 큰 소리로 말했고, 웅성웅성 사람들이 움직이기 시작했다. 마을 사람들은 할미산보다 더 단단하고 무섭게 버티어 선 콘크리트댐 쪽으로 웅성웅성 내려갔다. 칠복이네 세 식구도 마을 사람들을 따라 내려갔다. 그들은 고속도로보다 더 넓은 댐의 둑 위로 내려왔다. 젊은 사람들 여러 명이 관리사무실로 뛰어 들어가는 것 같더니 육중한 수문이 덜컹거리며 올라가고, 거센 물길이 콸콸콸 빠져나갔다. 수문에서 물이 빠지는 소리가 점점 커졌다. 천둥처럼 무섭게 들렸다. 마을 사람들이 와아와아 함성을 질렀다. 칠복은 수문으로 콸콸 물 빠지는 소리와 방울재 사람들의 함성에 놀라 잠이 깨었다. 조금도 꿈같지가 않았다. 꿈속에서 잠시라도 만났던 순덕이를 다시 놓쳐버린 아쉬움 때문에 마음이 무거웠다.

"자네 왜 그렇게 기운이 쫙 빠져 보이나?"

꿈을 꾼 다음 날 낮에 징을 치고 내려오다가 층계에서 사장을 만났다.

"자네가 징을 친 뒤부터 우리 회사 거래고가 나날이 올라가고 있네."

사장의 말에도 칠복은 간밤의 꿈 때문에 혼몽해진 머리로 꾸벅꾸벅 고개만을 조아렸을 뿐이다.

"마누라한테서는 여지껏 소식이 없나?"

다시 사장이 물었다.

"곧 돌아올 껍니다요."

"남의 여자가 되었다면 어쩔 수 없는 일이 아닌가?"

"그건 상관하지 않습니다요."

"칠복이 자네는 아무래도 요새 사람이 아니야."

"아직은 징소리를 못 들은 것이 분명합니다요. 들었다면 단박 쫓아 왔을 것인디."

칠복의 말에 박철 사장은 어이없다는 표정으로 냉소를 머금은 채 몸을 돌려세웠다.

그의 아내 순덕이는 광주시에 살고 있었다. 그녀는 하루에 한 번씩 그녀의 잘못을 물어뜯기라도 하듯 심장을 때리는 징소리를 듣고 있었다.

한때 눈이 뒤집혀 그녀가 나다녔던 금학식당의 젊은 주방장과 배가 맞아 목포까지 가서 술집을 냈으나, 그에게서 버림을 당하고 한겨울 정처 없이 떠돌다가 남편 칠복이와 딸 금순이가 있을 것 같은 광주시로 다시 올라왔다. 건축공사장에서 벽돌을 나르는 일을 하고 있었다.

순덕이는 광주시로 올라오기 전에 잠깐 방울재에 들렀었다. 혹시 그곳에 남편이 와 있을지도 몰랐기 때문이었다. 그녀는 남편이 용서만 해준다면 비록 육신은 걸레처럼 찢겼어도 혼만이라도 그의 옆에 붙어 있고 싶었다. 무덤 속이라도 같이 있고 싶었다.

방울재에서 그녀는 남편 칠복이가 미쳐서 돌아왔다가 쫓겨 갔다는 이야기를 들었다. 마을 사람들 말로는 칠복이가 미쳐도 보통 미친 것이 아니더라고 했다. 그러나 순덕이는 마을 사람들 말을 곧이곧대로 믿지 않았다. 칠복이는 징을 칠 수 있는 한 절대로 제정신이 분명할 것이라고 생각했다. 제정신이 아니면 징을 칠 수 없으리라는 것을 알고 있었기 때문이다.

마을 사람들은 칠복이를 쫓아낸 것을 후회하고 있었다.

"칠복이를 쫓아낸 날 밤부텀 징소리 땜시 잠을 못 잔다니께요."

"고향 사람을 안면박대했으니 아마도 벌을 받을 꺼요."

"그 징소리가 우리 방울재 혼인디, 혼을 쫓아 버렸으니 벌을 받을 거로구만요. 이제라도 칠복이가 어디 있는지만 알면 당장에 데려오고 싶다오.

까짓 낚시꾼들 아니면 굶어 죽기밖에 더하겠소? 굶어 죽는 것은 무섭지가 않지만 방울재 혼을 잃어버린다는 기 더…….”

마을이 물에 잠기자 고향을 떠났다가 다시 돌아와서 낚시꾼들을 상대로 살아가고 있는 그들은 슬픈 얼굴로 하늘을 쳐다보며 말했다.

방울재에 가서 그 이야기를 들은 순덕은 어떻게 해서든지 남편을 찾아서 방울재에 남아 있는 마을 사람들의 마음을 전해주어야겠다고 공글리던 차에 어느 날 갑자기 징소리를 듣게 되었다.

칠보증권에서 2백 미터쯤 떨어진 중앙우체국 옆 아파트 신축공사장에서 벽돌 나르는 일을 하는 순덕이는 날마다 징소리와 함께 남편의 목소리도 들었다. 그녀는 남편 칠복이가 자랑스러웠다. 그래서 같이 일하는 인부들에게 징을 치는 사람이 바로 내 남편이요, 남편은 고향에서 이름난 징채잡이였다우 하고 어깨에 힘을 주고 큰 소리로 말하고 싶었다.

순덕이는 울컥 징소리가 들려오는 칠보증권으로 한달음에 뛰어가서 남편과 딸을 만나고 싶기도 했다. 그러나 마음뿐이었다. 얼굴에 가죽을 둘러쓰지 않은 바에 차마 남편 앞에 마주 설 수가 없었다. 그녀는 다만 징소리를 듣고 남편이 무사히 잘 있다는 것을 알 수가 있었고 그것만으로 마음을 달랠 수밖에 없었다.

참으로 오랜만에 들어보는 남편의 징소리였다. 이제 들어보니 방울재에서보다 할 말이 더 많아져서 그런지 징소리의 꼬리가 유난히 한스럽고 길게 울렸다.

순덕이는 방울재에서도 남편 칠복이의 징소리를 좋아했다. 어쩌면 그녀는 그 징소리 때문에 그와 결혼을 하게 되었는지도 모른다. 도시물을 먹어서 남자를 보는 눈이 남다르게 사치스러워진 그녀는 처음 그와 혼담이 있었을 때까지만 해도 세상에 아무려면 남자가 없어 생긴 것이라고는 어느 한구석이라도 당차고 야무진 데가 없이 허수아비처럼 허벙하고, 마음 씀씀이며 사람 대하는 게 식은 죽 모양 밍밍하며, 촌스럽고 맛대가리라고는 수숫대만큼도 없는 저런 사람과 짝을 맞출 수가 있겠느냐 싶어 가당찮게 코웃음을 쳐버렸었는데, 우연히 조합장집 마당밟기굿 구경을 하는 날 밤 그의 구성진 징 치는 모습을 보고 마음이 싹 달라지게 된 것이었다. 우람하고도 마음속의 온갖 괴로움을 칼칼이 씻어 바람에 띄워 버리듯한 시원스러운 소리도 소리려니와 마을 앞 큰 좀팽나무 가지들이 거센 바람을 일으키며 우줄거리듯, 징을 잡은 왼손 쪽으로 어슷하게 몸을 기울이고 울긋불긋 꿩 모가지같이 요란한 비단 수술을 단 징채를 휘두르며 경중거리는 그의 모습은 결코 속이 빈 허수아비가 아닌 멋지고 믿음직스럽고 당찬 남자였다.

그 뒤부터 그의 징소리가 좋아져 혼인을 허락했다.

요즈막 그녀는 징소리를 들을 때마다 처녀 때처럼 가슴이 두근거렸다.

그녀는 언젠가는 용기를 내서 칠보증권으로 남편을 찾아갈 두렵고도 행복한 생각을 단단히 벼르고 있었다.

공사판에서 온종일 벽돌을 나르고, 혼자 부스럼 딱지처럼 볼썽사납게 붙어사는 산동네의 월세방에 휘적휘적 파김치가 되어 들어오면, 으스스한 적막감으로 피로에 지친 몸이 보잘것없이 작아지는 듯싶었다. 온 세상이 숨을 죽인 적막한 한밤중에도 고막이 터질 것같이 징 징 징 귀청을 쥐어뜯듯 울어대는 징소리 때문에 뜬눈으로 뒤척이다가 새벽을 맞곤 했다. 그 때문에 그녀의 몸은 수수깡처럼 온몸의 물기가 쫙 빠져버렸다. 그러나 그녀는 자신의 고달픔은 얼마든지 참을 수가 있었다. 견딜 수 없는 것은 마음의 아픔이었다. 그럴수록 남편을 저버렸던 자신이 더욱 미워지면서 쇠꼬챙이로 심장을 쿡쿡 쑤시는 것 같은 아픔을 느꼈다. 그녀는 피할 수 없는 죗값을 받는 거로 생각했다. 그나마도 스스로 목숨을 끊지 못하고 살아가고 있는 것은 징소리 때문이었다. 그녀의 목숨은 징소리처럼 한스럽고 질기다고 생각했다.

목포에서 강가한테 쭈그렁 통조림 깡통 차이듯 버림을 당하고 정처 없이 떠돌아다닐 때까지만 해도 그녀는 몇 번이고 기차 바퀴 속으로 뛰어들려고 하지 않았던가. 남도시로 올라와 징소리를 듣지 못했다면 아마 그녀의 목숨은 이미 바람처럼 흔적도 없이 사라져 버렸을지도 모를 일이었다.

이제 남편의 징소리를 들은 뒤부터 그녀는 마음 아픈 것은 응당 받아야 할 죗값으로 생각하고 공사장에서 고된 일을 하면서도 죽지 않고 살아야겠다고 스스로 마음을 차돌처럼 굳히고 있었다. 징소리는 그녀에게 삶의 용기를 불어넣어 주었다. 수수깡처럼 말라비틀어진 그녀의 몸에 피를 넣어 주고, 솜방망이처럼 되어 버린 머리에 한 가닥 영혼의 불을 지펴 주었다. 그녀는 이제 남편에게서 용서를 받지 못한다 해도 평생을 징소리를 따라다니며 살겠다고 결심을 했다. 그런 생각을 하니 징소리는 남편의 숨소리보다 더 가깝고 다정하게 들리는 듯싶었다. 그러나 깊고도 높은 계면조 가락의 징소리는 때때로 그녀의 가슴에 슬픈 울부짖음으로 화살처럼 아프게 꽂혀 왔다.

그런데 그녀의 생명의 소리와도 같은 징소리가 연 사흘째나 들리지 않았다. 징소리가 들리지 않자 그녀의 육신은 다시 물기 빠진 수수깡처럼 오그라들고, 영혼은 낙엽처럼 시들기 시작했다.

5

"사장님, 저 좀 살려 줍쇼."

칠복은 박철 사장을 향해 인형처럼 몇 번이고 허리를 꺾었다.

"자넨 이제 쓸모가 없는 사람이야."

사장의 목소리는 냉정했다.

"사장님, 제발…… 이렇게 빕니다."

"이제 그 옷과 고깔도 벗어 버리게!"

"사장님, 제발 제 징을 찾아 주십쇼."

"허, 이 사람, 내가 어떻게 자네 징을 찾는단 말인가."

박철 사장은 푹신한 소파에 파묻힌 채 눈을 지그시 감아 버렸다. 눈을 감아 버린 사장의 모습이 갑자기 방울재의 높고 단단한 댐처럼 인정사정 없어 보였다.

칠복은 징을 잃어버리고 말았다. 사흘 전, 여느 때와 마찬가지로 점심 시간이 가까워 숙직실로 징을 가지러 갔던 그는 그만 온몸의 뼈마디가 우무처럼 흐물흐물 녹아내리는 것만 같았다. 그는 방바닥에 무참하게 허물어져 버리고 말았다. 언제나 벽에 걸려 있던 징이 보이지 않았다. 온 방안을 발칵 뒤집어 보았지만 없었다. 건물을 샅샅이 뒤지고 수챗구멍, 쓰레기 하치장, 지하실 창고, 화장실, 보일러실이며, 사무실마다 돌아다니며 책상 밑까지 다 쑤석거려 보았지만, 징은 보이지 않았다.

그 때문에 사흘째나 징을 치지 못하고 있었다.

징소리가 그치자 칠보증권 사원들은 칠복이를 소 닭 보듯 보아 넘겼다. 그는 심장도 피도 없는 진짜 허수아비가 되어 버린 듯싶었다.

시민들도 그들이 고향을 잊어버린 것과 같이 그렇게 쉽게 칠복이의 징소리를 잊어버렸다. 칠보증권의 거래고가 뚝 떨어졌다고 했다. 그 때문에 박철 ~~사장~~은 뒷덜미가 더욱 무지근하게 당겨, 걸핏하면 신경질을 부렸다.

칠복은 사흘 동안 계속 징을 찾아 건물 안을 헤집고 다녔고, 하루에 한 차례씩 미친 사람처럼 사장실로 쳐들어와서는 징을 찾아 달라고 떼를 쓰다시피 했다.

"징이 없는 자네는 동물원 원숭이만도 못하네. 아무짝에도 쓸모가 없단 말이야. 허지만 불쌍해서 특별히 봐주는 거니 청소부로 일을 하게. 그 대신 그 걸립패 옷과 고깔은 벗어 버리고."

처음에 박철 사장은 그까짓 잃어버린 징은 상관하지 말고 시장에서 다시 새 징을 사 줄 테니 그걸로 계속 징을 치라고 했으나 칠복이가 펄쩍 뛰었다. 그는 방울재에서 가지고 나온 징이 아니면 칠 수 없다고 했다. 장에서 파는 징으로는 아무 말도, 아무 소리도 낼 수 없다고 했다. 그러면서 그는,

"내가 여태껏 친 징소리는 그기 쇳소리가 아니고 사람 소립니다요. 몇 백 년 방울재서 살아왔던 방울재 사람들 소립니다요. 장에서 파는 징은 쇳소리만 냅니다요."

하고 박 사장이 알아들을 수 없는 말을 했다.

"이 사람 제정신이 아니로구만. 실성을 했어. 저 눈이 사람 눈 같지가 않아."

박 사장은 약간 겁먹은 눈으로, 그러나 퉁명스러운 목소리로 말했다.

"사장님, 저는 꼭 징을 찾아야 합니다요. 징이 없으면 마누라도 못 찾고, 고향에도 못 갑니다요."

칠복은 슬픔이 복받치는지 게게거리며 허리만 계속 꺾었다.

"그건 자네 일이야. 그동안 그놈에 징소리 때문에 괜시레 마음만 착잡

해졌구만. 하기야 그까짓 고향 있으면 뭐 하나. 고향을 잊고도 돈 잘 벌고 잘 살아왔는데."

사장은 희미하게 말하며 씁쓸하게 웃었다.

"나는 벌써 징소리를 잊었어, 모두 다 잊었다구. 못 잊는 건 자네 한 사람뿐야."

"아닙니다요. 제 마누라도, 방울재 사람들도 못 잊고 있습니다요."

"빌어먹을! 그눔에 방울재 사람, 방울재 사람 듣기 싫네."

사장은 신경질적으로 빠락 고함을 질렀다.

"징을 찾기 전에는 쫓아내도 나가지 않겠습니다요."

"허, 이 사람. 자네는 마치 내가 징을 훔쳐 간 사람같이 말하는구만."

"……"

"나는 그 소리를 좋아했지만 징은 욕심내지 않았어. 그까짓 놋쇠 덩어리를 내가 왜 욕심내겠나."

사장은 다시 퉁명스럽게 튕겨대고 벌떡 일어나 사장실에서 나가 버렸다.

걸립패 옷과 고깔을 벗고 맨 처음 칠보증권에 나타났을 때와 같이 짧은 홀태바지에 헐렁한 외투로 바꿔 입은 칠복은 숙직실 구석에 두 팔로 무릎을 잡고 앉아 있기만 했다. 징이 없이는 밖에 나갈 수가 없었다. 징이 없어 숙직실 밖엘 나가지 못하는 주제에, 항차 고향 방울재엔 어떻게 다시 갈 것이며 잃어버린 아내는 또 어찌 찾아 나설 수가 있겠는가.

징이 없으면 그는 죽은 목숨이나 다를 바 없었다. 그의 머릿속은, 을씨년스럽게도 휑뎅그렁한 골목처럼 텅 비어 버렸다. 심장의 고동이며 파닥거리는 숨소리마저 멎어 버린 듯싶었다.

칠복은 처음부터 얽힌 명주실 꾸러미를 풀듯 천천히 가닥을 추려 생각을 추슬러 보았다. 불현듯 그의 뇌리에 치르륵 소리를 내며 마른 번갯불 같은 것이 스쳐 지나갔다. 그의 징을 훔친 사람은 틀림없이 장필수 과장일 거라는 생각이었다. 왜 지금껏 그걸 생각해 내지 못했을까, 자신의 미련스러움에 울컥 화가 치밀었다.

징이 없어진 전날 밤, 칠복은 보아서는 안 될 것을 보고 말았다.

그날 밤 셔터를 내리고 있는데 덕기가 다시 찾아왔다. 그는 새벽에 식솔들을 몰고 방울재로 내려가야겠다면서 두 홉들이 소주 한 병을 허리춤에 차고 왔다. 둘은 안주도 없이 맹소주를 홀짝거렸다. 술을 다 비우고 서로 한바탕 신세타령을 늘어놓고 나니 기분이 좋아졌다.

칠복은 덕기를 배웅하고 숙직실로 들어오다 말고 5층 사장실에서 희미하게 새어 나오는 불빛을 발견하고 깜짝 놀라 멈춰 섰다. 건물 안의 사원들이 모두 돌아간 뒤 셔터를 내려 버렸는데 사장실에 누가 들어 있을까에 대해 의문이 꿈틀거렸다. 더구나 두어 시간 전 덕기와 함께 들어올 때는 그 불빛을 보지 못했지 않은가.

칠복은 동굴 속보다 더 음험하고 어두운 건물의 층계를 불도 켜지 않고 유령처럼 천천히 올라갔다. 아마 퇴근할 때 비서실 미스 오가 불을 끄지 않았는지도 모른다고 생각하면서.

비서실 문은 잠겨 있지 않았다. 그는 조심스럽게 문을 밀고 안으로 들어섰다. 불빛은 분명히 사장실에서 새어 나오고 있었다. 사장실에서 새어 나온 불빛이 비서실 창문을 통해 희끄무레 비쳐 보였다.

비서실이 열려 있고 사장실에 불이 켜져 있는 것을 본 칠복이는 순간 심상치 않은 공기를 느꼈고 미스 오 자리의 뒤에 세워진 옷걸이를 집어 들었다. 오른손으로 징채 잡듯 철제 옷걸이를 머리 위로 치켜든 칠복은 숨을 죽이며 사장실 문 손잡이를 비틀었다. 가볍게 문이 열렸다. 녹색 긴 소파 위에서 무엇인가 움직이는 것이 보였다. 이럴 수가…… 긴 소파 위에 엉덩이를 까고 옹색스럽게 엎드려 있는 것은 장 과장이었고, 밤색 스커트 자락을 가슴팍 위까지 걷어 올린 채 고양이 발톱에 할큄질 당한 생쥐처럼 깔려 있는 것은 청소부 최 씨 아주머니가 아닌가. 칠복이가 이 광경을 한동안 정신을 놓고 멀뚱히 바라보고 있는 사이 장 과장의 눈과 딱 마주치고 말았다. 그제야 장 과장은 무 캐 먹다 들킨 사람처럼 후다닥 놀라며 다급히 바지를 끌어 올렸다.

칠복은 단숨에 어두운 층계를 뛰어 내려와 버렸다. 층계를 뛰어 내려오면서 여러 차례 발을 헛디디고 거꾸로 내리박히는 바람에 얼굴과 머리를 여러 곳 다쳤다.

칠복은 숙직실로 뛰어 들어와 자라처럼 모가지를 어깻죽지 사이로 깊숙이 넣어 웅크렸다. 가슴이 쿵덕쿵덕 미친 듯이 뛰었다. 이제는 영락없이 쫓겨났구나 싶었다. 다음 날 아침에 어떻게 장 과장 얼굴을 마주 대할까 생각을 하니 심장이 오그라들었다.

반 시간쯤 뒤에 조심스러운 발소리와 함께 셔터 샛문 열리는 소리가 났다. 장 과장과 청소부 최 씨 아주머니가 돌아가는 소리였다.

칠복은 아침이 오는 것이 두려웠다. 장 과장을 마주 보기가 죽기보다 무서웠다. 그는 죄인처럼 몸을 웅크리고 밤새도록 떨었다.

그런 경황 중에서도 자꾸만 청소부 최 씨 아주머니의 얼굴이 떠올랐다. 그녀를 다시 보기도 두려웠다. 청소부 최 씨 아주머니의 남편은 칠보증권 박철 사장의 자가용 운전사였다고 했다. 다섯 달 전에 네 살 난 아이를 치어 현장에서 숨지게 한 사고로 구속되어 형무소에서 징역을 살고 있다고 했다. 남편이 형무소에 들어가자, 중학교에 입학한 아들과 초등학교에 다니는 두 딸을 뒷바라지하며 네 식구 목줄 지탱하기 위해 남편이 다니던 회사에 청소부로 들어와서 일하고 있다고 했다.

나이는 서른다섯밖에 안 되었다는 데도 마흔 가깝게 푸수수하게 겉늙어 보이고, 얄캉한 몸피에 얼굴이 누렇게 떠 있는 청소부 최 씨 아주머니는 언제나 고개를 깊숙이 떨어뜨리고 복도와 화장실에서 그림자처럼 말없이 흐느적거리곤 했었다.

청소부 최 씨 아주머니 얼굴 위에, 갑자기 떠나버린 아내 순덕이의 모습이 떠올랐다. 기분이 우울했다. 최 씨 아주머니가 아내 순덕이의 얼굴로 바뀌고, 다시 순덕이의 얼굴이 최 씨 아주머니로 변했다. 칠복은 두 손으로 눈을 가려 버렸다.

"옳거니, 장 과장이다."

칠복은 소스라치듯 소리치며 벌떡 일어섰다. 곰곰 생각을 캐보니 실마리가 풀려 왔다. 장 과장이 그날 밤 사장실에서 그런 일이 있고 난 뒤 한사코 칠복이를 피하는 눈치였으며, 사흘 동안이나 징을 치지 않았는데도 말한마디 없었다.

청소부 최 씨 아주머니도 다음 날부터 회사에 나오지 않았었다. 칠복이는 워낙 징 찾을 생각에만 골몰해서 매달려 있느라 미처 최 씨 아주머니 생각을 못 했는데, 최 씨 아주머니가 회사를 나오지 못하게 된 연유를 캐보면 순전히 칠복이 자신 때문이라는 죄책감에 고개를 들 수조차 없었다.

그는 최 씨 아주머니를 위해 징을 찾게만 되면 칠보증권에서 나가야겠다고 작정했다. 자기만 없어진다면 최 씨 아주머니가 다시 회사에 나올 것이기 때문이었다. 그러니까 최 씨 아주머니를 생각해서라도 하루빨리 잃어버린 징을 찾아야겠다는 발싸심에 마음이 달았다.

칠복은 다시 허물어지듯 주저앉았다. 당장 장 과장 집에라도 쫓아가서 내 징 어디다 감췄느냐고 죽기 살기로 단판을 지어 매조짐을 해버리고 싶은 생각이 꿀떡 같았지만 벌써 통행 금지시간이 넘지 않았는가.

칠복은 빨리 어둠이 걷히기만을 기다렸다. 아내가 돌아오기를 기다리듯 아침을 기다렸다. 그러나 밤은 너무 질기고 길었다. 회색 하늘에 햇살이 퍼지자 칠복의 머릿속은 전구에 불 켜진 것처럼 밝아졌다.

장 과장이 출근을 하자, 칠복은 그의 사무실로 쳐들어갔다. 그가 옛날과 같이 휘주근한 몰골로 총무과에 들어서자, 직원들은 걸레 씹는 얼굴로 이맛살을 찌푸리며 찍어 보았다. 칠복이한테 징을 잘 친다면서 찬사를 늘어놓던 직원들까지도 징그러운 벌레를 보는 듯한 얼굴들이었다. 그러나 칠복은 그런 그들의 표정에는 개의치 않고 눈 꽁댕이를 팽팽하게 말아 올려 사무실 안을 쓸어 보고 나서 장 과장의 책상 앞으로 걸어갔다. 그는 이미 칠보증권 수문장 자리에 연연하지 않고 징만 찾아내면 당장 뛰쳐나갈 각오가 되어 있는 터라, 멸치 대가리 같은 장 과장 따위는 조금도 겁나지 않았다.

"과장님, 할 말이 있구만요."

칠복은 장 과장 책상 앞에서 뻗대 서서 결코 어려워하지 않는 말투로 말했다. 장 과장은 도끼날처럼 날캄한 턱끝을 쳐들어 보이며, 손가락으로 안경 콧대를 밀어 올렸다. 그는 분명 칠복의 전에 없었던 당돌한 태도에 불안을 느끼는 눈빛이었다. 그의 가느다랗게 흔들리는 눈빛이 그걸 말해주었다. 그것은 칠복이가 그날 밤 사장실에서 있었던 최 씨 아주머니와의 일을 알고 있었기 때문이라는 것도 간파할 수가 있었다. 그런 일이 있기 전까지만 해도 칠복이를 보기만 하면 금방 눈앞의 생쥐를 찢어발길 것 같은 무서운 고양이의 얼굴로 앵앵거리던 그가 갑자기 꼬리를 사려 버리는 것을 보고 칠복은 속으로 가볍게 웃었다. 그는 지금 추잡스러운 비밀이 탄로될까 두려워 속으로만 떨고 있는 무기력한 남자로 보였다.

"과장님, 할 말이 있단게요?"

칠복의 목소리는 땅속에서 울려 나오는 것처럼 울림이 강했다.

"나한테?"

장 과장은 칠복이의 시선보다 사무실 안의 부하직원들한테 더 신경을 쓰며 되물었다.

"그렇다니께요."

칠복의 태도는 더욱 올차고 다부졌다. 허수아비처럼 허섭스럽게만 보이던 그의 어느 구석에 그런 당돌함이 숨겨져 있었는가 싶어, 사무실 안의 여러 시선이 고무줄처럼 팽팽하게 쏠렸다.

"나가세!"

장 과장은 다급하게 말하고 일어서서 사무실을 나갔다. 칠복이도 그를 따라 나갔다.

"옥상으로 올라갈까?"

사무실을 나온 장 과장이 다시 말했다.

"그러지요."

칠복의 찍는 말투에 장 과장은 배알이 뒤틀리는 눈으로 돌아보더니 바쁜 걸음으로 층계를 올라갔다. 그는 칠복이와 나란히 서서 올라가기가 싫은 모양으로 되도록이면 두 사람의 거리를 넓히려고 바쁘게 발걸음을 옮겼다. 그는 자꾸 뒤를 돌아보았고, 칠복은 장 과장이 뒤돌아볼 때마다 되도록 인상을 험하게 구기며 무겁게 찔러보았다.

칠복은 벌써 장 과장을 쉽게 위압할 수 있다는 것을 알았다. 반지르르하게 차려입은 사람한테는 그렇게 살살 비위를 맞추다가도 입성이 초라한 사람을 만나면 고양이 쥐 다루듯 꼼짝 못 하게 했던 넥타이 맨 녀석들이, 약점을 잡히기만 하면 그렇게 비루해질 수가 없다는 것을 알았다.

나흘 전까지만 해도 칠복이가 하루에 한 번씩 징을 쳤던 옥상에는 햇빛이 가득 괴어 있었다. 제법 바람이 거칠었다.

"그래, 할 말이 뭔가?"

장 과장이 버릇처럼 손가락으로 안경 콧대를 밀어 올리며 가는 목소리를 빳빳하게 세우며 물었다. 칠복은 장 과장의 그런 목소리에 속으로 다시 한번 웃었다.

"징을 내놔요."

칠복은 여전히 찍는 눈에 찍는 목소리로 말했다.

"징?"

"그렇다니께요, 내 징을 내놓으란 말여요."

장 과장은 까치 뱃바닥을 내보이려고 했다. 그는 묘한 웃음을 피워 날리며 칠복이를 흘겨보았다. 그의 안경테에 비친 햇살이 반짝 되쏘어 왔다. 칠복은 되쏘어 오는 햇살과, 그를 멸시하는 것 같은 묘한 웃음이 싫었다.

"과장님이 감췄다는 거 알고 있구만요."

"뭐라고? 내가 징을?"

"그 징은 보통 징이 아닙니다요. 우리 방울재의 혼이 들어 있는 징입니다요. 수백 명, 아니 죽은 사람까지 합치면 수천 명의 혼이 들어 있습니다요. 징이 있어야 마누라도 찾고 고향 사람들도 다시 만날 수가 있습니다요."

칠복은 갑자기 목소리를 누그러뜨리고 태도를 부드럽게 고쳤다. 연신 허리까지 굽적거렸다. 장 과장이 징을 내놓기만 한다면 큰절이라도 하고 싶었다.

"어떤 개자식이 그러던가?"

"과장님, 이러시지 마시라니께요."

"어떤 개자식이 내가 징을 감췄다고 그러더란 말여?"

갑자기 장 과장의 목소리가 높아졌다.

"지가 압니다요."

"머이여?"

"꿈에 방울재 사람들이 말해 주데요."

"아니, 머이여?"

"방울재 혼들이 말해 주데요."

"이런 미친……."

"그래요, 지는 징이 없으면 미칩니다요. 징이 없으면 혼이 빠진다니께요."

칠복의 이 같은 말에 장 과장은 문득 어렸을 때 아버지의 징이 박 포수와 어머니의 혼을 빼버린 날 밤의 일이 번갯불처럼 그의 뇌리에 찍혀 왔다. 그때 그는 징은 사람의 혼을 빼는 귀신의 힘을 가지고 있다고 믿었었다.

박 포수가 징에 맞아 죽고 아버지가 지서로 자수 하러 가던 날, 그는 방 윗목에 팽개쳐져 있던 박 포수의 피가 묻은 징이 보기조차 무서웠다. 윗목에 팽개쳐진 징이 귀신 소리를 내며 혼자 울 것만 같았다. 징을 놔두고는 잠을 잘 수가 없을 것 같았다. 그는 어둠이 내리기를 기다렸다가 슬그머니 징을 들고 집에서 나가 어둠 속으로 마구 뛰었다. 그가 징을 들고 어둠 속을 뛸 때 바람이 거칠게 불어 닥쳐 그의 온몸에선 징 징 징 징소리가 울리는 듯싶었다. 그는 징을 마을 앞 승천하지 못한 큰 이무기가 산다는 용소에 던져버리고 돌아왔다.

다음 날 지서에서 순경들이 징을 가지러 왔을 때, 그는 시치미를 떼어 버리고 말았다.

그런데 명주실꾸리 두 개가 다 들어간다는 깊은 용소에 던져버린 징은 밤마다 울었다. 비가 오는 날이나, 바람이 거칠게 부는 음산한 날씨, 눈이 무너져 내리는 날 밤에는 더 무섭고 슬프게 울었기 때문에 그는 솜으로 귀를 틀어막아야 잠을 이루곤 했다.

그 징소리는 그들 모자가 노루목에서 나와 버린 뒤부터 들리지 않았다.

"나 말이야, 자네 징에는 관심이 없네!"

장 과장은 무서운 꿈에서 깨어나려고 하는 괴로운 얼굴을 지으며 말했다.

"네미럴, 나를 놀리고 있네!"

칠복은 혼잣말처럼 웅얼거리며 뱉어냈다. 장 과장이 칠복이의 웅얼거리는 욕지거리를 들었는지 눈심지에 힘이 빠졌다. 칠복은 장 과장의 몸에서 모든 힘을 깡그리 뽑아 버리기라도 할 듯 말아 삼킬 것 같은 눈으로 맷짜게 찔러보았다.

"오해하지 말어."

"네미럴, 콱 그냥!"

칠복이는 단숨에 장 과장을 11층 빌딩 아래 길바닥으로 메어칠 듯 달려들어 넥타이 맨 멱살을 거머쥐고 댕댕하게 추켜올렸다. 넥타이를 맨 목이 바짝 죄어 숨쉬기가 곤란해진 장 과장은 여우 울음처럼 캑캑거렸다.

"징을 내놓지 않으면 길바닥에다 내어 꼰져 버릴 거여잉! 뒈지기 싫으면 존 말로 할 때 내 말 들어!"

칠복은 고향을 떠나온 후로 이내 참아왔던 마디마디 얽힌 서러움과, 가슴이 터질 것만 같은 울분이 한꺼번에 불덩이처럼 치밀어 올라 얼굴이 벌게졌다.

"이 손…… 손 좀 놔."

숨이 막히는지 장 과장은 허공에 손을 휘저었다. 칠복은 구름이라도 휘어잡을 듯 거센 바람에 버드나무 가지 춤추는 것 같은 장 과장의 손끝을 보았다.

"그 징이 어떤 징이라고 안 내놔?"

칠복이가 버럭 고함을 질렀다.

"징을 안 내놓으면 사장실에서 최 씨 아주머니 붙어먹은 거 확 불어뻐릴 거여!"

"제발……."

장 과장은 겁에 질린 얼굴로 와이셔츠 단춧구멍만 한 눈알을 휘굴리며 입술을 들썩거렸지만 말을 계속하지는 않았다.

"나를 쫓아내려고 징을 감췄지? 나만 쫓아내면 입이 막아질 줄 알고?"

"아니……."

"첨부터 징소리를 싫어헌 건 알어. 징소리 싫어허는 놈치고 촌사람 생각해주는 놈 없어!"

"이 손……."

장 과장은 말을 잇지 못했다.

"어디다 감췄어?"

장 과장은 손과 머리를 함께 휘젓기만 했다.

"이런 쳐죽일!"

칠복은 멱살을 거머쥔 팔에 힘을 쏟으며 장 과장을 옥상 난간 쪽으로 힘껏 밀어붙였다. 장 과장은 난간 쪽으로 밀려나지 않으려고 필사적으로 버둥거렸다.

"너 같은 놈은 뒈져야 혀. 방울재 사람들 혼을 감추고 불쌍한 최 씨 아주머니를 붙어먹은 버러지만도 못한 너는 뒈져 뿌려야 혀!"

칠복은 갑자기 장 과장의 얼굴이 무덤을 파헤치고 송장을 뜯어 먹는다는 약삭빠르고 흉측스러운 여우처럼 보였다.

"너 같은 놈들은 뒈져야 혀!"

칠복은 험하게 얼굴을 일그러뜨리며 여우의 목을 조르듯 멱살을 거머쥔 팔을 버쩍 추켜올렸다.

이때 회사 직원들이 우루루 옥상으로 뛰어 올라왔다. 칠복이는 몽둥이 같은 것에 뒤통수를 얻어맞고 나무 둥치처럼 허물어지고 말았다. 수많은 구둣발이 수식간에 그의 옆구리와 머리를 강타했다.

칠복은 이를 응등 물고 반듯하게 누운 채 온몸이 갈가리 찢기는 것만 같은 아픔도 잊고, 파랗게 갠 하늘을 부릅뜬 눈으로 바라보았다.

눈을 감으면 죽는다. 눈을 감으면 다시는 방울재를 못 본다. 눈을 떠야지. 눈을 뜨고 살아야지.

칠복은 힘겹도록 하나의 생각만을 굴리면서 햇살이 곱게 쏟아지는 하늘을 보았다. 갑자기 하늘에서 징 징 징 징소리가 들려왔다. 그의 몸이 징소리와 함께 하늘로 날아가는 듯싶었다. 하늘에서 울려오는 징소리는 수백 명, 아니 수천 명의 방울재 사람들이 한꺼번에 울부짖는 소리처럼 더욱 슬프고 안타깝게 칠복이의 답답한 가슴을 쥐어뜯었다.

칠복이는 아주 어렸을 때도 하늘에서 울려오는 것 같은 징소리를 들었었다. 그의 아버지가 치는 징소리였다. 방울재 징채잡이 칠복이 아버지 허쇠는 날마다 밤이 깊어지면 할미봉 산신당에 올라가서 신명나게 징을 쳤다. 방울재 사람들은 한밤중 허쇠가 치는 징소리를 들어야 잠을 이룰 수가 있다고들 했다. 그래서 허쇠는 비가 오는 날이나 눈이 오는 날이나 하루도 거르지 않고 밤마다 할미봉 산신당에 올라가 징을 쳤다. 칠복이도 하늘에서 울려오는 것 같은 아버지의 징소리를 듣고서야 잠이 들곤 했다.

징…… 징…….

징…… 징…… 징…….

하늘에서 울려오는 아버지의 징소리는 이른 봄 복숭아밭에 넉넉하게 쏟아지던 햇살보다 더 부드럽고 달콤했다. 그래서 그 징소리만 들으면 스르르 눈이 감기곤 했다.

그런데 무덥던 어느 여름날, 마을 앞에서 군인들을 담뿍 실은 차들이 그칠 새 없이 뿌연 먼지를 안개처럼 일으키며 읍내 쪽으로 내닫더니 총소리가 마을을 뒤흔들고 빨간 별을 붙인 모자를 쓴 인민군들이 밀어닥친 날부터, 하늘에서 울려오는 징소리가 뚝 끊겨 버리고 말았었다. 부드러운 징소리 대신 총소리가 밤을 흔들어 마을 사람들은 공포에 떨었다. 잠을 이룰 수도 없었다.

징을 칠 수 없게 된 칠복이 아버지 허쇠는 징을 무릎에 올려놓고 방구석에 앉아서는 손바닥이 닳도록 징을 문지르기만 했다. 그런 칠복이 아버지가 이상하게도 몸이 쇠약해지기 시작했다.

징소리 대신 무서운 총소리가 끊일 새 없어, 잠을 이루지 못한 방울재 사람들의 얼굴도 병자처럼 푸수수하게 껍질이 떠 보였다. 마을 사람들은 하루빨리 총소리가 멎고 다시 징소리가 울리기만을 기다렸다. 칠복이 아버지 허쉬의 바람은 피가 마를 만큼 더욱 간절했다.

그러나 방울재 사람들은 그해 여름이 다 가도록 징소리를 들을 수가 없었다. 공포와 무더위에 짓눌려 살았다.

추석이 지나고, 할미산보다 두 배나 더 높은 백암산 쪽에서 아침저녁으로 제법 쌀쌀한 바람이 드밀고 내려오기 시작하는 초가을이었다. 총소리가 멎었다. 방울재에 있던 인민군들이 모두 돌아가 버렸다는 소문도 있었고, 가까운 백암산으로 들어갔다는 말도 있었다. 방울재 사람들은 우선 총소리를 듣지 않게 되어 기뻤다. 머지않아 하늘에서 울려오는 징소리도 다시 듣게 되리라는 기대에 오랫동안 얼굴을 덮어 버린 어두운 그림자가 걷히기 시작했다.

읍내 지서에 경찰들이 다시 돌아왔다고 했다. 하늘에는 비행기들이 갈가마귀 떼처럼 구름을 찢으며 날았다.

아침부터 추적추적 가을비가 내리던 날 밤에 방울재 사람들은 오랜만에 징소리를 들었다. 허쉬가 할미봉에 올라가 징을 친 것이었다. 오랜만에 듣는 징소리는 어렵사리 한 번씩 들을 수 있었던 부면장 집 유성기에서 흘러나오는 간드러진 노랫소리보다 더 아름다웠다. 비가 오는 밤이라, 하늘에서 울려오는 징소리는 훨씬 더 가깝게 들려왔다.

징을 치고 돌아온 칠복이 아버지는 아이처럼 즐거워했다. 술에 취한 것처럼 비척거리며 집에 돌아와서는,

에라만슈 에라만슈
고금에 절세가인
멧멧치 돌아간고

살아실제 미색이요

앗차하면 진토로다

하는 노랫가락을 흥얼거리고 나서 칠복이 보는 앞에서 마누라의 허리
를 꽉 껴안기까지 했다.

그런데 그날 밤, 그 징소리 때문에 여러 사람이 죽게 되리라는 것을 어
찌 알았으리. 끝내는 칠복이 아버지마저도 죽음을 면치 못하게 되고 말았
다. 그 몸서리쳐지는 기억은 아직도 칠복이의 뇌리 가장 깊숙한 곳에 너
무도 생생하게 살아 있었다.

남쪽 다른 고장에 피난 가 있다가, 돌아온 지 며칠 안 된 부면장 집 다섯
식구가 모자에 빨간 별을 붙인 사람들한테 몰살당하고 말았다. 부면장은
낮에는 밖에 나돌아다니다가도 밤에는 밤 사람들이 무서워 행랑채 앞뜰
접시감나무 밑 두엄더미 속에 숨어 있었는데 그날 밤엔 할미봉 산신당에
서 치는 허쇠의 징소리를 듣고 마음이 느긋하게 풀려 안방에 들어가서 아
내를 끼고 자다가 변을 당하고 말았다.

방울재 사람들이 허쇠의 징소리에 취해 깊은 잠에 빠져 있을 때, 백암
산으로 들어간 줄만 알았던 모자에 빨간 별을 붙인 밤 사람들이 들이닥쳤
다. 그들은 부면장 집을 목표로 쳐들어와서는 부면장 내외와 참봉을 지낸
늙은 아버지, 읍내 중학교에 다니는 큰아들과, 칠복이보다 두 살 위인 막
내아들 등 다섯 식구를 기둥에 꽁꽁 묶고 집에 불을 질렀다. 기둥에 묶인
부면장네 식구들은 꽹과리 소리같이 날카로운 비명을 지르며 불에 타 죽
었다. 방울재 사람들은 무서워서 아무도 이들이 불타 죽는 모습을 보지
못했다.

부면장네 식구 중에서 갓 중학교에 들어간 외동딸만이 유일하게 죽음을 모면했다. 가족들이 불에 타죽던 날 밤, 열두 살 된 부면장네 외동딸 점례는 아랫마을 고모네 집에 가고 없었다. 식구들이 죽었다는 소식을 듣고 아침 일찍이 방울재로 달려온 점례는 눈물 한 방울 흘리지 못한 채 넋을 잃고 말았다. 할미봉에 해가 벌겋게 솟아오르자 지서에서 경찰들이 들이닥쳤다. 그리고 그날 해가 설핏하게 기울 무렵에 빨간 별을 붙인 몰골이 텁수룩한 사내들 다섯 사람을 잡아 왔다. 경찰들은 빨간 별을 붙인 사내들을 마을 돈단 앞 뽕나무에 묶고 헝겊으로 눈을 가렸다. 그러고는 넋을 잃고 있는 점례를 불러냈다.

"이놈들이 네 가족을 죽인 원수들이다. 네가 복수를 해야 한다."

지서에서 나온, 얼굴이 까무잡잡하고 눈망울에 핏기가 서린 젊은 사람이 점례의 손에 죽창을 쥐여 주었다. 죽창을 쥔 점례의 손이 바르르 떨렸다.

"죽여라, 원수를 갚어야재!"

지서에서 나온 사람 중에서 누구인가 다그치듯 말했다.

점례는 마을 사람들은 보는 앞에서 대창으로 뽕나무에 묶인 사내의 복부를 힘껏 찔렀다. 피가 튕겼다. 노을이 타는 하늘에서 바람이 음산하게 불었다. 죽창에 찔린 사내의 비명이 음산한 바람 소리를 삼켜 버렸다. 점례는 오른발로 사내의 배를 찼다.

다섯 사내가 노을에 묻힌 채 피를 흘리고 죽자, 점례는 피 묻은 죽창을 들고 마을 사람들을 쓸어 보았다. 마을 사람들이 섬찟한 얼굴로 점례의 시선을 피해서 한 발짝씩 물러섰다. 점례의 눈에는 핏발이 서 있었으며 사내들을 찔러 죽인 창으로 계속해서 마을 사람들을 찌를 것만 같이 오싹했다.

방울재 사람들은 다시 공포에 떨었다. 징소리 대신 총소리가 콩 튀듯 하여 할미산 너덜겅을 울리던 지난여름보다 더 무서웠다.

그날 지서에서 나온 사람들이 칠복이 아버지 허쇠를 끌고 갔다. 죽은 다섯 사내 중 방울재 아랫마을에 사는 몸집이 큰 바우라는 젊은이 입에서 징소리를 듣고 부면장이 돌아왔다는 것을 알았었다는 말이 나와 허쇠를 조사한다는 것이었다. 지서 사람들 말로는 허쇠가 징소리로 백암산 밤 사람들한테 연락을 했다는 것이었다.

지서에 붙들려 간 칠복이 아버지는 돌아오지 않았다. 열흘도 더 넘은 어느 날, 방울재의 누구인가가 슬픈 소식을 말해 주었다. 읍에서 방울재로 넘어오는 구름재 후미진 골짜기에 칠복이 아버지가 죽어 있더라고 했다. 칠복은 외삼촌의 뒤를 따라 구름재까지 가보았다. 아카시아나무 밑동에 알몸인 채로 형체를 알아볼 수 없는 사람이 반듯하게 누워있었다. 칠복이가 가까이 뛰어가 보려고 하자 외삼촌이 손을 잡아채며 못 가게 했다. 이상한 냄새가 훅 덮쳐왔다. 뱀 썩는 냄새 같았다.

외삼촌은 칠복의 손을 붙잡은 채 멀찌감치 바위 등걸에 서서 아카시아 밑동 쪽을 내려다보고만 있었고 어머니가 비척거리며 가까이 다가갔다. 칠복이 어머니가 퍽 쓰러지며 곡성을 터뜨렸다. 그제야 외삼촌은 칠복이의 손을 잡고 천천히 가기 싫은 발걸음으로 가까이 갔다. 칠복은 그가 아버지라는 것을 알 수가 없었다. 썩고 문드러져 얼굴의 형체를 알아볼 수가 없었다. 후끈거리는 지열과 함께 고약한 냄새가 코를 후벼 팠다. 더구나 시체에서는 구정물 통에 뜬, 팅팅 불은 밥알 같은 구더기까지 득실거렸다.

외삼촌은 서너 발짝 물러서서 고개를 돌려 버렸다. 칠복이는 외삼촌의 손을 뿌리치고 어머니 가까이 가보았다. 어머니는 목놓아 울면서 손으로 시체에 득실거리는 구더기를 쓸어 냈다.

칠복이 아버지가 그렇게 죽은 뒤 1년도 못 되어 어머니까지 시난고난 앓다가 아버지를 따라가 버리고 말았다.

칠복한테 남은 유산이라고는 징 하나뿐이었다. 그 징도 원래는 방울재에 대대로 내려온 마을 굿물이었는데, 방울재에 재앙을 불러들였다 하여 폐기해 버리고 새 징을 구입했다. 그러나 칠복은 오래된 옛날 징을 버리지 않았다. 그는 외삼촌 집에 꼴머슴으로 들어가서도 그 징 하나만을 소중하게 간직했다. 그는 때때로 울컥 징을 치고 싶은 생각이 불길처럼 치솟곤 했으며, 그와 같은 충동은 나이가 더할수록 더욱 뜨겁게 대장간 시우쇠처럼 달아올랐다. 그는 가끔 아무도 보지 않는 산에서 옛날 아버지가 징을 치던 모습들을 흉내 내기도 했다. 아버지가 죽은 뒤로 봉구 아버지가 징채잡이 노릇을 했으나 칠복이 듣기에도 그렇게 좋은 징소리가 아니었다. 방울재 어른들이 그렇게 말하는 것도 들었다.

나이가 든 칠복이는 아무도 몰래 아버지가 치던 징을 꼴망태 속에 숨겨서 백암산 골짜기 깊숙이 들어가, 옛날 아버지의 흉내를 내며 열심히 징을 쳤다. 땀을 뻘뻘 흘리며 신들린 듯 징을 치다가 까무러치기도 했다. 백암산에 들어가서 징을 치는 날은 어두워서야 집에 돌아왔고, 으레 외삼촌한테 회초리를 맞기 일쑤였다. 그러나 그는 후련하게 징을 친 기쁨으로 외삼촌의 회초리 아픔 따위는 얼마든지 참아 낼 수가 있었다. 그 무렵 그의 소원은 부자가 되는 것이라든지, 다른 머슴아이들처럼 이쁜 색시를 맞는 것 따위엔 관심이 없었고, 다만 아버지와 같은 이름난 징채잡이가 되는 것이었다.

칠복이 나이 스무 살 되던 해 정월, 메귀굿을 할 때 그는 오랫동안 숨겨 두었던 아버지의 징을 들고나와 징을 치겠다고 자청했고, 그의 징소리를 들은 방울재 어른들은 고개를 내두르며 놀랐다. 그들은 저마다 13년 전에 죽은 칠복이 아버지 허쇠가 다시 세상에 나왔다고들 했다. 경중거리는 다리며, 옴죽거리는 어깨, 징채를 휘두르는 모습이 죽은 허쇠와 꼭 닮았으며 우람하고 은은하게 울려 퍼지는 징소리 또한 허쇠가 치는 소리 그대로라고 했다.

그때부터 칠복은 방울재의 징채잡이가 되었으며, 옛날 아버지 징이 방울재 안통에 다시 울려 퍼졌다.

칠복은 눈썹을 빳빳하게 곧추세워 징소리가 울려오는 하늘을 오래도록 쳐다보았다. 물빛으로 파랗게 구름이 걷힌 하늘에 형체조차 알아볼 수 없었던 아버지의 마지막 얼굴이 바람과 함께 떠돌았다.

순덕이가 칠보증권으로 찾아온 것은 그로부터 이틀 후였다. 그녀는 얼굴이 누렇게 뜬 청소부 최 씨 아주머니한테 징 치는 사람을 만나러 왔다고 했다. 순덕이는 청소부 아주머니한테 자기가 바로 그의 아내라는 것을 밝혔다.

"으짜끄나, 좀 일찍 오실걸. 그 사람 안 죽을 만치 얻어맞고 쫓겨났는디."

청소부 아주머니는 안됐다는 얼굴로 끌끌 혀를 차며 층계를 올라가 버렸다.

순덕이는 칠보증권 입구 반들반들한 시멘트 바닥 위에 힘없이 주저앉아 허망한 눈으로 하늘을 올려다 보았다. 빌딩 꼭대기에 물빛 천 조각처럼 걸린 손바닥만한 하늘이 갑자기 바늘구멍만큼 작아져 버린 듯싶었다.

『신동아』, 1979.6

마지막 징소리

1

순덕이가 버스에서 내리자 징 징 징 징소리가 들려왔다.

백암산 일곱 골짜기를 갈퀴질하듯 샅샅이 훑고 내려온, 한겨울 바람처럼 가슴을 찌르는 징소리에, 순덕이는 눈을 들어 하늘을 보았다. 초겨울답게 바람은 쌀쌀했으나 은종이를 구겨 던진 듯 여기저기 손바닥만한 새털구름 조각들이 어지럽게 널려 있는 하늘에선 명주실처럼 부드러운 햇살이 끝없이 꽂혀 내렸다.

그 징소리는 백암산 일곱 골짜기에서 바람을 타고 흘러나오는 것 같기도 하고, 하늘에서 꽂혀 내리는 햇살에 섞여 지상으로 내려오는 것 같기도 했다. 마치 흉년에 아기를 굶겨 죽인 젊은 어머니의 서러운 울부짖음, 고향을 잃은 사람들의 서글픈 울음이나 전장에 나간 아들의 전사 통지서를 받고 눈물이 메말라 버린 늙은 어머니의 목쉰 통곡소리 같기도 하고, 긴긴 겨울밤 오동나무 잎이 휘휘휘 바람에 떠는 소리에 잠 못 이루고 대처로 돈벌이 간 남편을 기다리는 가난한 아낙의 긴 한숨, 때로는 순덕이처럼 다른 남자와 눈이 맞아 자식까지 버리고 집을 나간 아내를 원망하는 남편의 탄식과도 같았다.

버스에서 내린 순덕은 징소리가 들려오는 방향을 찾느라고 두렷두렷 고개를 돌려가며 갈 바를 정하지 못하고 서 있었다.

징소리는 바람과 함께, 질기고 가는 명주실꾸리처럼 풀렸다가 감기고 감겼다가 다시 풀리곤 했다.

"저 징소리가 어디서 울려 온다요?"

고향 방울재까지 가려면, 상수리나무며, 쥐똥나무, 똘밤나무, 종가시나무 등 잡목들과 칡덩굴이 한데 엉킨 너덜겅 산 모퉁이를 한참을 보듬고 돌아, 백양사 입구 사거리에서 내려야 하는데도 죄를 지은 몸으로 오랜만에 남편과 자식을 만나러 간다는 생각에 마음이 조릿조릿 오그라들어, 미리 내려 버린 순덕은 경운기에 헌 가마니를 가득 싣고 그녀가 서 있는 쪽으로 오고 있는 초록색 새마을 모자를 삐딱하게 눌러쓴 젊은이를 향해 큰소리로 물어보았다.

"징소리라뇨? 내 귀에는 아무 소리도 들리지 않는데요?"

경운기를 몰고 가던 젊은이는 팽팽한 눈으로 순덕이를 찔러보며 반문했다.

순덕이는 조그만 옷 보퉁이를 옆구리에 꼭 끼고, 울퉁불퉁 자갈이 두껍게 깔린 신작로를 따라 걷기 시작했다. 어쩌면 방향도 없이 여러 갈래의 소리로 들려오는 징소리는 남편 칠복이가 그녀를 부르고 있는 것인지도 모른다고 생각했다. 신들린 얼굴로 껑중거리는 남편 칠복이의 모습이 눈앞에 선하게 떠올랐다.

순덕이는 남편이 방울재에 돌아와 있다는 소식을 들었다. 건축공사장에서 벽돌을 나르다가, 우연히 그 앞을 지나가는 방울재 이장 김덕기를 만나 남편의 소식을 들었다. 김덕기의 말로는 그동안 칠복이가 얼마나 순덕이를 눈알이 빠지게 찾아다녔는지 모른다고 했다. 남편 칠복이는 칠보증권에서 징을 잃어버리고 쫓겨난 다음, 장성 어느 시골에 들어가 농사를 지어 주고 징을 다시 찾아, 늦가을에 딸 금순이와 함께 고향 방울재에 돌아와, 장성댐에 몰려오는 낚시꾼들을 상대로 매운탕을 끓여 파는 봉구네 집에서 허드렛일을 해주며 얹혀살고 있다고 했다.

서울로 올라가 떠돌던 덕기네도 다시 방울재로 돌아와, 할미산 등성이를 깎고 양계장을 한다는 거였다.

"굶어도 고향 산천이 좋습디다. 사람 살 곳은 골골이 있다지만 방울재보다 존 데는 암 데도 없드라니께요. 돈은 없어도 활개라도 펴고 살아야지요."

고향이래야 감나무 한 그루 남김없이 음씰하게 물에 잠기고 정든 사람들은 자취도 없이 바람처럼 뿔뿔이 흩어져 버렸는데도, 김덕기는 뭐가 그리도 오달진지 입에 침이 마르도록 고향 자랑이었다.

"금순이 엄니가 여기 있다는 말 들으면 아마 칠복이 그 사람 한밤중에라도 당장 헐근벌근 찾아올 거로구만요. 두말헐 거 없이 지금 나허구 방울재로 갑시다. 칠복이 가슴에 불 그만 묻고 가자니께요. 미련한 놈 가슴에 고드름이 안 녹는다고 안 합디까. 지나간 일 다 잊어뿔고 갑시다. 고향에만 가면 미운 정이 고운 정으로 변할 것이요. 용서고 자시고 할 것도 없이, 다 잘될 꺼요. 마침 이번 중굿날에는 인근에 흩어진 방울재 사람들이 죄 모이기로 했답디다. 중굿날 칠복이가 또 한바탕 징을 칠 꺼인디."

그러면서 김덕기는 당장 순덕이를 방울재로 끌고 갈 기세였다.

김덕기의 말대로 남편 칠복이가 정말로 자기를 찾았단 말인가. 남편을 걷어차고 다른 남자와 눈이 맞아 놀아난 속이 빈 여편네를 용서하고 맞아줄까.

순덕은 마치 하느님한테 간절하게 묻기라도 하는 것처럼 자신 없는 눈으로 하늘을 올려다보며 생각했다. 남편 칠복이를 만나 자빡이라도 맞게 되면 어쩔까. 그를 만나면 무슨 말부터 할까. 한때 눈이 뒤집혀 딴 남자를 따라나섰지만 그에게서 단물만 쪽 빨리고 버림받은 뒤, 구겨진 신문지처럼 이 골목 저 골목 바람에 밀리다가, 가슴 밑바닥에 응어리져 끈끈하게 눌어붙어 있는, 지워도 지워도 지워지지 않는 옛정 때문에 다시 찾아왔노라고, 눈물 콧물 훌쩍훌쩍 짜면서 비대발괄 빌어나 볼까.

김덕기한테서 남편의 소식을 들은 순덕은 그날 밤을 뜬눈으로 꼬박 새웠다.

희번하게 동이 터오자 옷가지를 챙기고, 그동안 공사판에 나가 가슴이 빠개지고 뼈가 으스러지도록 이빨 옹등 물고 벌어 모은 지전을 헝겊에 똘똘 말아 고춤에 깊숙이 넣고 허겁지겁 버스 터미널로 나갔다. 죽든 살든 남편 곁으로 가야겠다고 마음을 공글렀다. 고향 방울재에 가서 남편의 손에 맞아 죽으면 되레 죽은 혼이라도 편할 것 같았다.

순덕이는 신작로 자갈길 옆, 잎과 줄기가 고스러지기 시작하는 풀섶을 밟고 걸었다. 도깨비바늘들이 치맛자락에 수없이 달라붙었다. 그녀는 한참 걷다 말고 옷 보퉁이를 낀 채 풀섶 위에 쪼그리고 앉았다. 앙당그러진 땅가시나무가 뒤엉킨 풀섶 속에 남보라색 쑥부쟁이꽃이 눈에 띄었기 때문이다. 그녀는 쑥부쟁이꽃 모가지를 잘라 코에 대고 깊숙이 숨을 들이마셨다. 상큼한 꽃향기가 핏줄 속까지 스며드는 듯싶었다. 꽃향기가 꼭 칠복이의 살 냄새처럼 새큼했다. 그녀는 꽃을 코끝에 대고 킁킁 냄새를 맡으며 걸었다.

추수를 끝낸 산다랑이 논바닥 그루터기가 마치 수염을 잘 깎지 않는 칠복이의 턱끝처럼 까칠까칠하게 느껴졌다. 순덕이는 문득 논바닥 안으로 뛰어 들어가서 까칠한 벼 그루터기를 쓰다듬어 주고 싶은 충동을 느꼈다. 볼이라도 싹싹 비벼 대고 싶어졌다.

잡목 숲 모퉁이를 돌자 장성호가 목포 앞바다처럼 한눈에 펼쳐 왔다.

넘실거리는 호수와 울긋불긋 등산복 차림의 낚시꾼들을 보자 울컥 속이 뒤집히는 것 같았다. 수면에서 되쐬어 오는 눈부신 햇살의 조각들이 송곳처럼 아프게 뇌리를 찔렀다.

바로 이 호수만 아니었던들 그녀가 다른 남자와 눈이 맞아 가족이 풍비박산되지도 않았을 것이라는 생각이 들자, 손을 담그면 퍼런 물이 묻어나올 것같은 검푸른 호수에 오줌이라도 찰찰 내질러 버리고 싶어졌다.

순덕이는 방울재가 물에 잠기던 때를 잊을 수가 없었다. 야금야금 아랫당산에서부터 마을을 삼키는 그것은 물이 아니라 산불보다 더 무서운 괴물이었다. 마을이 물에 잠기는 순간, 그녀는 지나온 삶과 앞으로 남은 삶이 모두 물 속에 잠기는 것만 같았다. 마을이 잠기는 것을 끝까지 지켜보고 남아 있던 마을 사람들은 부모를 잃은 듯이 슬프게 울었다.

외아들이 이름도 모를 병에 죽고 며느리마저 개가를 해버려 나이 어린 손자와 함께 살던 옆집 종복이 할머니는 차라리 두 식구 물에 잠겨 죽겠다면서 방문을 안으로 걸어 잠그고 꼼짝도 하지 않았었다.

순덕이 내외가 방문을 부수고 안으로 들어가 억지로 할미산 등성이로 끌고 나올 때에 창자를 쥐어짜듯 울부짖던 종복이 할머니의 슬픈 목소리가 아직도 귓바퀴에 질근질근 맴돌았다.

아무 데도 갈 곳이 없다던 종복이네는 지금 어디서 어떻게 살고 있는지, 생각만 하면 목울대가 훗훗해졌다.

순덕이는 호수를 향해 칵 가래침을 뱉었다. 자가용을 받쳐 두고 울긋불긋한 잠바를 입고 즐비하게 앉아 있는 낚시꾼들조차도 괜히 미워 죽을 지경이었다.

잡목 숲 모퉁이를 다 돌아서자 호숫가에 임시로 지어 놓은 매운탕집들이 보였다. 그곳에 남편 칠복이와 딸 금순이가 있다는 생각을 하자 두 다리가 쇠말뚝처럼 굳어져 버렸다.

그이가 나를 받아 줄까.

그녀는 풀섶 위에 맥없이 주저앉으며 자신에게 묻고 있었다.

문득 20여 년 전, 집에서 쫓겨나 정신이상이 되어 버린 어머니를 이끌고 방울재를 찾아왔을 때의 일이 마음 아프게 찍혀 왔다. 그녀는 문득 자신이 그때의 어머니가 되어 고향에 돌아가고 있는 기분이었다.

2

처음에 순덕이는 어머니가 미친 여자라는 것을 몰랐었다. 하기야 그 나이에는 미쳤다는 것이 어떤 것인지조차도 알 수가 없었다. 그녀는 지린내와 퀴퀴한 곰팡냄새가 풀풀 나는 어머니의 치맛자락을 붙들고 미운 오리새끼처럼 졸랑졸랑 따라다녔다.

광장이 학교 운동장만큼이나 넓은 기차 정거장이며, 뾰족한 지붕 꼭대기에 시계가 붙은 교회, 돌계단으로 올라가면 시가지를 발부리 밑으로 훤히 내려다볼 수 있는 전망대가 있는 조그마한 도시에서 어린 순덕이와 어머니는 다람쥐 쳇바퀴 돌 듯하며 살았다.

나이 어린 순덕이는 변두리에서는 아이들이 귀찮게 달라붙고 돌팔매질을 해 댔기 때문에 자동차들이 빵빵거리는 큰길이나, 상점들이 으리으리한 번화가를 꿰고 다니기를 좋아했다.

낮에는 거리를 돌아다니며 이것저것 얻어먹고, 밤이면 역 대합실에서 잠을 잤다. 대합실에서 잠을 자다가 수없이 밖으로 내쫓기곤 했다. 순덕이는 언제나 사람들이 개미들처럼 벅신거리는 역 대합실이 좋았다. 기차가 삐익삐익 기적을 울리는 소리가 새벽잠을 깨우는 교회 종소리보다 훨씬 듣기에 좋았다.

온종일 시가지의 거리를 훌러 다니다가도 검실검실 어둠이 덮여 오면 어김없이 역 대합실로 찾아들었다.

순덕이는 수많은 사람이 끊임없이 기차를 타고 내리고 하는 것을 구경하기를 좋아했다. 사람들은 왜 기차를 타고 멀리 가기를 좋아하며 그들은 어디로 가는 것일까 하고 궁금하기도 했다. 가족들과 함께 기차를 타고 가는 사람들이 부럽기만 한 순덕이는 어머니를 졸라 보았지만 언제나 그렇듯 어머니는 그저 말 대신 입을 탈바가지처럼 떡 벌리고 바보처럼 웃을 뿐이었다. 그때 어머니가 하는 일이란 아무것도 없었다. 새벽에 일찍 잠에서 깨어 역 광장을 한 바퀴 휘돌아 다니며 땅바닥에 떨어진 종이나 과자 봉지들을 주워 모으는 것이 고작이었다. 그런 순덕이 어머니는 물만 보면 머리에 찍어 바르고 손가락으로 빗질하기를 좋아했다.

한번은 막차가 들어올 무렵 대합실 귀퉁이 나무 의자에 잠든 어머니를, 날마다 하는 일 없이 역 주변에서 빈둥거리던 불량배들이 다짜고짜 끌고 나갔다. 대여섯 명이나 되는 그들은 어머니를 끌고 전깃불도 켜져 있지 않아 동굴 속처럼 어두운 화물창고 쪽으로 갔다. 순덕이도 겁을 먹은 채 졸랑졸랑 따랐다.

건달처럼 행티가 사납고 성질이 왁살스러운 그들은 화물창고 담 밑에 어머니를 자빠뜨려 누이고는 말타기 놀이하듯 씩씩거리며 하나씩 차례로 올라타는 것이었다. 어머니는 버둥거리지도 소리를 지르지도 않고 가만히 있었다.

그들은 막차가 절겅거리며 역 구내로 휘어 들어오는 소리가 들려서야 툭툭 바지를 털고 대합실 쪽으로 가버렸다. 순덕이는 그들이 모두 가버린 뒤에야 봇물 터지듯 울음을 터뜨리며, 깜깜한 하늘을 향해 반듯하게 누워 있는 어머니의 가슴에 얼굴을 구겨 박았다.

그런 일이 있은 뒤부터 순덕이는 역 대합실이 갑자기 싫어졌다. 그들 모녀가 날마다 다람쥐 쳇바퀴 돌 듯 돌아다녔던 시가지조차도 싫어졌다.

그 무렵 순덕이는 어머니가 미친 여자라는 것을 알게 되었다. 어머니가 미친 여자라는 것을 알게 되면서부터 순덕이는 어머니를 따라다니기가 부끄러워졌다.

어머니의 치맛자락을 꽉 움켜쥐고 붙어 다녔던 순덕이는 대여섯 발짝 간격을 두고 따라다녔다. 그래도 어머니를 놓쳐서는 안 되겠다는 생각 때문에 결코 어머니 곁에서 멀리 떠나지는 않았다.

차츰 나이가 들자 순덕이의 머릿속은 여러 가지 의문들로 쉴 새 없이 부스럭거렸다. 자신이 태어난 곳은 어디이며, 어머니는 왜 정신이상자가 되었고, 어찌하여 그들 모녀가 집도 절도 없이 무작정 떠돌게 되었는지, 알고 싶은 것이 한두 가지가 아니었다.

나이가 더 들수록 순덕이의 이와 같은 의문들은 의문으로 끝나는 것이 아니고 온몸이 무거운 바윗덩어리에 짓눌리는 것 같은 고통으로 변했다.

이러한 의문들과 고통으로 순덕이가 어머니를 대하는 태도 또한 달라졌다. 어머니가 미친 것도 모를 만큼 철이 들지 않았을 때는 어머니를 놓칠세라 치맛자락을 꽉 붙들고 졸래졸래 따라다녔던 순덕이는, 어머니가 미친 여자라는 것을 알고부터는 부끄러운 마음에 저만큼서 뒤따르다가, 때글때글한 울림으로 목소리가 조금씩 터지고부터는 어머니의 손을 꼭 붙들고 앞서 다녔던 거였다.

그때부터 순덕이는 어머니가 불쌍해서 가슴이 터져 버릴 것만 같았다. 어떻게 해서든지 어머니와 함께 어디에선가 그들 모녀를 기다리고 있을 것만 같은 고향으로 가고 싶은 생각이 불꽃처럼 타올랐다.

그 무렵 어머니는 하늘이 맑은 여름날 밤 벼를 여물게 한다는 마른 번갯불처럼 어쩌다 한 번씩 정신이 반짝 들어오곤 했다. 정신이 돌아온 어머니는 말없이 눈물을 주르륵 흘리며 순덕이를 으스러지도록 꽉 껴안는 것이었다. 눈물은 어머니의 소중한 혼이었다. 눈물을 흘릴 때만 진짜 어머니의 모습 같아 보였다. 그래서 순덕이는 어머니가 자주 울기를 간절히 바랐다. 그때 순덕이는 사람은 슬퍼서 우는 것이 아니고, 어머니의 눈물처럼 눈물이 나오니까 슬픈 것인지도 모른다고 생각했다.

"엄마, 우리 집이 어디야? 응?"

순덕이는 어머니가 눈물을 흘릴 때를 놓치지 않고 다그치듯 묻곤 했다.

"방울재. 우리 집은 방울재."

어머니는 늘 똑같은 대답만 했다.

"방울재가 어디야?"

"큰 산 밑, 할미산 아래."

"할미산은 어디로 가지? 엄마 거기까지 갈 수 있겠어?"

그러나 순덕이 어머니는 언제나 고개를 거세게 흔들었다.

어머니는 열두 살 난 딸에게 기껏 그 말밖에 하지 않았으나 그것만으로

도 순덕이는 굳게 닫혔던 가슴에 조금이나마 구멍이 뚫리는 것 같아, 여간 즐거운 것이 아니었다.

이 세상, 이 하늘 아래, 우리 집이 있구나. 할미산 아래 방울재가 우리 고향이란다. 그곳에 가면 아버지와 형제들이 있을지도 모른다.

순덕이는 목이 터져 피가 나오도록 목청껏 울부짖고 싶어졌다.

어머니가 닭똥 같은 눈물을 뚝뚝 떨구며 반짝반짝 정신을 되찾곤 할 때마다, 고무줄 잡아당기듯 다그쳐 물은 끝에 강을 타고 큰 산을 거슬러 올라가면 방울재가 나올지 모른다는 한 가닥 희망을 붙잡을 수 있었다.

나이가 들면서 순덕이도 어렸을 때의 기억이 마디마디 얽힌 노끈의 매듭이 풀리듯 조금씩 조금씩 되살아났다. 어머니의 이야기를 바탕으로 안개 속에서 그림자가 가물거리듯 희미하게 되살아나는 순덕이의 조각난 기억들을 누더기를 잇대어 바느질하듯 아귀를 맞대 보았다.

어머니의 말대로 큰 산과 긴 강이 떠올랐다. 그리고 징소리도 귀에 쟁쟁했다. 무엇 때문에 징소리가 순덕이의 귀에 쟁쟁하게 되살아나는 것인지 알 수 없는 일이었다. 순덕이는 되살아난 징소리를 오래도록 귓속에 붙잡아 두고 싶었다. 눈을 뜨나 감으나 버릇처럼 한시도 잊지 않고 징소리를 생각하자 흰옷을 입은 수많은 사람이 한 덩어리가 되어 경중거리는 모습이 눈에 밟혀 왔다. 순덕이는 혹시라도 흰 두루마기를 입은 사람들 속에 아버지가 있을지도 모른다는 생각에 가슴이 먹먹해 왔다.

밤이 되어 백화점의 육중한 철문 아래서나 우체국 돌계단에서 얼쑹얼쑹 잠이 들 무렵, 순덕이는 흰옷 입은 사람들이 경중거리며 징을 치는 모습을 열심히 떠올렸다. 갑자기 흰 옷을 입은 남자 하나가 무서운 얼굴을 하고 달려들었다. 그의 손에는 징채 대신에 낫이 들려 있었다. 낫을 치켜

들고 무섭게 눈을 부릅뜨며 찍을 듯이 달려들었다. 그들은 낫에 찔려 죽지 않으려고 도망쳤다. 낫을 든 남자가 계속 쫓아오고 있었다.

순덕이는 후유 하고 휘파람 소리 같은 한숨을 내쉬었다.

그녀는 어머니와 함께 방울재를 찾아가기로 결심을 했다. 찾아갈 방울재가 지옥이라고 해도 좋았다. 어쩌면 고향을 찾아가기는 지옥에 가기보다 더 힘이 드는 것일지도 모른다고 생각했다. 지옥 같은 건 조금도 겁나지 않았다. 고향도 모르고 이 골목 저 골목 먼지처럼 바람에 떠밀리며 사는 것이 오히려 지옥보다 더 무서웠다. 순덕이는 비록 나이는 어렸지만 천사들이 노래하고 춤추는 천당 따위는 믿지도 않았다. 나이답지 않게 세상을 보는 눈에 때가 묻어, 아무것도 믿지 않았다. 믿는 것이라고는 이 하늘 어디엔가 고향 방울재가 있으며 방울재 사람들은 징소리를 좋아할 거라는 것뿐이었다. 순덕이는 어머니가 눈물을 흘릴 때 하는 말과, 갈피를 잡을 수 없긴 해도 안개 속에서 무엇인가 움직이듯 희미하게나마 되살아나는 기억들을 믿었다.

"엄마, 우리는 틀림없이 강물을 따라 내려왔다고 했지?"

어머니는 두 눈에 눈물이 크렁크렁한 얼굴로 고개만 끄덕였다.

"그럼 걱정 없어. 강물만 따라가면 방울재가 나올 거야."

"방울재, 방울재에 네 아부지랑 할머니랑 있어."

"아빠랑 할머니가?"

순덕이는 어머니의 말에 너무 기뻐서 방아깨비처럼 엉덩이를 까부르며 손뼉을 치기까지 했다.

"그럼 빨리 가. 방울재로 가자니깐."

그러나 어머니는 얼굴이 청동색으로 변하며 무섭게 고개를 가로저었다.

"엄마, 왜 방울재에서 나왔어. 아빠한테 쫓겨났어?"

순덕이의 물음에 어머니는 대답하지 않았다.

구리철사보다 더 **빳빳한** 햇살이 땅에 침을 놓듯 온종일 쿡쿡 쑤셔대는 어느 늦은 여름날, 순덕이는 어머니를 이끌고 도시의 변두리를 돌다가 드디어 강물을 찾았다. 그리고 그 길로 포플러나무들이 차렷 자세를 하고 줄지어 서 있는 강줄기를 거슬러 올라갔다.

"순덕아, 어디로 가느냐."

정신없이 멋모르고 순덕의 손에 이끌려 따라나선 어머니는 깜박깜박 제정신이 들 때마다 두려워하는 얼굴로 물었다.

"걱정 말어, 엄마."

"어디 가는데?"

"피서."

"피서가 뭐냐?"

"시내에 있으면 먼지만 뒤집어쓰고 더우니까. 선선한 강바람을 쐬러 가는 거야. 괜찮지?"

순덕이는 어머니가 맑은 정신에 고향이라는 말만 들으면 얼굴이 호박꽃처럼 노랗게 질리곤 했기 때문에 방울재를 찾아간다는 말을 하지 않았다.

열두 살밖에 안 된 순덕은 어른처럼 슬겁고, 속이 꽉 차 있었다. 속이 꽉 찰 정도가 아니고, 세상을 보는 눈, 사람을 대하는 태도가 나이를 넘어 있었다.

순덕이는 촉새처럼 눈치가 빨랐다. 도시의 이 구석 저 구석을 구겨 던진 휴지처럼 휩쓸리며 볼 것 못 볼 것 다 보고 살아왔기 때문에 되바라지

긴 했지만, 그런대로 나쁜 일과 좋은 일, 나쁜 사람과 좋은 사람을 구별할 줄도 알았다.

순덕이는 또 어지간한 슬픔에는 눈물이 나오지도 않았고, 욕설을 귀에 못이 박이게 들어 창피나 부끄러움은 무시하고 살았다. 굶어 죽지 않기 위해서라면 손가락이라도 댕겅 자를 만한 용기도 있었다. 그 용기와 밴들밴들 닳아진 몸과 마음으로 자신 있게 어머니를 구완하며 살 수가 있었다. 이제 그녀에게는 아무것도 무서울 게 없었다.

아스라이 보이는 큰 산을 향해 거슬러 올라갈수록 강폭이 넓어지고, 둑도 높아졌다. 햇살은 날카로웠으나 바람이 시원해서 더운 줄도 몰랐다.

배가 고프면 강에 들어가서 징거미새우를 잡아먹었다. 어머니는 징거미새우보다 강둑에서 떡갈잎이나 가새풀 줄기, 나팔꽃 비슷한 메꽃 뿌리를 캐 먹었다. 두레를 먹고 있는 농부들을 만나면 배가 부르도록 밥을 얻어먹기도 했다.

강을 타고 올라가는 동안 많은 사람을 만났다. 투망질을 하는 사람, 낚시하는 사람, 멱을 감는 아이들, 소를 뜯기는 노인들, 그들을 만나면 순덕이는 반갑게 손을 흔들거나 인사를 했다. 강가의 아이들은 도시 아이들처럼 모녀를 놀리거나 돌팔매질을 하지 않았다. 그 지긋지긋한 역 대합실 사람들에 비하면 천사의 사촌들만큼이나 친절하고 마음씨가 고왔다.

순덕이는 이따금 그의 어머니를 화물창고에 끌고 가서 여름날 혀를 길게 빼물고 숨을 헐떡이는 개새끼들처럼 칠칠 거리던 불량배들을 생각하면 와락 숨통이 막힐 듯하면서 온몸의 피돌기가 싹 멎는 것 같은 아픔을 느꼈다.

늙은 좀팽나무며 미루나무, 대추나무들이 듬성듬성한 마을 앞 강둑에서는 꽃상여를 만나기도 했다. 상여꾼들의 상엿소리가 이 세상에서 가장 아름다운 노랫소리로 들렸다. 순덕이는 상엿소리에 정신이 팔려, 귀신 돈이라고 하는 상여의 종이꽃들이 대추나무 가지에 걸려 바람에 펄럭이는 모습을 오래도록 바라보았다.

"아저씨, 방울재가 어디쯤 있는지 아세요?"

상여를 만난 강변 마을에서 순덕이는 야무진 목소리로 물어보았다.

"방울재라니, 마을 이름이냐?"

"우리 고향이라요. 방울재에 울 아부지가 산다는디."

마을 사람들은 아무도 방울재를 알지 못했다. 할미산도 물어보았지만 마찬가지였다. 그러나 순덕이는 절망하지 않았다. 이 세상 끝까지라도 걸어서 방울재를 찾고야 말겠다는 결심이 차돌처럼 단단하게 굳어졌다.

기차 정거장과 학교가 있는 읍에서 하룻밤을 자고 새벽에 일어나 다시 걸었다.

강폭이 갑자기 도마뱀 꼬리처럼 몽똑하게 좁아진 골짜기 어귀 마을에서, 쇠코잠방이를 입고 소를 뜯기는 노인한테 다시 물어보았다.

"방울재라니, 백양사 가는 길목, 각시샘이 있는 마을 말이냐?"

"할아부지, 방울재를 아세요?"

순덕이는 버릇처럼 엉덩이를 출썩거리며 풀떡풀떡 뛰었다. 쇠코잠방이 할아버지한테 달려들어 수염이라도 쓰다듬어 주고 싶었다. 소리를 내어 엉엉 울고 싶어졌다. 두 어깻죽지 밑에 날개라도 돋친 듯 단숨에 방울재까지 훨훨 날아갈 수 있을 것만 같았다.

"엄마, 다 왔어. 저 산만 돌아가면 방울재야."

순덕이가 물 머금은 목소리로 울부짖듯 말했으나 필라멘트에 전류가 끊겨 버린 것처럼 다시 정신을 놓아 버린 어머니는 쇠코잠방이 노인을 보며 허수아비 같은 모습으로 연신 히죽거릴 뿐이었다.

순덕이는 사람들 눈에 띄지 않는, 후미진 팽나무 밑으로 가서 어머니의 몸을 칼칼이 씻어주었다. 어머니의 속살은 달걀 껍데기처럼 희고 미끄러웠다. 생각했던 것보다 포실했다. 하기야, 순덕이는 철이 들자 어머니가 배고프지 않게 잘 돌보았다. 낯깔과 붙임성이 좋은 순덕이는 아무 데서나 먹을 것을 듬뿍듬뿍 얻어오곤 했다. 기실, 순덕이 혼자 몸이라면 식당 같은 데라도 일자리를 구해서 느긋하게 살아갈 자신이 있었다.

철에 맞지 않는 누더기도 깨끗하게 빨아 햇볕이 가득 괸 바위 위에 말려 입혔다.

"엄마가 아주 딴사람이 됐어. 아마 아빠가 보시면 반갑게 맞아 주실 거야."

깨끗하게 흐르는 강물에 어머니를 목욕시키고 옷까지 빨아 입힌 순덕은 벙글벙글 웃으며 말했다. 물기가 마르지 않은 어머니의 촉촉한 머리칼에서 햇빛이 녹아내리듯 반짝반짝 윤기가 흘렀다.

"엄마 이제 역전 또또와식당 아줌마만큼이나 이뻐졌네."

순덕이는 어머니의 가냘픈 팔을 붙들고 강둑으로 올라갔다. 태양은 불기둥처럼 뜨겁게 머리 위에서 이글거렸지만, 바람은 적당하게 부드러웠다.

강둑에서 신작로로 나오자 뜨거운 지열이 후끈거려 숨이 헉헉 막혔다.

순덕이 어머니는 두렷두렷 산과 들을 둘러보더니 공원에 있는 동상처럼 갑자기 얼굴이 굳어졌다. 어두웠던 뇌에 불이 켜진 듯싶었다.

"낯익은 곳야? 산과 들이 낯익지?"

순덕이는 다급하게 물었지만 어머니는 겁먹은 얼굴로 딸을 내려다보며,

"여기가 어디냐?"

하고 희미하게 물었다.

"방울재. 저기 보이는 곳만 돌아서면 방울재야."

순덕이는 출랑거리며 말했다.

"돌아가자. 방울재는 안 갈란다."

어머니는 여전히 겁먹은 얼굴로 딸을 내려다보더니 휙 몸을 돌렸다. 순덕이는 괜히 어머니한테 방울재 이야기를 했구나 하고 후회했다.

어머니는 순덕이를 뿌리치고 바쁜 걸음으로 오던 길을 되돌아 걸었다. 그러나 어머니는 깜박하는 사이에 다시 연줄을 놓쳐버리듯 정신을 놓아버렸으며, 정신을 놓쳐버리자 순덕이가 이끄는 대로 수걱수걱 방울재를 향해 따라 걸었다.

산 모퉁이를 돌아서자 갑자기 큰바람이 불어와서 목덜미의 땀을 식혀주었다. 멀리 미루나무 사이로 허름한 주막이 나뭇잎처럼 흔들려 보였고, 밋밋한 산등성이 아래로 마을의 집들이 오순도순 이야기하듯 이마를 맞대고 있었다.

순덕이는 어머니의 손을 잡고 주막을 향해 뛰어갔다. 주막에는 술손님이라곤 한 사람도 없이 감나무 그늘 밑 평상에 겉늙은 노파가 비닐 비료 포대를 뜯어 만든 부채로 바람을 만들어 목덜미 안에 집어넣기에 바빴고, 평상 아래 뙤약볕에는 순덕이 또래의 사내아이들 둘이서 땅바닥에 질퍽하게 앉아 땅뺏기 놀이를 하고 있었다.

"할머니, 여기가 방울잰가요?"

순덕이가 평상에 걸터앉으며 물었다. 어머니도 딸의 옆에 앉아 노파를 보고 히죽히죽 웃었다.

"뉘겨?"

주막집 노파는 순덕이 어머니를 보더니 부채질하던 손을 멈추고 소스라치게 놀라며 일어섰다.

"순덕이 에미 아니라고!"

주막집 노파는 놀라움과 반가움이 범벅된 얼굴로 순덕이 모녀를 되작거려 살피더니, 게처럼 옆걸음을 치다가 집 뒤로 몸을 감춰 버렸다.

순덕이는 노파의 행동을 조금도 이상하게 생각지 않고, 평상 위에서 부채를 집어 어머니 얼굴이 땀을 식혀 주었다.

주막집 노파가 그들 모녀를 알아보자 순덕이는 비로소 푸우 고무풍선에서 바람 빠지는 소리를 내뿜으며 미루나무 가지들 사이로 살진 암소처럼 한가하게 누워있는 마을을 바라보았다. 갑자기 두 다리에 힘이 쫙 빠져 버린 것 같았다. 쿵쿵 심장이 뛰었다.

"엄마, 다 왔어. 주막집 할머니가 엄마를 알아봤단 말야."

순덕이는 다시 어머니를 일으켜 마을을 향해 걸었다. 모녀가 주막에서 나와, 꼬불꼬불 뻗은 황톳길로 접어들어 한창 걷고 있는데, 마을 쪽에서 두 노파가 뭐라고 손짓을 하며 허위허위 뛰어나오고 있었다. 모녀는 물방앗간 옆 느티나무 조금 지나 징검다리께서 노파들과 마주쳤다.

"아이고 내 새끼야. 아이고 내 새끼야."

주막집 노파보다 몇 걸음 앞서 뛰어오던, 얼굴이 호두 껍데기처럼 쭈그렁이가 된 노파가 와락 순덕이를 끌어안으며 끄윽 끄르륵 목멘 울음을 쏟아냈다. 눈치가 빠른 순덕이는 그를 끌어안고 가래 끓는 목소리로 꿍꿍 숨 가쁘게 울고 있는 노파가 바로 할머니라는 것을 알았다.

"할머니……."

순덕이도 와왕 울음을 터뜨리고 말았다. 할머니와 순덕이는 떨어질 줄 모르고 울기만 했다. 할머니는 숨이 막히는지 헉헉거리면서, 쇠갈퀴처럼 앙상한 손으로 순덕이의 눈물을 닦아 주었다.

"엄마도 왔어."

순덕이가 크렁크렁 물기 젖은 목소리로 어머니를 돌아보며 말했지만, 할머니는 어머니를 쳐다보지도 않았다. 정신 나간 어머니는 시선을 한곳에 붙들지 못한 채 어깨를 옴죽거리며 여전히 히죽거리기만 했다.

"아이고 저런, 네 에미를 어찌끄나…… 쯧쯧."

할머니는 히죽거리고 서 있는 어머니를 향해 혀를 찼다.

할머니는 순덕이를 꼭 붙안은 채 마을로 들어섰고, 어머니는 히죽거리며 뒤를 따랐다. 마을 사람들도 저마다 애잔한 얼굴로 혀를 차며 그들 뒤를 따랐다.

순덕이가 아버지를 만난 것은 조금 후였다. 비록 작은 토담집이었으나 널찍한 마당 한쪽 두엄자리 옆에 큰 감나무가 서 있고, 닭 벼슬 모양의 민들레꽃이 샘가에 활짝 피어 있는 집 안을, 여기가 진짜 내 집이구나 하고, 아무래도 꿈만 같은 생각을 하며 한 바퀴 휘휘 돌아본 다음, 우물에서 두레박으로 물을 철철 넘치게 떠올려 벌컥벌컥 퍼마시고 있는데, 쿵쿵쿵 땅이 울리는 발자국 소리에 고개를 들자, 큰 키에 삐쩍 마른 남자가 사립짝을 밀치고 다급하게 뛰어들어 왔다. 순덕이는 그가 아버지라는 것을 직감적으로 알고 물이 가득한 두레박을 동댕이치며 아버지에게로 달려가서 안겼다.

아버지 역시 어머니를 거들떠보지 않았다.

몇 년 만에 만난 네 식구가 저녁을 먹는데,

"작것, 저것을 으쩌끄나아."

할머니가 정신없이 게 눈 감추듯 볼이 미어지게 밥을 퍼넣고 있는 어머니를 한심한 눈으로 쓸어 보며 아버지에게 말하자,

"글씨 말입니다요. 밉기도 하고 짠허기도 허고……."

하고 말끝을 흐리면서 숟가락을 든 채 길게 한숨을 깨물어 삼키는 것이었다.

"쯧쯧, 내 새끼야. 안 죽고 살아서 돌아왔으니 그저 방울재 당산신이 돌본 덕택이다. 이 가스나야, 네 에미를 따라갔다는 말을 듣고 을매나 너를 찾아댕겼는지나 아남. 네 애빈 너를 찾아댕기느라고 발바닥에 물집이 생기고, 이 핼미는 을매나 울었든지 눈이 다 물케졌단다. 아이고 내 새끼야. 눈에 흙 들어가기 전에 내 새끼가 돌아왔으니 인제 죽어도 눈을 편히 감겠구나."

그러면서 할머니는 순덕이의 밥그릇에 자꾸만 밥을 덜어 주었으며 그때마다 순덕이는 할머니가 덜어 준 밥을 다시 어머니 밥그릇으로 되 덜곤 했다.

순덕이는 모든 것이 아리송한 꿈만 같았다. 할머니와 아버지가 어머니를 본체만체했기 때문에 마음이 아팠지만 그런 것쯤 머지않아 다 좋게 될 것으로 믿었다. 순덕이는 어린 나이에도 아버지가 그때까지 새어머니를 들이지 않은 것만이 고마울 뿐이었다.

그날 밤 순덕이는 잠자리에서 아버지가 어머니한테 부드럽게 귓속말을 한 것을 듣고 눈물을 흘리며 마음속으로 하느님을 외쳐 불렀다.

할머니만 큰방에서 혼자 주무시고 아버지, 어머니 그리고 순덕이는 부엌방에 들었다.

순덕이는 할머니와 아버지한테 그동안 살아온 내력이며, 어찌어찌해서 방울재를 찾아온 이야기를 실꾸리를 풀듯 죄 쏟아 놓느라고 밤이 늦어서야 잠자리에 들었다. 잠자리에 들기가 무섭게 짚불 스러지듯 떨어져 버

린 순덕이는 오줌이 마려워 잠이 깼으나, 아버지가 어머니한테 오순도순 이야기하는 것을 듣고 방광이 터지도록 참아야만 했다.

"이녁 탓만도 아니여, 내 잘못도 있으니께. 지난날은 꽁꽁 묻어 뿌리드라고. 순덕이년만 찾아 나선 것이 아니고 이녁도 찾었구만그려. 인제 우리 식구 다 모였으니 여한이 없네."

아버지 말에 치륵치륵 어머니가 울고 있었다. 하느님이 도왔는지 아버지가 말을 할 때 어머니는 정신을 찾은 것이었다.

그러나 다음 날 새벽, 어머니는 승천하지 못한 큰 이무기가 산다는 방울재 앞 용소에 빠져 죽고 말았다. 바위 등걸에 흰 고무신을 나란히 벗어둔 채 명주실 두 꾸리가 들어간다는 깊은 소에 빠져 죽은 것이었다.

순덕이는 옛날 시집올 때 입고 왔다는 새 옷으로 갈아입고, 깨끗하게 잠자듯 죽어 있는 어머니의 시체를 보고도 울지 않았다. 죽은 어머니가 원망스러울 뿐이었다. 어머니를 방울재로 끌고 오지 않았던들 그렇게 허무하게 죽지는 않았을 것이라는 생각이 들었다. 집에 돌아오긴 했어도 차라리 어머니가 정신을 찾지 못했던들 죽지 않았을 것이었다. 어머니는 반짝 정신이 든 사이에 죽음을 택한 것이 분명했다.

어머니가 용소에 빠져 죽은 지 3년도 못 가서 아버지까지 시난고난 앓다가 세상을 뜨고 말았다.

"썩을 년, 콧대에 격각살이 붙어 애간장을 녹이드니 끝끝내 서방까지 잡아묵었어."

할머니는 눈을 감는 순간까지도 끝내 어머니를 용서해 주지 않았다.

순덕이는 할머니의 그 같은 마음 옭매임을 옆에서 지켜볼 수가 없어, 방울재에 할머니만 혼자 남겨 둔 채 남도시로 도망쳐 나오다시피 하여,

식모살이를 시작하게 되었는지도 몰랐다.

3년 동안이나 방울재에 발길을 뚝 끊고 살다가, 할머니가 위독하다는 소식을 듣고서야 마지못해 고향으로 돌아온 그녀는 할머니한테서 비로소 어머니가 쫓겨나게 된 이야기의 자초지종을 죄다 들었다.

순덕이의 나이 네 살 때였다. 그해 여름 방울재에는 심한 가뭄이 들었다. 모를 낸 논이 거북이 등처럼 쩍쩍 갈라지고, 밭곡식마저도 삐득삐득 말라갈 정도였다.

방울재 사람들은 꼬박 사흘 밤 기우제를 올렸다. 아낙네들은 밤마다 마을 앞 새끼내에 나가서, 홑치마 하나만을 두르고 오줌을 싸질러 대며 키로 물을 까불렀으며, 남자들은 할미산 꼭대기에 올라가 불을 피우고 밤새도록 농악을 올렸다.

한여름 보름달이 대낮처럼 밝게 비친 새끼내에서는 방울재 아낙네들이 물에 들어앉아서 밤새도록 키질을 했는데, 할미산에 올라가지 않은 몇몇 마을 청년들은 여자들이 발가벗다시피 하며 오줌을 싸질러 대고 툼벙거리는 것을 봇둑에 숨어서 지켜보고 있었다.

달빛에 비치는 아낙네들의 모습을 지켜보고 있던 청년들 가운데는 순덕이 어머니가 시집오기 전부터 남모르게 속 태우며 뒤를 따라다니던 바우도 끼어 있었다.

마을 청년들이 숨어서 자기들을 지켜보고 있는 것도 모른 아낙들은 할미산 꼭대기에서 농악이 멎지는 않았지만, 달그림자가 서쪽 하늘로 이윽히 기울어서야 물에 젖은 홑치마 바람으로 집에 돌아갔다.

순덕이네 집은 마을의 맨 윗머리 후미진 아카시아 숲에 있는 외딴집이었다. 순덕이 어머니가 마을 아낙들과 헤어져, 할미산에서 징 징 울려오는 자진모리 가락의 징소리를 들으며 막 아카시아 숲에 들어서는데, 불쑥 바우가 나타나 그녀의 앞을 막아서더니, 다짜고짜 아카시아 숲속으로 끌고 들어갔다. 순덕이 어머니는 뭐라고 소리를 내질렀지만 요란한 할미산의 징소리가 깡그리 삼켜버리고 말았다.

다음 날 바우는 순덕이 어머니를 봐버렸다고 자랑삼아 나발을 불고 다녔으며, 끝내는 그 말이 순덕이 아버지의 귀에까지 들어가게 되었다.

기우제는 다음 날에도 계속되었다. 순덕이 어머니는 그날 밤 새끼내에 나가지 않았다. 쿵쿵쿵 절굿대질하는 것 같은 마음을 꿍꿍대며 붙안고 방에 드러누워 있는데 할미산에 기우제 지내러 나간 남편이 시퍼런 낫을 들고 우당탕 뛰어 들어와 당장 찍어 죽이겠다고 도깨비 춤추듯 했다. 시어머니가 남편을 가로막지 않았던들 그녀는 영락없이 낫에 찔려 죽게 되었을지도 몰랐다.

순덕이 어머니는 엉겁결에 집을 뛰쳐나오고 말았다. 그녀의 뒤에는 잠이 든 것으로 알았던 딸아이가 병아리처럼 졸래졸래 따라오고 있었다. 집을 나온 모녀는 어둠 속을 한없이 걸었다. 할미산에서 징징징 울려오는 징소리를 들으며. 그때 그 징소리가 그녀의 혼을 모두 뺏어가 버렸는지도 몰랐다.

3

순덕은 어둑어둑 산그림자가 내려오는 할미산 꼭대기를 올려다보았다. 산꼭대기에서 남편 칠복이가 겅중거리며 징을 치는 모습이 보이는 듯 싶었다. 아빠의 징소리에 맞춰 꽃나비처럼 옴죽옴죽 춤을 추는 딸 금순이의 모습도 떠올랐다.

산 모퉁이를 돌아선 순덕이는 네거리 째보네 주막을 향해 걸었다. 20여 년 전, 정신이 깜빡거리는 어머니를 이끌고 방울재를 찾아왔을 때 처음에 들렀던 바로 그 째보네 주막이었다. 술독이 올라 사뭇 얼굴이 거무접접한 그 노파가 다시 살아나, 순덕이를 알아보고 옛날처럼 마을로 뛰어가 죽은 할머니 대신 남편을 데리고 나올 것만 같았다.

호숫가의 매운탕집들에 불이 켜지기 시작했다. 거뭇거뭇 어둠에 덮이고 있는 매운탕집 주변에 사람들이 유령처럼 어른거리는 모습이 보였다. 그들 속에 남편 칠복이가 끼어 있을지도 모른다는 생각을 하자, 철렁 가슴이 내려앉았다.

옛날 아버지가 어머니를 용서해 준 것처럼 남편도 나를 용서해 줄까.

순덕이는 발걸음을 주춤거리며 생각을 이리저리 굴리다가 조심스럽게 주막 안으로 들어섰다.

"뉘시우?"

땅딸막한 키에 포동포동 살이 찐 순덕이 나이 또래의 젊은 주막집 여자가 기둥에서 등불을 걷다 말고, 희끄무레한 불빛 속으로 순덕이를 더듬어 보며 물었다.

"저……."

그녀는 대답을 머무적거리며, 주막 안을 둘러보았다. 술청 안에 낚시꾼들인 듯싶은 남자 너덧 명이 시끌시끌하게 떠들며 술을 마시고 있었다.

"누굴 찾으세요?"

주막집 여자가 순덕이 가까이로 오며 다시 물었다. 순덕이 눈에는 문득 그녀에게로 다가오고 있는 젊은 여자가 20여 년 전 그녀의 어머니를 알아보고 깜짝 놀란 노파로 변했다. 순덕이는 히죽 웃었다. 째보네 주막집 여자는 순덕이를 알아보지 못했다. 알아볼 턱이 없었다.

"누가 왔어?"

잠시 후에 주막집 여자의 남편인 듯싶은 키가 크고 몸피가 굵은 남자가 가까이 오며 물었다.

"저, 여기가…… 방울잽니까요?"

순덕이는 알고 있으면서도 바보처럼 말을 더듬으며 물었다.

"방울재라니!"

주막집 여자는 의아한 얼굴로 순덕이를 되작거려 살피며 반문을 했다.

"옛날에 그런 마을이 있었어요. 지금은 물에 잠겨 없어졌지만."

주막집 남자가 대신 친절하게 말해 주었다.

순덕은 말없이 주막에서 나와 버렸다.

어둠 속 어디에선가 남편이 불쑥 뛰쳐나올 것만 같았다. 봉구네 매운탕 집을 향해 가다 말고 어느덧 자취도 없이 어둠에 묻혀 버린 할미산 밑 호수 쪽으로 몸을 돌렸다. 호수 쪽에서 갑자기 징소리가 들려왔다. 징소리가 들려오자 그녀의 머릿속이 아침이슬 머금은 흰 나팔꽃처럼 맑아졌다. 순덕은 바쁜 걸음으로 호수를 향해 뛰어갔다. 징소리는 중모리에서 휘모리로, 휘모리에서 다시 자진모리로 거칠고 빠르게 울려왔다.

어둠보다 더 두껍고 단단한 호수는 소리도 없이 방울재를 통째로 삼켜 버린 거대한 괴물처럼 오만하게 떠억 버티고 누워있었다.

징소리는 호수 속에서 울려왔다. 순덕이는 떡갈나무 가지들을 한 움큼 휘어잡고 오도카니 서서 징소리가 울려 나오고 있는 검은 호수를 들여다 보았다. 경중거리며 징채를 휘두르는 남편의 모습이 보였다. 눈물이 크 렁한 어머니와 흰 두루마기 자락을 나풀거리며 학춤을 추는 아버지, 호두

껍데기처럼 쭈글쭈글한 얼굴에 노기를 담은 할머니의 모습도 보였다.

방울재 사람들도 모두 보였다. 남편 칠복이가 두들겨 패는 징소리에 맞춰 온통 방울재 사람들이 한 덩어리가 되어 덩실덩실 춤을 추고 있었다. 순덕이는 갑자기 그들과 함께 어울리고 싶어졌다.

그러나 순덕이가 헤어졌던 방울재 사람들을 다시 만나 그들과 어울리기 위해 물속으로 뛰어들자마자 갑자기 징소리가 뚝 멎어 버렸다.

『문학사상』, 1979.9

무서운 징소리

1

두 여자는 징소리 때문에 죽었는지도 모른다. 징소리만 울리지 않았더라면 그들 모녀는 죽지 않았을 것이다.

징소리는 고향을 잃은 사람들의 한 맺힌 울음소리였다.

한평생 길쌈을 하며 살아온 시골 여인들의 매듭진 손끝에서 빚어진, 높고도 맑은 가을 하늘에서 내리꽂히는 햇살처럼, 부드럽고 윤기 나는 명주 실꾸리가 감겼다가 풀리고 풀렸다가 감기듯 했던, 징소리가 사람을 죽게 하다니, 참 알 수 없는 일이었다.

자식을 잃거나 땅을 빼앗긴, 어머니들이 숨넘어가는 순간까지도, 풀리지 않고 평생을 가슴앓게 한 응어리진 한이, 오뉴월에도 서릿발이 칠 만큼 무서운 것이라고는 하지만, 고향을 떠나지 않으려고 한 것이 죄라면 죄일지 모르나, 지금껏 남한테 해를 끼쳐 본 일이 없는 그들 모녀를 죽게 한 것은 정말 알 수 없는 일이었다.

허칠복이는 징을 칠 때는 누구를 원망해 본 적이 없었다. 저주 대신에 사랑을, 슬픔 대신에 소망을 멀리 하늘 끝까지 울려 보냈을 뿐이었다. 그가 울린 징소리는 사람을 죽이는 소리가 아니었다.

"칠복아, 시끄러운 세상에서는 징채잡이가 되지 말그라잉. 세상이 시끄러울 때 징을 쳤다가는, 네 아부지 모양으루 애매허게 죽게 되는겨. 세상이 시끄러울 때는 아무리 듣기 좋은 소리도 총소리나 진배없는겨. 칠복아, 제발 이 에미의 소원이니, 징채잡이가 될라거든 조용하고 살기 좋은 세상을 기다려야 헌다 와. 좋은 세상 징소리라야 진짜 소리인겨!"

칠복은 문득, 그가 어렸을 때 어머니가 마지막 숨을 거두면서 한 말이 머릿속에서 부스럭거리며 되살아난 듯싶었다. 그리고 징소리 때문에 죽은 맹 계장 어머니가 마치 칠복이 어머니처럼 생각되었고, 달걀 껍데기처럼 머릿속이 텅 빈, 맹 계장의 누이동생은 여지껏 찾지 못하고 있는 아내 순덕이처럼 여겨졌다. 그들 두 모녀의 죽음은 칠복에게서 고향을 찾아가려고 하는 마지막 기력을 빼앗아가 버리고 말았다.

일주일 전, 잃어버린 징을 찾을 욕심으로 맹 계장을 따라 남창리에 올 때까지만 해도 그의 눈앞에 죽음의 그림자는 보이지 않았다. 다시 징을 치게 될지, 기대하지도 않았었다.

일주일 전, 칠복은 딸 금순이를 데리고 맹 계장을 따라나섰다.

"계장님 고향에두 징이 있습니까요?"

허칠복은 딸 금순이를 보듬고 칠보증권 서무계장 맹만수를 따라 버스에서 내리며 뚜벅 물었다.

"여기서 좀 기다리슈."

맹만수 계장은 칠복이가 묻는 말에는 대답하지 않고, 버스 정류장 맞은편 빨간 벽돌담 둘레에 무궁화 나무가 담 높이로 가지런히 서 있는 남창면사무소로, 버릇처럼 오른쪽 어깨를 좌우로 심하게 흔들며 들어갔다.

칠복은 오랫동안 비가 오지 않아, 풀석풀석 땅껍질이 벗겨지는 길바닥에 금순이를 내려놓고, 손가락으로 더벅머리를 쑥 긁어 올리며 하늘을 올려다보았다.

톱날을 세워 놓은 것처럼 바위 등걸이 사납게 들쭉날쭉한 서쪽 산기슭에 유월의 태양이 두어 뼘 정도 대롱대롱 매달려 있었다.

햇살이 숨을 죽이자 깔깔한 바람이 되살아나 건듯건듯 얼굴을 핥았다.

칠복은 처음 와본 곳이라, 호기심의 눈망울을 굴리며, 시골 면사무소 거리를 휘휘 둘러보았다. 그가 서 있는 우체국 옆에는 양조장, 정미소, 농약상이 잇대어 있고, 맞은편 면사무소 좌우로는, 때 묻은 포장이 너덜거리는 간판도 없는 음식점과 양복점, 양화점, 약국, 잡화점들이 도토리 키 재기하듯 다정하게 붙어 있었다.

양조장 앞에는 하얀 플라스틱 술통을 가득 실은 경운기가 털털털 발동을 걸기 시작했고, 정미소 한쪽 앙당그러진 꽝꽝나무 옆에는 흰 털이 북실북실한 삽사리 한 마리가 혀를 길게 빼문 채 질질 침을 흘리며 헐떡거리고 있었다.

우체국 건물 사이로 넓은 들이 뽀곰하게 열리고, 여기저기에 모내기하느라 한창인 농민들이 허리를 펴는 모습도 보였다.

면사무소 앞길은 보리누름 무렵의 방울재 고샅처럼 고즈넉했다.

"자, 갑시다."

면사무소에 들어갔던 맹 계장이 담배를 피워 물고 나오며 큰 소리로 말했다.

칠복은 금순이를 업고 그가 서 있는 면사무소 쪽으로 경중경중 건너갔다.

"우리 마을까진 한 십 리쯤 가야 하는데 살살 걸어갑시다."

맹 계장은 목울대를 세워 울림이 좋은 목소리로 말하고 나서 오던 길로 돌아섰다. 칠복은 말없이 그를 따랐다. 면사무소 앞에서 거리의 끝인 교회 앞까지 오는 동안 맹 계장은 너덧 사람들과 알은체를 했다. 맹 계장이 더러는 악수를 하고 이야기를 나누는 동안, 칠복이는 걸음을 멈추고 잠시 걸어온 길을 되짚어 돌아보았다.

그들은 교회 옆을 끼고 겨우 경운기가 지나갈 수 있을 정도로 조붓한, 울퉁불퉁한 자갈길로 접어들었다. 자갈길은 검실검실 산그늘에 덮인 비탈을 향해 엿가락처럼 휘움하게 뻗어 있었다.

"계장님 고향에 징이 있습니까요?"

칠복은 다시 물었다.

"옛날엔 있었다는데, 지금은 없을 거요."

"글타면 별 볼 일 없는 마을이구만요."

"무슨 뜻이요?"

"징이 없담서요?"

"옛날에 있었다니까."

"옛날 옛적에야 징 없는 마을이 있었답디까?"

"수백 년 된 징이 있었는데, 왜정 때 놋쇠 공출로 빼앗기고, 해방되던 해에 다시 장만했지만 육이오 때 불타 버렸답니다. 그러다가 육이오가 끝나고 집집이 추렴을 해서 장만한 징이 얼마 전까지 해도 있었는데, 깨져서 소리가 덜덜 떨어 엿장수한테 줘버렸답니다. 왜, 징을 치고 싶어 손이 근질근질합니까?"

"계장님 고향 사람덜은 징소리가 뭔지 모르겠구만요."

"에끼 이보슈, 아무러면 징소리를 모르겠수. 까짓거 시장바닥에 을마든지 있는데."

"요새는 전깃불 환히 쓰고 맹근 가짜 징이 하도 많아서요. 전깃불 쓰고 맹근 건 놋쇠 소리만 나지요. 그런 건 징소리가 아닙니다요."

"전깃불도 안 켜고 만든 징도 있나요?"

맹 계장은 까치밥나무와 덩굴딸기나무가 씨름을 하듯 뒤엉켜 어우러진 언덕 쪽으로 칵 가래침을 뱉으며 지나가는 말로 물었다.

"암요. 원래가 징은 깜깜헌 디서 맨들지요. 깜깜헌 대장간 안에서 놋쇠를 벌겋게 달구어, 그 빛으로 망치질을 허지요. 다른 불빛이 새어 들어가면 본래의 맑은 징소리가 안 나고 놋쇠 소리만 난답니다요."

"그렇다면 허 씨가 잃어버린 징도 어둠 속에서 만든 거유?"

"그렇다마다요. 방울재가 생기면서 만든 거인께 수백 년 된 징이지요."

"골동품이로군요."

"그 징은 지 생명이나 마찬가지여라."

상수리나무며 때죽나무들이 촘촘한 산 모퉁이를 보듬고 돌자 하늘과 들판이 한눈에 넓게 틔어 왔다. 칠복은 문득 3년 전 댐 공사 때문에 물에 잠겨버리고, 이제는 흔적조차도 찾아볼 수가 없게 된 고향 방울재로 다시 돌아가고 있는 것 같은 감미로운 착각에 빠져 들었다.

멀리 뿌유스름한 산그늘에 한가롭게 옹기종기 모여 있는 집들이, 마치 그의 마을로 들어가기 전 산 모퉁이에서 바라다보이는 방울재처럼 정겨웠다. 두 팔을 벌려 한꺼번에 끌어안고 싶었다.

칠복은 지금, 그가 남도시에서 잃어버린 방울재의 혼이 담긴 징을 찾기 위해 맹 계장을 따라가고 있는 거였다.

맹 계장을 따라나선 전날 아침, 칠복은 잃어버린 징을 찾아 달라고 하소연을 하기 위해 경찰서를 찾아갔었다.

낡은 회색 건물로 용기를 내 들어간 그는 음침한 복도의 첫째 방으로 들어간 다음, 책상 위에 발을 올려놓고 두 손으로 신문을 들고 젖버듬히 앉아 있는, 체구가 큰 사람 앞으로 다가가서, 다짜고짜 징을 찾아 달라고 떼를 쓰다시피 했었다.

이마가 훌렁 까지고 눈두덩이 두꺼운, 방 안에서 제일 높은 사람이 분명한, 주걱턱의 사내는 칠복의 울부짖는 듯한 목소리에 신문을 코밑으로 천천히 내리며 짜증스럽게 이맛살부터 찡등거렸다. 그는 칠복이가 무슨 말을 하고 있는지 알 수 없다는 애매한 얼굴로 부하직원들을 둘러보았다.

인상이 별로 좋지 못한 부하직원들이 칠복을 둘러싸며 무슨 일로 왔느냐고 깨진 징소리 같은 목소리를 튕겨내며 다그치듯 물었다.

칠복은 고향 방울재가 물에 잠기자, 마을에서 대대로 물려온 징 하나만을 챙겨 남도시로 나왔다가, 식당 주방장과 배가 맞아 집을 나가 버린 아내를 찾아 떠돌아다녔던 일이며, 어찌어찌해서 운수 좋게 칠보증권의 사장 눈에 들어, 칠보증권에서 수문장 노릇을 하면서 날마다 점심시간이면 11층 옥상에 올라가 징을 치며 목줄을 잇고 살아왔는데, 어쩌다가 징을 잃어버려 밥줄마저 끊겨 버린 이야기를 배꼽에 힘주어 가며 어눌한 혀끝으로 애써 더듬지 않고 뇌까렸다. 그제야 주걱턱의 높은 사람은 신기한 얼굴로 칠복의 얼굴을 신문을 들여다보듯 되작거려 짯짯이 살피더니,

"아, 당신이 바로 날마다 점심때만 되면 옥상에서 징을 치던 사람이구만."

하며 입꼬리에 묘한 웃음을 흘리는 것이었다.

칠복은 주걱턱 사내의 씁쓸한 미소를 훔쳐보며, 징을 찾을 수 있을지도 모른다는 한 가닥 희망을 붙잡은 기분이었다. 그러나 경찰서의 주걱턱 사내는,

"엣끼! 징을 찾으려면 고물상에나 엿장수한테 찾아가 볼 것이지, 휴지

버리고 침 뱉는 사람 붙잡기도 손이 딸려 쩔쩔매는 우리한테 찾아오다니!"
하면서 삐그덕거리는 낡은 회전의자를 돌려 등을 보이며 신문을 들어 올
리는 것이 아닌가.

칠복은 쫓겨나오다시피 하여 경찰서에서 떼밀려 나와, 우두커니 길 가
운데 서서 한여름 해가 벌겋게 달아 이글거리는 칠보증권회사의 11층 건
물 꼭대기를 배고픈 눈으로 쳐다보고 있었다.

그때 우연히 맹 계장을 만난 거였다.

"허 씨, 여기서 뭣 해요?"

"아, 계장님, 징을 찾아 달라고 경찰서에 갔다 오는 길입니다요."

칠복의 대답이 끝나자 맹 계장은 하늘을 올려다보며 한바탕 배꼽이 출
렁이도록 웃었다. 칠복은 그의 웃음소리에 현기증 나는 공복을 느꼈다.
땡땡한 홑태바지 허벅지에 땅강아지처럼 찰싹 달라붙어 있는 그의 딸 금
순이가 앙앙 울음을 터뜨리고 말았다.

"그렇잖아도 허 씨를 찾는 참이었소."

맹 계장은 갑자기 웃음을 깨물어 삼키며 심각한 얼굴로 말했다.

"계장님이 저를 뭣 땜슈?"

"자세한 이야기는 우리 집에 가서 하기로 하고 나 좀 도와주쇼. 허 씨
징은 내가 찾아 줄 꺼니께."

"징을 찾아 주신다구요?"

그러면서 맹 계장은 칠복이 부녀를 택시에 태워, 시내에서 조금 떨어진
변두리, 잡목 숲의 조그만 언덕바지가 마주 보이는 아파트 단지로 데리고
갔다.

승강기에서 내려 초인종을 누르자, 실내복 차림의 예쁜 맹 계장 부인이

손바닥으로 하품을 가리며 문을 열어주었다.

맹 계장은 그들 부녀를 식탁에 앉히고 먹을 것부터 푸짐하게 내왔다.

"계장님, 징은 어디 있습니까?"

허겁지겁 허기를 메운 뒤 칠복은 약간은 부끄럽고, 한편으로는 잃어버린 징을 찾을지도 모른다는 설렘으로, 칠보증권 사장실만큼이나 깨끗하게 잘 꾸며 놓은 아파트 안을 두렷두렷 둘러보며 물었다.

"허 씨가 나를 도와주면, 내가 책임지고 징은 꼭 찾아 주겠소. 나는 허 씨의 징이 어디 있는지 대강은 알고 있으니까."

"지가 도와줄 일이 뭔디요?"

"시골 고향에 가서 우리 어머니를 모셔 와야겠는데……."

맹 계장은 약간은 슬픈 얼굴로 설득력 있게 시골에 있는 그의 어머니 이야기를 해주었다.

그의 고향은 6·25 때 피해가 가장 컸던 장산군 남창리였다. 어머니는 그가 다섯 살 때 남편이 총살당하는 모습을 눈 번연히 뜨고 지켜보았다. 남편을 잃고 집까지 소각당한 어머니는 이빨 웅등 물고 소처럼 일하며 늙은 시부모 모시고 단 한 점의 혈육인 아들만을 위해 살았다. 어머니의 억척으로 개미 금탑 모으듯 살림은 늘어났고 그 덕분에 그는 대학까지 나왔다. 대학을 졸업하자 칠보증권회사에 취직했다. 대학을 다닐 때 사귀었던 부동산 투기를 해서 벼락부자가 된 부잣집 딸과 결혼을 하고, 올해 유치원에 들어간 큰아이와 두 살 터울의 아들을 두고, 잘 꾸며진 아파트에서 단란하고 행복하게 살고 있다.

맹 계장의 단 하나 걱정은 환갑이 넘도록 여태껏 시골에서 혼자 눌러사는 늙은 어머니를 모셔 오는 일이었다. 어머니는 처음부터 고향을 떠나올 생각을 하지 않았다.

"홀랑이로 내 목을 감고 개새끼 모양 끌고 가봐라. 내가 이 집을 떠나는가. 나는 죽어도 고향에서 죽을란다."

그가, 인제 그만 고향을 떠나 손자들 재롱받으며 한데 모여 살자고 애원을 할 때마다 어머니는 눈을 휘둥그렇게 뜨며 울부짖듯 말했다.

어머니가 단 한 발짝도 고향을 떠나지 않겠다고 하는 것은, 남편과 윗대 선조들의 뼈가 묻힌 땅이라는 이유도 있겠지만, 그가 생각하기로는 당신이 청상과부 시절부터 모든 서러움과 한을 함께 묻으며 피눈물 나게 장만한 전답 때문이었다.

남편을 잃은 6·25동란 때까지만 해도 일구어 먹을 농토라야, 남창골천수답 갈치다랭이 몇 뙈기밖에 안 되었는데, 지금은 물길 좋고 토질 좋은 논으로 열 마지기가 넘으니, 남창리에서도 몇째 안 가는 중농 축에 들었다.

어머니는 자식을 대학에 보내면서도 전답 한 뙈기 팔지 않았다. 돼지를 기르고 누에를 치면서 억척스럽게 학비를 마련했다.

언젠가 그가 어머니를 모셔 오기 위해 고향에 내려가 집이며 농토, 집 뒤에 딸린 대밭까지 함께 싸잡아, 살 사람만 있으면 시세에 밑도는 값에라도 넘겨주겠다고, 마을 사람들한테 말했었는데 그 이야기를 들은 그의 어머니가 한밤중에 집 뒤 대밭 앞에 있는 남편의 무덤을 찾아가, 온 마을 사람들이 초상난 줄 알고 몰려올 만큼 계면조 가락으로 칭얼칭얼 울어댄적이 있었다. 그 뒤부터 그는 농토를 팔겠다는 말은 입 밖에 내지 않았다.

"이눔아, 저 땅이 아니었으면 에미는 벌써 목을 매달아서라도 죽었을끼여. 저 땅이 나를 살린 거여. 땅에다가 피눈물 다 쏟음서 죽지 않고 살

왔어. 저 땅은 에미 마음이고 한이여. 그런 땅을 팔어? 땅을 파는 건 이 에미를 파는 거여."

어머니는 목이 메어 그렇게 울부짖었다.

그도 그것을 잘 알고 있다. 그가 중학교에 다닐 때부터 집에 와 보면 어머니는 치마 대신 독특한 작업복 바지를 입고 늘 흙에 묻혀 있었다. 여자 같지가 않았다. 소가 없으면 손수 쟁기를 끌었다. 지게질도 했다. 그런 어머니는 조금도 지쳐 보이거나 귀찮아하지 않았다. 그렇게 사는 것이 낙인 듯싶었다.

한번은 그가 그런 어머니를 차마 볼 수가 없어서, 학교를 집어치우고 어머니를 도와 농사를 짓겠다고 마음을 털어놓았더니, 지겟작대기를 휘저으며 당장 집에서 나가라고 호통을 치며, 밤중인데도 그를 집에서 내쫓아 버렸다. 그때 어머니는 지겟작대기를 휘저으며 십 리 길이 좋이 되는 면사무소까지 쫓아와 그를 버스에 태워 보내면서,

"나는 땅허고 너허고만 믿고 산다. 내가 이르케 남정네같이 지게 지고 일을 허는 건 다 나 좋아서 하는 거인께 마음 쓰지 말거라. 일을 안 허믄 총 맞아 죽은 네 아부지 생각 땜시 한시도 못산다."

하며 처음으로 눈물 바람을 했었다.

어머니한테 집과 농토를 팔아 버리자고 한 것은 어쩌면 어머니 자신을 팔겠다고 한 것과 진배없는 일이었을 것이다. 그러기에 그는 이제, 집과 농토는 그대로 두고 그냥 몸이라도 자식한테 와서 늙마에 편하게 살기를 바랐다.

지난봄 그들 부부는 두 아이를 데리고 어머니를 찾아가서, 제발 이제 불효자식 노릇 그만 하게 하라고 애원하면서, 함께 떠나자고 했더니, 어

머니는 옛날과는 달리 약간 고집을 누그러뜨리며, 집과 농토 걱정을 했다. 그래서 집과 농토는 마을에서 믿을만한 사람한테 뭇갈림으로 맡기자고 넌지시 마음을 떠보았다.

그랬더니 어머니는,

"지어 봤자 손해라고 자기 농사도 안 지을라고 허는 판인디, 누가 뭇갈림을 맡겠냐. 이러다가는 농토가 모두 묵정밭이 될까 걱정이다."

하면서 선뜻 승낙을 해주지 않았었다.

그 뒤로 지금껏 그는 자기 고향에 있는 집과 농토를 떠맡을 사람을 찾는 중이었다.

"아니, 글타면 내가 계장님 농사를 지으란 말입니꺼?"

칠복은 걸레 씹은 얼굴을 했다.

"싫소? 허 씨한테는 농사짓는 일이 적격인 것 같은데."

"농사라면야 일등가지요. 방울재 안에서 내 나뭇짐이 젤 컸으니까요. 흐지만 농사보다 더 급한 일이 있습니다요."

"징을 찾는 일 말이우?"

"징도 찾어야겠고, 마누라도 찾어야…… 마누라만 찾으면 진흙밭에 혀를 박고 죽더라도 다시 땅을 파고 살 작정입니다만요."

"그렇다면, 우리 어머니한테는 농사를 맡겠다고 해놓고, 어머니를 모셔 온 뒤로는 허 씨 알아서 하는 게 어떻겠소?"

"농사는 으쩌고요?"

칠복은 걱정스러운 얼굴로 맹 계장을 보았다.

"농사야 까짓거 상관없어요. 난 무슨 수를 써서라도 어머니를 모셔 가야 합니다. 어머니만 모셔 가면 농토는 아무렇게 돼도 상관없어요. 그렇게 해주시겠소? 징은 내가 꼭 찾아 주겠어요. 나는 허 씨 징을 감춘 사람을 알고 있어요."

"누굽니까요? 과장이지요? 과장은 징소리를 싫어했어요."

칠복이가 와락 맹 계장의 소맷자락을 붙잡았다.

"난 허 씨 징소리를 좋아했어요. 허 씨가 친 징소리를 듣고부터 시골에 홀로 계신 늙은 어머님을 어떻게 해서든지 모셔 와야겠구나 하고 결심을 했어요. 사실 나는 그동안 고향과 함께 어머니를 잊고 있었답니다."

"징을 어디다 감췄습니까요? 징을 감춘 놈이 어느 놈입니까요?"

칠복은 싸움질을 하듯 맹 계장의 소맷자락을 흔들며 거듭 물었다.

"징소리를 젤 싫어한 사람이죠. 암턴, 징은 내가 꼭 찾아 줄 거니까 나를 좀 도와주시겠소?"

"그럴게요. 징만 찾아 주신다면야…… 그 징은 지 생명이고 방울재 혼입니다요."

다음 날, 칠복이는 일곱 살 난 딸 금순이를 옆구리 차고 맹 계장을 따라나섰다. 그는 오랜만에 방울재 고향으로 돌아가는 것처럼 가슴이 두근거렸다. 그곳에 가면 잃어버린 징과 그를 버리고 도망친 마누라가 있을 것만 같았다.

"맹 계장님은 어머님을 모셔 오면 고향허고는 담을 싸실 작정이세유?"

칠복은 손으로 목덜미의 땀을 훔치며 물었다.

"조상들 뼈가 묻혔으니 담이야 쌓겠소만, 아무래도 발길이 뜸해지겠죠. 어머님이 계실 때도 고향엔 가기가 싫었거든요."

"지는 가고 싶어도 갈 고향이 없구만요."

"누구나 고향은 좋아하죠. 하지만 우리 아버지를 마을 사람들 보는 앞에서 죽인 사람이 버젓하게 떵떵거리고 사는 것이 보기 싫어서요."

"계장님 어머님께선 잘 참고 살아오시지 않아요."

"그래서 나도 우리 어머니 속마음을 모르겠어요. 당신 말마따나, 죽고 살고 일해서 땅 늘리고 살림 일으키시느라 맺힌 한을 잊어버리신 모양이죠."

칠복은 맹 계장의 그 같은 말에, 펀듯 아버지의 죽음이 머릿속에서 부스럭거리며 되살아났다.

고향에서 징채잡이로 소문난 아버지 허쇠는, 피난 갔던 부면장네 식구들이 돌아오자마자 밤에 할미산에 올라가서 징을 쳤는데 그 징소리 때문에 부면장네 다섯 식구가 몰살을 당했다는 거였다.

징소리 때문에 사람이 죽다니, 참 알 수 없는 일이었다. 결국 칠복이 아버지는, 징소리 때문에 가족이 몰살을 당한 가운데, 천우신조로 혼자 살아남은, 열두 살 된 부면장 막내딸의 대창에 찔려 죽고 말았다.

처음에는 부면장 막내딸 점례가 설마 아버지를 찔러 죽였으리라고 믿지 않았다. 구름재 아카시아 숲속에서 아버지의 시체를 찾아서 묻고 난 한 달쯤 뒤에, 그 소문이 마을에 짜하게 퍼져, 칠복이 어머니의 귀에까지 들어가게 되었고, 어머니가 병들어 시난고난 앓다가 숨을 거두면서 그에게 말해 주어서야 섬찟한 아픔을 느꼈다. 그것은 어쩌면 아픔이 아니고 무서움이었는지도 몰랐다. 점례가 무서워졌다.

"저놈들이 네 가족을 죽인 사람들이다. 네 손으로 원수를 갚아라"

라고 하면서 빨치산 토벌대원이 대창을 내밀자, 점례는 흰자위로 덮인 눈을 무섭게 치뜨며 대창을 받아 들고, 마을 사람들을 무섭게 노려보았다.

일곱 살밖에 안 되었던 칠복은 마을 사람들과 함께 돈단으로 나가 점례가 빨치산들을 찔러 죽이는 모습을 구경했다. 그때는 조금도 무서운 것 같지가 않았다. 사람의 죽고 사는 것조차 잘 구별되지 않았었다. 그는 아버지 어머니를 잃은 뒤에야 비로소 죽음이란 봄에 꽃이 피고 가을에 빨갛게 익은 감의 떨어짐보다 더 허무하다는 것을 알았다. 가을이 되어 떨어지는 장독 옆 접시감나무는 다음 해에 어김없이 꽃이 피고 빨갛게 열매가 익곤 했지만, 한번 죽어 버린 아버지 어머니는 다시는 그 모습을 나타내지 않았다.

죽음의 아픔을 깨닫게 되면서부터 빨치산과 아버지를 대창으로 찔러 죽인 점례가 죽은 사람보다 더 무서워졌다. 칠복은 점례만 보면 미리 겁을 집어먹고 지싯지싯 숨거나 도망을 치곤 했다. 점례는 염소의 눈처럼 흰자위를 허옇게 뒤집어쓴 무서운 얼굴로 자주 꿈에 나타났었다.

칠복이가 나이가 들어, 깊숙이 감춰 두었던 아버지의 징을 마을 사람들 몰래 꼴망태 속에 감춰, 백암산 골짜기에 들어가 혼자 징 치는 것을 익히게 될 무렵, 점례는 방울재에서 모습을 감추고 말았다. 마을 사람들 말로는 아주 미쳐서 어디론가 바람처럼 흘러가 버렸다고도 했고, 읍내로 시집을 갔다고도 했다.

점례의 소식을 들은 것은 방울재가 물에 잠기기 1년 전이었다. 직접 만나서 술까지 같이 마셨다는 덕칠이의 말로는, 점례는 순창 장터 옆에서, 월남전에 참전했다가 두 다리가 잘린 아들과 함께, 연금으로 근근이 살아가고 있더라고 했다.

덕칠이의 말로는 점례는 밥은 안 먹고 독한 술만 마시고 살더라면서, 몇 년 전부터 중풍으로 고생을 하고 있는데, 해마다 여름이면 병이 더 심해 두 손을 사시나무 떨 듯하면서도 술병을 끼고 살며, 사뭇 손이 떨리니까 소주병에 빨대를 넣고 단숨에 두 홉들이 소주 한 병을 쫄쫄 다 빨아 마시더라면서 혀를 내둘렀다.

칠복은 그렇게 아버지가 죽은 내력을 알고 있었지만, 고향 방울재가 무섭거나 싫지가 않았다. 그것은 어쩌면, 맹 계장 어머니와 같은 마음일지도 모른다고 생각했다.

맹 계장 어머니가, 땅을 늘리는 재미로 남편을 잃은 한을 잊고 살아온 것처럼, 칠복이 역시 비록 땅을 그렇게 많이는 늘리지 못했지만, 그런대로 땅에 정이 들어, 아버지를 죽인 점례나, 아버지를 끌고 간 사람들에 대한 미움이나 원망이 그렇게 뼈끝에 맺혀 오지는 않았었다.

2

앙당그러진 아기다박솔이 듬성듬성한 산비탈에서 푸드득 꿩이 날고, 신작로 아래쪽 가뭄으로 물비린내를 풍기는 둠벙에서는 쇠뜸부기가 후르륵후르륵 울어 댔다.

꿩이 날개를 치고 쇠뜸부기가 울 때마다 칠복은 걸음을 멈추어 서곤 했다. 그것은 그의 징소리만큼이나 반가웠다.

칠복은 여러 차례 반복해서 크게 숨을 들이마시고, 콧구멍을 벌름거리며 냄새를 맡았다. 새콤하고 들척지근한 흙의 냄새가 쩌릿쩌릿 핏줄 속으로 파고들어 왔다. 그는 흙냄새만 맡고도 비옥한 땅이라는 것을 그냥 알 수가 있었다. 신작로 가의 풀과 비탈의 나무 냄새도 맡았다. 엷은 초록색 꽃이 피는 갈퀴덩굴, 개비름이며, 통꽃이 피는 초롱꽃풀, 바랭이, 엉겅퀴, 쇠무릎, 강아지풀, 둥글레, 된장에 무쳐 먹는 옥매듭풀까지도 냄새로 죄알 수가 있었다.

들에서 고향 방울재 냄새도 났다.

햇살이 숨을 죽이는 하늘의 냄새까지도 맡았다.

칠복은 쩌릿쩌릿 그의 핏줄 속으로 뚫고 들어오는 많은 냄새에 취했다. 첨벙첨벙 논으로 뛰어 들어가고 싶었다. 온몸에 흙으로 자맥질하고 싶었다.

칠복은 문득, 순덕이한테 장가를 든 지 2년 후에 머슴살이 새경을 모아서, 처음으로 땅을 장만했을 때의 감격이 살아났다. 물길이 멀어 가뭄만 되면 농사를 망치기 일쑤인 일곱 마지기 칼배미 논의 흙이 그렇게 부드러울 수가 없었다. 볼에 비벼 본 칼배미의 흙은 아내 순덕이의 살결만큼이나 부드럽고 구수한 호박꽃 향기가 풍겼다.

그런데 이상하게도 들에는 일하는 사람들이 별로 눈에 띄지 않았다.

고사리도 꺾을 때 꺾고, 술은 괼 때 걸러야 한다는 푼수로, 보리 베고 모를 내는 하지 전후에는 부지깽이도 덤벙인다는데, 들에 일하는 사람이 없으니 어찌 된 영문인지 몰랐다.

논마다 베지 않은 보리 모개가 시들시들 고스러지고 보리를 심지 않은 무논은 아직 써레도 들어가지 않고 있었다.

늦은 밥 먹고 파장罷場 가려고 그러는지 원, 날아가는 새라도 불러다 일을 시키고 싶을 정도로 한창 바쁜 철에, 늑장을 부리고 있는 이유를 알 턱이 없는 칠복은 그저 마음이 답답하기만 했다.

맹 계장을 따라 밋밋한 상수리나무 숲을 지나자 칠복은 발걸음을 늦추고 손바닥으로 눈썹차양을 만들어, 미루나무들 가지 사이에 시선을 팽팽하게 던졌다.

그의 눈길이 닿는 곳에 바다처럼 넓은 방죽이, 숨을 거두려는 마지막 햇살을 담뿍 받고 있었고, 고무보트를 탄 수많은 사람이 수면에서 물장구

치듯 꿈지럭거렸다.

"아니, 이 바쁜 통에 무슨 지랄들이랍니까요?"

칠복이가 화난 목소리로 물었다.

"돈벌이들을 하는 겁니다."

"돈벌이라뇨?"

"순채를 뜯으면 하루 만 원 벌이가 된다나요."

"월래 월래!"

칠복은 경악을 금치 못하는 눈으로 큰 호수에서 고무보트를 타고 순채의 떡잎을 뜯는 마을 사람들을 찔러보았다.

"천벌을 받을 사람들이네요. 농사꾼이 농사지을 생각은 안 허고……."

"농사짓는 거보다 벌이가 좋아서 그렇답니다."

"그런다고 농토를 버려둬요? 농사꾼헌티는 땅이 하늘인디. 사람이 하늘을 버리면 어찌 되는 줄 알어요?"

"허 씨두 참 답답허구만. 농사는 지어 봤자 손해만 나구, 그럴 바엔 돈벌이가 좋은 순채를 뜯는 게 이익 아니오."

"계장님이 몰라서 그래요. 농사꾼이 어디 장사허는 사람들이요? 손해 이익을 따지게. 농사꾼이란 그런 거 생각 않고 농사를 지어야 허는 법이여라. 순채를 뜯으면 몇십 년을 뜯겠어요. 허지만 농사는 우리 할아버지의 할아버지, 그 윗대서부텀 시작해서 우리 손자들의 손자들 대에까지 계속헐 거 아닙니까요. 농사꾼이 눈앞의 이곳(이익)만 생각허고 땅을 버리고 농사를 포기하면 벌받지요."

"허긴 순채 뜯는 것도 올해가 마지막이랍디다. 이 마을 사람들 지난 3년 동안 짭짤하게 돈 좀 벌었을 거요. 그래서 장산군에서 젤 소득이 높다고 고소득 마을이 됐지요. 도지사한테서 상도 타고 신문에도 대문짝만하게 났지요."

"두고 보십쇼마는 내년부텀 군 안에서 젤 소득이 낮은 마을이 될 껍니다요. 그래도 길게 믿을 건 농사밖에 없어요. 순채 뜯어 갖구 쌈빠허게 돈 버는 건 장사꾼들이나 할 일이지요."

맹 계장은 칠복의 말에 수긍이 가는지 가볍게 고개를 끄덕이며 잠자코 걸었다.

순채를 뜯는 방죽은 해수욕장을 방불케 했다. 어린이 노인 할 것 없이 온 마을 사람들이 총동원되어, 저마다 고무보트를 타고, 밀짚모자를 눌러 쓰고 앉아서 순채를 뜯고 있었다.

방죽 옆, 마을로 들어가는 언덕바지 아래에 블록을 쌓아 올린 순채 가공공장이 있는데, 일본 사람들 돈으로 세워진 공장이라고 했다. 마을 사람들이 뜯은 순채 떡잎을 3년 전에 계약한 값으로 사들여, 큰 쇠솥에 넣고 푹 찐 다음 일본으로 가져간다는 거였다. 순채는 일본에서 맥주 안주로 일품이라고 했다.

3년 전에 남창리에서 쫓겨나다시피 하여 서울에서 복덕방을 한다는 박천도가 자가용을 몰고 고향에 내려와 마을 사람들을 놀라게 했다.

회갑이 내일모레인 박천도는 3년 전까지만 해도 남창리 농업협동조합 조합장을 하다가 조합원들이 맡겨 놓은 인감도장을 도용하여 조합 돈 기백만 원을 조합원들 명의로 융자받아 썼다가 들통이 나서 1년 남짓 징역까지 산, 남창리 사람들의 눈 밖에 나버린 사람이었다.

그런 박천도가 난데없이 손수 자가용을 몰고 고향에 나타나서는, 마을 사람들한테, 남창 방죽의 순채를 포기한다는 각서에 도장을 받았다. 그는 각서에 도장을 찍어 준 집에는 사례금 일만 원씩을 거저 주고, 그 외에도 순채 채취 선도금 명목으로 오만 원씩을 쥐어 주었다.

생각지도 않았던 눈먼 돈이 생기자, 마을 사람들은 웬 떡인가 싶어 선뜻 포기각서에 도장을 찍어주고 선도금을 받았다. 그때 박천도는 포기각서에 도장을 찍어 준 집에 한해서만 순채 채취를 할 수 있게 했다.

마을 사람들 생각에, 마을 앞 남창 방죽은 누구의 소유도 아니고, 더구나 방죽에 저절로 돋아난 순채에 대해서는 아무 관심도 없었는지라, 예기치 않은 돈을 거저 준 박천도가 하느님처럼 고맙기만 했던 거였다.

모두 도회지로 나가고 얼마 남지 않은 마을 청년 몇몇 사람들만이 포기각서에 도장 찍는 것을 거부했다. 3년 전에 도장을 도용하여 마을 사람들을 골탕 먹인 박천도가 또 무슨 꿍꿍이 수작을 꾸미는 것이 분명하고, 양심이 바르지 못한 그가 마을 사람들한테 포기 서명 사례금이니, 채취 선도금이니 하며 적잖은 돈을 뿌리는 것을 보면 순채 채취에 큰 돈벌이가 숨어 있는 모양인데, 그렇다면 경위를 잘 알아보고, 순채 채취로 돈벌이를 할 수 있다면 이것은 누구 한 사람만 좋은 일 시켜서는 안 되고 마땅히 마을 사람들의 공동이익으로 돌려야 된다고 맞선 것이었다.

그러나, 우선 먹기는 곶감이 달다는 푼수로, 대부분 마을 사람들은 이들 몇몇 청년들의 주장을 무시해 버렸다.

"아니, 돈 싫다는 놈들 첨 봤구만. 박천도가 돈 버는 게 배가 아파서 생트집인겨!"

마을 사람들은 되레 청년들을 나무랐다.

박천도가 말한 대로 그해 봄에 남창 방죽 옆에 순채 가공공장이 들어서고, 순채 채취가 시작되었다. 박천도가 사장이라고 했는데, 진짜 사장은 일본 사람이라는 소문이 있었다.

공장에서는 날마다 마을 사람들이 채취해 온 순채를 현금으로 수매했다. 손이 빠른 어른들은 하루에 만 원 벌이가 거뜬했다. 돈벌이가 좋아지자 마을 사람들은 농사짓는 것조차 포기해 버리고 순채 뜯는 것에만 마음을 쏟았다. 농사를 지어 봤자 비료대, 농약대, 품삯, 물세를 제하고 나면 인건비도 안 남는지라, 돈 안 들이고 돈 버는 것은 순채 채취보다 더 옹골진 일이 또 어디에 있겠는가 싶었다.

지난 3년 동안 생각지도 않았던 돈을 번 남창리 사람들은, 전기밥솥과 텔레비전은 옛날이야기이고, 전축이며 세탁기, 냉장고까지 사들였고, 집집이 주택개량이다 뭐다 하며 이층으로 새집들을 짓고 몸 사치를 하는 등 도시 사람들 부럽지 않게 문화생활을 누렸다.

벌이가 좋은 만큼 농토는 그대로 버려진 채였다. 처음 1년은 그대로 폐농을 하기가 싫었던지 이웃 마을에 뭇갈림을 내놓았었는데, 그다음 해부터는 아예 씨나락 담그는 것조차 포기하고, 논밭을 그대로 묵혀 버렸다. 농사를 짓지 않았기 때문에 곡식은 말할 나위도 없거니와 채소, 양념까지도 장에서 사다 먹었다.

남창리 팔십육 호 중에서 당초 순채 채취 포기각서에 도장 찍기를 거부했던 십팔 호만이 농사를 지었다. 십팔 호 가운데서도 순채 채취가 큰 돈벌이가 된다는 것을 뒤늦게 알아차리고 박천도 사장한테 알랑거리며 자기들도 순채를 채취를 할 수 있게 해달라고 사정했지만, 육십팔 호 주민들이 반대하고 나서는 바람에, 속만 보이고 헐값에 농토를 처분하고 도회지로 나가 버린 집이 여남은 호가 넘었다.

장산군 안에서 소득이 가장 높아 신문에까지 난 남창리는 해마다 이농

자가 늘어났다. 처음에 포기각서에 도장을 찍지 않아 순채 채취를 못 하게 된 사람들은, 박천도 사장의 부당성에 여기저기 진정서를 내고 문제로 삼으려 하다가 뜻을 이루지 못하자, 눈꼴사나워 못 살겠다며 고향을 떠나 버렸던 것이다.

고향을 떠나는 것은 농사를 지을 수 있는 일손이 부족한 탓도 있었다. 본디 시골의 농사란 여러 집이 힘을 합해 품앗이로 해야만 수월한데, 모두 농토는 묵혀 두고 순채 뜯는 일에만 정신이 팔려 있으니, 순채 채취를 않는 집은 누구와 농사를 짓겠는가.

"내버려 두면 이 마을은 망허고 말겠구먼요. 이것은 마을에 징이 없는 탓입니다요. 마을에 혼이 없기 때문이라고요."

칠복이가 가라앉은 목소리로 말했다. 등에 업힌 금순이가 벌써 잠이 들었는지 숨소리가 쌔근거렸다.

"채취도 올해로 마지막이니 내버려 둬도 내년부텀 다시 농사를 짓겠지요."

"아닙니다요. 올해 농사를 짓지 않으면 영 틀립니다요."

"무슨 말이우?"

"저 사람들 한번 돈맛을 봤는디 다시 농사를 짓겄어요? 중이 고기 맛보면 고기 안 묵고는 못 참는 이치와 같지요. 저 사람들 올 농사를 짓지 않으면 고향을 떠나게 될 거요. 두고 봐요, 내 말이 꼭 들어맞을 거로구먼요. 그러니 지금부터라도 말려요. 농사꾼이 흙을 손에 묻히기 싫어허고, 이곳만 생각허다가는 끝장나는 거라요."

"나하고는 상관없는 일이요. 어머니만 모셔가면 그만이니까."

"그러면 못써요. 고향이 없어지면 조상을 잊어버린 거나 같당께요. 맹계장님 어머님도 지 마음허고 꼭 같을 것이요."

그렇게 말하는 칠복은 만나지 않고서도 맹 계장의 어머니를 알고 있는 듯싶었다.

3

맹만수 계장의 집은 마을의 첫 들머리에 있었다. 돌다리를 막 건너면, 큰 오동나무 잎들이 지붕을 덮은 맹 계장의 집이 있었고, 집 오른쪽으로는 칙칙한 대밭이 보였다.

맹 계장의 긴 이야기를 듣고 난 칠복은 등에 업힌 딸을 추어올리며 남창 방죽 쪽을 향해 침을 뱉었다.

"이 판국에 우리 어머니 혼자 어떻게 농사를 짓겠소."

"박천도라는 그 순채 공장 사장 말입니다요. 그 사람 땜시 이 마을은 망헙니다요."

"박 사장이 바로 우리 아버지를 죽인 사람이요."

"벼락 맞을 사람!"

"그 사람, 하느님한테 돈벼락을 맞았지요."

서산에 햇빛이 사그라지자 거뭇거뭇 산그림자가 방죽의 수면을 덮기 시작했다. 어둠이 수면을 덮자 순채를 뜯던 마을 사람들이 손으로 고무보트를 저어 밖으로 나와서 순채 잎을 가득 채운 큰 자루를 들쳐 메고 공장으로 들어갔다.

칠복은 문득, 그들에게서 물에 잠긴 집을 두고 고향을 떠나는 방울재 사람들의 슬픈 뒷모습을 보았다. 순채 자루를 들쳐 메고 길게 늘어서서 공장으로 빨려 들어가는 남창리 사람들이 꼭, 고향에서 쫓겨 가는 방울재 사람들 같았다. 방울재 사람들은 순채 자루 대신 이불이며 솥 등 자질구

레한 살림들을 지고, 순채 공장이 아닌 낯선 고장으로 정처 없이 떠났었다. 그리고 연기처럼 흩어져 버렸다.

칠복은 어둠이 순채 공장을 삼켜 버릴 때까지 말뚝처럼 서 있었다. 그는 슬픈 얼굴로, 머지않아 고향을 잃어버리게 될지도 모르는, 순채 공장 속으로 빨려 들어가는 남창리 사람들의 뒷모습을 오랫동안 지켜보았다.

"맹 계장님이 지금이라도 저 사람들이 농사를 짓도록 설득을 해보셔요."

널찍한 터에 비해 삼간초가는 너무 초라했다. 하기야 맹 계장의 말마따나 그것도 늙은이 혼자 살기에는 오히려 호젓한 느낌이었다.

칠복은 맹만수 계장의 집에 오자마자 얼핏 그의 눈앞을 스치는 이상한 여자 때문에 자꾸만 신경이 쓰였다.

맹 계장의 말로는 늙은 어머니 혼자 집을 지키고 있다고 했는데, 칠복이가 이 집에 들어서는 순간부터 그들 가까이 모습을 드러내지 않고 비루먹은 강아지처럼 멀찌막이 배돌기만 하는 섬찟한 느낌이 드는, 그림자 같은 여자가 누구인지 궁금했다.

여자는 어둠 속에 몸을 숨기고 줄곧 칠복이만을 지켜보고 있는 듯싶었다.

여자는 맹 계장과 그의 어머니의 눈에 띄지 않으려고 어둠 속에 몸을 조그맣게 움츠리고 앉아서, 칠복이를 지켜보다가도 어느 사이엔가 자취를 감춰버리곤 했다.

마루에서 저녁을 먹고 있는 동안 어둠이 두껍게 깔린 감나무 그늘 밑 두엄자리 옆에 쪼그리고 앉아 있는가 싶었는데, 상을 물린 무렵에는 보이지 않았다.

"잘 왔수 잘 와. 한 눈으로 척 보니께 젊은이는 농사짓고 사는 기 제격인 거 같여."

맹 계장 어머니가 저녁 설거지를 끝내고 부엌에서 나오며 말했다.

맹 계장은 마루에 걸터앉아 30촉 전구의 환한 불빛 너머 어둠 속으로 담배 연기를 내뿜고 있었고, 칠복은 숟가락을 놓기가 바쁘게 잠에 떨어져 버린 딸 금순이를 안은 채 처마 끝에 매달려 깜박거리는 하늘의 별을 보며, 고향 방울재 생각을 떠올리고 있었다.

"허 씨라고 했재?"

맹 계장 어머니가 마루에 올라앉으며 물었다.

"예."

"허 씨는 농사를 짓고 살 사람이여, 이마빡에 그렇게 써 있어."

"우리 고향에서도 상머슴 소릴 들었구만요. 방울재 안통에서 이 허칠복이 나뭇짐 따라올 사람이 없었어라우."

그러면서 칠복은 힘줄이 툭툭 불거지도록 팔에 힘을 주어 불빛 속으로 추켜올려 보였다.

"허 씨. 우리 마을서 농사짓고 살아요."

맹 계장 어머니의 말에 그는 저도 그럴 생각입니다. 징하고 마누라만 찾으면 시골에서 흙 파먹고 살 겁니다요 하고 마음속으로 생각을 굴렸다.

"남창리에 빈집도 많고, 노는 땅도 올매든지 있으니께, 나랑 이 마을서 살아요."

맹 계장 어머니의 말로는 맹 계장이 이야기했던 대로 남창리에는 집도 농토도 그대로 버려둔 채 도회지로 나가 버린 집이 하나둘이 아니고, 자기네 처지와 마찬가지로 자식들은 도회지에서 직장 다니며 살고, 시골에서 집 지키며 고향을 떠나지 않고 죽을 날만 기다리는 늙은이가 여럿이라고 했다.

그러면서 맹 계장 어머니는,

"난리도 보통 난리가 아녀. 육이오 전란 때는 목숨이 다쳤는디, 요새 난리는 마을을 다친다니께. 농사꾼들이 농사를 안 지으면 망하는 벱이여."

하고 한숨을 내쉬었다.

칠복이가 보기에 맹 계장 어머니는, 마을이 옴씰하게 물에 잠길 때까지도 물에 씌워 죽으면 죽었지, 한 발짝도 대문 밖을 나가지 않겠다고 마지막까지 고집을 부리던 방울재 열녀각 최 씨 할머니 같았다.

깐깐하고 작달막한 키에, 오기스럽게 앞 이빨이 안으로 옥아 들고, 나이에 비해 까무잡잡한 얼굴에는 주름살 하나 없었으며, 강변에 깔린 반들반들한 차돌처럼 단단하게 보였다. 일찍 남편을 잃고 혼자 살아온 여자답지 않게, 한이 서린 그림자 한 가닥 찾아볼 수도 없었다. 맹 계장의 어머니는 말을 할 때마다 그녀의 아들처럼 심하게 상반신을 흔들고 손짓을 많이 했다.

불빛에 맹 계장 어머니의 반백이 다 된 머리 정수리가 민들민들하게 보였는데, 그것은 너무 임질을 많이 한 때문일 거라고 생각했다.

그런 맹 계장의 어머니를 본 칠복은 문득 시골의 묵은 살림집에서 오랜 세월 닳을 대로 닳은 채 밥상에 오르는 몽당숟가락을 떠올렸다. 그는 속으로, 나한테 저런 어머니가 있으면 얼마나 행복할까 하고 생각해 보기도 했다.

"쟈가 몇 년 전부텀 나를 데려갈랴고 발싸심이재만, 어림없다우. 죽어서 뼉다귀를 가져간다 해도 내 혼은 다시 남창리 이 집으로 돌아와서 살꺼인께."

맹 계장의 어머니는 눈으로 아들을 가리키며 오금을 박듯 말했다.

"그런 말씀 마시고 텔레비전이나 좀 내와요. 시골에 오면 답답해서 살수가 있어야지."

어머니의 말에 맹 계장은 딴전을 부리느라 두렷두렷 방안을 기웃거리며 말했다.

"그놈의 테레빈가 허는 거 당장 가져가거라."

맹 계장 어머니는 작년 봄에 아들이 사다 준 텔레비전을 아직 포장도 뜯지 않고 그대로 벽장에 처박아 두고 있다고 했다.

"농사꾼들 도회지로 솔래솔래 **빼가는** 기 바로 그거여. 나헌티는 아무 쇠용 없으니 가져가 뿌러."

맹 계장 어머니는 나이에 비해 목소리가 때글때글 쇳소리가 났다.

칠복은 아까부터 불빛이 닿지 않는 집 헛간 쪽에서 조금씩 움직이는 희끔한 그림자를 보고 있었다. 그림자는 조금씩 앞마루 쪽으로 다가왔다. 여자가 다시 나타났다. 그들이 마루에 앉아 이야기하고 있는 동안, 색깔을 분별할 수 없는 긴 치마에, 희끔한 반팔 재킷을 입은 여자는 그림자처럼 소리 없이 다가와서는 마당 한가운데에 턱을 받치고 쭈그려 앉았다. 어딘가 이상한 느낌이 드는 젊은 여자였다. 맹 계장도 그의 어머니도 그 여자를 미처 발견하지 못한 모양이었다.

치렁치렁 삼단 같은 검은 머리가 어깨를 덮은 이상한 느낌을 주는 알수 없는 그 여자는, 두 손으로 턱을 받쳐 들고 마당 한가운데 앉아서 칠복이를 빤히 올려다보고 있었다. 희끄무레한 불빛 속에 보이는 여자의 눈빛은 산만하게 흩어졌다.

칠복이는 오랫동안 여자의 눈빛을 지켜보았다.

이웃에 산다는 홀쭉한 청년이 담배를 피워 물고 집 안으로 들어서자 맹 계장과 그의 어머니는 대문 쪽으로 고개를 돌리다 말고, 마당 가운데 맨드라미꽃처럼 앉아 있는 여자를 발견한 듯싶었다.

"아니, 저년이 또 나왔네."

맹 계장은 그저 무심한 얼굴로 이웃에 사는, 그보다 서너 살 아래인 듯싶은 마을 청년을 맞는데, 그의 어머니가 여자를 보고 꽹과리 두들기는 목소리로 고함을 지르며 마루에서 내려서자, 여자는 바람처럼 헛간 쪽으로 긴 치맛자락을 펄럭이며 뛰어가 버렸다.

다시 마루로 올라온 맹 계장 어머니는 한동안 말없이 앉아 있었다. 맹 계장이나 그의 어머니는 칠복에게 그 이상한 여자에 대해서 말해 주지 않았다. 칠복이도 묻지 않았다. 그는 여자가 사라진 헛간 쪽 어둠 속을 주시하고 있었다.

몸피가 눈에 띄게 왜소해 보이는 이웃집 청년은 맹 계장을 형님이라고 불렀다. 이름이 팔만이라고 불리는 왜소한 그 청년은 순채 채취 문제로 흥분해 있었다. 그는 술 냄새를 확확 풍기면서 맹 계장한테 하소연했다.

"만수 형님 실력으로 그래 박천도 하나 족치지 못한단 말이요? 박천도 땜시 남창리가 망허게 생겼는디 강 건너 불구경허드끼 내버려 둔단 말이요?"

팔만이라는 청년은 바락바락 큰 소리를 내질렀다.

칠복이가 듣기에 그는 옳은 말을 하고 있었다. 그는 결코 남들처럼 쉽게 고향을 떠나지는 않을 것이라면서, 배에 칼이 들어오더라도 박천도 사장과 결판을 내고야 말겠다는 거였다.

"나 말이요, 다른 사람들 돈 버는 것이 배가 아파서 그러는 거 아니라요. 우리 부모들은 시방 나 땜시 포기각서에 도장을 안 찍어주어 눈앞에 노다지를 보고도 못 먹는다고, 나한테 죽일 놈 살릴 놈 야단들입니다만요, 돈 못 벌어 억울해서 이러는 거 아니란께요."

팔만이의 끓어오르는 흥분에 맹 계장은 처음부터 냉담한 반응이었다. 그는 되레 그런 팔만이를 애잔하게 쓸어 보는 눈빛이었다.

팔만이는 무슨 일을 저지를 것만 같았다. 그는 말끝마다 박천도 사장 때문에 마을이 망할 거라고 했으며, 그런 사람을 그냥 둬서는 안 된다고 되알지게 벼르고 있었다.

그러면서 팔만이는 자기 집에서 마을 친구들이 모여 대책을 세우기로 했다면서, 한사코 싫다고 몽그작거리는 맹 계장을 억지로 끌고 갔다.

"허 씨, 참말로 우리 농사를 지어 줄려고 왔수?"

맹 계장이 팔만이와 함께 어둠 속으로 사라지자, 그의 어머니는 마치 비밀을 캐묻기라도 하듯, 칠복이 옆으로 바싹 다가앉으며 낮은 목소리로 물었다.

"아드님허고 약속을 했구만요."

"농사를 지어 주기루?"

"그 대신, 내 징을 찾아 주기로 했습니다요. 그러니 이제 노인네께서는 아드님을 따라서 도회지로 가세요. 여기 농사는 지가 지어 드릴 텐께요."

"우리 애가 그럽댜? 에미를 끌고 가겠다고?"

맹 계장 어머니는 순간 쨍그렁 목소리를 울리며 어린애처럼 토라졌다.

"도회지에서 손자들이랑 사시재, 늙은 양반이 혼자 촌구석에서 무슨 고생을 허실라고 그러세요? 앞으로는 편히 쉬씨요."

"나는 여기가 편하다우. 하루라도 손에 흙을 안 묻히면 잠을 못 자는디, 가막소 같은 도회지에서 어뜨케 살어라고."

맹 계장 어머니는 잠시 고개를 들어 벌레들이 새까맣게 달라붙어 불빛을 가린 전구를 올려다보았다. 먹나비 한 마리가 전구 주위를 다급하게 맴돌고 있었다.

칠복은 다시 어둠이 깔린 마당의 구석구석을 조심스럽게 살폈다. 그러나 조금 전에 마당 한가운데까지 나왔던 긴 머리 여자는 보이지 않았다.

개구리 울음소리가 집을 떠메 갈 듯 요란했다. 마치 꽹과리 치는 소리만큼 귀를 가득 채웠다.

"허 씨, 나허고 우리 집서 함께 농사짓고 삽시다. 머슴이라고 생각 안 허고 그냥 한 식구로 삽시다."

맹 계장 어머니가 다시 칠복이 쪽으로 돌아앉으며 애원하듯 말했다.

"아드님을 따라가셔야 헙니다. 그래야 아드님이 징을 찾어 준다니께요."

"아유 답답한 양반아. 클매, 나는 죽어도 여기를 떠날 수 없다니께 그러네."

그러면서 맹 계장 어머니는 그녀가 남창리에서 살아온 한 맺힌 이야기들을 긴 한숨 토해 가며 명주실꾸리를 풀듯 늘어놓았다.

칠복은 맹 계장 어머니의 이야기를 듣는 동안 귀가 먹먹할 정도로 울어대는 개구리 울음소리가 전혀 시끄럽지 않고 오히려 편안하고 기분 좋게 느껴졌다. 그것은 헤어진 고향 사람들의 목소리만큼이나 반가웠다.

맹 계장 어머니 강촌댁이 남창리 맹씨집 큰며느리로 시집을 왔을 때까지만 해도 집안이 넉넉했다. 그러나 결혼한 지 3년 만에 남편이 목구멍으로 피를 쏟는 병에 걸려, 읍내 약방으로 남도 병원으로 5년 가까이 옮겨 다니며 병구완을 하는 바람에, 소가 죽어도 꿈쩍 안 할 살림이 거덜 나고 말았다. 가까스로 남편의 병이 낫자, 며느리가 잘못 들어와서 집안이 망했다면서 어지간히 구박을 해대던 시부모 내외가 한꺼번에 짚불 스러지 듯 자리에 눕더니, 1년 안에 세상을 뜨고 말았다. 남편의 찐덥진 사랑이 아니었던들 강촌댁은 그 역경을 이겨내지 못하고 남창 방죽에 몸을 던져 물귀신이 되었을지도 몰랐다.

살림이 거덜 나고, 시부모들 구박 속에서도 병든 남편은 아내밖에 몰랐다. 병석에 누워서도 잠시도 옆을 못 떠나게 말기끈을 움켜쥔 손을 놓지 않았다.

그러던 얼마 후 여순반란사건이 터지고 땅벌집을 쑤석거려 놓은 것처럼 세상이 뒤숭숭해졌다. 밤이면 가지산에서 산사람들이 쳐들어와서 식량과 가축들을 약탈해 가곤 했다.

강촌댁의 집은 가지산 자락을 타고 내려와 손쉽게 들이닥칠 수 있는 마을의 첫 들머리라, 밤만 되면 공포에 떨어야 했다.

산사람들이 두 번째로 마을을 덮치던 날 밤, 미리 지서에서 나온 경찰들이 길목을 지키고 있다가, 한바탕 불꽃이 튀겼으며 산사람 셋이 총에 맞아 죽었다.

그런 일이 있던 나흘째 되는 날 밤 첫닭이 울 무렵 산사람들이 다시 몰려왔다. 그들은 강촌댁 집에 들이닥쳐서는 박천도의 집으로 인도하라고 남편의 가슴에 총부리를 들이댔다. 박천도는 그때 남창지서 의용경찰이었으며, 나흘 전 남창리로 약탈을 하러 내려온 산사람들을 토벌할 때도 함께 있었다.

산사람 여남은 명이 남편을 앞세우고 사립을 나가고 다른 두 명은 집안을 뒤져, 있는 대로 식량을 긁어 큰 자루에 담았다. 강촌댁은 겨우 돌이 지난 아들을 품에 안고 방구석에서 달달달 떨고 있었다.

식량을 자루에 가득 채운 두 명 중에서 나이가 많고 턱에 수염이 검실검실 난 사내가 와살스럽게 강촌댁의 팔을 낚아챘다. 강촌댁은 아기를 안은 채 방바닥에 팽개쳐졌다. 키가 작달막하고 젊은 사내가 그녀의 품에서 아기를 빼앗아 방구석에 밀쳐버렸다. 강촌댁이 울부짖으며 아기를 끌어 안으려고 하자, 나이 많은 사내가 발로 그녀의 가슴팍을 눌렀다. 그녀는 발에 밟힌 채 뻐르적거렸다. 사내들은 차례로 사지를 휘저으며 울부짖는 그녀의 배에 올라탔다. 강촌댁은 눈에서 번갯불이 튀는 것을 마지막으로 정신을 잃고 말았다.

강촌댁이 끊긴 정신을 가까스로 다시 붙잡았을 땐, 희붐하게 방문이 밝아 왔다. 아기는 윗목에 팽개쳐진 채 쉴 새 없이 울어 댔고, 남편은 울고 있는 아기를 달랠 생각도 하지 않고 방 문턱에 걸터앉아, 꽃뱀이 허물을 벗듯 어둠이 걷히는 서쪽 하늘을 참담한 눈으로 바라보고만 있었다.

그때 강촌댁의 마음은 가문 논바닥처럼 쩍쩍 갈라졌다.

날이 훤히 밝아 올 때까지 남편은 기침 한 번 하지 않고 그렇게 앉아 있었고, 강촌댁은 방바닥에 얼굴을 꿍겨 박은 채 마음이 녹아서 잿물이 되도록 소리 안 나게 울었다. 아기는 더욱 거칠게 울어 댔지만 아무도 보듬어 주지 않았다.

잠시 후에 이웃 사람들이 들이닥쳤다. 간밤에 박천도네 여섯 식구가 몰살을 당했다고 했다. 박천도의 양친과 두 동생, 그리고 잠시 친정에 다니러 온 누이와 돌이 지난 누이의 갓난아이까지 대창으로 찔러 집 안 우물에 처넣었다고 했다. 열한 살 된 박천도의 막냇동생과 갓난아이는 숨이 끊어지지도 않은 채 우물 속에 집어넣어 한동안 울부짖는 소리가 찌렁찌렁 하늘을 울려 퍼졌다고 했다.

아침에 마을 사람들이 박천도의 집에 몰려가 보니 여섯 식구의 시체가, 시뻘겋게 물든 우물 속에 그들먹하게 처박혀 있었다.

그날 낮에 지서에서 박천도와 많은 경찰이 몰려왔다.

　눈알이, 잘 익은 앵두처럼 벌겋게 충혈된 박천도는 이를 갈며 강촌댁의 집 안으로 뛰어들었다. 그는 그때까지도 방 문턱에 넋을 잃고 앉아 있는 남편 가슴에 총을 들이대고 늑대처럼 울부짖었다. 이미 제정신이 아니었다. 박천도는 강촌댁 남편을 두엄자리로 끌고 가더니 방아쇠를 당겼고, 남편은 나뭇잎 떨어지는 것보다 더 힘없이 허물어져 버렸다. 아무도 박천도를 말리려고 하지 않았다.

　하늘을 찢는 듯한 총소리와 함께 남편이 힘없이 푹 꼬꾸라지는 것을 보고서야 우르르 달려가서 남편의 겨드랑이에 팔을 넣어 일으켜 세우려고 했으나 들독처럼 꿈쩍도 하지 않았다. 그제야 그녀는 마음껏 소리 내어 울었다. 그녀가 이미 숨을 거둔 남편을 끌어안고 목 놓아 울고 있을 때, 집에 불길이 치솟았다. 강촌댁이 방으로 뛰어 들어가 아기를 안고 나왔을 땐 박천도는 보이지 않았다. 마을 사람 중에서 누구 하나 불길을 잡아 주려고도 하지 않았다.

　"우리 애 압씨가 무슨 죄가 있었어요. 산사람들이 쥑인다고 총부리 들이댐서 박천도의 집을 가르쳐 달라고 헌께, 집 가르쳐 준 죄밖에 더 있겠소? 그때 맘 같아서는 당장 마을을 떠나고 싶었소만 참고 견뎠다우. 우리 남편이 죄가 없다는 것을 증명허는 것은 내가 이 바닥에 끝꺼정 눌러붙어 사는 것이라고 생각했다우. 언젠가는 남편이 억울허게 죽었다는 것이 밝혀질 것을 믿고, 이 응등물고 살았지요. 집까지 불타 없어진 이 집터에서 거적을 치고 한겨울을 얼어 죽지 않고 살았다우. 난리통이라 동네 인심이 워낙 험해서 도와주려고도 안 헸고, 나도 도움을 받을 생각은 없었지요. 그란디 참 이상합디다. 전쟁이 끝나고 다시 새 세상이 돌아왔을 때, 나는 두 눈 똑바로 뜨고 박천도라는 사람을 쳐다볼 수가 있었는디, 그 사람은 한사코 나를 살살 피합디다. 내가 그 사람을 똑바로 쳐다볼 수 있는 것은 우리헌티는 아무 잘못이 없다는 생각이 들었기 때문이지라우."

맹 계장 어머니는 긴 이야기를 끝내고 나서 잠시 눈을 들어 무겁게 내려앉은 하늘을 올려다보았다. 별빛이 유난히 반짝이는 것을 보니 한바탕 비바람이 몰려올 것 같았다.

"전생에 무슨 죄가 있어서 그 벌을 받고 살았는지 원."

맹 계장 어머니는 길게 한숨을 내쉬었다.

"끝난 일이 아닙니까요. 이제는 다 잊어야지요잉."

맹 계장 어머니의 긴 이야기를 듣고 난 칠복은 어쩌면 그렇게도 방울재에서 그의 식구가 겪은 일과 비슷할까 하고 의아해했다.

"안 끝났다우. 나 헌티는 아직 끝난 일이 아니요."

"벌써 삼십 년 전의 일이 아닌가요?"

"백 년이 지난들 어디 끝날 일이우? 이제는 잊어야지, 지난 일들 다 잊고 눈감어야지 하고 마음을 다독거렸다가도 저 미친년이 내 앞에 얼씬거리기만 하면 다시 오장이 발딱 뒤집힘서, 찌긋찌긋헌 그때 일이 되살아난다우. 지난 삼십 년을 날마다 그렇게 살았어요. 저 웬숫년이 내 눈앞에 얼씬거리기만 하면 욱하니 맘에 불이 댕김시로 오살놈에 한이 뿌질뿌질 되살아난다우. 한이 되살아나면 살고 싶은 맘이 없어지고, 삼십 년 전의 웬수를 갚고 싶은 심정이니…… 그런 저년을 데리고 어디를 가겄어요. 저년은, 그날 밤 내가 산 사람한테 그 고초를 겪고 실신헐 때부텀, 내 배 속에서 미쳐서 생겨났다우."

맹 계장 어머니의 말을 듣고 나서야 칠복은 대충 어림할 수가 있었다.

그러고 보니 그가 이 집에 발을 들여놓은 순간부터 그림자처럼 먼발치서 배돌던 그 여자는 맹 계장과 씨가 다른 누이동생이라는 것을 알 수가 있었다.

"저년은 서른 살이 되도록 이날 이때까지 제정신 갖고 있는 날이 하루도 없었다니께요."

맹 계장 어머니는 딸의 이야기를 계속했다. 그녀는 이야기하면서도 말끝마다 원수년 원수년 하고 욕지거리를 붙였다.

맹 계장 어머니는 배가 불러오자, 필시 배 속의 아기가 그날 밤 산 사람의 핏줄이 응어리진 것으로 짐작하고, 그 핏덩이를 떼어 버리려고 창자가 느글거리며 넘어오려고 할 때까지 여러 차례 간장을 둘러 마셨다고 했다. 그러나 모질고 질긴 것이 사람의 생명인지, 끝내 그 핏덩이는 떨어지지 않았다. 해산을 하자 숨이 막혀 뒈져 버리라고 발딱 방바닥에 엎어 버렸지만 죽지 않았다고 했다.

공포에 떨던 실신한 몸에서 정 없이 생겨난 생명이라서 젖꼭지 한번 물리지 않았다. 혼자 살아가는 딸이 불쌍하여 정붙이려고 와 있는 친정어머니가 아니었더라면 이레 안에 땅속에 묻혔을 것이었다고 했다.

"그라고, 내가 고향을 떠날 수 없는 거는 저 미친년도 미친년이제만, 살아생전에 꼭 헐 일이 남아 있기 땀시……."

맹 계장 어머니가 살아생전 해야 할 일이란, 집을 다시 짓는 것이라고 했다.

"시방 우리가 사는 이 집은 내 손으로 톱질하고 흙 발라서 맨든 집이라우. 허재만, 내 생전에 불에 타기 전의 옛날 집을 꼭 짓고 말겠다니께요. 우리 시할배가 지었다는 육간 접집보담 훨씬 좋은 집을 짓고야 말겄다고 선영들한테 다짐을 했다우. 이 집을 헐고, 삼십 년 전에 불타 뿌진 집보담 훨씬 좋은 집을 짓지 못하믄 선영들한테로 돌아갈 수가 없었다니께.”

그렇게 말하는 맹 계장의 어머니는 조금도 늙어 보이지가 않았다.

그날 밤 칠복은 쉽게 잠을 이루지 못했다. 맹 계장 어머니의 이야기가 마음속에서 끊임없이 맴돌면서, 죽은 그의 어머니 생각이 자꾸만 머릿속에 되살아났기 때문이다. 게다가, 휘휘휘 지붕 위의 오동나무 잎이 흔들리는 바람 소리며, 집을 떠메 갈 듯한 개구리 울음소리가 귓속을 가득 메워, 눈을 감고 있으면서도 마음은 바람처럼 끝없는 들판을 헤매고 있었다.

눈을 감고 누워있는 칠복은 문득문득 그의 고향 방울재에 다시 돌아온 착각에 사로잡히곤 하다가도, 이웃집 팔만이와 함께 나갔다가 밤늦게 술에 취해 돌아와 녹아떨어진 맹 계장의 봇물 터지는 듯한 코 고는 소리에 얼핏얼핏 현실로 돌아와, 씁쓸하게 웃음을 삼키곤 했다.

그런데 그날 밤 칠복은 실로 납득하기 어려운 기이한 것을 보고, 이 생각 저 생각에 거의 뜬눈으로 밤을 새우다시피 했다.

그가 얼쑹얼쑹 잠이 들려는데 맹 계장 어머니의 방에서 키들키들 웃는 소리가 들렸다. 처음엔 바람 소리거니 했는데, 그 웃음소리는 간헐적으로 칠복의 귀를 찔러 왔다. 이상한 생각이 들어 슬금슬금 방문을 열고 밖으로 나와 보았다. 맹 계장 어머니의 방에는 불이 켜져 있었으며, 문에 얼멍얼멍한 모기장을 붙여놓아 밖에서 방 안이 환히 들여다보였다.

맹 계장 어머니는 얼마 전까지만 해도 뒈질년, 원수년 하고 욕을 퍼부어대던 과년한 딸을 업고 꿍꿍대며 방안을 왔다 갔다 하는 게 아닌가. 발이 방바닥에 질질 끌릴 정도로 어설프게 등에 업힌 딸은 주먹으로 어머니의 등을 토닥거리며 키들거렸고, 그때마다 늙은 어머니는 엉덩이를 키질하듯 까불어 댔다. 한참을 그러다가, 늙은 어머니는 딸을 방바닥에 내려 놓고, 물기름을 묻혀 가며 참빗으로 딸의 긴 머리를 곱게 빗겨 주는 것이 었다.

이 모습을 우두커니 들여다본 칠복의 마음속에 마른 번갯불이 스치면서, 머리 위로 큰 별똥이 떨어지는 듯한 기분을 맛보았다.

바람은 잠시도 쉬지 않고 오동나무 잎을 거칠게 흔들어 댔고, 바람 소리에 질세라 개구리들도 한층 목청을 돋우었다.

4

맹만수 계장은 출근해야 한다면서 새벽의 마지막 어둠이 걷히기도 전에 떠났다. 그는 대문을 나가면서 그의 어머니한테, 다음 주 일요일에 모시러 오겠으니 떠날 준비를 하고 기다리라고 신신당부를 하고, 또 그의 어머니로부터 그렇게 하겠다는 다짐을 받고서야 몸을 돌렸다.

"이담 공일 때는 꼭 아드님을 따라가시도록 허세요."

칠복이가 대문 밖까지 나가 맹만수 계장을 배웅하고 돌아서면서, 그의 어머니한테 넌지시 말을 넘겼더니,

"내 알어서 헐 테니께 걱정 말우."

하면서 맹 계장 어머니는 슬픈 얼굴로 대답했다.

칠복은 간밤에 잠시도 눈을 붙이지 못하고, 새벽에 새들이 울기 전에 방에서 나왔지만, 조금도 피곤한 것 같지가 않았다. 잠을 못잔 탓으로 꺼끄러기가 들어간 것처럼 눈알이 약간 씀벅거릴 뿐이었다.

칠복은 미명에 아침을 먹고, 팔만이네 논에 품앗이 두렛일을 나갔다. 모를 내는 팔만이네 논은 남창 방죽 둑을 경계로 옆으로 맞붙어 있어, 고

무보트 위에서 왕왕거리는 라디오를 크게 틀어놓고 순채를 뜯는 마을 사람들 모습이 한눈에 들어왔다.

팔만이네 논에는 스무 남은 명이나 모였다. 노인들까지도 못줄을 잡아 주려고 나왔다. 거머리한테 물리지 않으려고 다리에 낡은 스타킹을 꿴 일꾼들은 점벙점벙 물에 뛰어들었다. 일꾼 중에는 품앗이 꾼들이 대부분이었지만 팔만이가 새벽에 읍에 나가 일당을 주고 데려온 읍에 사는 날품팔이꾼들도 너덧 끼어 있었다.

못줄을 잡아 주기 위해 칠복이와 함께 나온 맹 계장 어머니의 말로는, 날품팔이꾼들 중에는 도회지에서 돈벌이하러 온 사람들도 있다고 했다.

여름 안개가 걷히자 부드러운 햇살이 쏟아져 내렸다. 하늘은 지루할 만큼 푸르게 개었고, 맑은 하늘 군데군데에 몇 조각 걸린 구름이 찰싹 달라붙은 듯 움직이지 않았다.

"허 씨 모심는 솜씨가 상머슴이로군요."

칠복이 오른쪽 옆에 자리한 팔만이가, 자꾸만 흘러내리는 스타킹을 무릎 위로 잡아당기며 말하자 칠복은 그냥 피싯 하고 소리 없이 웃었다.

"세상에, 총각 다리가 참새 다리만도 못해 갖구 무슨 일을 허겠다고."

몸피가 튭상스러운, 3년 전에 병으로 남편을 잃었다는 과부 김 씨 아주머니가, 모춤을 갈라 쥐고 허리를 펴며 팔만이를 비웃적거렸다.

"건, 아주머니가 모르는 소리유. 마른 장작이 화력이 더 쎄다는 걸 모르고 허시는 소리라구요."

하고 맞대꾸를 하는 팔만이는 칠복의 빠른 손놀림을 유심히 지켜보면서 어깻죽지를 묘하게 비틀어 목덜미의 땀을 닦았다.

"건 팔만이 총각 말이 백번 옳은 소리요. 도야지처럼 살만 통통 찐 남자들 보기만 좋지, 솜뭉치마냥 말짱 헛거라구요."

읍에서 건축공사장 벽돌 나르는 일을 한다는, 까무잡잡한 얼굴에 키가 작달막한 젊은 여자가, 칠복이 왼쪽 옆에서 혼자 버릇처럼 흥얼거리던 콧노래를 멈추고 한마디 했다.

"그렇지요? 아주머니 경험으로는 마른 장작 화력이 훨씬 쎄지요?"

팔만이가 까무잡잡한 여자의 말꼬리를 물었다.

"암요. 화력도 쎄고 또 오래오래 타고."

그 말에 일꾼들은 한바탕 웃어 대며 허리를 펴고 하늘을 보았다.

"팔만이 총각 빨랑 장가가야 쓰겄어."

김 씨 과부가 눈을 흘기며 큰 소리로 말했다.

"괜히 그러지 말어요, 아주머니. 과부 옆에는 총각이 있어야 허는 법이라요."

팔만은 여전히 실실 웃어 댔다.

"총각 말이 맞어요. 방고래가 맥힐 때 왜 쌩솔가지로 군불을 때는지 알우? 쌩솔가지 연기가 뭉떵 나감서 맥힌 고래가 확 뚫리는 거라요."

까무잡잡한 여자의 말에,

"아니 그라믄, 내가 쌩솔가지란 말이요?"

하고 팔만이가 큰 소리로 말을 되씌웠다.

"그라믄, 이 중에 고래 맥힌 과부는 뉘겨?"

여지껏 잠자코 있던 팔만이 외삼촌의 말에 일꾼들은 다시 와글바글 웃어 댔다.

칠복은 일꾼들의 실없는 웃음엣소리는 듣는 둥 마는 둥 열심히 손만 놀렸다. 그는 모춤을 갈라 줄 때면 잠깐씩 허리를 펴고 하늘을 올려다 볼 뿐이었다.

그날 낮에 남창 방죽 둑에서, 모를 심던 팔만이와 남창 방죽에서 순채를 뜯던 팔만이의 친구 고산출이와 대판 싸움이 벌어지고 말았다.

모를 심던 일꾼들이 남창 방죽 둑 큰 팽나무 그늘에서 아침나절 곁두리를 먹고 있는데, 순채를 뜯던 고산출이가 차양이 넓은 빨간 등산모를 눌러쓰고 와서는 배가 출출하다면서 먹을 것 좀 달라고 했다. 모내기하던 일꾼들은 고산출이를 별로 반갑게 대해주지 않았다. 그러자 고산출이는 양동이에 넘실거리는 막걸리를 플라스틱 바가지로 떠서는 쿨럭쿨럭 다 마시고 나더니,

"에이, 드럽게 밍밍허네. 거 션한 맥주나 사다가 찬물에 담가 놓고 마셔감서 일을 헐 것이지."

하고 듣기 싫은 말을 했다. 그러자 팔만이가 대뜸 막걸리를 몇 잔 걸쳐 불쾌해진 얼굴로 고산출을 째려보며,

"임마, 맥주야 돈 잘 버는 네놈들이나 마시는 거지, 우리 같은 농사꾼이 마시면 입이 불켜."

하고 한마디 쏘아붙였다. 이때 고산출이가 그냥 자리를 떠나버렸으면 아무렇지도 않았을 것인데, 한사코 미적거리더니, 다시 술동이 옆으로 다가가서 한 바가지를 더 떠 마시다가 바가지 밑바닥에 남은 술을 땅가시나무가 뒤엉킨 풀섶 위에 흩뿌려 버렸다.

"이 새꺄, 아무리 값싼 술이라고 왜 찌크러!"

팔만이가 인상을 험하게 구기며 고산출의 손에서 술 바가지를 와살스레 빼앗았다.

"그렇게 아까우면 까짓거 술값을 주지 뭐."

그러면서 고산출이는 는질맞게 웃으며 바지 주머니에서 천 원짜리 지폐를 꺼내 침을 발라 팔만의 이마에 찰싹 소리가 나게 붙였다.

"이런 즈그멈 헐! 아무리 그렇다고 혀도 마을을 판 더러운 돈은 싫어."

팔만이가 고산출이가 밟고 있는 땅가시나무에 칵 침을 뱉으며 지전을 휙 던졌다.

"뭐이 어째?"

"더러운 돈은 싫다고 했다 왜? 난 일본 놈의 돈은 싫어."

"일본 놈의 돈이라고?"

고산출이는 네잎갈퀴풀 위에 떨어진 지전을 주위 바지 주머니에 쑤셔 넣으며 대들었다.

"그래, 네가 갖고 있는 돈은 일본 놈한테 우리 마을 순채를 판 돈이 아니냐?"

"외눈박이가 두눈박이 나무란다더니, 네 처지에 일본 돈 미국 돈 가리게 생겼어?"

"더러운 돈 버러지 같은 새끼!"

"뭐야? 이 자식이!"

이렇게 티격태격 입씨름을 하던 그들은 급기야 주먹을 휘둘렀고, 한바탕 풀섶 위에 뒹굴며 씩씩거렸다. 고산출이는 코피가 터졌고 팔만이의 눈두덩은 벌겋게 부어올랐다. 일꾼들이 달라붙어 뜯어말렸으니 그만이었지, 그대로 내버려 두었다가는 둘 중 어느 하나가 죽게 되었을지도 모를 일이었다.

앞뒷집에서 친형제처럼 찐덥지게 살아온 그들이 생사 결단하고 싸움을 했다는 것은 남창리 마을 사람들한테는 큰 충격을 주었다. 얼마 전까지만 해도 마을에서 새마을사업이며, 4H구락부 일, 심지어는 위친계를 끌어나가는 데도 그들이 중심이 되어 왔기 때문에, 마을사람들한테는 그들이 싸움을 한 것은 마을이 두 조각으로 갈라진 것만큼이나 심각한 일인 것이었다.

기실은 그들 사이가 삐끗해진 것은 서울에서 박천도가 돌아왔을 때, 순채 포기각서에 도장을 찍자거니 찍지 말자거니 하고 의견 충돌이 생기면서부터였다.

그들은 한쪽은 순채를 뜯게 되고 다른 한쪽은 끝까지 순채 채취를 반대해 온 입장이긴 했으나, 그렇다고 어려서부터 강아지풀 줄기를 뽑아 네 것이 짧니 내 것이 기니하며 고추를 맞대고 길이를 재며 커온 그 우정에는 금이 가지 않은 것으로들 믿고 있었다.

그런데 그날 그들의 싸움은 예기치 않은 큰 슬픔을 낳고 말았다. 그들이 부둥켜안고 뒹굴며 싸우는 그 시각에, 순채를 뜯던 고산출의 누이동생 산금이가 방죽에 빠져 익사를 했다. 그녀는 순채를 뜯고 있다가 오빠가 팔만이와 돼지게 싸움을 하고 있다는 소리를 듣고, 손으로 고무보트를 저어 다급하게 방죽에서 나가려다가, 고무보트가 뒤집히면서 물속에 처박히자, 고무보트를 붙잡을 생각은 않고 순채 자루를 놓치지 않으려고 텀벙대는 바람에, 그만 보트가 물살을 타고 저만큼 우쭐우쭐 흘러가 버렸고, 그렇게 해서 혼자 허우적거리다가 물속으로 쑥 잠겨버리고 말았다.

뒤늦게야 청년들이 몰려와 산금이를 쇠무릎풀이 융단처럼 폭신하게 깔린 방죽의 둑 위로 끌어냈을 때는 이미 심장이 멎고 말았다.

팔만이는 눈퉁이가 볼썽사납게 부어오른 얼굴로 겹겹이 둘러싼 마을 사람들을 헤치고, 맑은 하늘 눈부신 햇살을 향해 반듯하게 죽어 있는 산금이의 모습을 확인하고는, 반쯤 죽은 사람처럼 맥없이 남창 방죽의 긴 둑을 걸었다.

팔만이의 가슴은 찢어지는 듯 아팠다. 팔만이와 산금이는 오래전부터 남모르게 가깝게 사귀어 온 사이였다. 가깝게 사귀어 온 정도가 아니라 그들은 이미 부모 몰래 혼약을 해놓은 거나 다름이 없는 사이였다.

그들은 간밤에도 마을 각시바위에서 만났었다. 팔만이는 그녀에게 모든 사람이 다 마을을 떠난다 해도 둘만은 남아 있자고 했고, 산금이는 죽어도 도회지에 나가서는 살기 싫다고 했다. 그러면서 산금이는 팔만이의 손을 부룻해진 그녀의 아랫배에 갖다 댔다. 지난봄 보리누름 때, 달빛이 대낮처럼 환한 뒷골 호밀밭에서 만나, 기름진 땅을 파고 파종을 하듯, 그녀의 몸 깊숙한 곳에 씨를 뿌린 것이 넉 달 전이었다.

팔만이는 손끝에 산금이 배 속의 파닥거리는 생명을 느끼고 서둘러 부모들한테 사실을 말하고 식을 올려야겠다고 마음을 먹고 있었다.

팔만이는 면사무소까지 걸어서, 발길 닿는 대로 술집에 들어가 거푸 술잔을 기울였다. 아무리 술을 마셔도 취하지 않았다.

팔만이는 이틀 후, 산금이를 장사 지낸 다음 날 밤에야 술에 취해 한여름 햇살에 시들해진 풀잎처럼 흐느적거리며 돌아왔다. 그는 집에 들어가기 전에 맹 계장 집에 불쑥 나타났다.

밥상을 물리고, 맹 계장 어머니와 그녀의 딸, 그리고 칠복이가 마루 끝에 앉아서, 밤참으로 삶은 감자를 먹고 있었던 참이었다.

맹 계장 어머니 강촌댁은, 아들이 떠난 날부터는, 그녀의 주위를 늘 배돌던 과년한 딸을 결코 나무라거나 눈치 주는 일 없이, 갓난아이 끼고 살 듯했다. 밥 먹을 때도 칠복이와 겸상을 차렸고, 칠복이 앞에서 딸을 욕하지도 않았다.

맹 계장 어머니는 칠복이가 은근히 그녀의 딸을 좋아하기를 바라는 눈치였다.

"박천도 그 자식 쥑여 버릴 거요."

팔만이가 마당을 가로질러 들어오며 큰 소리로 말했을 때, 마루에 앉아 있던 칠복이가 우루루 내려가 그의 손을 잡았다. 칠복이는 처음부터 팔만이가 좋았다. 그에게서는 언제나 들척지근한 흙냄새와 따뜻한 풀냄새가 뒤섞여 풍겼다. 그런 팔만이하고는 뜻이 맞을 것 같았다.

"워디 갔다 이제야 오시는겨?"

칠복은 팔만을 끌고 마루에 앉혔다.

"허 씨, 나 오늘 밤에 박천도 그 자식 쥑이고 말 거요. 그 자식 쥑이고 나도 죽을 거요."

울부짖는 목소리로 말을 하면서 칠복이의 팔을 마구 흔들어댔다.

"사람을 쥑이다니 무슨 소려!"

옆에 있던 맹 계장 어머니가 물총 쏘듯 나무라자,

"산금이가 누구 땜시 죽었는디요? 박천도 새끼가 산금이를 쥑인 거라구요."

하고 마구 상앗대질을 하며 대들었다. 그는 제정신이 아닌 듯싶었다. 내버려 두었다가는 그가 말한 대로 정말 박천도를 죽여 버리게 될지도 몰랐다. 칠복은 팔만의 칼에 찔려 피를 흘리며 죽어가는 박천도를 눈앞에 보는 듯한 섬찟한 생각에 으시시 마음이 떨렸다.

"다 해도 쥑이는 것만은 안 되야. 쥑여 뿔면 끝장인겨. 어차피 원한을 산 사람은 죗값을 받을 꺼인께, 쥑이지 말고 끝장을 두고 봐야 혀."

맹 계장 어머니는 30년 전 그녀의 남편이 총에 맞아 죽은, 희끄무레하게 전깃불 빛이 괴어 있는 석류나무 옆 두엄자리 쪽을 보며 말했다.

"그러다마다요. 쥑이는 것은 아서. 차라리 죽는 것보담 더 맘을 아프게 해줘야재."

칠복이는 말을 하면서 팔만이의 손을 꽉 잡아 주었다.

그날 밤 칠복은 팔만이가 아무래도 무슨 일을 저지를 것만 같은 예감에, 같이 자자고 하면서 붙들고 있었다.

밤이 이슥하여 방에 들어온 팔만은 좀처럼 자리에 눕지 않고 말뚝처럼 꼿꼿하게 앉아서 줄담배를 피웠다.

칠복은 잠결에 징소리를 들었다. 오랜만에 듣는 징소리는 혈관 깊숙이까지 뚫고 들어와, 온몸을 지근지근 울려 주었다. 고향 방울재에서 들은 징소리 그대로였다.

징소리에 잠이 깨어 보니, 징소리 대신 꽹과리 소리만이 남창 방죽 쪽에서 까강까강 어지럽게 들려왔고, 팔만이가 벽에 등을 기댄 채 멀뚱히 앉아 있는 것이 보였다.

"무슨 꽹과리 소려?"

칠복은 부스럭거리고 일어나 앉으며 혼잣말로 중얼거리듯 말했다.

"산금이 혼을 건지는 거라요."

팔만이의 목소리는 납덩이처럼 가라앉았다. 그는 담배에 불을 붙여 물고는 담배 연기와 한숨을 섞어 푸우푸우 토해냈다. 어둠 속에 웅크리고 앉아서 담배 연기와 한숨을 토해내는 팔만이의 모습이 슬픈 고양이처럼 조그맣게 보였다.

"씻김굿을 하는 게로구만."

칠복이가 뱉듯 말하고 자리에 다시 누우려는데 팔만이의 모습이 점점 커졌다. 그가 부시시 일어섰다.

"워디 가는겨!"

칠복이가 따라 일어서며 다급하게 물었다.

"방죽에 좀 가봐야겠구만요."

"아서. 가지 마."

"혼이라도 만나 봐야겠어요."

"산금이 혼이야, 팔만이 맘속에 있는 거 아니겠어. 가지 말고 나허고 이야기 좀 허드라고."

칠복이는 팔만의 팔을 붙들고 억지로 끌어 앉히다시피 했다. 꽹과리 소리는 더욱 거칠게 울렸고, 이에 질세라 개구리들 울음소리도 한결 드세어진 듯싶었다.

"우리는 죽은 사람보다는 산 사람들 일을 더 걱정해야 써."

칠복은 팔만이가 마지못해 쓰러지듯 다시 벽에 등을 기대고 앉자 입을 열었다.

"허 씨는 내 맘 몰라요."

"그럴지도 몰러. 허지만 해줄 말이 있구만. 나는 도회지 사람들헌티는 아무 말도 헐 수 없지만도, 시골 사람들헌티는 헐 말이 많어. 이 마을에 올 때 맹 계장헌티 여러 말 했지만서도 그 양반은 내 말을 못 알아듣더구만. 허지만 팔만이는 달러. 내 생각허고 같으니께."

"무슨 말인데요."

"이 마을 사람들 큰일여. 농사꾼이 땅을 버리고 우선 눈앞에 뵈는 돈만 탐내다가는 벌을 받을껴, 망헌다고. 고향 땅이 물에 옴실하게 잠겨 쫓겨

나간 우리 방울재 사람들은 한 뼘의 땅도 없이 알거지가 되어 버려 뿌렸어. 뼈가 오그라들도록 흙을 파고 싶어도 땅이 없는 거여. 그런 사람들을 생각해서라도 그러면 못 쓰는 법여."

"박천도 자식 때문이라구요. 순채 공장이 생긴 뒤부터 사람들이 변했어요. 허파에 바람이 들었다구요. 신문에 나고 테레비에 나온 대로 곧 벼락부자가 되어 자가용 타고 나들이 갈 걸로 생각헌다니께요. 골이 비었지요."

"순채를 못 뜯게 허면 될 것이 아니라고, 어채피 금년이 마지막이라는디. 어뜨케 해서든지 땅에 씨앗은 묻어야 허잖겄어?"

"순채를 못 뜯게요?"

"그렇게라도 해야재."

"여러 번 말렸지요. 싸움까지 해가면서, 아까 허 씨가 헌 말대로 했어요. 순채를 뜯더래도 마을 사람들헌테 골고루 이익이 많이 가도록 해야 한다고 했지요. 지금 마을 사람들은 박천도한테 속고 있는 거라구요, 삼년 전 수매 가격이나 지금이나 똑같거든요. 박천도 한 사람만 배불리는 거죠. 아니, 박천도가 아니라, 박천도와 계약을 맺고 사들이는 일본 놈만 배불리는 거죠. 이런 건 면이나 군에서도 크게 잘못한 거라구요. 농민들의 쥐꼬리만 한 돈벌이에 소득 증대니 뭐니 크게 떠벌리기만 허구, 정당한 값, 정당한 경로로 일본 사람들한테 넘기고 있는가 하는 건 생각질 않거든요."

"암튼, 순채를 못 뜯게 해야 해."

"말을 안 듣는다니깐요."

"말을 안 들으면 다른 방도를 써야재."

"다른 방도라고요?"

"뿌리를 뽑아 뿌러야재."

"뿌리를 뽑다니요?"

"순채는 이 마을 사람들헌티는 악의 뿌리라고."

"그 넓은 방죽의 순채 뿌리를 어뜨케 뽑아요?"

"그래도 뽑아야재. 마을을 위해서라면."

"허지만."

팔만은 난감한 얼굴로 어둠을 가르고 칠복을 마주 보았다.

"제초약을 뿌려 부러."

"제초제를요? 참 그렇구만요. 옳아요. 그 방법이 있네요."

그러면서 팔만이는 벌떡 일어섰다.

"워디 가시려구?"

칠복이의 목소리가 팔만을 붙들어 세웠다.

"집에 가서 찾어 봐야죠."

"참으시겨. 꽹과리 소리가 끝나야재잉. 그라고 나허고 같이 가드라고."

"같이 가주시게요?"

팔만이가 칠복이 옆에 앉으며 물었다.

"팔만이가 마을에 돌아온 거 이 집 식구들 말고 누구 본 사람 없는가 몰라?"

"건 또 왜요?"

"암도 얼굴을 못 봤어야 허는 건디."

"염려 놓으세요. 암도 모를 거니께."

"그럼 됐구만."

다음 날 아침, 남창리가 온통 난리가 났다. 땅벌 집을 쑤석거려 놓은 듯 어수선했다. 아침 이슬을 머금어 싱싱해야 할 남창 방죽 순채가 뜨거운 물에 데쳐놓은 듯 시들부들해져 버린 것이다. 그것도 어느 한 부분이 그런 것이 아니고 넓디넓은 방죽 안의 모든 순채가 시들어 있었다.

햇빛을 받자 물총새의 부리처럼 뾰족한 순채의 잎자루까지 벌겋게 타서 물속으로 잠겨버렸다.

"오메, 웬 벼락이다냐? 인제 우리는 망했네."

"어제 해거름 때꺼정도 암시랑 않던 순채가 왜 이르케 죽어 간다냐?"

아침 일찍, 동이 트자 앞을 다투어 방죽으로 나온 마을 사람들의 얼굴은, 제초약을 먹고 뿔그죽죽한 빛깔로 시들어 버린 순채의 이파리들보다 더 맥없어 보였다.

뒤늦게 달려온 박천도 사장의 얼굴도 사뭇 똥색이 되고 말았다.

"어떤 놈이 우리 돈 버는 것이 배가 아파서 오기를 부린 거여."

"어떤 놈인지 잡아내서 콩밥을 멕여야겠어."

"손해배상을 받어야재."

마을 사람들은 박천도 앞에서 한마디씩 흥분한 어조로 떠들어 댔다.

"나는 어떤 놈의 짓인지 알겠구만."

"누구여? 당장 잡아다가 방죽에 처넣어 쥑여야재."

"뻔하잖어?"

방죽에 나온 사람들은 누구라도 딱 집어 이름을 대지는 않았지만, 그들 모두가 한결같이 방죽에 제초제를 뿌린 것은 팔만이가 분명할 거라고 생각하고 있었다.

"하지만 팔만이는 요새 집에 없잖여? 산금이가 사고 난 날 나가서 여적지 안 돌아온 것 같던디."

"간밤에라도 돌아왔는지 아남?"

"그려그려. 암튼 그 자식 집엘 쳐들어가 보드라고."

이렇게 하여 여럿이서 떼를 지어 발동기처럼 씩씩 코를 몰아 불며 팔만이네 집으로 몰려갔지만 팔만이는 집에 없었다. 그날 나가서 여지껏 돌아오지 않았다고 하였다.

팔만이는 마을에 없었다. 간밤에 칠복이와 함께 방죽에 제초제를 뿌리고 나서 새벽에 마을을 떠났다. 칠복이가 이틀 뒤에 오라고 내쫓다시피 돌려세웠던 것이다.

순채를 못 뜯게 된 마을 사람들과 당장 일본으로 납품을 못 하게 된 박천도는 눈이 벌겋게 충혈되어 방죽에 제초제를 뿌린 사람을 찾아내려고 안달이었지만, 아무도 목격한 사람이 없는지라 끙끙 앓기만 했다. 그런 그들은 성질이 사나워졌으며, 술을 마시고 걸핏하면 아무나 붙들고 싸움질이었다. 마을의 분위기가 험악해졌다. 어른들의 말로는 30년 전의 난리를 다시 한번 치르는 것 같다고들 했다.

방죽에 빠져 죽은 산금이의 원혼이 순채를 죽게 했다고 말하는 사람들도 있었다. 그렇게 말하는 축들 중에는 그래도 늦게나마 모를 내려고 논에 물을 채우고 써레질을 서두르는 사람도 몇몇 있었다.

의심받을 턱이 없는 칠복이는 날마다 품앗이 두렛일을 다녔다. 들에서 손발에 흙 범벅을 하고 일을 할 때만은 잃어버린 징 생각을 까맣게 잊을 수 있었다. 아내 순덕이까지도 잊었다.

그러다가도, 하루의 일을 마치고, 마루 끝에 앉아서 마른 번갯불이 어둠을 가르는 밤하늘을 쳐다보는 순간이나, 휘휘휘 오동잎을 쉐흔드는 바람 소리며, 아글다글 집을 떠메 갈 듯 울어대는 개구리 소리에 잠을 못 이루는 밤이면, 문득문득 방울재 하늘 쪽에서 징 징 징 징소리가 울려오면서, 그를 버리고 달아난 아내 생각에 울컥울컥 목이 메어왔다.

칠복은 잠결에 징소리를 들을 때면 부시시 눈을 뜨고 바람처럼 밖으로 뛰어나가곤 했다. 그러나 잠이 깨어 밖에 나가 바람이 불어오는 쪽을 찾아 귀를 기울이노라면 다시 징소리가 들리지 않았다. 그는 벌써부터 그의 머릿속에 징소리가 들어 있어, 마음이 울적할 때나 헤어진 고향 사람들과 마누라 순덕이가 보고 싶어지면 아무 때나 태엽이 돌아가듯이 그렇게 그의 머릿속에서 징소리가 울려 나온다는 것을 알고 있으면서도, 문득문득 그 사실을 잊고는, 징소리가 바람을 타고 어디선가 들려오는 것만 같은 생각에 괜히 마음이 들뜨곤 했던 것이다.

그날 밤도 칠복은 너무도 선명하게 자진모리 가락으로 그의 귓바퀴를 훑어대는 징소리에 잠을 털고 밖으로 뛰어나가, 마당 한가운데 서서 어두운 하늘을 여기저기 쑤석거렸다. 하늘에서는 아무 소리도 들려오지 않았다. 바람도 울지 않았다.

칠복이는 어둠이 가득 들어찬 마당을 서성거리다가 우물 옆 앙당그러진 앵두나무 옆에서 무엇인가 희끗하게 움직이는 것을 보았다. 처음에는 빨래가 바람에 흔들리는 것으로 보아 넘겨 버렸는데, 그것이 아니었다. 희끗한 그림자가 그에게로 조심스럽게 다가오고 있었다.

이 집 딸이었다. 이름이 길녀라고 하던가. 칠복이 딸 금순이의 말로는 아기 같은 어른 길녀는 요즘 어른들이 들에 일하러 나가고 집을 비우면 금순이와 함께 소꿉놀이를 하고 논다고 했다.

벌써 칠복이가 맹 계장 집에 온 지가 닷새가 지났는데도 그들은 아직 말 한마디 붙여 보지 않았다. 칠복이가 지켜본 바로는 그녀가 누구하고 말하는 것을 아직 보지 못했다.

칠복은 길녀라고 하는 여자와 눈이 마주칠 때마다 섬찟섬찟해지곤 했다. 그녀를 보면 갑자기 30년 전의 일이 머릿속에서 스멀스멀 흉측스럽게 되살아났기 때문이다. 구름재에서 발견한 아버지의 썩은 시체며, 맹 계장 아버지가 총에 맞아 피를 흘리며 쓰러지는 모습, 맹 계장 어머니를 겁탈하는 산사람의 얼굴, 방울재 앞 돈단에서 다섯 사람씩이나 대창으로 찔러 죽인 점례의 모습이 한꺼번에 뒤죽박죽으로 되살아나곤 했던 것이다. 그러면서 이상하게도 길녀가, 칠복이 아버지를 대창으로 찔러 죽인 점례일지도 모른다는 생각에 심장이 오싹 죄어들 때도 있었다.

"허 씨 아저씨, 허 씨 아저씨."

길녀가 어둠 속에서 오도카니 서서 베짱이가 우는 것 같은 가늘게 떨리는 목소리로 그를 불렀다. 처음 듣는 길녀의 목소리였다. 그녀는 칠복이가 대답을 하지 않고 서 있기만 하자 조금씩 그에게로 다가왔다.

"허 씨 아저씨, 우리 집에 가요."

길녀의 말에 칠복은 속으로 이 여자가 확실히 제정신 박힌 사람이 아니로구나 하고 생각했다.

"밤이 늦었으니 어서 들어가 자요."

칠복은 달래듯 말하고 방으로 들어가기 위해 몸을 돌리는데, 길녀가 그의 손을 잡았다. 그리고 잡은 손을 힘껏 끌어당겼다.

"우리 집으로 가요."

칠복은 길녀의 가느다랗고 땀이 촉촉한 손을 뿌리치지 못하고 그녀가 이끄는 대로 따라가 보았다. 길녀는 헛간을 지나, 옆집 탱자나무 울타리 쪽으로 갔다. 탱자나무 울타리에는 어둠 속에서도 쉽게 가려낼 수 있을 정도의 큰 개구멍이 뚫려 있었다. 사람도 능히 뚫고 갈 수가 있었다. 길녀는 먼저 탱자나무 울타리를 뚫고 옆집 마당으로 들어섰다. 칠복이도 그녀를 뒤따랐다.

마당 앞에 큰 감나무가 서 있는 옆집은 빈집이었다. 맹 계장 어머니 말로는 지난봄에 싼값으로 농토를 팔고 도회지로 나가 버렸다고 했다.

이상하게도 빈집의 방에서는 불빛이 흐늘흐늘 새어 나왔다. 칠복이가 낮에 헛간에 오갈 때 한 번씩 탱자나무 울타리 너머로 가볍게 넘겨다보곤 했던 빈집 마당에는 개비름이며, 쇠무릎, 강아지풀이 여기저기 자라나고 있어, 활짝 열어젖혀 있는 부엌문이며, 문살이 뜯겨져 볼썽사납게 문종이가 너덜거리는 방에서는 여름의 대낮에도 찬바람이 휘휘 휘파람 소리를 내며 기어 나올 것만 같은 느낌이 들곤 했었다.

길녀가 먼저 불이 켜진 방으로 들어갔다.

마을 어디에선가 컹컹 개 짖는 소리가 끈적거리는 여름밤의 공기를 체질하듯 흔들었다.

"허 씨 아저씨, 빨리 들어와요."

칭얼대는 듯한 어린애 목소리가 불빛과 함께 빈집의 방에서 흘러나왔다. 칠복은 그냥 돌아서 버리려다 이상한 호기심이 꿈틀거렸기 때문에 잠시 멈칫거렸다.

방 안으로 들어간 길녀는 밖으로 얼굴을 내밀지 않았으며, 방문을 열어 놓은 채 빨리 들어오라고 재촉하는 소리만 두어 번 희미하게 새어 나왔을 뿐이었다.

칠복은 신을 신은 채 성큼 마루로 올라가서 불이 켜져 있는 큰방 문 앞으로 걸어갔다. 석유 그을음 냄새가 싫지 않게 코에 와 닿았다. 석유 등잔이 유리등 속에서 타고 있었다.

열어놓은 방문 앞에 서서 길게 목을 빼 방안을 들여다보던 칠복은 소스라치게 놀랐다. 그는 마루를 뛰어내리려다 말고 다시 한번 방안을 들여다보았다.

길녀는 알몸이 되어 방 아랫목에 반듯하게 누워있었다. 거무튀튀하게 때가 낀 장판장 위에, 헌 왕골 돗자리를 깔고, 그 위에 실오라기 하나 걸치지 않은 알몸으로 천장을 쳐다보고 반듯하게 누워있었다.

호롱 불빛에 비쳐 보이는 길녀의 알몸은 레그혼 달걀껍질처럼 깨끗하고 희부옇게 보였다. 칠복이 생각에 그의 마누라 순덕이의 몸보다 더 포실하고 탐스러워 보였다.

"난 언제나 홀랑 벗고 자요. 들어와서 내 옆에 누워요."

칠복이가 돌아서려는데 길녀의 목소리가 발목을 붙잡았다. 칠복은 아무 말 못 하고 서 있기만 했다. 그는 될 수 있으면 그녀를 보지 않으려고 고개를 반쯤 돌리고 서 있었다.

길녀의 몸은 하늘에서 울려오는 징소리만큼이나 신비하게 보였다. 생각하는 것은 일곱 살 난 그의 딸 금순이보다 못한데, 어찌하여 몸은 그렇게 잘 익은 자두처럼 탐스러울 수가 있을까. 알몸의 길녀를 보고 있으면 그녀의 몸에서는 햇살보다 더 눈부신 빛의 조각들이 튕겨 나오는 것 같았다.

서른다섯 해를 살아오는 동안, 여자라고는 순덕이 하나밖에 몰랐던 칠복은, 어찌할 바를 모르고 길녀의 몸에서 튕기는 신비하고 눈부신 고기비늘 같은 빛의 파편들을 그대로 보고만 있었다.

"이리 누워요. 여기가 내 방이여요. 허 씨 아저씨가 서방이고 나는 각시라니께요."

칠복은 어처구니가 없었지만 웃음이 나오지는 않았다. 어쩌면 지금 길녀는 소꿉놀이를 하고 있는지도 모른다는 생각이 들었다.

길녀는 누운 채 무릎을 세우고 바보같이 멍청한 눈으로 칠복을 올려다 보았다. 그 눈길은 그의 아내 순덕이가 잠자리에서 남편을 바라보는, 무엇인가 목마르게 갈구하는, 불꽃처럼 뜨거운 것이 아니었다.

길녀의 눈길은 부드럽고 깨끗했다. 친구들과 어울려 놀 때 금순이의 천진난만한 눈길 그대로였다. 바보스러우면서도 부끄럼 없는 깨끗한 길녀의 눈을 보고 있으면 그녀의 알몸이 조금도 이상하다거나 욕망의 대상으로 느껴지지 않았다. 30년 전 아버지와 다섯 남자를 대창으로 찔러 죽인 점례에 대한 생각이 길녀의 얼굴에서 안개가 걷히듯 깨끗하게 벗겨지는 듯싶었다.

"빨랑 옷 벗고 누우랑께."

길녀는 여름날 아침에 피는 남보랏빛 나팔꽃처럼 생긋 웃어 보이며 말했다. 웃고 나서 나지막한 목소리로 노래를 불렀다.

배꽃은 장가가고

창꽃은 시집가고

나무사나 웃지마라

가진 장가 네가 든다

잎도 희고 꽃도 희고

열매 보고 네가 간다

노래를 부르고 나서 길녀는 와락 달려들어 칠복이의 아랫도리를 쓸어안았다. 칠복은 허물어지듯 길녀의 옆에 주저앉았다. 그리고 길녀가 하는 대로 가만히 있었다.

배꽃은 장가가고
창꽃은 시집가고

길녀는 노래를 흥얼거리며 차근차근 칠복의 옷을 벗겼다.

숨을 죽이고 어둠 속 깊숙한 구석에 숨어 있던 바람은 다시 감나무 잎을 거칠게 흔들어댔고, 감나무 가지 흔들리는 소리에 석유 등불이 요동을 쳤다.

칠복이가 아슴아슴 머릿속에서 맴도는 징소리에 잠을 깨고 눈을 떴을 때는 방 안이 뿌유스름하게 밝아오고 있었다. 길녀의 모습은 보이지 않았으며, 칠복이 혼자 옛날 방울재에서 살 때처럼 훌렁 옷을 벗고 누워있었다. 그는 소스라치게 놀라 주섬주섬 옷을 꿰입고 불 속을 뛰어나오듯 빈집에서 나갔다. 그런 그를 비웃듯 탱자나무 울타리에서 참새 떼가 극성스럽게 지절거렸다.

5

아침부터 지서에서 형사가 나와 남창 방죽에 제초제를 뿌린 범인을 찾는다고 소란을 떨었다.

쥐색 잠바를 입은, 너구리처럼 광대뼈가 툭 불거진 마흔 안팎의 형사는, 순채 공장 박천도 사장과 함께, 얼추 의심이 갈만한 집을 찾아다니면서 이것저것 짚이는 대로 캐물었다.

결코 마음 씀씀이가 너그럽지 못할 것 같은 형사, 마을 사람들을 어린애 어르듯 하다가도, 지서에 데리고 가서 족쳐야 사실을 말하겠냐는 둥 눈꼬리를 무섭게 찢으며 윽박지르곤 했다. 그럴 때면 박천도 사장도 덩달아서 사뭇 죄인 다루듯 꽥꽥 소리를 질러댔다. 물론 박천도 사장이 형사를 앞세우고 찾아다닌 것은 처음부터 순채 채취를 반대해 온 집들이었다.

칠복은 동이 트자 들로 나가 논에 써레질을 끝내고 서둘러 아침을 먹었다. 맹 계장네 장구배미 열 마지기 논에 모를 내는 날이었다. 그동안 칠복이가 두렛일을 해준 품앗이 꾼들과 맹 계장 어머니가 읍내 친정 조카들한테 기별하여 오기로 한 삯꾼 여섯 사람을 모아 모내기를 끝마치기로 했다.

칠복이가 쿨럭쿨럭 숭늉으로 입안을 헹구며, 담배 한 대 피워 물 겨를도 없이, 모를 져 나를 바지게를 지고 집을 나서려는데 박천도 사장과 형사가 들이닥쳤다.

"뉘시우?"

박천도 사장과 지서에서 나온 형사를 알 턱이 없는 칠복은, 당당한 얼굴로 들어서는 그들의 행동이 어딘가 마음에 걸려 삐딱하게 물었다.

"자네는 누군가?"

박천도 사장은 칠복이가 묻는 말에는 대답하지 않고 손가락만 한 크기의 하얀 물부리를 입에 문 채 이맛살을 구기며 물었다. 칠복은 잠시 박천도 사장의 얼굴을 멀뚱히 바라보았다. 조그만 키에 통통하게 살이 찌고 쫑긋한 귀며, 늙은 얼굴인데도 까만 단추처럼 똥그랗고 툭툭 빛을 쏟는 눈, 두툼하면서도 뾰족한 윗입술이 마치 시궁쥐 같다고 생각했다. 칠복은 순간 이 남자가 박천도 사장일지도 모른다고 어림짐작했다.

"저는 이 집에서 일해 주는 사람입니다요."

칠복은 한참 뒤에 묻는 사람의 흰 구두코를 내려다보면서 겨우 대답을

하고 양철문을 밀치고 나가려다,

"헌디, 누구를 찾아오셨는가요?"

하고 고개를 돌려 잠바를 입은 사람에게 물었다.

"만수 자당님 계신가?"

박천도 사장일지도 모른다고 생각한 물부리에 담배를 끼어 물고 있는 늙은이가 이빨 사이로 바람 새는 목소리로 물었다.

그때 마침 부엌에서 머리에 수건을 두른 맹 계장 어머니가 나오다 말고 그들을 보더니,

"허 씨 무슨 일여?"

그제야 물부리 늙은이가 뒷짐 진 걸음으로 마당을 질러 부엌 쪽으로 걸어갔다.

"만수 자당님도 아시겠재만 어떤 쥐일 놈이 방죽에 약을 뿌려……."

물부리를 문 늙은이는 여전히 바람 새는 말투로 말을 하다 말고 잠시 말끝을 흐리며, 양철문 옆에 엉거주춤 서 있는 칠복을 돌아보았다. 그제야 칠복은, 그가 생각했던 대로 박천도 사장이 틀림없다는 것을 알았다.

"그래서요?"

맹 계장 어머니의 목소리가 결코 부드럽지 않았다. 그래서 어쨌냐며 되잡는 투였다.

"이건 이 남창리뿐 아니라, 면적으로나 군적으로, 아니 국가적으로, 엄청난 손해라 이겁니다. 그래서 지서에서 이렇게 나오셔서 범인을 수색하려고……."

"아니 그렇다면 이 늙은이가 방죽에 약을 뿌렸단 말이우?"

맹 계장 어머니는 박천도 사장의 말이 미처 끝나기도 전에 물고 잡아챘다.

"아니, 그것이 아니고……."

박천도 사장은 맹 계장 어머니의 배알을 쥐어짜 튕겨대는 목소리에 당황한 얼굴이었다.

"아무래도 박 사장은 삼십 년 전 만수 아부지 일로 내가 여태껏 가슴에 앙심을 묻고 있다가, 이참에 앙심 풀이 할라고 방죽에다 약을 뿌린 걸로 오해를 허시는 모양이오만, 아무리 여자라고, 나 그렇게 쥐 창시(창자) 소가 지 아니오. 삼십 년 만에 우리 집에 발 들여놓은 박사장헌테 이런 말 해서 안됐소마는, 가끔 내 심사가 별로 안 좋으니께 어서 돌아가씨오."

맹 계장 어머니는 기분이 좋지 않을 때 하는 버릇으로 목구멍 밑바닥에 붙은 가래를 억지로 뱉어내려고 끄끄 목울대를 불며 큰방으로 들어가 버렸다.

"젠장맞을!"

박천도 사장은 걸레 씹은 표정으로 돌아섰고, 그런 박천도 사장의 모습을 지켜본 칠복은 괜히 오달진 생각에 팔의 도래뼈가 묵지근하도록 한바탕 징채라도 휘두르고 싶어졌다.

맹 계장네 장구배미 논은 남창 방죽 옆에 있었다. 열 마지기에 열대여섯 명의 일꾼이 들어서자 논배미가 가득한 듯싶었다.

오랜만에 남창리 들에 '농부가'가 울려 퍼졌다. 칠복이도 목청껏 상사디야를 뽑아 댔다. 방죽에는 개미 새끼 한 마리도 얼씬하지 않는데, 논에 일꾼들이 그들먹하게 들어차자 마파람에 버드나무 가지 휘청대듯 저절로 흥이 나서 덩실거렸다.

그날은 맹 계장 논에만 일꾼들이 들어찬 것이 아니고 하지를 이틀 넘긴 들판에는 여기저기 모를 내는 농부들 모습이 희끗거렸다.

당초부터 순채를 뜯느라고 농토를 버려두었던 몇몇 농부들은 뒤늦게 나마 도회지에 나가 인부를 구해 와 모내기를 서둘렀으며, 순채 채취의 짭짤한 돈벌이에 맛을 붙여 도저히 다시는 손에 흙을 묻히기가 싫다는 사람들도, 땅을 버려두기가 안됐다면서, 이웃 마을에 소작을 내놓곤 했다.

아무튼 남창 방죽의 순채가 제초제를 마시고 시들어 버리자 마을은 다시 깨어난 듯싶었다. 당장 문을 닫아야 하는 박천도 사장이나, 돈벌이를 못 하게 된 허파에 바람 든 마을 사람들로서는 생가슴 쥐어뜯고 싶은 심정이었지만, 오랜만에 들판에 일꾼들이 가득 들어서고 상사디야 소리가 하늘 닿게 울리게 되니, 죽었던 마을이 다시 살아난 것 같지 않겠는가.

순채를 못 뜯게 되자, 그래도 자신은 어쩔 수 없이 흙 파먹고 사는 농사꾼이라는 것을 알고 뒤늦게나마 마음 돌이키고, 농사짓는 일이 미친 짓인 줄 뻔히 알면서도, 웃통 벗어부치고 점벙점벙 논에 뛰어드는 것을 본 마을 사람들은 알게 모르게 한 가닥 소리 없는 소 웃음을 피식피식 접어 내는 것이었다.

"이 맛에 농사를 짓는 것인디 말여."

논둑에 이슬이 마르고 뜨거운 햇살이 온몸의 물기를 깡그리 땀으로 빨아대는 한낮에, 큰애기 젖가슴 핧아 대듯 바람이 살랑살랑 꼬리를 치는 방죽 둑 대추나무 그늘 아래서, 아침나절 곁두리를 먹기 위해 팔만이 외삼촌 최 씨가 양은그릇 밥그릇을 들고 강아지풀밭에 앉으며 큰 소리로 말했다.

"뼈 빠지게 농사지어서 쌀 한 가마니 팔아 갖고 도회지 나가봐야, 새악시 있는 술집에서 국산 양주 한 병 못 마시지만도, 논두럭에 둘러앉아서 샛밥 묵는 재미로 이르케 사는 거 아녀?"

누구인가 팔만이 외삼촌의 말을 받았다.

"이녁 여편에 놔두고 뭔 지랄 났다고 임자 없는 나룻배 같은 여자들한 테 뽀짝거린가 모르겠어."

"남자들이란 그저 개여 개."

"고까짓 사춤에 멍들고 홍어 속모냥 팍 곯아 빠진 지집(계집)들이 옆에 있어사 술맛이 나남?"

"과부댁, 그런 소리 마씨오. 젓국도 곯아야 맛있는 거라요."

"암, 아암, 자가용도 타고 영업용 택시도 타봐야재. 택시는 까불어 대는 맛이 있거든. 모내기가 끝나면 보라타작 해갖고 나가서 한바탕 놀고 오드 라고. 내가 아는 술집에 천엽이 한 가마니나 되고 구슬이 서 말이나 들어 있는, 아쭈 근사한 색시가 있으니깐두루."

"엇따엇따, 순자 엄니한테 일러야 쓰겄네."

"폴새 허락받어 놨소. 모 다 심어 놓고 농약 한 벌 헌 다음에 외입 한번 나갔다 오기로."

"진식이 엄니는 테레비 연속극도 안 보시우? 도회지 놈덜 밤낮 고급 술 마 시고 연애허는 것이 일 아녑뎌? 촌구석에 사는 우리덜은 남자가 아니랍뎌?"

"옳거니. 갑수 말이 맞네. 우리라고 평생 동안 채소만 묵고 살란 법이 있답뎌? 가끔 육고기도 묵어야재. 테레비에 나오는 멋진 여자 보면 우리 라고 생각이 없간듸?"

"어따따, 남창리 남자들 다 버렸구만잉."

"다 세상 탓이구만이라우."

남녀 일꾼들은 곁두리를 먹으면서 진담 반 농담 반으로 한마디씩 이야 기를 주고받았다.

칠복은 땅가시나무를 피해 풀밭에 편하게 앉아 아무 말 없이 숟가락질만 했다.

듬성듬성 강낭콩을 섞은 밥이 꿀처럼 달았다. 칠복은 밥 한 숟가락에 골고루 반찬을 집어 먹었다. 감자를 넣은 짭짤한 고등어 조림이며, 새콤하고 서근서근한 갓 담은 열무김치, 보드레한 콩나물무침도 맛이 좋았지만, 농약을 하지 않은 것이 증명된 벌레 먹은 들깻잎에 읍에서 사 온 온상 고추를 된장에 발라 싸 먹으면 매콤하고 들척지근한 맛이 입에 오래오래 남았다.

해가 서산에 한 뼘쯤 남았을 때 모내기를 끝낸 칠복은, 밤에 모깃불을 피우기 위해, 방죽가에서 여뀌풀을 한 바지게 베어 지고 마을로 들어오다가, 난데없는 징소리를 들었다. 마을 어귀에서 들려왔다. 칠복은 지금 그를 반갑게 부르고 있는 것이 그가 잃어버렸던 방울재 징이라는 것을 알고 울부짖듯 함성을 지르며 뛰었다. 바지게의 여뀌풀이 너울너울 춤을 추었다.

마을로 뛰어가는 칠복은 맹 계장이 약속대로 징을 찾아서 돌아온 것이 분명하다고 생각했다. 징을 찾아 가지고 온 맹 계장을 업어주고 싶었다.

헐근벌근 마당 안으로 뛰어들었을 때, 팔만이가 마루 끝에 앉아서 징을 높이 머리 위로 치켜들고 주먹으로 징 징 징 두들기고 있었다.

"아서 아서. 징을 주먹으로 치다니."

칠복은 바지게를 팽개치고 우루루 달려들어 팔만에게서 징을 빼앗다시피 하여 두 팔로 가슴에 꼭 안았다. 장가간 첫날 밤에 순덕이를 껴안듯 그렇게 안고 서서 거뭇거뭇 어둠이 내려오는 하늘을 올려다보았다. 그리고 마음속으로 징을 다시 그에게로 돌려준 하느님과, 하늘에서 사는 아버지와, 죽은 방울재 사람들의 수많은 혼들에게 감사한 마음을 보냈다.

칠복은 뺨을 반들반들한 징에 비벼 댔다. 햇빛에 적당히 달구어진 징은 순덕이의 속살처럼 부드럽고 뜨거웠다. 방울재 사람들의 숨소리가 들렸다.

"어젯밤에 만수 형님 아파트에 갔더니 허 씨 갖다 주라고 줍디다. 만수 형님이 그러는디 허 씨는 아주 이름난 징채잡이라면서요?"

칠복은 팔만이의 말을 듣는 둥 마는 둥 징을 보듬고 기쁨에 넘친 얼굴로 뺨에 문지르기도 하고, 비단을 어루만지듯 손바닥으로 조심스럽게 쓸어 보기도 하면서 싱긋싱긋 연신 미소를 날렸다.

"허 씨, 징 치는 소리 한번 들어 봅시다그려."

팔만이가 다시 말했다.

칠복이 옆에는 부엌에서 밥을 짓던 맹 계장 어머니와 조금 전까지만 해도 보이지 않던 길녀와 금순이도 와 있었다.

"그까짓 징이 그렇게도 좋수? 꼭 죽은 부모를 만난 것만치나 좋아허시는구만."

팔만이는 그가 묻는 말에 도무지 대꾸를 해주지 않는 칠복이에 대해 비아냥거리는 말투였다.

칠복은 징을 보듬고, 그들 부녀가 기거하고 있는 아랫방으로 들어가서, 벽에 걸어 두었다. 그는 잠시도 징을 떠나지 않았다.

다른 때 같으면 저녁을 먹고 마루 끝에 앉아 맹 계장 어머니와 이 얘기 저 얘기 주고받다가, 출출해지면 밥 위에 얹어서 쪄놓았다가 내놓은 감자를 여남은 개 까먹고서야 자리에 들곤 했는데, 이날은 순가락을 놓자마자 방에 들어가, 오랫동안 헤어져 있었던 마누라를 다시 만나기라도 한 듯, 흐뭇한 얼굴로 벽에 걸어 둔 징을 쳐다보고 앉아 있었다.

"곧 네 에미도 찾게 될 끄다. 네 에미만 찾으면 다시 방울재로 가자."

칠복은 잠든 딸 금순이에게 말했다.

징을 다시 찾은 감격 때문에 잠을 이룰 수가 없었다.

칠복은 징을 머리맡에 놓고 누웠다. 잠을 이루지 못하고 뒤척이던 그는 머리맡을 더듬어 징을 만져 보고서야 마음을 놓곤 했다.

그는 어릿어릿 잠 속으로 빨려들면서 귀가 먹먹하도록 이상한 소리를 들었다. 헤어진 방울재 사람들의 목소리였다. 슬픈 소리와 기쁜 소리, 한 맺힌 원한의 소리들이 한 묶음으로 뒤섞여 가슴에 방망이질하듯 들려왔다.

밖에서 그를 부르는 소리에 눈을 떴다.

"허 씨 자요?"

맹 계장 어머니였다.

"왜 그러신가요?"

칠복은 잠에 취한 목소리로 삐그덕 문을 열었다.

"아직 안 자면 나허고 이약 좀 헙시다."

맹 계장 어머니는 불도 켜지 않은 깜깜한 마루에 고개를 사리고 앉아 있었다.

"무슨 일이 있습니까요?"

칠복은 하품을 깨물어 삼키며 마루로 나가 맹 계장 어머니 옆에 앉았다. 그는 어둠이 두껍게 찌 누르는 마루와 마당, 그리고 모기장을 붙인 문을 더듬어 안방을 쑤석여 보았다. 길녀는 보이지 않았다. 또 뒷집에서 혼자 석유 등불을 켜놓고 레그혼 달걀껍질 같은 알몸으로 반듯하게 누워있는 것인지도 몰랐다.

"내일 우리 아들이 온다는 이약 들었지라우?"

맹 계장 어머니의 목소리는 어둠처럼 무겁게 가라앉아 있었다.

"아까 팔만이가 그럽디까?"

"차를 갖고 온다는디……."

"차는 왜요?"

"나를 태워 갈려고 그런 거 아니우."

"전번에 말한 대로구만요. 그래 아들 따라 가실려구요?"

"잠이 안 오요 클씨. 그래서 내, 허 씨한티 상의를 좀 헐랴고……."

"무슨 말씀이신디요?"

맹 계장 어머니는 말을 잇지 못하고 잠시 어둠 속을 멀뚱히 바라보더니,

"우리 길녀 말이요."

하고 낮고 희미한 목소리로 입을 열었다.

"그년 일만 생각하면 생가슴이 바싹바싹 탄다니께요. 생각하면 불쌍한 아이라요. 다 부모 잘못이재 그 아이헌티 무슨 죄가 있었어요."

맹 계장 어머니는 다시 말을 쉬었다.

우수수 바람이 오동잎을 흔들었다.

하늘에서 별똥별이 길게 날았다.

"이런 말 하기는 참말로 염치없는 줄 아요만, 허 씨한티 갸를 맽기고 싶어서……."

멈칫멈칫 말을 하면서 맹 계장 어머니는 어둠을 더듬어 칠복의 표정을 살피는 듯싶었다.

"내 그 대신 이 집이랑 땅을 몽땅 허 씨한테 줄 거요. 그저 철없는 애기 하나 거둔다 생각허고 맡아만 준다면 아무 걱정 없이 눈을 감겄소만…… 그라고 그렇게만 해줌사 나는 아들 집으로, 고향으로 왔다 갔다 허다 가……."

칠복은 할 말을 잃었다. 쿵덕쿵덕 절구질하듯 가슴이 뛰었다. 비록 어둠에 가려 있다고는 하지만, 맹 계장 어머니와 마주 앉아 있기조차 부끄러웠다. 답답했다.

"허 씨가 갸를 맡아 줄 수 없다면 나는 아들을 따라나설 수가 없어라우. 갸 데리고 여기서 살다가 내가 죽을 때가 되면 쥐약이라도 멕여서 갸부텀 땅에 묻어 주고……."

맹 계장 어머니는 한동안 말이 없다가 슬픔에 낮은 소리로 훌쩍거렸다.

칠복은 노인이 우는 모습을 처음 보았다. 맹 계장 어머니의 울음은 칠복에게 슬픔으로 전달되기보다는, 그 자신의 심장에 송곳질을 하는 듯한 참을 수 없는 아픔을 주었다.

"저한티는 금순이 엄씨가……."

칠복은 잦아들어 가는 목소리로 겨우 말했다.

"금순이 어머니가 있다는 거 알지요. 하지만 허 씨를 버리고 집을 나갔담서요."

"다시 찾어야지요. 징도 찾었으니 이제 금순이 엄씨 찾는 일은 어렵지 않구만이라."

"한번 싫다고 떠난 사람을……."

"꼭 다시 돌아올 거로구만요. 그래도 이 못난 저를 좋아한 것은 금순이 엄씨 한 사람뿐이었어요."

잠시 침묵이 흘렀다. 맹 계장 어머니의 한숨 소리가 여뀌풀이 타는 매캐한 모깃불 연기처럼 가느다랗게 흘러나왔다.

"설령 말이요. 설령 금순이 어머니가 다시 돌아온다고 해도 우리 길녀를 버리지만 않는다면…… 그저 멕여 주고 입혀 주기만 허면 그만이라요.

그 외에 뭣을 더 바래겄소. 지 신세 뻔헌디, 안방 지키고 살기를 바래겄소? 지 애비 죗값을 치를랴고 생겨난 몸인디, 남편 사랑받고 호강허고 살기를 바래겄소?"

"그러지 마시고, 따님 데리고 맹 계장님헌티로 가셔요. 여기 농사는 지가 지어 드릴 테니께요. 지가 자신허고 맡을 수 있는 것은 농사뿐이라요."

맹 계장 어머니의 한숨이 더 굵어졌다.

"한 배 속에서 나온 오누이가 아닙니까요?"

칠복이가 말했다.

"허 씨는 몰라서 그래요. 만수가 왜 고향에 자주 안 오는지 알어요? 길녀가 보기 싫어서라요. 거짓말 같지만 만수는 여적지 길녀를 단 한 번도 동생이라고 불러 보지 않았답니다. 말도 안해요. 전번에 만수가 허 씨허고 집에 온 날 내가 갸를 똥파리 쫓드끼 얼씬 못 하게 헌 것도 아들 조심허느라고 그런 거라요. 죄 많은 에미라 아들 조심허고 살기도 힘들다우. 만수도 지 입으로 그럽디다. 고향에 오기가 천당에 가기보다 어렵다고."

"맹 계장님이 그렇게까지……."

"만수 탓할 일이 아니라요, 갸도 애비 없는 서러움 많이 당하고 컸으니께."

"전란 통에 부모 잃은 사람이 어디 하나둘입니까요."

"허 씨!"

맹 계장 어머니는 하느님이라도 부르듯 간절한 목소리로 칠복을 불렀다.

"지발 부탁이요. 우리 길녀를 맡아 주씨요."

맹 계장 어머니는 바짝 다가앉으며 쇠갈퀴 같은 손으로 칠복의 손을 더듬어 잡았다.

"죄송해요. 다른 것이라면 얼매든지 시키시는 대로 허겄는디, 평생 머슴을 살어 달라고 허신다면 얼매든지……."

칠복은 냉정하리만큼 단호하게 잘라 말했다.

"불쌍한 녀언, 지 애비 죗값을 허느라고 칵 뒈지지도 않고, 이 에미 애
간장을 이르케 뇍이는구만. 웬수 같은 녀언."

맹 계장 어머니는 잠시 밭은기침을 토해내더니,

"허 씨, 미안허요. 노망한 늙은이가 쓰잘데없는 소리를 했구만."

힘없이 말하고 휘적휘적 방으로 들어가 버렸다.

칠복은 어둠 속에 묻힌 맹 계장 어머니의 뒷모습을 바라보고 앉아 있었
다. 그는 잠시 잃어버렸던 징을 다시 찾은 기쁨조차 망각하고, 어둠처럼
두껍고 답답한 생각에 가슴이 미어지는 듯했다. 도리깨질해 대듯 머릿속
이 지근거렸다. 그를 버리고 나간 순덕이와, 발가벗은 길녀의 모습이 자
꾸만 겹쳐서 검은 빛깔로 뇌리에 깊숙이 찍혀 왔다.

6

다음 날 오후 느지막이 맹만수 계장이 회사 자가용을 타고 남창리에 왔
다. 그는 집에 들어서자 그의 어머니에게 떠날 준비를 하라고 재촉했다.
다음 날 아침에 떠나겠다는 것이었다. 그의 어머니는 가부간 대답을 하지
않았다.

맹만수가 돌아오자 집안 분위기가 초상난 뒤끝처럼 무겁게 가라앉았
다. 길녀의 모습은 다시 밀어져 버렸다. 무엇보다 집안 분위기를 침울하
게 한 것은 맹만수 어머니의 말 없이 굳어진 표정이었다. 맹만수 어머니
는 죽으러 가는 사람처럼 슬픈 얼굴이었다. 칠복은 문득 고향을 떠나던
날의 방울재 사람들 얼굴이 떠올랐다. 그때 그들의 표정도 그렇게 슬픈

돌부처처럼 단단하게 굳어져 있었다.

"허 씨, 징을 다시 찾아서 기쁘죠?"

맹 계장은 잔뜩 으스대는 얼굴로 말했다.

"고맙구만요. 역시 과장이 감췄었죠?"

"찾았으니 그런 건 알 거 없죠. 암튼, 나는 약속을 지켰습니다."

칠복은 되도록이면 말을 줄이려고 했기 때문에 징을 되찾은 이야기는 더 이상 묻지 않았다. 그는 어젯밤부터 마음을 짓누르는 암울한 생각 때문에 혀끝이 무거워진 거였다.

밤이 되자 집 안 공기는 더욱 무거워졌다. 너무 조용해서 을씨년스럽기까지 했다.

"대강대강 옷가지만 싸셔요. 살림은 그대로 놔두고 가셔야지 아무것도 갖고 갈 거 없습니다."

맹만수 계장은 그의 어머니가 설거지를 끝내고 부엌에서 나오자 큰 소리로 말했다.

"꼭 내일 모시고 가셔야만 헙니까? 기왕이면 추수라도 허신 담에 모시고 가시면 어떨까요?"

칠복은 희끄무레한 전기불빛에 비쳐 보이는 맹 계장 어머니의 수심에 가득한 얼굴을 보며 말했다.

"허 씨, 무슨 말을 하는 거요? 추수를 끝내면 다시 못자리 헐 생각이 앞서는 거 아뇨?"

맹 계장은 칠복을 향해 퉁명스럽게 내지르고 나서,

"내일 안 가시겠다면 불효자식 말을 듣더라도 저는 다시는 어머니를 모시러 오지 않겠어요. 아예 발을 끊어 버리겠다구요."

하고 냉정하게 말했다.

"맹 계장님, 어머니만 모시고 가실 건가요?"

"어머니 말고 또 누가 있단 말이요?"

"계장님 누이동생 말입니다."

"아, 난 또…… 걔야 있으나 마나 아닙니까?"

"네?"

"난 별로 걔 생각을 하지 않아요. 어머님이 가시면 걔도 그림자 모양 따라오겠죠."

"그렇다면 됐습니다요."

칠복은 토마루 아래서 부집게로 모깃불을 쑤석거리는 맹 계장 어머니를 향해 큰 소리로 말했다. 그는 맹 계장으로부터 길녀도 함께 데리고 간다는 말을 듣고서야 무거운 나뭇짐을 부려 버린 듯 심신이 홀가분해졌다. 그러나 맹 계장 어머니는 조금도 기쁜 표정이 아니었다. 맹 계장 어머니는 그냥 모깃불을 쑤석거리다 말고 부집게를 든 채 하늘을 올려다보았다. 측간에서 두엄썩는 냄새가 나고, 오동나무 가지들이 너풀거리며 춤을 추는 것으로 보아서는 비가 올 법도 한데 하늘은 맑기만 했다.

저녁을 먹은 뒤 맹 계장은 여러 차례 어머니한테 밤에 미리 짐을 꾸려 놓으라고 큰 소리로 말했다. 그의 어머니는 아들의 말을 듣기가 싫은 것인지 다시 부엌으로 들어가 버렸다.

칠복은 한사코 어머니를 다그치듯 재촉하는 맹 계장이 매몰차게 느껴졌다. 그는 전혀 시골에서 살아 본 것 같지가 않은 느낌을 주었다. 농사꾼이 고향을 떠난다는 것이 얼마나 슬픈 일인가를 전혀 모르는 것 같은 그가 얄밉기까지 했다. 더구나 그의 어머니는 젊어서 원한을 몸에 지닌 채

과부가 되었고, 그 원한을 이겨내기 위해 남자처럼 지게질하며 집을 짓고 농토를 장만하여 살림을 일으킨, 고향 땅에 눈물과 땀과 한을 묻었지 않았던가.

칠복은 맨 처음 회사에서 그를 보았을 때부터 그에게서 고향 냄새는 맡을 수가 없었다. 그에게서는 구수하고 수더분한 흙냄새, 풀냄새 대신에 놀착지근한 우유 냄새와, 역겹도록 코를 툭툭 치는 향수 냄새가 짙게 풍겼었다. 그의 아파트에서도 그랬었다.

"이제 어머니가 더 이상 이 시골구석에 눌러 계실 필요도 없게 됐어요."

맹 계장은 일부러 큰 소리로 말했다. 그 소리에 부엌에서 살강에 그릇들을 헹구어 엎느라고 달그락거리던 맹 계장 어머니가 밖으로 나왔다.

"무신 소리냐?"

맹 계장 어머니는 무엇인가 짚이는 데가 있어서 물었다.

"땅을 몽땅 팔아 버렸어요."

"뭐여?"

맹 계장 어머니는 아들의 말을 믿지 않았다.

"쫌전에 남창에서 계약을 해버렸어요. 받을 만큼 받았으니까 걱정 말아요."

"아니, 뭐여 이놈아?"

맹 계장 어머니의 목소리가 깨진 징소리처럼 여러 갈래로 찢어졌다. 맹 계장은 그런 어머니에 대해서 조금도 잘못되었다는 기색이 없었다. 그는 오히려 할 일을 했다는 듯싶게 고개를 빳빳하게 세우고 떳떳한 얼굴로 어머니를 내려다 보았다.

"오늘 남창리로 들어오는데 박천도 사장이 좀 만나자고 허드니, 우리 땅을 몽땅 사겠다고 허잖겠어요? 값은 시세대로 쳐주겠다면서요. 그래서 계약을 했지요. 어차피 어머니가 이제 여기를 떠나시면 다시 돌아오시기 힘들 텐데, 그까짓 땅 놔둬서 뭘합니까? 박 사장이 고마울 뿐이죠. 안 그래요, 어머니? 오늘 한꺼번에 땅값을 치러 주던데요!"

"이노오옴……."

어머니의 울부짖은 소리에 맹 계장은 비로소 흠칫 놀라며 그런 어머니를 아무래도 이해할 수 없다는 듯 고개를 삐딱하게 사렸다.

"천하에 불효막심한 놈아. 너는 네 에미를 판 거여."

노인의 몸 어디에 그렇게 찌렁찌렁 대쪽 쪼개지는 목소리가 숨겨져 있었을까 싶을 정도로, 큰 소리를 내지른 맹 계장 어머니는 펄펄 뛰며 흥분했다. 매듭이 굵은 손이 부르르 떨리기까지 했다.

"이놈아, 박가란 놈이 왜 옛날부텀 우리 땅을 잔뜩 여수고 있었는 줄이나 아느냐. 박가란 놈은 진작부텀 내가 이 마을에서 없어져 주기를 고대하고 있었단 말이다. 이 천치 같은 놈아. 내가 제 눈앞에서 없어져야 옛날에 네 아부지를 쥑인 제 놈 죄를 잊어뿔 수가 있기 때문여. 내가 제 눈앞에 얼씬거리면 제놈 맴이 괴롭다 이거여 이놈아. 제 눈에는 내가 죽은 네 아부지로 뵈이기 때문여. 내가 왜 그것을 모르겄냐. 그 땜시 나는 보란드끼 멀쩡하게 살아온 거여. 제 놈이 조합 돈을 처묵고 마을에서 쫓겨갔을 때 되려 내 마음이 허전했단말여 이놈아. 이 불효막심한 놈아, 그런 이 에미 속도 모르고 땅을 팔아? 네 아부지 원수를 갚는 일이 내가 이 바닥에서 꼼짝 않고 땅을 지키고 박가놈 보란 드끼 버티고 사는 거라는 걸 왜 모른단 말이냐. 너는 이놈아 네 에미를 판 놈여!"

맹 계장 어머니는 먼지가 풀석거리는 마당의 맨땅에 털부덕 주저앉아 두 발을 쭉 뻗고는 주먹으로 무릎을 치며 분을 참지 못하고 울음 섞인 목소리로 피를 토해내듯 울부짖었다.

"계장님이 잘못하셨구만요. 어머님한티 물어보시고 팔지 않고…… 지금이라도 해약을 하셔요."

맹 계장 어머니의 서러워하고 분통해 하는 모습을 차마 그대로 가만히 볼 수가 없게 된 칠복은 맹 계장 옆으로 바짝 다가가서 넌지시 말했다. 그랬더니 그는 벌컥 화를 내며,

"미친 소리 마쑈. 지금이 어느 세상인데 옛날 일을 못 잊고 그래요. 요새 세상엔 서로 편리할 대로 사는 게 좋은 거요."

하고 툭 쏘아붙이고는 신경질적으로 담배에 불을 붙여 물었다.

맹 계장 어머니는 주먹을 불끈 쥐고 무릎과 가슴을 번갈아 가며 치다가는, 비치적거리고 일어나더니 집을 나가 버렸다. 한바탕 서럽게 울부짖던 노인이 갑자기 집을 나가자 칠복은 걱정이 되어, 맹 계장한테 뒤따라가 보라고 했다.

"또 아버님 무덤을 찾아가시는 걸 거요. 언젠가 한 번은 겪어야 할 일이니 내버려 두십쇼."

그는 냉정하게 잘라 말했다.

칠복은 갑자기 가슴이 가위눌린 것처럼 답답해졌다. 징이라도 한바탕 두들겨야만 견딜 수가 있을 것 같았다. 그는 방으로 들어가서 벽에 걸린 징을 들고 나왔다.

칠복이가 징을 들고 토마루를 내려설 때, 뒷집 팔만이가 숨을 헐떡거리며 집 안으로 뛰어들었다.

"야단났어요, 형님."

팔만은 마당에 들어서면서부터 손을 휘저으며 호들갑을 떨었다.

"박천도 사장이 도망을 친답니다요."

"밑도 끝도 없이 무슨 말야?"

"어젯밤에, 자동차까지 대고 공장 기계와 이삿짐을 몽땅 실어갔다지 뭡니까!"

"이사를 가는 모양이군. 헌데, 우리 논까지 사놓고 왜 그러지?"

"몇 년 전, 조합 돈 처먹고 서울로 갈 때 모양으로 또 도망을 친 거라니깐요."

"도망칠 이유가 없잖아."

맹 계장은 차분한 목소리로 대수롭지 않게 받아넘겼다.

"밀린 순채값을 계산하고 가면 누가 뭐랍니까."

"밀린 순채값이라니?"

"아직 두 달 치가 밀려 있답니다요."

"그 돈이야 갚고 가겠지."

"못 주겠다니 문제지요. 방죽에 약을 뿌려 순채가 죽어 버렸기 때문에, 일본 회사에 납품 계약을 이행할 수가 없어 손해가 이만저만이 아니라나요."

"저런! 순 날도둑놈이로구만!"

옆에 있는 칠복이가 곁다리로 끼어들며 한마디 거들었다.

"자그마치 순채 채취값은 적은 집은 오십만 원에서 많은 집은 백만 원이나 된답니다요."

"지금까지 그만큼 뭉텅이 돈 벌었으면 그만한 것쯤 포기해 버리지 뭘."

맹 계장은 마치 남의 나라 일 이야기하듯 말했다.

"포기하다뇨. 마을 망쳐 논 것만 해도 이가 갈리는디."

"팔만이 너는 뭐가 마을이 망했다고 그래? 박 사장 덕분에 농사를 안 짓고도 고소득 마을이 됐는데."

"형님두 참, 꼭 텔레비전 아나운서 모양 쉽게 말하네요잉. 남창리 마을은 지금 헛바람만 뺑뺑한 보기 좋은 고무풍선과 같다구요. 머지않아 빵 터지고 말 거로구만요."

그러면서 팔만은 한사코 맹 계장에게 순채 공장으로 박천도 사장을 만나러 가자고 졸라 댔다.

"내가 왜 박천도 사장을 만나? 나는 그 양반한테 받을 게 하나도 없는데."

맹 계장은 첫마디에 거절했다. 그는 박천도 사장과 맞서고 싶은 생각이 털끝만큼도 없었다. 비록 그가 옛날에 자기 아버지를 죽인 사람이라고는 하지만, 맹 계장에게는 꿈속의 이야기처럼 현실감이 없었다.

"형님이 박천도 사장을 만나서 돈을 내놓으라고 설득을 해봐요. 박 사장은 옛날부터 형님이라면 어려워했잖아요. 내버려 뒀다가는 사고가 날 것 같다니께요. 또 사고가 나면 마을이 어떻게 되겠어요."

팔만은 한사코 싫다는 맹만수 계장을 억지로 끌고 나갔다. 칠복이도 징을 메고 미적미적 그들 뒤를 따랐다.

어둠을 헤치고 대밭으로 허위단심 기어 올라간 맹 계장 어머니 강촌댁은 남편 무덤 위에 짚불 스러지듯 허물어지고 말았다. 오장육부를 맷돌에 갈아 가루를 만들어 버린 듯 아팠다. 하늘이 내려앉고 땅이 갈라지는 것만 같았다.

"여보, 나헌테 애갚음 그만하고 지발 데려가 주씨요. 만수란 놈이 땅을 팔아 버렸단디 인저 뭘 믿고 사끄시요. 죽어도 살아도 당신이 장만해 주신 땅속에 한숨 파묻고 살랴고 했는디, 인저 뭘 믿고 사끄시요잉. 자식도 땅도 다 없어졌으니…… 당신 떠날 때 나도 따라갈 것인디, 긴긴 세월 뼈 아프게 참고 살아온 거이 다 허사가 되얐단 말이요."

강촌댁은 남편의 무덤에 얼굴을 묻고 엎드려 온몸으로 울부짖었다. 비록 남편은 말 한마디 없었으나, 매지매지 가슴에 끓어오르는 서러움을 깡그리 토해 버리고 나면 애간장 도려내는 듯한 찌긋찌긋한 아픔이 조금은 가라앉기도 했다.

지난 30년, 혼자 간장 녹이며 살아오는 동안 그녀는 남모르게 발바닥에 못이 박히도록 남편의 무덤을 찾곤 했었다. 처음엔 남편이 정을 떼려고 그랬던지 찬물 끼얹듯 무섬증을 주기도 했었지만, 남편이 죽은 1년 동안은 거의 날마다 무덤에 찾아와서 소리 없이 울었었다. 핏덩이 같은 만수는 어떻게 키울 것이며, 배 속에 든 성도 모르는, 꿈에 나타날까 두려운 사람의 씨앗은 또 어찌해야 할 것인지 눈앞이 막막궁산이라, 하늘조차 보이지 않을 지경이었다. 혼자 몸으로 막막한 세상 살아가기가 무서워 모자가 쥐약이라도 먹고 저승에서나마 남편 옆에 있고 싶은 생각뿐이었다.

혼자서 온종일 눈물 훔치며 밭에 나가 김을 매고 돌아온 강촌댁은, 배는 남편의 무덤처럼 버럭버럭 불러와 숨이 차고 삭신은 저리고 쑤셔, 차라리 눈감고 죽어버리자는 생각으로 간장을 한 사발 떠서 냉수 마시듯 쿨럭쿨럭 마셨는데도, 창자가 뒤틀리도록 모두 토해냈을 뿐, 뱃 속의 아기는 떨어지지도 죽지도 않았다.

강촌댁은 그날 밤도 탈진한 몸으로 남편을 찾아가, 얼굴을 무덤에 묻고 꺼이꺼이 목젖이 붓도록 속으로 울었다. 그녀가 푸념을 늘어놓으며 울고 있을 때, 난데없이 한 뭉치의 회오리바람이 휙 하고 덮쳐 와서는 강촌댁의 머리끄덩이를 쥐어뜯고 달아났다. 순간 그녀는 철렁 심장이 땅에 떨어진 듯싶었고 온몸이 얼음장처럼 싸늘하게 굳어져 버렸다. 그녀의 머리끄덩이를 쥐어뜯는 바람은 무덤에서 나왔을 것이라는 느낌이 들었다. 강촌댁은 몸이 으스러질 듯 오싹 떨렸다. 갑자기 남편의 무덤이 무서워졌다. 정신없이 일어나서 무거운 몸을 이끌고 산에서 내려왔다. 나무둥치에 걸려 퍽퍽 넘어지고, 풀섶에 이끌려 엉덩방아를 찧으면서 마구 뛰었다. 머리를 풀어 헤진 귀신과도 같은 회오리바람이 계속 그녀를 쫓아왔다. 어찌어찌해서 집에 도착한 강촌댁은 방문을 안으로 걸어 잠그고 이불을 뒤집어썼다. 그날부터 그녀는 꼬박 이틀 동안 땀을 뻘뻘 흘리며 앓아눕고 말았다.

친정어머니한테 그 이야기를 했더니, 남편이 일부러 정을 떼려고 무섬증을 준 것이라고 했다.

"정을 떼지 않고 내버려 뒀다가는 아무래도 네가 맘이 약해져서 살아가지 못할 것 같으니께, 너를 생각해서 그런겨."

강촌댁은 그때까지만 해도 그런 친정어머니의 말을 이해할 수가 없었다. 죽은 남편이 무서워지자 살아갈 힘이 생겼다. 어떻게 해서든지 꿋꿋하게 살아야겠다는 생각이 굳어졌다. 그때부터 억척스럽게 일을 했다. 혼자 힘으로 불타 버린 집도 일으켜 세우고, 땅도 장만했다. 만수가 중학교에 입학하던 날 밤, 강촌댁은 12년 만에 남편의 무덤을 찾아갔으나 조금도 무섭지가 않았다. 무섬증을 주기 전처럼 부드러운 바람이 머리칼과 등을 쓰다듬어 주었다. 그 뒤부터 강촌댁은 다시 슬플 때나 기쁠 때나 남편의 무덤을 찾았다. 강촌댁의 생각에 집을 다시 짓고 농토를 장만한 것은 그녀 자신이 아니고 죽은 남편의 힘이었다고 믿고 있었다.

"여보, 그때 모양, 내게 다시 힘을 주씨요. 무서운 회오바람으로 정을 뗄 때같이, 내가 당신 옆에서 땅을 지키고 살아갈 수 있게 힘을 주란 말이요. 당신이 힘을 주면, 당신을 찾는 것도 오늘 밤이 마지막인 줄 아씨요."

맹 계장 어머니는 애원하듯 말했으나, 지난 날의 무서운 회오리바람은 결코 살아나지 않았다. 회오리바람 대신에 마을 쪽에서 징 징 징…… 징이 울었다. 죽은 남편이 그녀를 간절하게 부르는 소리 같았다. 힘이 쫙 빠졌다. 남편이 부르는 소리처럼 간절하게 우는 징소리가 그녀의 몸에서 서서히 혼을 빼가는 것 같았다.

"무정헌 사람, 무정헌 사람. 살아갈 힘을 주란께, 자기헌티로 오라고……."

맹 계장 어머니는 힘없이 일어나서 비칠비칠 대밭을 내려왔다. 징소리는 그치지 않고 어둠을 쫓기라도 하듯 울어 댔다. 그 소리는 마치 삶의 마지막 슬픔을 쥐어짜는 상엿소리처럼 들렸다.

맹 계장 어머니는 슬프게 어우러진 상엿소리 같은 징소리를 들으며, 집에 돌아와 문간방에 잠들어 있는 금순이를 빈집에 옮겨 누이고, 딸 길녀한테 새 옷을 입힌 다음, 헛간에서 새끼 타래를 가져와 모녀가 하나가 되게 여러 겹으로 동여맸다.

"길녀야, 무서워하지 말거라잉. 쪼그만 참으면 좋은 곳으로 간다."

맹 계장 어머니는 딸한테 그렇게 말하고 준비해 놓은 성냥통을 집어 들었다.

징소리가 맹 계장 어머니를 재촉했다. 맹 계장 어머니는 오래오래 징소리를 간직하고 싶었다.

징…… 징…… 징…….

칠복은 집을 나가면서 징을 머리 위로 쳐들고 징채를 후려쳤다. 무섭게 가라앉은 밤공기가 무겁게 출렁이면서 마을을 훼흔들었다.

"느닷없이 웬 징소리요?"

마지못해 팔만이한테 끌려가듯 하던 맹 계장이 징소리에 깜짝 놀라 걸음을 멈추며 물었다.

"징이라도 쳐야지 못 견디겠구먼요."

칠복은 큰 소리로 말하고 그 자리에 말뚝처럼 서서는 계속 징채를 휘둘러 댔다. 그는 마치 대보름날 저녁에 방울재 사람들이 아랫마을 박골 사람들과 횃불 싸움을 하러 갈 때처럼 자진모리 가락으로 징을 울렸다.

횃불 싸움을 하러 가는 날 밤, 그가 마을 앞 돈단에 나와서 징을 울리면 방울재 청년들은 대나무나 싸리나무로 미리 만들어 두었던 홰에 불을 붙여 들고, 고래고래 소리를 지르며 모여들곤 했다. 횃불을 밝혀 든 방울재 청년들은 둥근 달이 할미산에 둥실 솟아오를 때 징을 울려 대는 칠복이의 뒤를 따라, 황룡강 상류 둑으로 나가서, 강을 사이에 두고, 아랫마을 박골 사람들을 실컷 놀려 주고 욕설을 퍼붓기 시작했다. 그러다가 농악이 거칠게 울리기 시작하면 청년들은 머리에 수건을 질끈질끈 동여매고, 손에 횃불을 높이 쳐들고 우르르 징검다리를 건너 몰려가서, 횃불을 휘두르며 닥치는 대로 때리고 옷을 태우는 것이었다. 한창 싸움이 어우러지면 꽹과리는 미친개처럼 짖고 징은 우렛소리처럼 울어 대, 옷에 불이 붙은 사람들이 내지르는 혼겁한 고함마저 삼켜버리게 마련이었다.

횃불을 많이 빼앗은 쪽이 이기게 되는, 대보름날 밤의 횃불 싸움은 언제나 방울재가 이겼다. 1년 365일 가운데서 이날 하루만은 부자들이 많이 사는 박골 사람들의 코를 납작하게 만들 수가 있었다.

칠복은, 옛날 방울재에서 횃불 싸움할 때처럼 징을 거칠게 두드리며, 남창 마을 사람들이 횃불을 들고 몰려나오기를 기다렸다. 신통하게도 징소리를 들은 마을 사람들이, 횃불 대신 손전등불을 켜 들고 하나둘 모였다. 삽시간에 꽤 많은 사람이 모여 신들린 듯 징을 쳐대는 칠복이를 빙 둘러쌌다. 오랜만에 징소리다운 징소리를 들은 남창 마을 사람들은, 마치 잠에 취한 것처럼 말없이 우두커니 서서는 징소리만을 듣고 있었다.

"박천도 사장한테로 갑시다."

손전등을 켜고 서 있던 마을 사람 중에서 누구인가 큰 소리로 말했다. 그러자 여기저기서, 순채공장으로 가자고 소리쳤다.

칠복이가 징을 치며 앞장을 섰다. 칠복이 눈에, 횃불 대신 손전등을 켜 든 남창리 사람들이 마치 횃불 싸움을 하러 가는 방울재 청년들같이 믿음직스럽고 용감하게 보였다.

손전등을 켜 든 남창 마을 사람들은 징소리를 따라 방죽 둑을 지나 환하게 불이 켜진 순채 공장으로 향했다.

칠복은 순채 공장 앞에 이르자 징채를 허리춤에 꽂고 걸음을 멈추었다. 마을 사람들은 이제 징소리와 관계없이 의기양양하게 공장 안으로 들어섰다.

"박 사장 나와라!"

누구인가 고함을 질렀다. 그들은 횃불 싸움을 하러 간 방울재 사람들보다 더 거칠어졌다.

남녀노소 할 것 없이 얼추 어림해도 쉰 명이 넘을 것 같은 마을 사람들이 공장 안마당에 발을 들여놓을 만한 틈도 없이 대창처럼 꼿꼿하게 서서 목청껏 고함을 질러 댔고, 언제 나타났는지 공장 문턱에 뒷짐을 지고 서 있는 박천도 사장은 짐짓 태연한 모습으로 서 있긴 하면서도, 불빛에 비쳐 보이는 얼굴 모습이 자주 변하는 것으로 보아 제 딴엔 똥줄이 바싹바싹 타는 모양이었다.

"즈거멈, 농사도 포기하고 쎄 빠지게 순채를 뜯었는디 왜 돈을 안 주고 가겠다는 거여."

누구인가 삿대질을 해대며 소리소리 질렀다.

"이렇게 된 바에야 나도 손해가 이만저만이 아니오. 일본에 수출 계약을 맺어 놨는데, 순채가 뻘겋게 고스라져 버렸으니 어쩌자는 거여."

박천도 사장은 조금도 미안해하는 태도가 아니었다.

"씨팔, 돈을 안 주고 가겠다면 공장에다 확 불을 질러 삐릴 거여잉."

"허허, 이래 봤자 결국엔 당신들 손해요."

박천도 사장 옆에 똥강아지처럼 바짝 붙어 있는 박 사장의 처남이 목울대를 세우며 말했다.

"손해라니!"

"순채가 약을 먹었다고 해서 내년엔 새 잎이 안 난답니까? 정 이러시면 내년에 채취권을 주지 않겠다구요."

박천도 사장의 처남이었다.

"저런 즈거멈 헐 새끼, 눈 뻔히 뜨고 사기를 놓네. 순채 채취도 올해가 마지막이라는 거 모를 줄 아남?"

"천만에요. 그건 회사 정책상 여러분한테 거짓말을 한 겁니다."

"공장 기계까지 실어 가고 빈껍데기만 남겨 놓고 지랄하네. 기왕 이렇게 된 바에야 내년에는 아예 방죽 물을 빼 삐릴 거여. 개소리 그만허고, 돈이나 내놔."

"일본서 사사키 씨가 와야 돈을 주든지 말든지 헙니다."

"지미럴 놈에 일본 놈하고 우리허고 무슨 상관이여. 공장이 재가 되기 전에 돈부텀 내놔."

분위기는 점점 험악해졌다. 누구인가 당장 공장에 불을 질러버릴 것만 같은 기세였다.

"죽자 사자 호박씨 까서 박 사장 입에 털어 넣었다고 생각하면 고까짓 순채값 포기헐 수도 있어. 그렇지만, 우리 마을이 망하는 건 보고만 있을 수 없단 말여."

오랫동안 머슴살이 끝에 살림을 일으킨, 나이 많은 덕보 영감이 우렁우렁한 목소리로 내지르자,

"영금을 뵈주야 해!"

"방죽에다 처넣어!"

하는 소리가 여기저기서 들렸다. 그리고 잠시 후에 청년들 너덧 명이,

"방죽으로 끌고 갑시다."

하고 소리를 지르며 우르르 사람들 앞으로 몰려나가서는, 박천도 사장의 팔을 붙들었다. 그들은 뭬라고 소리소리 질러 대며 박천도 사장을 끌고 공장 밖으로 나와, 방죽으로 향했다. 마을 사람들이 개미 떼처럼 뒤엉키며 앞서거니 뒤서거니 박천도 사장의 어깨를 찍어 잡은 채 방죽으로 갔다.

끌려가는 박천도 사장은 돼지 멱따는 소리로 이놈 저놈 하고 발악을 하듯 고개를 내저으며 욕을 퍼부었다.

"네놈들 몽땅 콩밥을 멕일 꺼여. 후회 말고 내 말대로 못 하겠느냐, 이놈들아."

박천도 사장이 으름장을 놓았으나 아무도 그의 말을 무서워하지 않았다. 끌려가지 않으려고 발버둥치고 사지를 비비 꼬아 버르적거리는 박천

도 사장을 떠메다시피 하여, 방죽까지 당도한 마을 사람들은 그의 어깨며 팔에 달라붙어 둑으로 끌고 가서 다짜고짜 물속으로 처넣어 버렸다. 방죽에 처 넣어진 박천도 사장은 허우적거리고 일어나서 둑으로 기어오르려고 했으나, 그가 기어오르기를 기다리며 손전등 불을 비추고 있던 마을 사람들이 한꺼번에 달려들어 다시 물속에 처넣었다. 그러기를 몇 차례 되풀이했다. 그래도 박천도 사장은 계속해서 기를 쓰고 기어오르려고 버둥거렸고, 마을 사람들은 지치지도 않고 그를 다시 방죽에 처넣다.

맹 계장과 나이 많은 몇몇 마을 사람들이 그만해 두라면서 청년들을 말리려고 했지만, 들어 주지 않았다.

칠복은 횃불 싸움이 끝났음을 알려 주려고 징을 머리 위로 추켜올리다가, 징채 잡은 손을 힘없이 내려 버리고 말았다. 마을에 불길이 치솟고 있었기 때문이다.

맹 계장 집 근처인 듯싶었다. 섬찟한 예감이 가슴을 훑고 지나갔다. 무서운 느낌이었다.

칠복은 불이야 하고 외치며 마을을 향해 뛰었다. 그제야 박천도 사장을 방죽에 떼밀어 처넣기를 계속하고 있던 마을 사람들도, 마을의 불길을 보고 황급히 뛰어갔다.

맹 계장의 집이었다. 박천도 사장의 순채 공장으로 몰려가지 않고 마을에 남아 있었던 마을 사람들이, 물동이와 물지게를 진 채 어둠을 찢으며 무섭게 치솟고 있는 불길을 바라보고만 있을 뿐이었다. 워낙 불길이 드세어서 불을 끌 엄두도 못 내고 발만 구르고 있었다.

헐근거리며 뛰어온 칠복은 집 앞에 웅성거리고 있는 마을 사람들을 향해,
"집 안에 든 사람들은 어찌 됐소?"

하고 다급하게 물었다. 그러나 아무도 시원스러운 대답을 하지 않았다. 징을 팽개치고 그는 목청껏 금순이를 부르며 불길 속으로 뛰어들었다. 아무도 미처 그를 붙잡지 못했다.

눈앞에 아무것도 보이지 않았다. 뜨거운 불길이 뱀의 혓바닥처럼 몸에 달라붙었으며, 독한 연기가 목을 죄어 왔다. 칠복은 큰방 문을 박차고 뛰어 들어갔다. 숨이 헉헉 막혔다. 불길과 연기 속을 더듬었다. 물컹한 것이 손에 잡혔다. 맹 계장 어머니와 길녀가 꽉 붙은 채 쌀자루처럼 비스듬히 누워있었다. 양쪽 옆구리에 한 사람씩 끼려고 했지만 모녀가 떨어지지 않았다. 자세히 더듬어보았더니 모녀는 얼굴을 마주한 채 굵은 새끼줄에 묶여 있는 것이 아닌가. 무섭게 엉겨 붙는 불길과 숨을 막는 독한 연기 때문에 모녀를 묶은 새끼줄을 풀 겨를이 없어, 한꺼번에 등에 업고 밖으로 나갔다. 확 불길이 숨을 막는 바람에, 하마터면 그는 쓰러질 뻔하면서도 죽기 아니면 살기로 두 다리에 힘을 주고 불길 속에서 빠져나왔다.

새끼줄에 묶여 한 덩어리가 된 모녀를 마당 모퉁이 탱자나무 울타리 옆에 부리고 난 칠복은 다시 치솟는 불길처럼 날뛰며 미친 듯 금순이의 이름을 불렀다. 그는 다시 그들 부녀가 기거해 온 문간방으로 뛰어들었다. 문간방은 큰방보다 불길이 덜했지만, 방 안에 연기가 가득 들어차 아무것도 보이지 않았다.

숨이 막혀 캑캑 기침을 토해내며 정신없이 방안을 더듬었으나 금순이는 손에 잡히지 않았다.

"애기는 괜찮으니 어서 나오씨요."

그는 마당에서 누구인가 큰소리로 외치는 소리를 듣고 캑캑거리며 문간방에서 빠져나왔다. 그가 허우적거리며 밖으로 나와, 마당 가운데 픽 쓰러지자 금순이가 쪼르르 달려와서 어깨에 달라붙었다.

"살아 있었구나. 살아 있었구나."

칠복은 연기를 토해내느라고 연신 배고픈 여우 울음처럼 캑캑거리며 손으로 딸의 머리와 얼굴, 몸뚱어리를 바쁘게 되작거려 가며 더듬었다.

"아빠, 나 뒷집 빈집에서 잤어. 쿤할머니가 거기 가서 자라고 업어다 줬어."

금순이는 아버지의 어깨에 엉겨 붙어 아직 잠에 취한 목소리로 말했다.

칠복은 비척거리며 탱자나무 울타리 옆으로 갔다. 그사이 마을 사람들이 새끼줄을 풀고 모녀를 따로 떼어 뉘어 놓았다. 그가 차례로 모녀의 가슴에 귀를 대보았으나 숨 쉬는 소리가 들리지 않았다. 숨 쉬는 소리 대신에 어둠 속에서 불길이 펄럭이는 소리와, 와지끈 뚝딱 불붙은 서까래며 문지방 내려앉는 소리만이 심장을 때렸다.

그것은 맹 계장의 고향이 영원히 불타 없어지는 소리였다.

"불쌍도 해라. 고향을 떠나기가 죽기보다 무섭다고 허드니, 끝내 딸허고 같이 죽었구만잉."

누구인가 물동이를 이고 서 있던 아낙이 불빛 사이로 모녀를 내려다보며 혀를 찼다.

칠복은 눈을 들어 희끄무레한 불빛 속에서 맹 계장의 얼굴을 찾았으나 보이지 않았다.

와지끈 퍽, 대들보가 내려앉아 마지막 불길이 어둠 속에 수많은 불티를 날리며 하늘로 치솟았다. 칠복의 눈에 그 불길은 그의 고향 방울재를 순식간에 덮어버린 물바다로 보였다.

『한국문학』, 1980. 2

달빛 아래 징소리

1

늦가을 해 질 무렵의 매끄럽고 윤기 나는 햇살이, 설핏하게 꽂혀 내리는 댐 위에, 대나무와 짚으로 만든 허수아비 같은 칠복이가 길고 뚜렷하게 그림자를 늘이며 서성거렸다.

그는 왼손에 징을 들고 신작로보다 더 넓은, 자갈이 고르게 깔린 댐 위를 바람처럼 흔들리며 왔다 갔다 하기도 하고, 노랗게 시들기 시작하는 쑥부쟁이며 금강아지 풀섶 위에 펑퍼지게 발을 뻗고 앉아서는, 백암산 일곱 골짜기에서 쉴 새 없이 불어오는 늦가을 찬바람에, 찰랑찰랑 물비늘이 엷게 일어서는 호수의 수면을 맥맥한 얼굴로 들여다보며, 혼자 뭐라고 강아지 얼음 먹는 소리로 씨부렁거렸다.

그는, 3년 전에 방울재가 물에 잠기면서 뿔뿔이 흩어져 버린 마을 사람들의 이름을 하나하나 큰 소리로 부르기도 하고, 그때 헤어졌던 친구들을 오랜만에 다시 만나기라도 한 것처럼 턱끝을 흔들며 키들키들 웃기도 했다.

댐 관리사무소 안에서 라디오를 틀어놓고 앉아서 희불그레한 마지막 햇살이 미끄러지는 큰 창유리를 통해, 시선을 고무줄처럼 팽팽하게 잡아당겨 칠복이를 지켜보고 있던, 댐의 야간 경비원 손판도는 제발 칠복이가 징을 치지 않기를 마음속으로 빌었다.

"저 팔푼이가 또 나타난 걸 보니 날이 궂겠구만."

댐 관리사무소에 같이 있는, 손판도보다 10년이나 연상인 박 씨가 무심히 창밖을 보며 말했다.

"낼 아침엔 또 시체를 건지게 될지도 모르겠네요. 나는 시체를 곰팡이 핀 나무토막으로 생각허니께 무섭지는 않지만, 싹 밥맛이 떨어지거든요."

"판도 자네, 낼 아침에 시체를 건지게 될지도 모른다고 했는가?"

"칠복이가 빠져 죽을 것만 같아서요."

손판도는 턱끝으로 창 너머 칠복이를 가리키며 말했다.

"왜 그런 생각을……."

"이상하게 그런 예감이 드는만요."

"어두워지면 내려가겠지."

"재작년에도 작년에도 똑같은 날에 방울재 사람들이 둘이나 빠져 죽었 잖습니까?"

"옳거니, 바로 오늘이었구만. 허지만 우연이었을 거여. 이 세상에는 누구도 생각 못 한 우연이 많지 않은가."

"방울재 사람들이 모두 죽을 약속이라도 한 것 같아요."

"그때도 밤이었던가?"

"아침에 일어나 보니 물 위에 시체가 나무토막처럼 떠 있었으니까요."

"그랬었지, 두 사람 다 그랬어. 그때 혼을 건져 줬어야 했었는데 말이시."

"올해도 똑같은 날, 똑같은 시간에 사람이 빠져 죽을 것만 같아요. 내년에도 저 내년에도…… 뒈질려면 제집에서 쥐약을 처먹던지 연탄가스를 들이마시던지 할 것이지, 니미럴, 여기까지 찾아와서 뒈지다니."

"고향에 와서 죽고 싶은 게지. 호랑이도 죽을 땐 태어난 곳에 머리를 두르고 눈을 감는다고 하지 않던가."

"고향이 어딨어요, 고향이. 고춧가루를 서 말쯤 처먹고 물 밑으로 삼십 리를 기어 봐도 고향은 흔적조차 없을 것인디."

"이 사람도 원, 눈에 보여야만 고향인가? 나는 말이시, 고향을 떠나온 지가 삼십 년이 됐어도 내 맘속에는 한 폭의 그림 모양으로 확연하게 살아 있다네."

"또 금강산 이야깁니까?"

"고향 조오치. 죽어서 혼이라도 고향에만 갈 수 있다면 원이 없겠어. 여자의 고향이 남자라면, 남자의 고향은 어머니가 아닌가. 죽어서라도 어머니를 다시 만날 수가 있을지 원."

"또 그놈에 고향 타령이구만요. 박 씨 고향 이야기 귀에 못이 박이게 들어서 눈 감고도 그릴 수가 있겠어요. 늙어 가지고 청승맞게 고향 타령 좀 그만 해요 원."

"늙어 갈수록 고향 사람들이 만나고 싶구만. 고향을 떠나온 뒤 고향 사람을 한 사람도 못 만났으니 그동안 이 박두만이는 죽어 있었던 거나 진배없다구."

"그러다간 박 씨까지도 칠복이 모양 회까닥 돌아 버리겠네요. 돌지 않으려면 그만 고향 잊어버려요. 왜, 노래도 있잖아요. 고향이 따로 있나 정들면 고향이지 하는……."

그러면서 손판도는 고개를 까닥거리며 유행가 한 대목을 흥얼거렸다.

"고향이 그리워 미치는 건 값있는 거여."

"이 세상에서 고향이 그리워 미쳐버린 얼간이가 있을라구요."

"칠복이!"

"저치도 백팔십도로 미치지는 않은 거 같아요."

손판도는 신경질적으로 라디오의 채널을 돌려 곡이 빠른 외국 노래를 죽이고 5시 뉴스가 흘러나오는 곳에 맞추며 말했다.

"오락가락한다는 말인가?"

"아무렇지 않다가도 고향에만 돌아오면 정신이 획 돌아 버리거든요."

"그건 애간장이 뒤집히기 때문이 아니면, 귀신이 씐 모양이구만."

"그눔에 징 때문이라고들 하데요. 징에 방울재 귀신이 붙어 있다고 하던가?"

"방울재 귀신?"

"나도 칠복이 자식이 밤에 징을 치면 그 소리가 꼭 귀신 우는 소리 같아서 소름이 쫙 끼친다니까요. 박 씨는 귀신 우는 소리 같은 징소리가 무섭지 않던가요?"

"무섭긴, 자네 그 오뉴월 장마철에 돌담 무너지는 소리 같은 노랫소리보다 훨씬 듣기 좋던걸."

"저눔에 징을 물 속에 처넣어 버리든지 해야지 안 되겠어요."

"칠복이 저 사람 징을 제 목숨보다 더 아낀다던데?"

"오늘 밤에 칵 빠져 뒈져 버렸으면 고소하겠구만요. 저눔만 뒈지면 내가 죽을 때까지 징소리를 듣지 않게 될 테니까요. 제눔이 죽어서도 징을 칠 수야 없겠죠."

그러면서 손판도는 죽어가는 햇살을 뚫고 저주스러운 눈길로 칠복이를 노려보았다.

"자네, 정말 칠복이가 죽기를 바라는가?"

박 씨가 여름날 아침 안개처럼 촉촉하게 가라앉은 목소리로 물었다.

"징소리 때문이라니까요."

"칠복이와 자네는 같은 방울재 사람이 아닌가?"

"나는 방울재하고는 아무 상관이 없어요. 방울재서 자라긴 했지만……."

"집에 내려가면서 칠복이를 주막까지 데리고 가야겠어. 내버려 뒀다가는 정말 물에 빠져 죽을지도 모르니."

"안 갈걸요."

"안 가다니 왜?"

"저렇게 황새처럼 물속을 들여다보고 앉아 있는 걸 보니 또 방울재 사람들과 이야기를 하고 있는 게 분명하지 않아요? 저 칠푼이 눈에는 물속에 방울재가 아직 그대로 남아 있는 것으로 보이는 모양이니 한심하죠. 사람들도 모두 옛날처럼 그대로 살고 말입니다."

"하긴 나도 가끔 설날이나 추석 같은 명절 땐 고향 사람들과 만나서 이야기를 하는구만. 그럴 땐 우리 여편네도 나를 미쳤다고 야단이지."

"박 씨도 그래요? 하품할 일이구만요."

"하필이면 밤에 떠나왔기 때문에 마지막 본 모습이 깜깜한 어둠 속에 묻혀 버린 고향을 끄집어내느라고 얼마나 끙끙대는지 몰라. 고집 센 우리 아버지 때문이었어. 두 아들이 함께 있다가는 다 죽게 되어 집안이 문을 닫게 될지도 모르니, 큰아들은 북쪽에 작은아들은 남쪽에 따로따로 떨어져 있어야 한다면서 나를 남으로 내려보냈단 말이시. 남의 눈에 띄지 않으려고 밤이 깊어서 마을을 나왔던디, 동구 밖까지 따라 나와서 갈퀴같이 앙상한 손으로 내 손을 꼬옥 쥐며 콧물을 훌쩍이던 우리 어머니 모습이 눈에 선하구만, 뭣이랄까, 아직 부리가 노랗게 딱정이가 떨어지기도 전에 날지도 못하는 참새 새끼가 둥구미에서 나와 바람이 거센 세상 밖으로 내

던져진 기분이랄까. 암턴, 그때 나는 나를 남으로 내려보낸 아버지가 원망스러울 뿐이었어. 무작정 길을 따라서 남쪽으로 내려왔었재. 길이 끝나는 곳이 어디쯤일까 하는 생각이나, 그 길의 행방이 어디인가 하는 생각도 없이, 길이란 그저 걷는 것이고, 길만 따라서 가면 되겠지 하는 마음으로 눈이 팅팅 붓도록 울며불며 흘러 내려왔었재. 그런디 마시, 처음에는 우선 목숨 부지허고 사느라고 깜빡 고향을 잊어베렀는디 마시, 나이가 들수록 고향 생각에 미칠 것 같으면, 괜시리 고향에 편지를 쓰곤 했단 마시. 그러다가 혼 뜨게 당하기도 했지만 말여. 아, 이 미친놈이 삼팔선이 가로막혀 있는 줄도 모르고, 삼팔선 넘에 있는 고향 부모형제한테 편지를 썼으니 될 법이나 헌 일이여? 그 땜시 오라 가라 혼났단 말이시. 사상적으로다가 의심을 받았으니 억울허기도 하고, 미욱한 자신이 우습기도 하고……."

박 씨가 이야기를 하는 동안 손판도는 우울한 얼굴로 깊숙이 고개를 떨구었다.

"자, 아침에 보세."

박 씨는 산그림자가 몽클몽클 내려 덮이는 댐을 보며 일어섰다.

"쐬주나 한 병 까고 가시지요. 오늘 밤에는 혼자 있기가 싫구만요."

"왜, 칠복이가 빠져 죽는 게 무서워서?"

"암턴……."

"손판도답지 않구만그려. 사람을 무서워할 때가 다 있고, 요즈막 자네 달라졌어. 나이 탓일 게야."

"나도 모르겠어요. 아마 약해졌나 보지요?"

"난 갈라네. 일찌감치 가서 할미산만 한 마누라 엉덩이나 쓰다듬고 고향 생각이나 해야겠어. 마누라 엉덩판을 투덕거릴라치면 하느님도 부럽지가 않다네."

빛깔이 말린 담뱃잎처럼 누르스름한 서초머리의 박 씨는 반쯤 피우다 귀 뒤에 꽂아 둔 꽁초를 뽑아 불을 붙여 물고, 마지막 남은 한 가락 희미한 햇살을 등진 채 휘적휘적 팔을 흔들며 댐 아래로 내려가 버렸다.

그가 사무실에서 나가기를 기다리기라도 한 것처럼 순식간에 음산한 바람 소리와 함께 어둠이 소리도 없이 밀려왔다.

손판도는 사과 궤짝을 뜯어 만든 삐그덕거리는 의자에서 일어나 창밖으로 칠복이가 앉아 있는 댐 위를 천천히 쓸어 보았다. 댐 위에도 안개 같은 끈끈한 어둠이 계속해서 내려 덮이고 있었다.

어둠은 하늘에서 내려오는 것이 아니고 땅으로부터 피어 올라오는 것만 같았다. 호수 양켠에 상수리나무며, 후박나무, 가시나무, 쥐똥나무, 비자나무, 떡갈나무, 물푸레나무 등 칙칙하게 하늘을 향해 서 있는 잡목들이, 늦은 봄에 희부옇게 수액을 내뿜듯 그렇게 어둠을 토해내고 있는 듯싶었다. 아니면, 검푸른 호수의 물빛으로 어둠이 한결 숨 가쁘게 하늘을 덮어버리는 것인지도 몰랐다.

햇살을 거두어들인 하늘은 오히려 회번하게 트여 왔으나, 물이 가득 괸 호수와, 가을로 접어들면서부터 밤이면 더욱 거칠게 부채질하듯 바람을 만들어내는 숲에 더 단단하고 두꺼운 어둠이 괴어 있는 듯싶었다.

손판도는 창유리 위에 매달아 놓은 60촉짜리 전구의 스위치를 눌러 불을 켜고 나서, 벽에 붙은 달력을 들여다보며 다시 우울해졌다.

"하필이면 칠복이가 중굿날 밤에 나타나다니……."

그는 신음하듯 혼자 중얼거리며 서서히 어둠에 묻혀 가는 칠복이의 희미한 모습을 두려운 눈으로 질러보았다.

　작년과 재작년, 방울재 김구만이와 최순필이가 댐을 찾아온 것도 중굿날 밤이었다. 그들은 약속이나 한 것처럼 손판도를 찾아와서는 한바탕 시비를 걸고는 아침에 시체가 되어 물 위에 떠 올랐다.

　2년 전에 죽은 김구만은 손판도와 앞뒷집에 살았었다. 그는 방울재가 물에 잠기자 보상금을 받아 남도시로 나가서, 고추 장사를 하다가, 정부에서 인도산 고추를 대량으로 수입해 오는 통에 망조가 들어 두 손 탈탈 털어버리고 알거지가 되었노라고 했다.

　장사 밑천을 까먹어 버린 김구만은 아파트 투기꾼들한테 빌붙어 살았다. 그는 무주택자들을 찾아내어 입주자 추첨에 응하게 하고, 투기꾼들이 닭 모이 주듯 조금씩 뿌려 주는 낚싯밥을 야금야금 받아먹다가 들통이 나서 수배를 받고 피해 다니던 중 잠시 고향에 들렀다고 했다. 고향을 떠나면서, 해마다 중굿날이면 다시 만나 메귀굿을 치자는 마을 사람들의 철석같은 약속을 믿고 방울재에 왔으나, 고향 사람들이라고는 그림자도 나타나지 않자, 혼자 맥없이 댐 위를 서성거리다가는 관리사무실로 쳐들어와서 손판도한테 시비를 걸었다.

　김구만은 그의 신세가 그렇게 궁박하게 된 것이 마치 손판도 때문이기라도 한 것처럼 뿌득뿌득 이빨로 원한을 맷돌질하듯 갈아 대며 손판도의 마음을 물어뜯었다.

　그는 당장 손판도를 두 쪽 낼 것같이 도끼눈으로 찍어 보며, 방울재를 팔아서 신수가 개 팔자처럼 늘어졌다거니, 고향을 잃은 방울재 사람들의 입질 때문에 제 명에 못 살 거라느니, 간지라기처럼 깐질깐질 성질 사나운 손판도의 창자를 긁어 댔다.

"이런 벼엉신. 장안에서 뺨 맞고 한강에서 눈 흘긴다더니 바로 네놈이 그렇구나. 너 같은 병신은 방울재가 물에 잠길 때 들독을 보듬고 함께 물귀신이나 되었어야 마땅하단 말야. 간짓대를 건너지르면 앞뒷산에 닿을 이 촌구석에 팔 대째 살아온 것이 무슨 큰 벼슬인 줄 아느냐, 이 못난 자식아. 방울재 아니면 똥도 못 누고 살 너 같은 놈들은 지금이라도 호수에 빠져 뒈져 버려야 해. 물귀신이 되어서 호수 밑바닥이 된 방울재 고샅이나 더듬고 다녀야 한다구, 이 빙신아!"

손판도는 참지 못하고 김구만이한테 마구 퍼부어댔다.

그런 다음 날 아침 김구만은 댐 아래 언덕바지에 핀 쑥부쟁이 꽃 같은 보랏빛 가을 햇살을 담뿍 받은 채 수면에 떠 있었다.

그때, 손판도는 하늘을 향해 연신 가래침을 뱉으며 김구만의 시체를 긴 갈쿠리로 건져 올렸다.

손판도는 김구만의 죽음에 대한 슬픔보다, 댐에 사람이 빠져 죽는 줄도 몰랐냐는 사업소 높은 양반들한테 힐책을 당하면 어쩌나 하는 걱정이 더 컸다.

김구만의 마누라와 그의 친척들 몇 사람이 소식을 듣고 달려왔을 때, 그는 그들의 슬픈 얼굴이 보기가 싫어 소줏병을 들고 할미산으로 올라갔다가 김구만의 시체를 실은 리어카가 백암산 쪽으로, 자갈이 깔린 옛 도로를 따라 덜컹거리며 올라가는 것을 보고서야 불콰해진 얼굴로 내려왔다.

김구만이가 그렇게 죽은 이듬해 중굿날 밤에 최순필이가 나타났을 때까지만 해도 손판도는 꺼림한 생각이 없었다. 그는 방울재 사람들을 만나는 것이 조금도 반갑지가 않았다. 방울재 사람들뿐만이 아니라 그는 사람들을 만나는 것을 좋아하지 않았다. 그는 이미 월남전에서 생사를 같이했던 전우들의 얼굴도 거의 잊고 있었다. 그는 좋은 사람이건 나쁜 사람이건 오래 기억하려고 하지를 않았다. 특별히 누구를 만나고 싶어 한다든가, 잊지 못하고 있다든가 하지를 않았다. 그의 머릿속에는 사람들의 얼굴이나 이름을 기억하는 대신, 그때그때 상황에 따라 순간의 욕망들만이 쉴 새 없이 자리바꿈을 할 따름이었다.

방울재가 물에 잠긴 지 2년 만에 나타난 최순필을 처음 보았을 때, 손판도는 그의 얼굴에서 서둘러 이름을 떠올리거나, 옛날보다 몰라보게 짜들어진 모습에 애잔한 관심을 나타내지를 않고, 처음 만난 사람처럼 소 닭 보듯 건성으로 스쳐볼 뿐이었다.

최순필은 온돌박사라는 별호가 붙을 정도로 방울재 안통에서 구들을 잘 놓았기 때문에, 다른 사람들은 다 굶어 죽어도 그만은 어디에 가도 잘 살 것으로 알았다. 방울재 사람들이 뜬골로 나가서 먹고살아 갈 걱정에 코가 열댓 자나 빠져 있을 때도, 그만은 온돌 놓는 기술 하나만을 믿고, 딸 셋에 아들 셋의 일곱 식구를 조기 두름처럼 줄레줄레 꿰매 차고 의기양양하게 도회지로 나갔었다.

그러나 도회지 사람들이 한창 온돌을 뜯어내고 보일러로 바꾸는 판이라, 구들장을 놓는 기술을 써먹기는커녕, 기껏해야 되레 구들을 뜯어내는 막일을 하자니, 마치 조상의 무덤 상석을 헐어내는 것만큼이나 죄스럽고 울적한 마음에 하던 일을 걷어치우고 말았다.

그는 건축공사장이나 취로 사업장을 찾아다니며 목줄을 지탱해 나갔다. 그러나 사는 것이 사는 것 같지가 않고, 마치 자신이 버러지가 되어 죽지 못해 버르적거리고 있는 것만 같아, 울컥 고향 사람들 생각이 났다. 그래서 방울재에서 나올 때 가지고 나왔던 꽹과리 하나만을 들고 고향으로 달려왔는데, 고향 사람들은 코빼기도 안 보이고, 댐 관리사무소에 경비원으로 취직을 했다고 뻐기는 손판도를 만나, 댐을 허물어 버리고 싶은 생각으로 한바탕 분통을 터뜨리고 나서 그대로 물속에 뛰어들어 버렸다.

손판도보다 세 살 위인 최순필은, 어쩐 일로 왔느냐고 스치는 말로 뜨악하게 묻는 손판도의 말에,

"나, 구만이허고 약속이 있어서……."

하고 버릇처럼 할미산 쪽으로 턱끝을 바짝 쳐들어 보이며 대답했었다.

"김구만이허고?"

손판도는 그가 이미 죽은 지가 꼭 1년이 되는 김구만이를 만나러 왔다는 말에 섬찟 놀랐다. 순필이가 갑자기 유령처럼 느껴졌다.

"판도 자네 벌써 방울재 사람들 이름까지 잊어먹었는가? 중굿날 밤 여기서 장구잽이 구만이랑 징잽이 허칠복이랑 만나서 한바탕 굿을 치기로 했단 말이여."

순필이는 목소리에 힘을 주고 자랑스럽게 말했다.

손판도가, 구만이는 작년 중굿날에 죽었노라고 말했지만 순필이는 믿으려고 하지 않았다.

"구만이는 죽었어. 자네 혹시 죽은 구만이 혼령하고 약속헌거 아녀?"

"구만이가 죽다니 누구 맘대로 죽어!"

"방울재 찾아오는 놈치고 정신 온전하게 박힌 놈이 하나가 없구만. 그래 어쩌자고 모두 이렇게 됐지?"

손판도의 그 말에 순필이는 1년 전의 김구만이처럼 버르르 화를 내며 앞뒤 가림 없이 입에 욕을 담아 퍼부어댔다.

"이런 즈 에미를 붙어먹은 개쌍놈의 새끼야. 방울재 팔아서 댐 지키는

경비원 됐다고, 네 눈구녁에는 하늘도 안 뵈이냐? 방울재 사람들이 아무도 안 보여? 고향을 잃었다고 방울재 사람들이 다 죽어 없어진 줄 알어? 느그멈 헐 자식아, 방울재가 네깐 놈 좋아라고 물에 잠긴 줄 알어? 너같이 고향도 뿌리도 없는 호로 개쌍놈의 눈구녁에는 아무것도 안 뵈여!"

하고 사정없이 욕을 퍼부어댔다. 그러고는 김구만이가 그랬듯이 비 맞은 허수아비처럼 휘주근한 모습으로 달빛을 밟으며 댐 위를 서성거리더니, 아침에 시체가 되어 물 위에 떠 올랐다.

"그럴 줄 알았어. 혼을 건져 주지 않은 탓이여. 다음에는 누가 또 빠져 죽을런지 원. 혼을 건져 주지 않으면 고향에서 쫓겨나다시피 한 방울재 사람들 하나하나 모두가 빠져 죽을지도 모른다고."

순필의 시체를 건져 올리며 박 씨가 말했었다.

"판도 자네도 조심하게."

"염려 놓으세요. 방울재 사람들이 다 빠져 죽는다고 해도 나는 괜찮을 테니까요."

"장담하지 마소. 죽고 사는 것만은 사람 마음대로 못 하는 법이여. 사람의 목숨은 고래 심줄보다 더 질기다고는 하지만 때로는 거미줄같이 약한 것이라네."

박 씨는 마치 한번 죽어 보기라도 한 사람처럼 심각한 얼굴로 말했었다.

칠복이의 모습이 보이지 않았다. 어둠이 그를 삼켜 버렸다. 하늘은 별 하나 없이 답답해 보였다.

호수의 수면도, 둑도, 하늘도 모두 바늘 하나 박을 틈도 없이 단단하고 두꺼운 어둠 속에 갇혀 버렸다.

손판도는 달이 뜨지 않는 밤에는 늘 갇혀 있는 기분이었다. 흐르지도 넘치지도 않고 거대한 둑에 갇힌 호수의 물처럼, 온몸의 피와 머릿속의 생각들까지도 정체된 기분이었다.

그러면서, 흐르지도 넘치지도 않고 댐에 갇혀 있는 호수의 물이 시궁창의 물처럼 썩어버리게 될지도 모른다는 생각이 찐득거리는 거미줄처럼 자꾸만 엉겨 붙었다. 호수의 물이 썩게 되면 자신의 몸속 피도 썩어버릴지도 모른다고 생각했다.

손판도는 달이 뜨지 않는 밤이 싫었다. 달이 뜨지 않는 밤에는 호수의 물이 썩고 있는 것만 같았다. 달이 뜨지 않는 호수의 밤은 숨 막힐 듯 조용했다. 백암산 일곱 골짜기에서 쫓기듯 드밀고 내려와, 수면을 조리질하는 바람만이 휘휘휘 음산하게 들려왔다.

손판도는 해가 뜰 때까지 두꺼운 어둠 속에 갇혀 있을 것을 생각하니 우럭우럭 답답증이 목구멍에 가득 차올랐다. 삐그덕 사무실 문을 열었다가 닫아 버렸다. 밖으로 나가서 칠복이가 아직도 댐 위에 있는지 찾아보고 싶었지만, 어쩐지 그가 두려웠다. 그는 의자에 앉아 라디오 소리를 키우는 것으로, 갇혀 있다는 생각을 쫓으려고 했다.

라디오에서는 뉴스가 끝나고 일기예보가 흘러나왔다.

음력 9월 9일 중굿날인 오늘 밤에는 전국적으로 비가 내리고 남부지방에는 곳에 따라 1백 밀리 내에서 2백 밀리까지의 집중호우가 예상됩니다.

아나운서의 일기예보가 끝날 무렵, 둑 쪽에서 갑자기 벼락 치는 듯한 징 소리가 징 징 징 어둠을 찢었다.

손판도는 징소리가 울려오자 라디오의 볼륨을 최고로 높이고 두 손으로 귀를 틀어막았다. 그러나 라디오 소리를 아무리 키워도 징소리를 당해 내지는 못했다. 징소리는 마치 송곳으로 심장을 도려내듯 아프게 찔러 왔다.

손판도는 징소리가 무서웠다. 징소리를 들을 때마다 그가 한때 어머니라고 불렀던 칠성네의 모습이 되살아나곤 했다. 빗갓에 철릭을 입고 왼손에 부채 오른손에 방울을 들고 징소리에 맞춰 부정놀이 살풀이춤을 추는 칠성네의 신들린 모습이 떠올랐던 것이다.

칠성네가 굿을 할 때 따라다니며 굿장단을 맞춰 주거나 바라지를 해주었던, 손판도가 역시 아버지라고 불렀던 손양중이의 얼굴도 함께 떠올랐다.

손판도는 어려서 그가 칠성네 부부를 친부모로 알고 자랄 때, 그들 부부에게서 꽹과리 치는 법이며 징 치는 법, 장구 치는 법 등을 배워, 무녀가 춤을 출 때 장단을 맞춰주는 잡이 노릇을 익혔다. 그는 아홉 살 때 징채를 잡았고 박자가 틀린 곳을 알아낼 만큼 굿거리장단을 쉽게 익혔었다.

왼손에 열채를, 오른손에 궁글채를 쥐고 장단을 맞추는 장구잡이가 되기도 했다.

그의 메나리조 장단에 맞춰 융복을 입은 칠성네가 쾌자 자락을 너울거리며 춤을 추는 것을 보고 있으면, 어린 마음에도 그 자신이 하늘로 둥둥 떠오르는 기분이었다.

그는 손양중이에게서 종이꽃들을 만드는 것도 배웠다. 그는 아버지로 믿었던 손양중이가, 부채꼴의 꽃판을 만든 다음에 그것들을 여섯 장씩 한데 포개서 발뒤꿈치 밑에 놓고, 칼날로 꽃주름을 잡는 것이 하도 신기해서, 밤이면 혼자 신문지를 접어 여러 가지 꽃들을 만들어 보았다. 어느 날 새벽에는 도장방에 몰래 들어가서 접어놓은 꽃을 펴보고 그대로 따라 만들었더니, 손양중이가 머리를 쓰다듬어 주며 아주 잘 만들었다고 칭찬까지 해주었다.

손양중이는 귀신처럼 여러 가지 꽃을 잘 만들었다. 청색, 홍색, 진홍색, 가지색, 야회색, 노랭이, 불노랭이, 유동색으로 물들인 모란꽃, 연꽃, 살잽이꽃, 막잽이꽃, 옥살잽이꽃, 국화, 덤불국화, 산함박, 불도화, 다지화, 매화 같은 쉰 가지도 더 넘는 꽃에 탑등이며 용문등, 꽃등, 동전, 은전 오귀문, 신광주리도 솜씨 있게 잘 만들었다.

손판도도 어렸을 때 대여섯 가지의 꽃은 만들 줄 알았다.

해당화야 해당화야 명사십리 해당화야

네 꽃 진다 설워 마라

명년 삼월 다시 오면

너는 다시 피련마는

우리 인생 한번 가면

어찌 그리 꽃과 같이

다시 돌아날 줄 모르느냐

손판도는 밤늦도록 꽃을 만들다가 손양중이가 '화초가'를 부르는 구성지고 청승맞은 노래를 들으며, 그의 무릎을 베고 잠이 들곤 했다.

그 무렵 손판도는 종이꽃을 만들고 굿거리장단을 맞출 줄 아는 것이 마냥 자랑스럽기만 하여, 같은 나이 또래 아이들한테 은근히 뻐기며 종이꽃을 만들어주기도 했다.

칠복이가 두들겨 패는 징소리는 좀처럼 멈추지 않았다.

손판도는 징소리가 무서워 자꾸만 심장이 오그라들었다. 그것은 마치 죽은 칠성네의 사설 외는 소리, 손양중의 '화초가' 소리 같기도 하고, 고향을 잃은 방울재 사람들이 목 놓아 우는 소리처럼 들리기도 했다.

방울재가 물에 잠기던 날, 마을 사람들은 슬퍼서 우는 울음이 아닌, 분통하고 한이 맺혀 피를 토하듯 목을 꺾었던 것이었다.

갑자기 징소리가 뚝 멎었다. 징소리가 멎자 어둠이 한결 더 두꺼워지면서 바람이 드세어졌다. 후두둑 빗방울이 대지를 때렸다.

휘익 한 줄기 거친 바람이 유리창을 흔들고 달아나자, 관리사무실 문이 벌컥 열리면서 칠복이가 징을 들고 성큼 들어왔다.

손판도는 비에 휘주근하게 젖은 칠복이와 그의 손에 들린 징을 보았다.

"달이 뜨기는 틀렸나 보구만."

칠복이는 혼자말처럼 말하며 사무실 귀퉁이 꾀죄죄한 국방색 누비이불이 깔린 평상 옆에 뻗대고 섰다. 그가 서 있는 평상 밑에는 술병이 그들먹하게 쌓여 있었다.

"날이 어두워졌는디 주막으로 가지 않고 뭘 했어?"

손판도는 라디오 소리를 죽이며 퉁명스럽게 쏘아붙였다.

"오늘이 중굿날이 아닌가."

"그래서?"

"우리 금순이 엄씨가 온다고 해서…… 엊그저께 덕기가 남도시에서 만났다는디, 중굿날에 꼭 올 거라고 하더라기에……."

"한번 팔자를 고친 금순이 어머니가 뭣 때문에 다시 자네를 찾아와? 계집은 상을 들고 문턱을 넘으면서도 열두 가지 생각을 하는 요물단지여. 싫다고 도망간 마누라 기다리는 것은 뒈진 자식 불알 만지는 거나 마찬가지니 찬물 마시고 맘 돌리게."

"꼭 돌아올 거여. 금순이 엄씨가 안 오면 고향 친구들이라도 올 거로구만. 매년 중굿날 밤에 굿을 치기로 했으니께 말이시."

"저런 못난 친구. 중굿날이라고 고향 찾아올 친구가 어디 있어? 자네는 재작년과 작년에 왔었는가?"

"그때는…… 세상 살다 보니……."

"다들 마찬가지여. 먹고살기에 바쁜 세상에 좆 빠진다고 흔적도 없는 고향에는 올 거여."

"그래도 헤어질 때 약속을 했단 마시. 다른 사람은 몰라도 김구만이나 최순필이는 약속을 지킬 거로구만."

"그 친구들 죽은 거 자네도 알지 않나."

"죽기는 왜 죽었다고 그래. 안 죽었어."

"내 손으로 두 사람 시체를 건져 올렸다니까 그러네."

"자네 말을 누가 믿을 줄 알고! 방울재 사람들은 아무도 자네 말은 안 믿네."

칠복이는 손판도의 말을 믿지 않았다. 칠복이가 두 사람의 죽음을 믿으려 하지 않자, 손판도는 펀듯 작년 이날, 최순필이 역시 김구만의 죽음을 믿지 않던 일이 섬광처럼 뇌리를 스쳤다.

평상 위에 두 다리를 뻗대고 앉아 있는 칠복이를 마주 보기가 무서워졌다. 그의 무릎 위에 올려놓은 징이 마치 죽은 김구만과 최순필이의 시체처럼 보였다.

손판도의 눈에, 칠복은 살아 있는 사람이 아닌, 이미 작년과 재작년에 김구만이나 최순필이와 함께 죽은 유령처럼 보였다. 설령 그가 지금은 살아 있다손 치더라도 몇 시간 뒤에는 죽어 없어질 사람처럼 아득한 거리감을 느꼈다. 칠복이가 갑자기 이승 사람이 아닌 것처럼 멀게 느껴졌다.

손판도는 칠복에게서 어둡고 희미한 죽음의 그림자를 보았다. 내일 아침에 수면 위에 나뭇잎처럼 떠 오르는 모습이 보였다. 그것은 꽃상여가 지나간 뒤 큰비가 와서 씻어 내리기 전까지, 얼마 동안을 나뭇가지에 걸려 바람이 불지 않아도, 흰 고깔에 흰 장삼, 빨간 치마를 입은 무녀가 굿거리장단에 맞춰 춤을 추듯 혼자 너훌거리는 여러 가지 색깔의 종이꽃과 귀신 돈을 볼 때마다 느끼곤 하던 기분 그대로였다.

"칠복이 자네 머릿속에서 방울재를 깨끗이 씻어 버리게. 그래야만 이 세상을 살아갈 수가 있을 걸세."

손판도는 그에게 김구만이와 최순필이가 죽은 이야기를 자세하게 설명해 주려다가, 비아냥대는 말투로 그렇게 튕겨댔다.

"방울재가 무슨 똥 묻은 자린가? 고향을 씻어 없애다니, 벼락 맞을 소리를 허는구만."

"지금 이 세상 어디에 방울재가 있다든. 자네 면사무소에 가서 방울재라는 마을이 있는가 물어보소. 아니면 우체국에 가서 방울재로 편지를 부쳐 보소. 그 편지가 가는가 되돌아오는가 말여. 방울재는 삼 년 전에 시푸런 물속에 잠겨 버렸네."

"그건 물이 아니여."

"물이 아니라니?"

손판도는 담배에 불을 붙여, 전깃불빛이 토끼의 잔털처럼 퍼져 내려오는 전구를 향해 투우투우 담배 연기를 내뿜으며 칠복이를 놀려대는 말투로 되물었다.

"방울재 사람들 마음이여. 방울재 사람들의 시푸렇게 한 맺힌 마음이 뚝에 갇혀 있는 거여."

"뭐라고?"

"나는 뚝에 갇힌 방울재 사람들과 이야기를 해봤단 말여. 저눔에 뚝만 허물어 버리면 물속에 시푸렇게 갇힌 방울재 사람들이 죄다 살아날 거란 말이여."

"삼백육십도로 휙 돌아 버렸구만."

손판도는 코웃음을 치며 경멸하는 눈으로 칠복을 들었다 놓았다 눈으로 저울질을 했다.

칠복은 물처럼 괴어 있는 표정을 하고 오른손으로 이마를 짚었다.

손판도는 다시 입을 열었다.

"방울재 사람들 고향은 이 세상천지 아무 데도 없네. 그러니 구식 사람 같이 고향 찾을 생각은 마소. 요새 세상에 그까짓 고향 있으면 뭘 하고 없으면 또 어쩔 거여. 고향 고향 하다가는 출세도 못 하네. 돈이 없으면 적막강산이요, 돈이 있으면 고향 아니라 천당도 살 수가 있네. 친구니께 하는 말이네만, 내 말대로 그눔에 귀신 붙은 징 호수에 풍덩 던져버리고 아무 데나 정을 붙이고 살게나. 여자나 고향이나 정 붙이기 나름 아닌가. 고향 떠난 방울재 사람들 아무 데나 뿌리박고 잘 사는 사람들은 코빼기도 안 비치는디, 낱낱이 자리를 못 잡고 빌빌대는 자네 같은 뜨내기 못난이들이 고향 고향 하고 회까닥 돌아 가지고는 찾아와서 귀신 얼음 먹는 소리로 신세타령들이란 마시."

칠복은 잠자코 있었다. 그는 죽어가는 사람처럼 느슨한 시선으로 창밖의 어둠을 넘어다볼 뿐이었다.

"자네 그 징 물속에 던져 버려야 허네. 그래야 방울재도, 도망간 마누라도 잊어버릴 수 있어!"

그러자 갑자기 칠복이가 턱끝을 치키며 벌떡 일어섰다.

"이런, 즈 에미 붙어먹고 방울재까지 팔아먹은 호로쌍놈의 새끼가 무슨 낯짝으로 징을 버려라, 고향을 잊어라, 지랄이여 지랄이. 고향이 네까짓 놈한테 언제 있어 보기나 했간디 그래? 방울재 팔아먹고 땜 관리사무소 경비원이 되고 보니 세상이 온통 네 것 같은 모양인데, 방울재 혼이 너를 가만두지 않을 거여."

하고 칠복은 태기를 치듯 한바탕 쏘아붙이고 나서 화난 얼굴로 사무실을 나가 빗방울이 휘몰아치는 어둠 속으로 파묻혀 버렸다.

빗방울은 더욱 굵어지고 할미산 등성이의 앙상한 잡목들을 흔들어대는 바람 소리도 한결 드세어졌다.

2

손판도는 굵어지는 빗방울 소리를 들으며 사무실에 혼자 앉아 있었다. 그는 사무실에서 뛰쳐나간 칠복이가 당장 물속으로 풍덩 소리를 내며 뛰어들 것만 같아 마음을 죄며 귓바퀴를 세웠다.

그는 얼굴을 물에 처박고 수면에 나무토막처럼 둥둥 떠오르는 칠복이의 모습이 자꾸만 눈에 밟혀 왔다.

"뒈지건 살건 내가 알 게 뭐야. 내가 언제 뒈져라고 했나……."

손판도는 달력을 보며 혼자 중얼거렸다. 그는, 산박쥐가 징그러운 날개를 펴고 있는 듯한 창밖의 어둠을 넘겨다보기조차 싫었다. 그것은 칠복이의 죽음을 생각하기가 싫었기 때문이다. 그의 죽음에 대해서 상관하고 싶지가 않았다. 할미산 나무들의 잎이 떨어지는 것만큼이나 무관하게 생각하고 싶었다. 그러나 칠복이가 그에게 쏘아붙이고 간 말이 도깨비바늘처럼 자꾸만 달라붙어 떨어질 줄을 몰랐다. 칠복이의 죽음이 그와는 무관하다고 생각하면 할수록, 그가 성난 얼굴로 튕겨 댄 말이 뇌리 깊숙이 찍혀 오고 가슴을 적셨다.

지난해 이날 밤, 순필이가 죽기 전에도 그에게 뿌리 없는 놈이라거니, 즈 에미를 붙어먹었다느니, 방울재를 팔아먹었다느니 하고 한바탕 욕을 퍼붓고 가더니, 칠복이도 약속이나 한 것처럼 그런 말을 하지 않겠는가.

갑자기 죽은 김구만이와 최순필이의 죽은 얼굴이, 비에 젖어 더욱 두껍게 깔린 어둠 속의 유리창 너머로 희끄무레하게 떠오르고, 그들이 퍼부어 댄 욕지거리들이 징소리처럼 쟁쟁하게 귀에 살아났다.

손판도는 두려웠다. 처음으로 느끼는 두려움이었다. 말을 할 수 없고 웃을 수도 없는 상황에서 혼자 어둠 속에 갇혀 있다는 것이 얼마나 외롭고 무서운 것인지를 처음 알았다.

죽은 김구만이와 최순필이, 그리고 내일 아침이면 시체로 떠오를 것이 분명한 허칠복이, 이들 세 사람이 약속이나 한 듯 그에게 내지른 뿌리 없는 놈이라는 말이 무섭게 심장을 찔렀다.

그들 말마따나 손판도 그 자신은 뿌리도 없이 물 위에 떠다니는 개구리밥이나 생이가래풀이든지, 썩은 나무에서 독을 품고 빨갛게 피어나는 뱀버섯 같은 존재일지도 몰랐다.

손판도가 그의 고향이 방울재가 아니라는 것을 알게 된 것은 겨우 11살 때였다. 철이 들기 이전부터 어머니 아버지라고 부르며 같이 살아온 무당 내외가 그의 친부모가 아니라는 것도 그때서야 알게 되었다. 그의 친부모는 6·25가 터지기 1년 전 이른 봄에 강보에 싼 갓난아기를 보듬고 방울재에 왔다고 했다.

그들 부부는 마을 어귀 째보네 술집 골방에 방을 얻어들어 살기 시작했는데, 허우대가 멀쩡한 남자는 온종일 좁고 어두운 골방에만 붙박여 있었고, 작달막하고 오동포동한 몸피에 도화꽃처럼 두 볼이 발그스름한 얼굴에, 양귀비같이 버들눈썹을 한 그의 아낙이 아기를 들쳐 업은 채 술 심부름을 하며 목줄을 잇고 살았다.

방울재 사람들은 그들 젊은 부부가 어디에서 무엇을 했으며, 어떤 연고로 방울재까지 흘러들어오게 되었는지, 그 연유를 아무도 몰랐다. 얼핏 바람결에 들리는 이야기로는, 그들은 백암산 너머 정읍 땅에서 사는 사촌간으로, 상피가 나서 몰래 도망쳐 나온 것이라고도 하고, 그냥 뜬벌이하며 이곳저곳 떠도는 사람들이라고도 했다.

후리후리하게 큰 키에, 어릿광대의 가짜 코처럼 높고 날카한 천구비天狗鼻의 남자는 말수도 적은 데다가 마을 사람들과 어울리기를 싫어했다.

그는 방울재에 발을 들여놓은 지 한 달 남짓 지나서 처자만을 주막에 떼어놓은 채 자취를 감추어 버렸다. 금광으로 돈 벌러 갔다고도 했고, 북도 쪽으로 방물장사를 나갔다는 말도 있었다.

"서방 어디 갔소?"

마을 사람들이 젊은 여자한테 그렇게 물어볼라치면,

"황새 같은 각시 하나 얻어 갖고 살림 채렸는갑소."

하며 눈썹 하나 까딱하지 않고 말을 받았다.

"하필이면 왜 황새 같은 여자요?"

"나는 메추리 같담시로 노상 키 큰 여자를 탐냈으니께요."

그런 그녀는 애타게 남편을 기다리는 것 같지가 않았다.

섣달 내내 눈이 내린 그해 길고 지루한 겨울이 지나고, 주막 앞 밭두렁에 노란 씀바귀꽃이 파슬파슬 피어나는 봄이 되어도 그녀의 남편은 돌아오지 않았다.

그가 돌아오지 않자, 그들 부부가 아주 갈라섰다고 하는 소문이 떠돌았다.

소문과 함께 읍 출입깨나 하는 방울재 남자들이 시새워서 울타리 너머 탐스러운 앵두 구경하듯, 그녀를 넘보기 시작했다.

도화꽃처럼 발그스름한 두 볼에 언제나 헤픈 웃음이 푸실푸실 피어나는 버들눈썹의 그녀는, 째보네 술집에서 술상을 나를 때, 남자 쪽에서 슬그머니 손목을 잡을라치면 앵돌아지거나 뿌리치는 법이 없이 말아 삼킬 듯 찐득거리는 시선으로 은근히 추파를 던지는 것이었다.

마을 여자들은 그녀를 가리켜 남자를 홀리는 요변을 피우는 백여우 같은 여자라고들 했으나, 그럴수록 남자들은 더욱 사족을 못 쓰고 발광들이었다.

"사춤에서 비파 소리가 날 만큼 엉덩잇바람을 일으키고 댕기는 저 거동 좀 봐. 저런 엉덩이로 요분질을 해대면 하늘이 돈짝만 해질 거로구만."

"석달 열흘 동안 날마다 코피를 푹 쏟아도 좋으니, 같이 한번 살아 봤으면 원이 없겠구만."

방울재 남자들은 진담 반 농담 반으로 한마디씩 뱉어 냈다.

그러는 사이 방울재 남자 누구누구가 그녀와 배가 맞았다는 소문이, 삼사월 봄바람에 논두렁 불 번지듯 마을에 짜하게 퍼졌다. 그녀와 잠자리를 같이했다는 남자만도 얼추 열 사람이 더 되었다. 농지거리로 돌아다니는 말로는, 그녀는 남자가 치맛자락만 잡아당겨도 말기끈을 풀고 속곳을 벗는다고들 했다.

"체! 맘씨 좋은 과부 속곳 마를 날 없다더니, 째보네 주막 버들눈썹이야 말로 맘씨 한번 푸지구만그려. 하기야, 어차피 죽으면 맨 먼저 썩는 데가 거기라는디!"

그러면서 마을 남자들은 누구누구하고 베갯동서가 된다거니, 누가 먼저 배를 맞췄으니 형님이 된다거니, 공공연하게 이름을 대고 손가락을 꼽아 가면서 떠벌려 댔다.

그 때문에 집집마다 부부싸움을 하느라, 죽네 사네 큰 소리가 담을 넘었고, 앙탈을 부렸다가 되레 남편한테 얻어맞은 아낙들이 푸르뎅뎅하게 멍이 든 눈퉁이를 쥐어 싸고 주막으로 우루루 몰려와서, 버들눈썹의 머리 끄덩이를 잡고 태기 치듯 했다.

"저런 개만도 못한 화냥년은 사타구니에 남포를 터트려야해! 어디서 갈보 여우같은 년이 와서는 방울재 남자들을 궤혼들어!"

"속곳 벗기를 버선짝 벗듯 하는 저년을 당장 홀랑 벗겨서 쫓아내야 해!"

방울재 아낙들은 옥수수 껍질을 벗기듯 그녀를 발가벗겼다. 그녀는 두 손으로 얼굴을 감싸 쥔 채 말 한마디 없이 그대로 당했다. 그러나 그녀는 끝내 방울재를 떠나지 않았다. 방울재 아낙네들한테 머리끄덩이를 잡혀 개 끌리듯 질질 끌려다니고 옷 벗김을 당한 다음 날도, 아무렇지 않은 얼굴로 여전히 푸실푸실 헤픈 웃음을 연기처럼 피우며 주막에서 술상을 날랐다.

그래저래 방울재 들에 보라색 제비꽃과 노란 속속이풀꽃이 시들고, 뱀 딸기가 탐스럽게 익어 가는 첫여름이 되었다.

할미산 후미진 골짜기에 버들눈썹 여자의 도톰하고 빨간 입술 같은 용 머리꽃이 한창 시새워 피어날 무렵, 총소리와 비행기 소리가 방울재 안통을 흔들었다.

북쪽에서 공산당이 쳐내려왔다고 했다.

긴 일본도의 위력에 못 이겨 징용에 붙잡혀 간 아들이며, 일본 방직공장으로 돈벌이를 하러 보낸다며 끌려간 딸들이, 해방된 지 5년이 되도록 죽었는지 살았는지 여적지 소식이 없어 가슴이 숯검정이 되도록 애를 태우며 기다리고 기다리던 부모들은, 또 전쟁이 터졌다는 소리에 사립짝들을 걸고 겁을 먹은 채, 남은 자식들 숨기기에 허둥댔다.

백암산에서 콩 볶아 대듯 총소리가 요란한지 나흘 만에, 버들눈썹 여자의 남편이 빨간 별이 달린 모자를 눌러쓰고 방울재에 들이닥쳤다.

버들눈썹 여자의 남편은 칼자루 같은 천구코가 한 뼘이나 더 높아 보이도록 턱끝이 떨어져 나갈 것처럼 얼굴을 버쩍 쳐들고 두 어깨에 힘을 주어 뻐기며 나타난 것이었다. 1년 전에 월북했다가 남으로 들이밀고 내려온 인민군들을 뒤따라왔다고 했다.

그는 방울재 사람들을 째보네 술집 앞 뽕나무밭에 모이게 하고, 말채 같은 것을 허공에 휘두르며 일장 연설을 늘어놓았다.

방울재에 처음 이사 와서 한 달 남짓 얼굴을 내밀지 않고 어둡고 좁은 골방 안에만 붙박인 채, 벙어리처럼 말 한마디 없던 그가, 빨간 별을 수놓은 모자를 눌러쓰고 쉽게 알아들을 수 없는 고상한 말을 섞어가며, 들들들 재봉틀처럼 청산유수로 연설을 하자, 마을 사람들은 게거품 품어 내는 연설 내용에 관해서는 관심도 없이, 토끼 똥 같은 목화씨가 계속 쏟아지는 씨아를 들여다보듯, 팔랑개비처럼 나불거리는 그의 입술만을 멀거니 바라보았다.

그는 연설 끝에, 자기가 북쪽에 가 있는 사이 마을 사람들이 처자를 잘

돌봐 줘서 고맙다는 말을 했다.

처음 얼마 동안 그는 방울재 사람들한테 잘해주었다. 옛날과는 달리 마을 사람들 만나기를 좋아했고 자주 어울려 술을 마시기도 했다.

그런데 그가 나타난 후 간이 콩알만 해진 것은 그의 아내와 정을 통했던 방울재 남자들이었다. 그가 만일 자기 아내와의 추잡스러운 관계를 알게 되는 날에는 성인군자가 아닌 바에야 해코지를 할 게 분명했기 때문이다.

그러던 어느 날, 잎이 넓은 오동나무 그늘에 앉아 있어도 주르륵 땀이 흐르는 한여름, 이른바 반동분자 색출이라는 무서운 칼바람이 방울재에 몰아쳐 왔다. 그 칼바람은 피비린내와 함께 마을을 짓눌렀다.

버들눈썹의 남편 천구비가 소위 반동분자들을 색출, 각시샘 앞에서 죽이기 시작했다. 그는 자기 아내의 손에 칼날이 시퍼런 일본도를 쥐여 주며 그가 색출해 낸 반동분자들을 죽이게 했는데, 죽임을 당한 남자들이란 한결같이 버들눈썹의 여자와 정을 통했다는 소문이 있던 장본인들이었다.

그는, 그의 아내가 차마 남자를 찌르지 못하고 칼을 쥔 손을 버르르 떨라치면 눈을 부라리며 말채를 휘둘러 아내를 사정없이 후려치곤 했다.

별을 붙인 모자를 쓰고 처음 나타났을 때에 비하면 천양지판으로 사람이 달라졌다. 마을 사람들은 쥐새끼 고양이 보듯 슬슬 그를 피했다.

그는 똑같은 방법으로 방울재 남자 여섯 사람을 죽였다. 그의 아내와 정을 통했다는 소문이 오르내리던 남자 중에서 다섯 사람이 죽음을 면했는데, 그들은 마치 보이지 않는 무서운 손이 자기의 목을 조르는 것같이 죽음이 서서히 다가오고 있음을 미리 헤아리고 마을에서 자취를 감춰 버린 것이었다.

그러면서도 그는 자기 아내만은 죽이지 않았다. 사람을 여섯이나 죽인 버들눈썹의 여자는 날씨가 더워 갈수록 그녀의 영혼이 수증기처럼 증발되어 가는 것만 같았다. 피둥피둥한 몸뚱이에 영혼이 말라붙어 버리자, 눈동자가 희미해지고 표정에 긴장이 풀렸다. 늘 발그레한 도화꽃이 핀 얼굴 색깔이 알밤껍질처럼 짙은 갈색으로 변하고, 풀풀 새물 냄새가 나던 입성은 휘주근해졌다. 몸단장을 하지 않은 그녀의 몸에서는 땀이 절어 시지근한 냄새가 훅훅 풍겼다. 마을 사람들은 그런 그녀를 가리켜 사람을 많이 죽여 간경이 뒤집혔다고들 수근거렸다.

그해 여름은 두 개의 태양을 포개 놓은 듯 지루하고 길었다. 방울재 어른들은 그 긴 여름의 하루하루를 죽은 듯 숨을 죽이고 살았다. 대낮에 컹컹 개만 짖어 대도 식구들이 한방에 모여 방문을 걸고 두꺼운 솜이불을 뒤집어쓰고 앉아서 비지땀을 흘렸다.

방울재 사람들은 바람만 드세어져도 마음을 죄었다.

날씨가 무더워질수록 천구비의 사내는 햇볕에 달구어진 모래밭 위의 미꾸라지처럼 요동쳤다. 여섯 사람을 죽이고 나머지 도망간 남자들을 붙잡지 못해, 굶주린 여우 눈을 하고 어슬어슬 마을의 고샅을 훑고 다녔다.

그런데 마을 사람들이 알 수 없는 것은 그 사내가, 자기 부인과 관계가 있었다는 남자들을 어떻게 알아냈을까 하는 의문이었다.

어떤 사람은, 버들눈썹 여자가 남편한테 털어놓았다고도 했고, 또 어떤 사람은 마을 사람 중에서 누구인가 그에게 소문의 내용을 까바쳤을 것이라고도 했다.

처음 마을 사람들은 강한 자에게 쉽게 빌붙기를 좋아하는 누구누구의 소행일지도 모른다면서, 천구비가 별 붙인 모자를 쓰고 방울재에 나타난 뒤부터 그를 쫄쫄 따라다니면서, 대신 댁 송아지 백정 무서운 줄 모르듯 꺼들먹거리고 다니는 몇몇 사람들의 이름을 꼽았다.

그러나 마을 사람들은 곧 자신들의 속단을 후회했다. 천구비한테 소문의 전말을 까바친 사람은 배도철이가 분명할 것이라고들 믿었다. 버들눈썹과 정을 통했다는 소문에 한 축 끼게 된 남자 중에서 여섯은 죽임을 당하고, 넷은 자취를 감춰 버렸는데도 이상하게도 배도철이만은 도망을 가지 않았다. 마을 사람들은 배도철의 죽음을 원하지 않았기 때문에, 그를 걱정해주며 빨리 피하라고 여러 차례 입 달린 사람들은 한마디씩 귀띔을 해주었다. 그러나 그때마다 배도철은 되레 날마다 천구비와 어깨를 맞대고 쌍고라니처럼 어울려 다녔다.

기실 버들눈썹과 맨 먼저 배를 맞췄다고 스스로 큰 소리로 나발을 불고 다닌 것은 배도철이었다. 배도철은 그러면서 자기가 젤 먼저 베개를 베었으니 큰형님이 된다고 자랑을 하기까지 했었다.

배도철은 원래 방울재 사람이 아니었다. 방울재에서 방앗간을 하는 배길도 노인의 육촌뻘 되는 사이로, 배길도 노인의 슬하에 자식이 없어 5년 전에 양자로 들어왔었다.

황소가 디뎌도 꿈적 않을 만큼 살림이 탄탄한 배길도 노인의 양자로 들어온 배도철은 풍년의 개 팔자가 되어, 한다는 소리가 자기는 답답해서 시골구석에서는 못 산다면서 늙은이 내외만 저세상으로 가면, 방앗간이고 전답을 모두 팔아 서울로 올라가 큰 요릿집을 내겠다고 버릇처럼 주둥이를 나불거렸다.

배도철은 소리를 배우다 그만둔 반거충이로 북과 장고를 잘 다루었고, 그만하면 큰 모임에서도 한가락 뽑을 만큼 소리도 무던하게 잘하는 편이었다. 방울재에서도 회갑 잔치 같은 것이 있을 때면 으레 그가 '춘향가' 한 대목씩 뽑곤 했었는데, 그의 소리를 들은 방울재 여자들은 남모르게 오줌을 질금질금 싼다고들 했다.

광대코처럼 콧잔등이 실하고, 허여멀쑥한 얼굴에 눈썹이 새카만 배도철은 생긴 것답게 여자를 좋아했다. 그는 읍내 장날마다 외입을 하고 돌아오곤 했는데, 한 여자를 오래 감고 도는 것이 아니고, 한 두어 번 베개를 같이 벤 뒤에는 칼로 무를 잘라 버리듯 냉정하게 떼어 버린다고 하였다. 결코 한 여자와 죽자 살자 몸과 마음을 썩이지 않기 때문에, 음기가 부족하여 봄부터 가을까지 변함없이 외꽃처럼 얼굴이 노란 그의 부인은 남편의 바람을 크게 탓하지 않았다.

그런 배도철이었기 때문에 처음 그가 버들눈썹과 배를 맞췄다는 말을 아무도 의심하지 않았다.

"배도철이가 틀림없어. 그놈이 저만 살라고 미리서 까발린 거여. 그놈 그러고도 남을 놈이여."

방울재 사람들은 숨을 죽이고 그렇게 수군거렸다.

숨 막히게 지루하고 무더웠던 여름이 가고, 이 세상에서 가장 붉다는 비둘기의 피보다 더 끔찍하게 붉은 양귀비꽃이 시들 무렵, 하늘에 비행기가 갈가마귀 떼처럼 북으로 날아가고 국군이 다시 갈재를 넘어왔다.

국군이 읍에 들어오자 빨간 별 모자를 쓴 사람들이 모습을 감춰 버렸다. 천구비의 세 식구도 방울재에서 사라졌다. 그러나 그들이 완전히 방울재를 떠나 북으로 다시 올라간 것은 아니었다. 그들은 백암산 골짜기에 토굴을 파고 숨어 있다가, 밤이면 다시 마을로 내려오곤 했다. 낮에는 지서에서 경찰들이 나와서 빨간 별 모자를 쓴 사람들과 한데 어울렸던 사람들을, 썩은 고구마 골라내듯 하여 지서로 데려갔고, 밤이면 또 백암산에 숨었던 산사람들이 마을에 내려와, 경찰들을 가까이한 사람들을 잡아가고 먹을 것을 가져갔다. 방울재 사람들은 밤낮없이 공포에 떨었다. 하자는 대로 했고 달라는 대로 주었으며 가자는 대로 가야만 했다.

그런데도 배도철은 용하게도 재주를 잘 부렸다. 그는 낮에는 경찰들과 함께 어울렸고 밤에는 다시 백암산 사람들과 같이 있었다.

천구비가 방울재에서 사라졌다는 소문을 듣고, 버들눈썹의 일본도 휘두름에 마을에서 도망쳤던 남자들이 다시 돌아왔다가, 두 사람이나 밤에 백암산 사람들한테 붙들려 가 죽었다.

백암산 사람들이 밤이면 마을에 내려온다는 정보에, 경찰들이 사흘 밤이나 길목을 지켰으나 이상하게도 산사람들이 나타나지 않았다. 그들이 나타나지 않자, 경찰들은 허탈해서 돌아가 버렸다. 아마 백암산 사람들이 지리산으로 더 깊숙이 들어가 버렸는가 싶다고들 했다.

길목을 지키던 경찰들이 30리나 떨어진 지서로 돌아가 버린 날 밤, 느닷없이 할미산 꼭대기에서 징소리가 울렸다. 겁 많은 칠복이 아버지 허쇠가 여름 동안 다락 깊숙이 숨겨 두었던 징을 들고 나와 메귀굿을 할 때처럼 할미산에 올라가 한바탕 징을 친 것이었다. 그런데 실은 배도철이가 허쇠를 꼬드겨 징을 치게 했다고 했다.

허쇠가 할미산에서 징을 친 그날 밤 지리산으로 들어가 버린 줄 알았던 백암산 사람들이 방울재에 들이닥쳤다. 이날 밤 피란을 갔다가 막 돌아온 부면장네 식구가 몰살을 당했으며, 버들눈썹의 일본도를 피해 자취를 감췄던 고순식이도 목이 잘려 죽었다.

마을 사람들은 백암산 사람들이 허쇠의 징소리를 듣고 내려온 것이 틀림없다고들 수근거렸다. 허쇠가 징을 쳐서 백암산에서 방울재로 내려오는 길목을 지키던 경찰들이 지서로 돌아가 버렸다는 것을 신호로 알려 주었다는 것이었다. 이 말에 허쇠는 징이 깨지도록 징채를 후려치며 아니라고 했지만 아무도 그의 말을 믿으려고 하지 않았다.

다음 날 아침 배도철이가 지서에서 경찰들을 앞세우고 왔다. 그는 경찰들과 함께 백암산 골짜기로 들어가 산사람들이 숨어 있는 토굴을 가르쳐 주었다.

이날, 토굴 속에 숨어 있던 산사람들이 떼죽음을 당했다. 손을 들고나온 다섯 명과 천구비의 세 식구만 살아서 방울재로 끌려왔다.

버들눈썹의 일본도에 피를 뿌리고 죽은 유족들이 천구비의 가족을 끌고 할미산 아카시아 숲속으로 갔다. 그들은 천구비의 손에 삽을 쥐여 주며 구덩이를 파게 했다. 천구비는 자신이 묻힐 구덩이라는 것을 알면서도 시키는 대로 땀을 뻘뻘 흘리며 삽질을 했다.

천구비는 세 식구가 묻힐 수 있는 만큼의 구덩이를 파놓은 뒤에, 가늘고 질긴 전선줄에 손이 묶인 채 아기를 등에 업고 쪼그리고 앉아서 참피나무 옆 노란 고들빼기꽃을 들여다보고 있는 그의 아내를 슬픈 눈으로 건너다보았다.

마을 사람들이 노란 고들빼기꽃을 짓밟으며 버들눈썹의 손을 풀어주자, 그녀는 검정 고무신에 깔린 꽃잎을 더 보려고 남자들의 아랫도리를 떼밀었다.

"이 칼로 네 남편을 쥐여라. 말을 듣지 않으면 네 육신을 걸레 모양으로 갈기갈기 찢어 버릴 테니까."

마지막으로 버들눈썹의 칼에 죽은 고순식의 동생이, 천구비를 다시 전선줄로 묶은 다음 그녀의 손에 일본도를 쥐여 주며 윽박질렀다.

일본도를 쥔 버들눈썹은 조금 전 노란 고들빼기꽃을 들여다보던 때와는 달리, 눈자위를 허옇게 말아 올려 날카한 대창 끝을 그녀의 목덜미에 들이대고 무섭게 노려보고 서 있는 고순식의 동생을 쳐다보았다.

"씨팔년아, 빨리 네 남편의 뱃대기를 갈르란 말여!"

고순식의 동생이 다시 내질렀다. 버들눈썹은 남편 쪽으로 시선을 돌렸다. 그녀의 남편은 온몸이 흙 범벅이 되어 그가 파놓은 진흙 구덩이 옆에 무릎을 꿇고 앉아서 하늘을 향해 턱끝을 추켜올린 채 눈을 감았다.

"뭘 꾸물거려!"

대창 끝이 그녀의 희고 부드러운 목덜미를 찔러 버릴 듯, 독사의 혓바닥보다 더 무섭게 귀밑 언저리를 쓱쓱 문질렀다.

버들눈썹은 칼을 들었다. 하늘을 향해 간절히 기도하는 모습으로 눈을 감고 있는 남편 쪽으로 칼끝을 돌리는가 싶었는데, 자신의 배를 푹 찌르며 허리를 꺾고 솔새풀 위에 이마를 처박았다.

그들 부부를 둘러싼 마을 청년들이 일제히 대창을 추켜올렸으며, 남자와 여자의 마지막 비명이 해 질 무렵의 골짜기에 바람이 되어 날아갔다.

버들눈썹의 등에 업힌 아기가 아앙 울음을 터뜨렸다.

먹피가 묻은 대창을 시체와 함께 구덩이 속에 집어 던진 청년들이, 갓난아기까지 흙 속에 묻어버리려고 하는 것을, 구경삼아 따라간 손양중이가 뛰어들어, 갓난아기는 죄가 없으니 살려주자고 하여 품에 안고 내려왔다.

손판도는 이렇게 해서 죽음을 면하게 되었으며 방울재에서 뼈가 굵어갔다.

그는 칠성네 무당 부부를 친부모로 알고 자랐으며, 칠성네 부부도 친아들처럼 찐덥지게 정을 쏟아 길렀다.

손판도는 아버지를 닮아 뼈가 굵었으며 건강했다.

그는 커갈수록 몽니가 사나워졌다. 같은 또래의 동네 아이들을 꼼짝달싹 못 하게 닦달을 했으며, 그보다 더 세 살이나 위인 칠복이나 구만이 들한테도 걸핏하면 싸움을 걸기 일쑤였다.

그는 자라면서 못된 짓만을 골라 했기 때문에, 어른들은 늘 굽은 지팡이는 그림자도 굽게 마련이라면서 손가락질을 했으나, 그가 칠성네의 친아들이 아니라는 말은 아무도 입 밖에 내지 않았다.

마을 사람들은 손판도를 불쌍하게 생각해주었다. 그들은 손판도의 친부모를 무참하게 죽인 것을 이미 후회하고 있었으며, 갓난아기였던 그를 살린 것을 무척 다행하게 생각하고 있던 터였으므로, 손판도가 어지간히 눈에 거슬리는 짓을 해도 문제로 삼으려 않고 눈살을 찌푸리면서도 모르는 척 넘겨 버리곤 했다.

마을 사람들은 그들의 죄를 용서받을 수 있는 것이라면, 손판도가 아무 탈 없이 방울재에서 잘 자라서 좋은 사람이 되도록 보살펴 주는 일이라고 생각하고 있었다.

그렇게 10년 가까이 잘 지켜 온 비밀이 하찮은 아이들 싸움에서 터져버리고 말았다.

손판도 나이 열한 살 때 앞집 사는 김구만이와 대판 싸움이 벌어졌다.

구만이가 같은 또래 아이들과 마을에서 꽤 멀리 떨어진 황룡강 상류 좀 팽나무 둠병에서 멱을 감고 있는데, 손판도가 나타나서 강아지 꼬리처럼 예쁜 분홍색 꽃이 탐스럽게 피어 있는 여뀌풀섶 위에 벗어둔 구만이의 옷을 높은 팽나무 가지 끝에 던지고 가버렸다.

같이 멱을 감던 아이 중에서 아무도 팽나무 가지 끝에 걸린 구만이의 옷을 내리지 못했다. 돌팔매질을 해보았지만 안 되었다.

벌거숭이가 된 구만이는 겨우 친구들의 윗도리로 사타구니만을 가리고, 뿔이 돋기 시작하는 어스럭송아지처럼 씩씩 코를 불며 집에 돌아와, 어머니의 꾸지람을 바가지로 들으며, 새 바지를 꿰는 둥 마는 둥 판도 집으로 쳐들어가서, 큰 살구나무 밑에 맷방석을 깔고 세 식구와 함께 상추쌈을 싸 먹고 있던 판도를 다짜고짜 끌고 나와, 수구렁이며 고마니풀들이 융단처럼 깔린 삼굿옆 돈단에서 한바탕 보듬고 뒹굴었다.

나이가 세 살이나 위인데도 무녀리 같은 구만이는 손판도를 이기지 못했다. 구만이 쪽에서 먼저 손판도를 넘어뜨리긴 했지만, 잠깐 사이에 판도가 구만이의 배 위에 올라타 무릎으로 구만이의 허벅지를 찍어 누르고, 손으로 손을 붙잡고는 이마로 이마를 찍어 대는 것이었다.

순식간에 동네 아이들이 빙 둘러싸고 싸움 구경을 했다. 어른들이 찬물을 끼얹으며 뜯어말려서야, 씩씩 코를 불고 따로 떨어진 구만이의 머리에서는 피가 흘렀다.

구만이는 창피하기도 하고 화가 나기도 하여, 그가 어머니한테서 들은 대로,

"애비 에미도 없는 갈보 빨치산 놈의 새끼!"

하고 악에 받친 목소리로, 목에 걸린 생선 가시를 뱉어내듯 퉤퉤 가래침과 함께 토해내고 말았다.

손판도는 그렇게 해서 칠성네가 자기의 친부모가 아니라는 것을 알게 되었다.

처음에, 칠성네 부부는 손판도의 다그침에 펄쩍 뛰며 딱 잡아뗐으나, 씨아에 불알을 넣고 말지, 어찌나 견딜 수 없게 달달 볶아 대는 바람에, 그

만 자초지종을 이야기해 주고 말았다.

그 뒤 손판도는 학교에도 나가지 않았다. 걸핏하면 휑하니 집을 나가서 며칠씩 있다가 돈이 떨어지면 쭈그렁이가 되어 돌아오곤 했다.

마을 아이들과 어울리지도 않았다. 그는 1년이면 여남은 번씩은 집을 뛰쳐나갔다. 돈이 떨어져 돌아오면 며칠이고 두문불출하고 죽은 듯 방구석에만 붙박여 있다가도, 갑자기 산매 들린 놈처럼 쌩쌩 휘파람 불어 대며 백암산 골짜기를 쏘다녔다.

며칠이고 죽은 듯 잠잠하다가도 칠성네 부부한테 돈을 내놓으라고 미친개처럼 짖어 댔으며, 돈을 주지 않으면 아무거나 돈이 될 만한 것들을 들고 나갔다. 징이며 꽹과리, 장고 등 굿거리까지도 들고 나가 팔아 버렸다.

한번은 손양중이의 목을 조르고 칼을 들이대며 돈을 내놓지 않으면 죽여 버리겠다고까지 했다.

마을 사람들은 키워 준 은혜도 모르는 그런 불쌍놈을 다시는 방울재에 발을 들여놓지 못하게 하자고 어우르기도 했으나, 칠성네 쪽에서 쌍지팡이를 짚고 말렸다. 마음 약한 칠성네 부부는 손판도가 집을 나가 오랫동안 소식이 없으면 눈이 물커지도록 걱정했다.

"기르던 개한테 다리를 물렸구만. 고양이도 머리 검은 것은 귀치 말라고 했는데, 그까짓 놈한테 뭘 바라겠어! 다음에 들어오거든 발모갱이를 작신 분질러서 내쫓아 버리게."

마을 사람들이 이렇게 칠성네 부부한테 말할라치면,

"굽은 소나무가 선산 지킨다고 안 합뎌. 그래도 사람 가죽을 둘러썼으니께 언젠가는 마음을 바로잡겠지요."

하며 거미줄 같은 한 가닥 기대를 끊지 않았다.

그러던 어느 해, 가뭄이 심해 벼가 **빼들빼들** 고스라져 버린 논에, 화가 난 농부들이 하늘을 욕하며 불을 질러 버린 찌는 듯한 여름에, 칠성네 남편 손양중이가 시름시름 앓다가 죽고 말았다.

손판도는 손양중이가 땅에 묻힌 지 두 달 만에 낮도깨비처럼 푸수수한 모습으로 돌아왔다. 그는 자신의 주검을 보는 것만큼이나 슬픈 얼굴로, 아직 떼가 살아나지 않은 무덤에 머리를 꿍겨박고 엎드려 늑대 울음을 울었다.

손양중이가 죽은 뒤 그는 약간 달라진 듯싶기도 했다. 칠성네의 말로는 사람의 혼을 어지럽게 하는 사나운 귀신 두억시니가 물러난 것이라고 했다.

그는 한동안 돈을 달라고 떼를 쓰지도 않았고, 집을 나가지도 않았다.

지게를 지고 할미산에서 땔나무를 해 나르기도 했고, 즐겁게 집안일을 돌봐 주었다.

칠성네가 굿을 하러 다닐 때는 징과 장고를 메고 다니며, 죽은 손양중이 대신 굿장단을 쳐주고 바라지도 해주었다.

그런 그를 보고 방울재 사람들은 이제야 손판도가 사람 구실을 하는가 싶다고들 하며, 손양중이의 말대로 그를 흙더미 속에 처넣지 않았던 것이 열 번 잘한 일이었다고 마음속으로 생각들을 굴렸다.

그러던 이듬해 여름부터 방울재에는 실로 해괴망측한 소문이 입에서 입으로 봄날 연기처럼 퍼지기 시작했다.

열여덟 살 된 손판도가 마흔아홉 살의 칠성네와 배가 맞았다는 거였다. 방울재 사람들은 처음에 그 소문을 아무도 믿으려고 하지를 않았다. 피를 가른 친부모간은 아니라지만, 개돼지가 아니고서야 어찌 그럴 수가 있겠냐는 것이었다.

방울재에 소문이 자욱하게 퍼지자, 남의 일에 끼어들기 좋아하고 호기심 많은 청년들 몇이, 밤을 새워 몰래 칠성네의 안방을 엿보아 온 지 사흘 만에, 입에 담을 수 없을 만큼 해괴망측한 광경을 붙잡고 말았다.

　청년들은 그들의 눈을 의심했다.

　밤이 깊어, 문풍지 우는 소리에 등잔불이 춤을 추고, 바람 모퉁이 빈 물레방아 돌아가는 소리에 방울재 사람들이 깊은 잠의 늪 속으로 빠져들어 갈 무렵이었다.

　칠성네가 방에서 나와 살구나무 밑 샘에서 몸을 칼칼하게 씻은 다음 빨간 빛깔에 하얀 소매를 단 융복으로 갈아입고, 두 손에 방울과 부채를 들었다. 신복을 입은 칠성네의 얼굴은 희불그레한 불빛에 파르스름한 요기의 그림자의 흘렀다.

　손판도는 장고를 끌어당기고 왼손에 열채를 오른손에 궁글채를 쥐었다.

　덩그렁 덩그렁…….

　손판도가 한껏 나지막하게 장고로 굿장단을 치기 시작했다. 그는 가볍게 장고채를 들고 사뭇 두 어깨를 흥청거리며,

　"얼수절수"

　입으로 소리까지 냈다.

　손판도의 굿거리장단에 맞춰 칠성네가 춤을 추었다. 처음엔 도장굿할 때의 진쇠춤을 추었다.

　장단이 메나리조로 바뀌자 춤이 빨라졌다. 호랑나비처럼 춤을 추는 칠성네의 얼굴에 여러 가지 색깔의 그림자가 순간적으로 머물렀다가 사라지곤 했다.

　그녀는 손판도의 굿거리장단에 맞춰 밤이 이슥하도록 춤을 추었다. 장

단에 따라 춤이 여러 가지로 변했다. 호랑나비가 나래를 접듯 느릿느릿 추었다가, 날개를 치고 하늘로 나는 것처럼 펄떡펄떡 숨 가쁘게 뛰기도 했다.

칠성네는 신탁도 내리지 않고, 마지막에 청배 오신거리 춤을 추는가 싶었는데 몸을 옴죽거리며 천천히 융복을 벗었다. 치마저고리도 벗었다. 속치마 바람으로 비에 젖은 풀잎처럼 흐느적거리더니, 이내 속치마까지 벗고 알몸이 되어, 총 맞은 사람처럼 방바닥에 흐물흐물 무너져 내리고 말았다.

칠성네가 실오라기 하나 걸치지 않은, 희불그레한 알몸으로 쓰러지자, 손판도도 장고채를 던지고 훌훌 옷을 벗었다.

벌거벗은 채 한 덩어리가 된 두 개의 포실한 몸뚱어리가, 뱀이 똬리를 감듯 뒤엉켰다. 그리고는 불이 꺼졌다.

그런 일이 있자 소문은 이웃 마을에까지 번졌다. 방울재 사람들은 당장 칠성네와 손판도를 덕석몰이를 하여 마을에서 쫓아내야 한다고들 하였다.

칠성네와 손판도의 그런 일로 방울재 사람들은 더위도 잊은 채 수군거렸다.

여름이 거의 끝날 무렵, 큰비와 함께 천둥이 울고 물레방앗간 옆 큰 벚나무에 벼락이 떨어진 다음 날 새벽 칠성네가 융복을 입은 채 마당 앞 접시감나무에 목을 매고 죽었다.

방울재 사람들은 칠성네는 손판도가 죽인 거나 마찬가지라고들 했다.

마을 사람들은 칠성네를 할미산에 묻고 내려오는 길로, 손판도의 목에 홀랑이를 걸어, 복날 개를 잡곤 하던 상여 바위 옆 Y모양으로 된 늙은 미루나무로 끌고 가서 묶었다. 그는 개만도 못한 놈이기 때문에 개처럼 홀랑이로 목을 걸어 Y모양의 미루나무에 매달아 죽여야 한다고들 하였다.

그는 미루나무에 묶인 채 개처럼 두들겨 맞고 방울재에서 기다시피 하여 쫓겨 갔다. 그 후로 소식이 끊겼다. 어디에서 무엇을 하고 사는지 아무도 아는 사람이 없었다. 알려고도 하지 않았다. 방울재 사람들은 모두 그를 기억하려고 하지 않았다.

바람결에 얼핏얼핏 들려온 이야기로는 서울에서 무서운 깡패가 되었다고도 했고, 강도질을 하다가 붙잡혀 감옥살이를 한다고도 했다. 그러던 손판도가 꼭 10년 만에 유령처럼 소리도 없이 불쑥 방울재에 나타난 것이다. 그를 본 방울재 사람들은 마치 그가 무덤을 뚫고 나오기라도 한 것처럼 섬찟한 무서움에 떨면서 한 발짝씩 뒤로 물러섰다.

"나 손판도여. 손판도가 십 년 만에 고향이 그리워서 다시 찾아왔어."

그는 한사코 그를 피하는 옛날 어렸을 때의 친구들을 만나면 반갑게 손을 잡아 흔들었다.

그는 지난날을 부끄러워하거나, 잘못을 회개하는 빛이 조금도 없이, 뻔뻔스럽게 만나는 사람마다 큰 소리로 알은체를 했다.

차림새도 제법 말쑥했다.

그의 말로는 월남전에 참전했다가 부상을 당해 돌아왔다고 했지만 겉은 손가락 하나 다치지 않고 멀쩡했기 때문에, 그의 그런 말을 아무도 믿지 않았다.

"내 눈을 들여다보소. 내 눈만 봐도 내가 월남에서 온 걸 그냥 알 수 있지 않겠어? 내 눈이 벌게졌지? 왜 그런 줄 아나? 베트콩을 수도 없이 많이 쥑여서 그래. 피를 너무 많이 본 거야. 신나는 사냥이었지. 어이구 그눔에 송장 썩은 냄새, 정말 지독한 냄새였어. 온통 썩은 냄새뿐이었다구. 베트콩 썩는 냄새, 여자들 썩는 냄새, 정글 속에서는 온갖 잡것이 다 썩어 갔어. 결국은 내 페니스도 정글 속에서 썩어 버리고 말았지만 말야."

손판도는 핏발 선 시울을 어지럽게 굴리며 싸늘하게 웃었다.

"네 뭣이 썩었어?"

마을 청년들이 묻는 말에,

"내 가운뎃다리 말야. 그게 월남의 정글에서 썩어 버렸단 말야. 허지만 여자라면 적어도 서너 트럭분은 먹어치웠으니까 별루 서운할 건 없지만 말야."

손판도는 여전히 웃는 얼굴로 아무렇지도 않게 남 말 하듯 말했다.

그의 말대로라면 성불구자가 된 듯싶었으나 아무도 확인을 해보지 않았기에 역시 믿을 수 없는 일이었다.

"월남에 있는 동안 방울재가 그리워서 미치겠더라구. 모두들 고향에 편지를 쓸 때마다, 나도 고향이 있다는 것을 뻐기면서 네들한테 수없이 편지를 썼지. 결국은 한 통도 부치지 못하고 모두 밑닦이로 써버렸지만 말야. 언제 죽을지도 모르는, 송장 썩는 냄새만 나는 남의 나라 전쟁터에서 편지 쓸 고향이 없다고 생각해봐. 그건 정말 죽는 것보담 더 끔찍한 일이라구. 징소리가 젤 듣고 싶더구만. 구름 한 점 없는 하늘에서 달빛이 쏟아지는 밤에는 야자나무를 흔드는 바람 소리가 징소리로 들릴 때도 있었어."

방울재에 온 다음 날, 손판도는 지붕에 개비름이며 강아지풀들이 쑥대머리 귀신 형용으로 푸수수 돋아 있고, 벽의 흙이 떨어져 사춤이 숭숭 뚫린 채 심살만이 생선 뼉다귀처럼 앙상한, 10년이 넘게 비워 둔 칠성네의 집을 대강 수리하여 혼자 기거하기 시작했다.

손판도를 다시 쫓아내야 하지 않겠느냐고 어우르는 사람도 몇 있었으나, 대부분 사람들은 옛날 일을 희미하게 잊어 가는 판이라 흐지부지 눈 감아 버리게 되었다.

어쩌면 마을 사람들은 손판도가 6·25 때 자기 생부모를 죽인 일이며, 10년 전에 자기를 개처럼 두들겨패서 쫓아냈던 일을 들추어 해코지를 하지나 않을까 하고 은근히 그를 두려워한 것인지도 모를 일이었다.

방울재 사람들은 6·25 때 그들이 손판도의 아버지한테 당했던 그 끔찍스러운 아픔은 쉽게 잊어버렸으면서도, 그들이 그들 부부를 흙구덩이 속에 처넣어 버린 일은 나이가 들수록 더 심해지는 해소병처럼, 좀처럼 아물지가 않았다.

방울재 사람들은 그런 사람들이었다. 그들이 당했던 슬픔은 쉽게 잊고 용서를 하면서도, 그들이 지은 잘못에 대해서는 하늘을 바로 보지 못할 만큼 늘 마음속에 그들이 당한 아픔보다 더 큰 상처로 남아 있어 죽을 때까지도 그 고통을 씻지 못하는, 그렇게 어수룩한 사람들이었다.

그러기에 다시 나타난 손판도를 쫓아낼 엄두조차 내지 못하고, 오히려 그를 두려워했다.

그 무렵에 영산강 유역 개발사업이 시작되었다. 영산강의 원류인 황룡강 상류, 방울재 안통에 댐을 막는다고 했다. 마을이 물에 잠긴다는 말에, 방울재 사람들은 마치 죽음을 통지받은 사람들처럼 길길이 뛰었다. 주민들이 이주를 반대하고 나서자, 정부에서는 토지수용령이라는 것을 발동하여, 수매에 응하지 않은 방대한 수몰 예정지의 토지를 사들였다. 그들은 토지보상금이 많고 적은 것은 따지지 않았다. 고향을 잃어버린다는 아픔 때문에, 정부기 하는 일을 막기란 계란으로 바위를 치는 것과 마찬가지라는 것을 알고 있으면서도 한 발짝도 마을에서 물러서려고 하지 않았다.

손판도도 처음엔 마을 사람들과 같은 생각이었다. 그의 소유로 된 토지는 칠성네 앞으로 등기가 나 있는 논 다섯 마지기에 밭 한 마지기뿐이었으며, 그것도 손판도가 쫓겨난 후로는, 마을에서 제일 가난한 학필이네가 농사를 지어 주고 죽은 칠성네 부부의 제사며 묘지 벌초를 해오고 있는 터였다.

그러나 손판도는 뒤늦게야 자기가 칠성네의 아들로 호적에 올라 있다는 것을 알고 학필이네 몰래 보상금을 받아먹고 말았다.

보상금을 받은 뒤부터 그의 태도가 싹 달라졌다. 은근히 마을 사람들을 설득하는 쪽으로 기울어지기 시작했다.

"전쟁에서도 진격 때보다는 후퇴를 잘해야 피해가 적은 법입니다. 방울재에 뚝을 막기로 한 정부의 결정은 하느님도 바꿀 수 없다 이겁니다. 정부하고 맞사지해 봤자 손가락으로 하늘 찌르기요. 어차피 토지수용령이란 것이 내렸으니깐 보상금 빨리 타가는 사람이 이익이랍니다. 사업비가 부족하기 때문에 괜시리 늑장 부리다가는 빈손으로 쫓겨 나가게 생겼어요."

손판도는 끝내 마지막 부락제를 지낸 다음 날 군청 직원들을 몰고 와서는 금줄을 두른 마을 앞 늙은 팽나무에 큰 톱을 들이대는 것이었다.

마을 앞 늙은 팽나무는 방울재가 생기면서 심은, 500년도 더 된 고목으로, 방울재 사람들은 해마다 이 앞에서 부락제를 올렸다.

칠성네도 이 나무를 칠성나무라고 하여 봄가을 두 차례씩 따로 제사를 지냈다. 손판도가 어렸을 때 그녀는,

"이 칠성나무가 너를 점지해 주셨다. 그러니 칠성나무에 네 소원을 말하면 다 들어주실 거다."

라고 말했었다.

손판도는 그 말을 믿었다. 그래서 그는 늘 늙은 팽나무에 무슨 소원을 빌어 볼까 하고 생각했었다. 그는 결국 그가 어른이 되면, 어머니 칠성네보다 더 춤을 잘 추는 색시를 얻게 해주고 방울재 안에서 가장 부자가 되게 해달라고 빌어야겠다고 마음속으로 생각했다.

"늙은 칠성나무를 벤 사람은 죽는다."

칠성네는 그렇게 말했었다.

손판도는 칠성네의 그 말을 떠올리면서 단옷날 매어 둔 그넷줄 도막이 대롱거리는 팽나무에 톱을 들이댔다. 그는 늙은 팽나무에 큰 톱을 들이대는 순간 먼저 죽이지 않으면 내가 죽게 된다는 생각을 열심히 굴리면서 베트콩의 골통에 총구를 대고 방아쇠를 잡아당기던 일을 떠올렸다.

손판도가 큰 톱으로 팽나무를 자를 때 나이 많은 방울재 어른들이 작대기를 휘저으며 달려들었다. 그는 10년 전 방울재에서 쫓겨날 때처럼 뭇매를 맞으면서도 톱질하던 손을 멈추지 않았다.

늙은 팽나무가 우지직 쾅 하고 넘어지는 순간에는 고지를 점령하고 태극기를 꽂을 때처럼 환흡을 맛보았다. 하늘이 훨씬 넓어진 듯싶었다.

마을 사람들은 시체보다 더 처참하게 쓰러져 누운 팽나무를 보며 슬픈 얼굴로 길고 괴로운 신음소리를 냈다.

"제 명에 못 살고 뒈져서 구렁이가 될 것이다. 이노오옴!"

마을 어른들이 비명을 지르듯 날카롭게 울부짖었다.

손판도는 구렁이처럼 흉물스러운 시선으로 쓰러져 누운 늙은 팽나무와 마을 어른들을 번갈아 보며 칡칡 삵의 웃음을 피웠다. 그는 이미 죽어서 저주의 화신인 구렁이가 되기라도 한 것처럼 행동했다. 그는 마을의 큰 나무들을 모조리 잘라 버렸다. 각시샘 맞은편의 오래된 은행나무와, 6·25 때 이쪽저쪽으로 끌려나간 채 소식이 끊긴 사람들을 인형으로 깎아 시체 대신 땅에 묻고 무덤을 만들었다는 솟대 옆, 가지가 많은 늙은 향나무도 잘라 버렸다.

그 무렵 핏발 선 그의 눈이 한결 더 붉어졌다.

방울재 사람들이 더 버티지 못하고 소소리바람에 휩쓸리는 나뭇잎처럼 방울재에서 쓸려가 버리던 날, 손판도는 빈집에 불을 놓으며 뛰어다녔다.

그때 그의 얼굴은 사람의 모습이 아니었다.

3

둑 위와 관리사무실의 슬레이트 지붕에 떨어지는 빗방울 소리가 콩 튀듯 굵어졌다.

바람도 드세어진 듯싶었다.

손판도는 조금 전부터 싹둑 잘린 페니스 뿌리가 묵지루해지면서 쩌릿쩌릿 핏줄이 땅겨 왔다. 무엇인가가 그의 핏줄을 고무줄처럼 팽팽하게 잡아당기고 있는 것 같았다.

닭의 똥보처럼 보잘것없이 되어 버린, 잘려 없어진 페니스 밑동부리가 아프기 시작하면, 손판도의 핏발 선 눈자위가 더욱 붉어지면서 온몸의 근육이 연탄불 위의 오징어 발처럼 지글지글 오그라들었다.

손판도는 통증을 견디지 못하는 환자가 진통제를 찾듯 평상 밑을 더듬어 소주병을 꺼내, 이빨로 병마개를 뽑아 쿨럭쿨럭 목구멍에 털어 넣었다.

그는 단숨에 소주 한 병을 목구멍에 붓고 나서야 하수구 터지는 듯한 소리로 쿠루루 숨을 내쉬었다. 그것은 통증을 이겨 낸 안도의 한숨이 아닌, 무덤에서 시체를 꺼내는 것만큼이나 돌이키기 싫은 기억의 제어장치가 풀리는 소리였다.

희끄무레한 불빛 속에 잊혀진 수많은 사람의 얼굴이 뒤죽박죽으로 물구나무서서 찍혀 왔다. 페니스의 통증이 시작될 때마다 그의 머리를 빨래 짜듯 쥐어짜며 괴롭히는 얼굴들이었다.

그의 페니스를 자른 여자 베트콩의 얼굴도 머릿속에서 부스럭거리며 살아났다.

섭씨 삼십팔 도의 숨 막히는 대낮, 소나기가 지열을 죽이며 한바탕 신나게 보리타작하듯 정글을 두들기고 지나간 뒤, 손판도는 포로로 잡은 눈이 와이셔츠 단춧구멍만 한 나이 어린 여자 베트콩을 끌고 야자나무 그늘로 갔다. 그의 M16 자동소총처럼 지치지도 않고 불을 뿜어 대기를 좋아하는 성욕을 가라앉힐 장소를 찾았다.

짧은 시간에 사정이 끝나면 곧 자신의 심장에 총알이 박히게 되리라는 것을 알면서도, 여자 베트콩은 총부리가 가리키는 방향을 향해, 고향을 찾아가기라도 하는 듯한 발걸음으로 꼿꼿하게 걸었다.

총구가 말을 하지 않아도 그녀 스스로 적당한 장소를 찾아 걸음을 멈췄다. 그녀는 체념한 듯 생명을 구걸하거나 연장하려고 하지 않았다.

손판도는 여자를 풀밭에 동댕이쳐 넘어뜨린 후 냄새나고 더러운 아랫도리를 걸레를 찢듯 북북 쥐어뜯어 발겼다.

야자나무 잎 사이로 총알같이 찔러 내려오는 햇살이 뿌유스름한 여자의 알몸 위에서 꽃뱀처럼 또아리를 풀었다.

손판도는 꽃뱀을 잡아 짓이기듯 팽팽한 성욕으로 여자를 찍어 눌렀다. M16 자동소총의 방아쇠를 당기듯 깊숙이 여자의 살을 잔인하게 찢었다.

사정하기 직전, 그는 뒷덜미의 숨골에 와 닿는 금속성의 싸늘한 촉감에 온몸이 쇠말뚝처럼 빳빳하게 굳어져 버렸다. 총구가 그의 뒷덜미를 힘껏 눌렀다.

손판도는 총구가 명령하는 대로 여자의 배 위에서 무릎을 세우고 천천히 몸을 일으켰다. 그는 총구가 불을 뿜기를 기다리며 참 더럽게 재수 없는 최후로구나 하는 생각으로 눈을 들어 야자수 잎들 사이로 뾰꼼히 열려있는 손바닥만한 하늘을 얼핏 훔쳐보았다.

무릎 아래로 흘러내린 바지를 긁어 올리려고 하자, 반듯하게 누워있던 여자가, 인형처럼 발딱 일어나며 두 손으로 힘껏 그의 바지를 잡아당겨 내렸다.

손판도는 하는 수 없이 총구가 시키는 대로 바지를 올리지 못한 채 두 손으로 뒷머리를 깍지 낀 채 섰다.

여자는 너덜너덜 찢긴 그녀의 검고 더러운 아랫도리를 수습하려고도 않고 손판도의 뒤통수에 총구를 들이대고 있는 베트콩에게 숨찬 목소리로 계속 지껄이며, 그의 허리춤에서 칼을 뽑았다. 그녀의 이빨과 칼끝에서 햇살이 부서져 튕겼다.

여자는 왼손으로 아직 촉촉하게 젖어 있는, 낙지 대가리 같은 손판도의 페니스를 뿌리째 콱 움켜쥐는가 싶더니, 오른손에 들고 있던 칼을 들이댔다.

손판도는 섬뜩한 아픔에 비명을 지르며 픽 쓰러졌다.

그가 의식을 되찾은 것은 밤낮 구별 없이 환하게 불을 밝히고 있는 병원의 침대 위에서였다. 그는 페니스가 잘려 없어진 것을 알고도 태연했다. 상처의 아픔보다 부끄러움에 눈을 감았다.

같은 분대의 최 하사가 아니었더라면 페니스가 잘린 것이 문제가 아니라, 다시는 하늘을 볼 수 없게 되었으리라는 것을 알고, 우선 살아 있음에 감사한 마음으로 하느님을 외쳐 부르고 싶었다.

최 하사는 손판도를 구하고 두 남녀 베트콩과 함께 죽었다고 했다. 그러나 그는 전우를 살리고 죽은 최 하사의 얼굴조차 쉽게 잊어버리고 말았다. 그의 얼굴이 되살아나는 것은 이따금씩 잘린 페니스에서 통증을 느낄 때뿐이었다. 묵지루한 통증을 느낄 때는, 자신을 구하고 죽은 최 하사뿐만 아니라, 그의 페니스를 자른 긴 얼굴에 유난히 눈동자가 검은 베트콩 여자와, 썩은 살에 칼질하듯, 성욕을 채운 뒤 총질한 아오자이를 입은 수많은 여자의 희미한 얼굴들이, 2차 전쟁 때 벌거벗은 채 가스실로 끌려가는 유대인 여자들의 긴 행렬처럼 느릿느릿 음울한 모습으로 스쳐 지나갔다.

그리고 그가 열여덟의 나이로 동정을 바친, 18년 동안 어머니라고 불렀던 칠성네의 얼굴과, 그의 호적상 아버지인 손양중이의 장어 낚싯바늘 같은 휘움한 눈길이 무섭게 떠올랐다.

그 얼굴들이 떠오르면 그의 마음은 풀잎처럼 약해지고 마는 것이었다. 그는 늘 현재나 미래보다 과거에 약했다.

손판도는 술병을 비틀어 쥐어짜듯 남은 술을 마지막 한 방울까지도 목구멍에 넣고 나서, 빈 병을 평상 밑으로 집어 던졌다.

평상 밑에는 빈 술병들이 그들먹하게 쌓여 있었다. 그는 빈 술병들을 전리품처럼 아꼈다. 그 때문에 빈 병들을 치우지 않고 그대로 차곡차곡 쌓아 두었다.

같은 관리사무소 박 씨가 그것들을 치우려고 할 때마다,

"내가 세상에 태어나서 남긴 게 있다면 이것뿐입니다. 저 빈 술병들이야말로 내 삶의 증거이며 탑이죠. 때로는 나 자신을 저 빈 술병으로 착각

을 한답니다. 난 죽을 때까지 열심히 빈 술병이나 모으며 살아갈 겁니다. 그 재미밖엔 없지 않겠어요. 월급타서 먹고 마시는 것말고 달리는 돈 쓸 데도 없잖습니까?"

하고 희미하게 웃으며 말하곤 했다.

술기운이 악마의 피처럼 순식간에 온몸에 쫙 퍼졌다. 통증은 가라앉지 않았다. 오히려 빨라진 피돌기와 함께 통증의 맥박이 높아졌다.

통증이 심할수록 그가 월남 전선에서 휴지를 구겨 던져버리는 것보다 더 쉽게 생명을 짓이겼던 수많은 사자의 모습이 한결 뚜렷하게 떠올랐다.

남은 술을 찾았으나 모두 빈 병들 뿐이었다. 호수의 물을 다 퍼마셔도 개운 찮을 듯싶은 심한 조갈증 때문에 가슴이 답답했다.

손판도는 답답한 가슴을 쥐어뜯고 싶은 충동으로 벌떡 일어서서 호수 쪽으로 나 있는, 조그만 사무실에 비해 어울리지 않을 만큼 큰 창문을 드르륵 신경질적으로 열어젖혔다.

차가운 비바람이 얼굴을 때렸다.

손판도는 창을 열고 서서 아무것도 분간할 수 없는 답답한 호수의 수면을 바라보았다. 어둠의 벽이 겹겹이 둘러싸인 호수 위에 수많은 사람의 얼굴이 커다랗게 떠올라 자신을 향해 울부짖으며 떼를 지어 달려오고 있는 것만 같았다.

월남의 정글에 더러운 옷을 입고 즐비하게 나자빠져 썩어가고 있던 시체들이 모두 살아나고 있는 듯싶었다.

칠성네 부부와, 손판도 때문에 죽은 최 하사의 얼굴도 보였다. 순간 손판도는 죽은 그들이 칠복이와 함께 어울리게 될까 걱정이 되었다.

손판도는 무서운 생각에 창문을 닫아 버리고 조금 전 칠복이가 뻗대고 앉아 있었던 평상 위에 가능한 한 조그맣게 몸을 웅크렸다. 그는 자꾸만 육신이 오그라들었다. 점점 작아져서 아무의 눈에도 보이지 않게 될 것만 같았다. 무서웠다. 혼자 사무실에서 밤을 새워야 한다고 생각하자 목구멍에 불잉걸이 이글거리듯 조갈증이 더욱 심해졌다.

사무실을 빈틈없이 에워싸고 있는 창밖의 어둠이 조금씩 조금씩 그의 목을 조르고 있는 것만 같았다. 그것은 죽음이 다가오는 것보다 훨씬 절박했다. 세상에 태어나서 처음 느낀 외로움이었다.

비바람 때문에 정전이 될지도 모른다는 생각을 하자 더욱 불안했다.

"칠복이이……."

손판도는 갑자기 칠복이를 소리쳐 부르며 사무실에서 뛰쳐나갔다. 그는 손전등에 불을 켜고 어둠 속으로 길을 냈다. 칠복이가 아직 둑 어디에 있으면 억지로라도 끌고 들어와 같이 있고 싶었다.

"칠복이이……."

그는 손전등으로 둑 위의 어둠을 무너뜨리며 하느님에게 구원을 요청하듯 간절한 목소리로 칠복이를 불렀다. 그는 살아 있는 사람이 그리웠다. 혼자 아무 말 없이 어둠 속에 갇혀 있기란 죽기보다 무서웠다.

손판도는 갑자기 그의 이름을 불러줄 사람들이 그리워졌다.

"그눔에 징소리 때문이여, 내 맘이 드럽게 약해진 건 순전히 징소리 때문이구만."

손판도는 혼자 큰 소리로 말하며 둑 위의 어둠을 뒤적거리며 칠복이를 찾았다.

칠복이는 관리사무소 반대쪽 맨 끝에 있는 수문개폐실의 시멘트벽에 풍뎅이처럼 바짝 붙어 있었다. 손전등 불빛에 그의 모습이 붙잡히자 손판도는 달려가서 와락 안아주고 싶은 거짓 없는 충동을 느꼈다.

"비를 다 맞고 여기서 혼자 뭘 허나, 이 사람아!"

손판도는 손전등으로 칠복이의 젖은 몸을 비춰 보며 말했다.

"사람을 기다리는구만."

칠복이는 희미하게 대답했다.

"기다리기는 누구를?"

"우리 여편네!"

"이 사람아, 비가 이렇게 억수같이 쏟아지는 한밤중에 자네 마누라가 어떻게 여기까지 온다고 그래?"

"내 말을 안 믿는구만."

"글쎄, 이 빗속에 어떻게 여기까지 온다는 말인가."

"두고 보소. 꼭 올 거니께."

"답답한 친구."

"우리 여편네가 안 오면 구만이나 순필이라도 올 거로구만."

"그 사람들이 어떻게?"

손판도는 칠복이의 입에서 또 죽은 순필이와 구만이의 이름이 튀어나오자 가벼운 현기증을 느끼며 반문했다.

"조금 전에 저쪽에서 구만이랑 순필이가 둑을 향해서 오고 있었단 마시."

칠복이는 어둠이 깔린 호수를 가리키며 말했다.

"암턴, 여기서 이렇게 비를 맞고 있을 게 아니라 사무실로 들어가세."

손판도는 되도록 호수 쪽을 보지 않으려고 하면서 징을 들고 있는 칠복이의 왼손을 잡아끌었다. 칠복이는 못 이기는 척하고 손판도가 이끄는 대로 수걱수걱 따라나섰다.

"판도 자네 정말 내 말을 못 믿겠는가?"

사무실을 향해 천천히 빗속을 걸으면서 칠복이가 뚜벅 물었다.

"뭘 말인가?"

"우리 여편네가 나를 찾아올 거라는 말 말이시."

손판도는 칠복이가 죽을 때까지 기다려도 그의 마누라가 돌아오지 않을 거라고 말하려다가, 괜히 그를 슬프게 하고 싶지 않았기 때문에 마음에 없는 말을 해주고 말았다.

"자네가 온다고 믿으면 틀림없이 돌아오겠지."

"두고 보게."

칠복은 자신 있게 말했다.

"그렇게 되기를 바라네."

"내 여편네뿐만 아니라, 순필이 구만이도 돌아올 걸세. 조금 전에 그 두 사람이 호수 위를 걸어다니는 것을 분명히 봤단 말이시. 그때 나도 호수로 걸어 들어가려고 했었네. 판도 자네가 나타나지만 않았더래도 나는 틀림없이 구만이와 순필이를 소리쳐 부르면서 호수 위로 걸어 들어갔을 거로구만."

그 말을 들은 손판도는 그가 알맞은 시간에 칠복이를 찾아 나선 것이라고 생각했다. 조금만 늦었더라면 칠복이가 이미 호수로 뛰어든 뒤였을 거라고 믿었다.

손판도는 세상에 태어나서 처음으로 사람다운 일을 한 것만 같아 괜히 기분이 달뜨기까지 했다.

"손판도 자네 내 말 안 믿겠재?"

"뭘?"

"내가 구만이랑 순필이를 봤다는 거."

"자네 말이 맞아. 나도 봤으니까."

손판도는 다시 거짓말을 했다.

"자네도 봤재? 틀림없이 봤재? 이제 내 말을 믿겠재?"

칠복이는 다짐을 받듯 기분 좋은 목소리로 거듭 묻고는 빠른 걸음으로 뛰어가 손판도보다 먼저 관리사무실 문을 열었다.

손판도는 칠복이와 함께 있게 되자 무섬증이 사라졌다. 그는 무섬증을 쫓아 버린 칠복이가 갑자기 고마운 존재로 보였다. 여느 때처럼 그를 놀려대거나 골탕을 먹이고 싶은 생각이 조금도 없었다.

"칠복이 자네 안 무서운가?"

칠복이가 비에 흠씬 젖은 옷을 벗어 쥐어짜는 동안 손판도가 전기난로의 플러그를 꽂으며 물었다.

"무섭긴 뭣이?"

"물 위로 걸어 다니는 사람들."

"고향 사람들이 뭐가 무섭단가?"

"사실 나는 혼자 있기가 무서워서 혼났네."

"그들을 잊고 있었기 때문일 거여. 나는 고향 사람들을 한시도 잊어 본 적이 없네."

"칠복이 자네 말이 옳을지도 모르겠구만. 내가 그들을 무서워하는 건, 자네 말마따나 그들을 잊고 있었기 때문인지도 모르지."

"어떻게 잊을 수가 있당가? 물에 잠겨버렸다고 해서 고향이 없어져 버린 것은 아니네. 잊지만 않는다면 고향은 없어지지 않네."

"잊어버리는 것보다 더 무서운 것은 없는 거 같어. 허지만 나는 잊지 않는 것이 하나도 없단 말이시. 잊지 않으면 난 죽고 말 거로구만. 잊지 않으면 그 괴로움을 어떻게 견뎌낼 수 있겠는가."

손판도는 슬픈 얼굴로 칠복이를 보며 말했다.

"고향을 잊은 건 부모를 잊은 거나 마찬가질세."

"꼭 나를 두고 하는 말 같구만."

손판도는 그렇게 말하면서도 그의 뇌리에 바늘이 꽂히는 듯한 아픔을 느꼈다.

그는 말없이 고개를 떨군 채 줄담배를 피웠다. 그는 갑자기 그를 낳아 준, 얼굴도 모르는 친부모의 생각이 거무죽죽하게 떠올랐다.

그의 나이 열한 살 때, 칠성네가 친부모가 아니라는 것을 알고도, 그를 낳아 준 부모의 유골이 어디에 묻혀 있는가를 아무에게도 묻지 않았다.

월남에서 돌아온 뒤 방울재가 물에 잠기게 되어, 마을 사람들이 서둘러 조상의 묘를 이장하느라 덤성거릴 때, 구만이 아버지가 손판도에게 생부모가 묻힌 가매장지를 알려 주면서, 물에 잠기기 전에 다른 곳으로 모시라고 일러 주었는데도 조금도 마음이 움직이지 않았다.

그를 낳아 준 부모의 가매장지는 할미산 골짜기 후미진 아카시아 숲속에 있다고 했지만 손판도는 가보고 싶지도 않았다.

그는 끝내 이장을 하지 않았다. 아카시아 숲이 물에 옴씰하게 잠기는 것을 보고도 기분이 아무렇지도 않았다.

"저런 불효막심한 개 같은 자식, 부모 뼈다귀가 물에 잠기는 것을 보고만 있다니 원. 제놈이 부모 아니면 세상에 생겨나기나 했을라고!"

마을 사람들이 손판도를 보고 침을 뱉고 손가락질을 해댔으나 모르는 척해 버렸다. 그때 손판도는 그의 친부모 유골이 아니라, 온 세상이 깡그리

물에 잠긴다 해도 조금도 마음이 언짢거나 아쉬울 것이 없다고 여겼다.

"판도 자네는 소원성취했재?"

옷을 말리던 칠복이가 묘한 얼굴로 손판도를 올려다보며 물었다.

"소원성취라니?"

"방울재가 물속에 잠기고, 그 덕분에 자네 취직도 허고……."

"그것도 소원성췬가?"

"그만하면……."

"내 생각은 딴 데 가 있네."

"더 바랄 것이 있단 말이여?"

"칠복이 자네 내 맘을 통 모르는구만. 하기야 알 턱이 없겠지. 방울재 사람들 아무도 내 속을 모를 거여."

손판도는 깊숙이 담배 연기를 빨아들였다가 허공에 도넛을 만들어 날리며 말했다.

"자네 소원이 뭔디그려?"

"훨훨 떠돌아다니는 거…… 이 세상 구석구석을 떠돌아다니는 거……."

"아니 떠돌아 댕기고 싶은 거이 소원이란 말여?"

"자네는 내 심정을 몰라."

"내 소원하고는 정반대로구만그려."

"칠복이 자네 소원은 뭔디?"

"엉덩판에 곰팡이가 피도록 오래오래 한곳에서만 살고 싶은 거라네. 부자 되기는 바라지도 않고, 내 손자들의 손자들까지 한 곳에서만 살기를 원하네. 방울재에서 우리 할아버지의 할아버지 때부터 지금껏 살아왔던 것같이…… 사람도 나무와 마찬가지로 한곳에 오래오래 살아야 뿌리가 튼튼해지는 법이여. 자주 옮겨 심으면 뿌리가 실하지 못해서 죽고 마네. 사람이 뿌리가 실해야 마음도 착해지는 법 아닌가. 대처에서 넓은 하늘을 맘껏 쳐다보고 산다고 해서 마음까지 넓어지는 것은 아닌 것 같드구만. 방울재가 물에 잠긴 뒤에 넓고 넓은 세상 여기저기 떠돌아다녀 보았더니, 마음이 넓어지기는커녕 되려 무장 더 작아지데. 다 뿌리가 약한 탓이겠재. 바늘구멍으로 하늘 보듯 살아도 뿌리만 튼튼하면 그 넓디넓은 세상이 모두 바늘구멍 안으로 들어올 것만 같다니께. 옛날 방울재 골짝에서 할미산 봉우리만 보고 살면서도 세상 돌아가는 이치를 몰라 답답해 본 적은 한 번도 없었거든. 조금 답답할라치면 할미산에 올라가서 냅다 방울재 안통이 쩌렁쩌렁 울리도록 징만 한번 두들겨 패면 속이 후련해지곤 했구먼. 생각해 보면 사람의 뿌리라는 건 사람의 뼉다귀인 것 같으네. 사람의 뼉다귀는 바로 고향이 아닌가 싶구먼."

칠복이는 먼 시선으로 창밖의 어둠을 뚫어보며 길게 말을 했다. 칠복이의 말이 끝나자 잠시 호수 밑바닥과 같은 침묵이 흘렀다.

"칠복이!"

손판도가 고개를 쳐들며 불렀다.

"왜 그런가?"

"갑자기 자네 징소리가 듣고 싶구만."

손판도는 구둣발 앞부리에 힘을 주어 담배꽁초를 비벼 끄며 낮은 소리로 말했다.

"판도 자네는 내 징소리를 싫어하지 않는가?"

"싫어했었지. 징소리만 들으면 죽은 사람이 되살아나는 기분이었거든."

"그런데 왜?"

"달라졌어. 이젠 무섭지가 않으니까."

"허! 낼 아침에는 달이 떠오르겠구먼. 판도 자네가 내 징소리를 다 듣고 싶어허구."

"진심이여."

"그렇잖어두 낼 아침 동이 트면 뚝이 무너지도록 징을 칠 생각이네. 징을 더 쳐야 우리 여편네가 올 모양이구만. 내 징소리가 백 리 밖에 있는 여편네의 가슴을 망치질하듯 때려 줘야만 돌아올 모양인가 원!"

"징소리가 백 리 밖까지?"

"그까짓 백 리가 뭐여! 나를 잊지만 않았다면 천당에 가 있어도 내 징소리를 들을 수 있을 거로구만."

"허긴, 이제야 말이네만 자네가 남도시에 있을 때도 날이 궂은 날이면 가끔 징소리가 들려오는 것도 같데만."

"그랬어? 자네가 내 징소리를 들었단 말이재? 그렇다면 자네도 고향을 아주 잊은 것은 아니구만그려. 자네 맘속에도 고향이 벼룩 알만큼은 살아 있구만그려."

칠복은 오랜만에 웃는 얼굴로 손판도를 보았다. 마을이 잠긴 뒤 칠복이의 웃는 모습을 처음 본 손판도는 몇 년 동안 헤어져 있었던 그리운 사람을 다시 만난 것처럼 갑자기 마음이 달뜨기 시작했다.

"칠복이 자네한테 부탁이 있는데 들어줄란가?"

손판도가 천천히 미소를 감추고 진지한 얼굴로 칠복을 뚫어지게 보며 말했다.

"징을 쳐달라는 부탁이라면 내 손목이 부러질 때까지라도 쳐줌세. 내가 고향 사람들을 위해 해줄 수 있는 일이라면 그것뿐닝께."

"징을 쳐달라는 부탁 말고……."

"그러면, 방울재에서 떠나 달라는 건가? 그런 말은 입 밖에 내지도 마소."

칠복은 갑자기 실뚱머룩한 얼굴이 되어 시선을 창밖으로 던졌다.

"그런 것이 아니고…… 내 대신 칠복이 자네가 땜 경비를 맡아 줄 수 없 겠는가?"

"무슨 소리여?"

"땜 경비원이라는 게 별루 할 일이 없는 자리네. 사람들이 물속으로 뛰 어들지 못하게 하고, 수문을 열지 못하도록만 지키면 되는 일이네. 아마 이 월급 가지면 자네 세 식구 생활은 할 거여. 자네가 취직을 했다는 소문 을 들으면 자네 마누라도 돌아와 줄지도 모르고……."

칠복은 돌부처처럼 무표정하게 굳은 얼굴로 판도를 쳐다보았다.

"자네 자리를 왜 나한테 줄려고 하는가. 이 자리를 얻기 위해서 방울재 사람들한테 욕을 바가지로 얻어들었지 않았는가."

"꼭 이 자리를 얻으려고 그런 건 아니었네."

"자네 맘속을 모르겠구만. 자네 맘속에는 살모사가 들어 있는 것만 같 아서 말이시."

"이 자리는 칠복이 자네한테 알맞은 거 같어. 자네가 여기 있으면서 고 향을 지키게."

"그러다가 내가 수문이라도 확 열어 버리면 어쩔려구."

"수문을 열고 싶은가?"

손판도가 물었다.

"물이 빠지면 호수 밑바닥에 방울재가 옛날 모습대로 고스란히 남아 있 을 것만 같단 마시."

"수문을 열어 버리고 싶은 생각은 나도 마찬가지네. 나는 늘 그런 생각을 했지. 거대한 둑에 갇혀 있는 흐르지 못하고 언제 보아도 그대로 고여 있기만 하는 호수를 들여다보고 있으면 답답해서 말이시, 수문을 확 열어 버리고 싶은 마음이 성욕처럼 불끈 치솟곤 헌단 말이시. 내가 여기 계속 있다면 참지 못하고 냅다 수문을 열어 버릴지도 모를 거로구만. 전장에서 여자를 범하는 그런 생각으로 말이시."

"이 사람, 판도 자네는 엉뚱한 생각을 하는구만. 내가 수문을 열어 버리고 싶은 건 옛날의 방울재를 다시 보고 싶기 때문이여."

"암튼, 이 수문은 자네가 지키게."

"자넨 어디루 갈려고."

"아까 말했지 않는가. 어디든지 홀홀 떠돌아다니고 싶다고. 나는 평생 아무 데도 뿌리를 박지 못할 것 같아. 그리고 뜬금없이 여기가 무서워서 더 못 있겠어."

"안 될 말이네. 내가 땜 경비를 맡으면 당장 수문을 열어 물을 쫙 빼버리고 말 거로구만."

"옛날 내가 방울재 큰 나무들을 쌍지팽이 짚고 모조리 베버린 것처럼?"

그 소리에 칠복은 방울재의 늙은 팽나무가 자신의 머리 위로 우지직 쓰러지는 것 같은 놀라움에 화들짝 고개를 들었다. 그것은 하늘이 무너지는 것만큼이나 무서운 일이었다.

여름날 그늘 밑에 서 있으면 나뭇가지들이 온통 방울재 하늘을 모두 덮어 버린 것 같았던 마을 앞 늙은 팽나무가 넘어지던 순간, 칠복이는 어렸을 때 바람재 아카시아 숲속에서 구더기가 득실거리는 아버지의 시체를 발견했을 때처럼 큰 아픔에 가슴이 뻐개지는 듯싶었다.

어렸을 때 칠복이는 해가 넘어갈 무렵 서쪽 하늘로 뻗지른 팽나무 가지 끝에 부챗살처럼 퍼지며 붉게 타오르는 황혼을 바라보며 이 세상에서 가장 아름다운 꽃을 보듯 취해 있곤 했다. 정말이지, 늙은 팽나무 가지 끝에 매달린 불타는 황혼은 그가 제일 좋아하는 짙은 자주색의 양달개비꽃보다도 훨씬 아름답다고 생각했다. 방울재 마을 앞 늙은 팽나무가 손판도의 톱에 잘려 하늘이 무너지듯 넘어진 그 후로 칠복은 해가 떠오르는 찬란함도, 황혼이 불타는 아름다움도 전혀 느끼지 못하고 살아왔다.

두 사람 사이에 호수의 물이 괴듯 깊은 침묵이 흘렀다.

비바람 소리만이 치열한 전투가 벌어지고 있는 싸움터처럼 산만하게 산하를 도리깨질 해댔다.

손판도는 라디오를 켜서 신경질적으로 채널을 돌려 사이클을 맞춰 보다가는 이내 소리를 죽여 버렸다. 손판도가 라디오를 팽개치듯 하고 담배를 꼬나물고 있을 때, 뜨르르 뜨르르 사무실의 전화벨이 매미 소리처럼 울렸다.

"땜 관리사무실입니다."

손판도가 송수화기를 들고 침착한 목소리로 말했다. 그는 몇 마디 통화를 하더니 송수화기를 내려놓고 묘한 웃음을 떠올리며 칠복이를 보았다.

"전화기가 있었는지 몰랐구만."

칠복이가 신기한 눈으로 전화기를 바라보며 말했다.

"오랜만에 내 손으로 수문 한번 열게 됐는가 보네."

"수문을 열다니?"

"비가 많이 온 모양이야. 만수가 되면 수문을 열라는 사업소 지시구만."

칠복이가 묻고 손판도가 대답했다.

"비가 그렇게 많이 왔어?"

"기왕이면 칠복이 자네하고 같이 수문을 여세."

그러면서 손판도는 마른버짐처럼 검적검적 페인트가 벗겨진 낡은 캐비닛을 열고 비옷 두 벌을 꺼내 하나는 자기가 입고 또 하나는 칠복이한테 던져 주며,

"얼른 입소. 물이 얼마나 찼는가 나가 보세."

하고 말했다.

비옷을 꿴 그들은 손전등으로 비에 젖은 어둠을 뚫으며 억수 같이 퍼붓는 빗줄기 속으로 뛰어들었다. 그들은 불빛을 따라 걸었다.

"하늘이 빵구라도 났는가 원."

손판도는 손전등으로 댐의 내벽을 천천히 여러 차례 훑어보았다.

"새벽에나 만수가 되겠는데."

손판도는 수위를 알아보려고 손전등으로 댐의 안쪽을 계속 훑으며 수문을 향해 걸었다.

"만수가 되려면 아직 멀었다면서 어디를 가는가?"

칠복이가 어둠에 묻힌 채 큰 목소리로 말했다.

"지금 당장 수문을 열어야겠네."

"새벽에나 만수가 되겠다면서?"

"못 참겠구만."

"그러다 모가지 달아날라고."

"자네가 있으니 걱정 없네."

손판도는 수문개폐실의 육중한 철문을 열고 손전등으로 어둠을 더듬으며 안으로 들어가 전기 스위치를 넣어 불을 켰다.

수문개폐실은 마치 칠복이가 한때 수문장으로 있었던 칠보증권회사의 지하실에 있는 보일러실만큼이나 썰렁하고 휑뎅그렁했다. 기계 냄새가 났다. 칠복이는 그 냄새가 싫었다. 그것은 흙냄새와는 정반대의 냄새였다. 그는 풋풋한 흙냄새를 맡고 있으면 머리가 개운해지게 마련이었으나, 느끼한 기계 냄새를 맡으면 아무렇지도 않던 머리가 금세 지끈거리면서 창자 속이 느글거렸다.

"참말로 수문을 열 꺼여?"

칠복은 손판도의 얼굴을 가까이 들여다보며 겁먹은 말투로 물었다.

"물 빠지는 소리 안 듣고 싶은가? 그건 아마 십 년 묵은 체증이 꾸루루 내려가는 소리보다 더 션할 거로구만."

그러면서 손판도는 전기 스위치와 개폐기 손잡이를 힘껏 눌렀다. 그는 순간 M16 자동소총의 안전장치를 풀고 방아쇠를 잡아당기는 묘한 쾌감을 느꼈다.

순식간에 쏴아 크르루 물이 빠지는 소리가 귀청을 뜯었다. 마치 댐의 한 부분이 허물어져 가고 있는 소리 같았다.

"물 빠지는 소리 어때? 이제야 내 몸속의 죽은 피가 살아서 흐르는 것만 같구만!"

손판도가 큰 소리로 말했다.

"판도 자네 통도 크구마잉."

칠복은 혼잣말처럼 낮은 목소리로 말하면서 물이 빠지는 것을 보려고 어둠 속 여기저기를 내려다보았으나 수문이 열린 쪽은 보이지 않았다. 그는 내심 물 빠지는 소리가 두려웠다.

"그만 사무실로 가세."

손판도는 갑자기 쫓기는 사람처럼 칠복이를 다급하게 밖으로 몰아세우며 말했다. 칠복이도 그곳에 오래 있고 싶지가 않았다. 그것은 물이 빠지는 소리가 아닌, 다시 한번 방울재를 삼켜 버리려고 으르렁거리는 공포의 소리로 들렸기 때문이다.

"바닥이 보일 만큼 물이 빠지려면 얼마나 걸릴까?"

칠복이가 호수를 내려다보며 물었다.

"며칠 걸릴 거여."

"방울재는 어떻게 됐을까?"

"파헤쳐 놓은 무덤 같을 거로구만. 뭣이든 밑바닥은 다 그렇지. 내가 젤 보기 싫어하는 게 바로 파헤쳐 놓은 무덤이야. 무덤을 파헤치고 관을 빼낸 흔적을 보면 정말이지 죽음이 무서워지거든. 그건 말일세. 지뢰를 밟아 박살이 난 시체를 보는 것보다 더 기분 나쁘단 말야. 그런 걸 보면 잔인해지고 싶어지네. 이상하게도 죽음이 무섭다고 생각되는 순간에는 이 세상에서 가장 잔인한 사람이 되고 싶어진다니까."

"그래도 나는 호수 밑바닥을 꼭 한번 보고 싶네."

칠복이가 말했다. 그는 손판도와 다른 생각을 하고 있었다. 물이 빠진 호수 밑바닥은 손판도의 말처럼 파헤쳐 놓은 무덤처럼 허망하지도 무섭지도 않을 것 같았다. 물이 빠지기만 하면 방울재가 돌담 하나 허물어지지 않고 옛날 모습 그대로 고스란히 남아 있을 것만 같았다.

동구 밖에서 각시샘을 돌아 물방앗간으로 건너가는 징검다리며, 비석거리에서 당산으로 가는 논 가운데 세워 놓은 신간神竿, 신간 옆 논두렁의 석 달 열흘 동안 세 차례 붉게 꽃이 피는 백일홍나무며, 벚나무로 둘러싸인 정자며, 어렸을 때 고누를 두고 놀았던 늙은 팽나무 밑 반들반들한 당산돌과, 손판도가 톱으로 베어 버린 팽나무도 외로 꼰 금줄이 감긴 채 모두 옛날 그대로, 있어야 할 자리에 자랑스럽게 서 있을 것만 같았다.

그날 밤 칠복은 댐 관리사무실에서 철철철 물레방아 돌아가는 소리와도 같은 물소리를 들으며 잠이 들었다.

그리고 물이 빠진 방울재에도 가보았다. 옛날 그대로였다. 빨간 고추가 널린 지붕과 마당에 윤기 있는 가을 햇살이 명주실처럼 빈틈없이 꽂혀 내리고, 추수를 끝낸 들판에서는 검부러기를 태우느라 연기가 솔솔 피어오르고, 부엌에서는 고소한 잿불 냄새가 창자 속 깊숙이 스며들어 식욕을 돋우었다.

추수를 끝낸 마을에서는 메귀굿이 한창 어우러져 있었다.

마을 어귀 늙은 팽나무 아래에 어린아이, 노인, 아낙 할 것 없이 온 마을 사람들이 한데 덩이져 덩실덩실 춤을 추었다.

징은 징징 하늘 닿게 울고, 꽹과리는 까강까강 찢어지는 소리로 짖어 대고, 장고는 덩그렁덩그렁 신명을 돋우고, 북과 소고는 북북덩더쿵북북덩더쿵 오금을 달뜨게 하고, 대평소는 닐리리닐리리 송곳질하듯 간지럽게 가슴을 쥐어뜯었다.

마을의 모든 아이들은 꽃나비가 되어 어른들의 어깨 위에서 옴족옴족 춤을 추었으며, 대포수, 말뚝이, 깃대잡이 할 것 없이 저마다 한바탕 질펀하게 취해 있었다.

전립을 쓴 상쇠 최순필은 고개를 까닥거리며 전립 끝에 끈을 달아 장식한 털 뭉치를 앞뒤로 흔들고 뱅뱅 돌리기도 하며 재주를 부리다가는, 농악대의 진형을 둥글고 길게 여러 가지 형태로 변형시키기도 하고, 악곡도 행진악, 무용악, 답중악, 축악, 제신악 등으로 바꾸었다.

마을 사람들은 농악대에 맞춰 춤을 추었다.

칠복이도 징을 치며 농악대 속으로 파고들었다. 그는 온몸이 땀에 젖도록 어깨를 들썩이고 긴 두 다리를 겅중거리며 징채를 휘둘렀다.

장고잡이 김구만이도 보였다.

헤어졌던 마을 사람들이 모두 모였다. 그들의 얼굴에는 슬픈 그림자가 보이지 않았다. 다시 만난 기쁨만이 충만해 있었다.

칠복이가 칠보증권회사 수문장으로 있으면서 꿈속에서 잠깐 만났을 때처럼 댐의 둑을 허물어야 한다고 고함을 지르는 사람도 없었다.

딸 금순이는 제 어미의 어깨 위에서 오긋오긋 꽃나비춤을 추었다. 아내는 징채를 휘두르는 남편을 향해 찡긋 눈웃음을 쳤으며, 부드러운 햇살이 그녀의 검은 머리에서 되쐬어 날렸다.

몸과 마음이 하늘로 날아갈 듯 흥겨웠다. 칠복은 하늘로 날아간다는 생각을 하면서 징을 쳤다.

그 자신이 징소리가 되어 하늘로 하늘로 날아갔다.

할미산이 허물어지는 듯한 소리와 함께 사방에서 집채덩이 같은 물이 마을을 덮는 것을 보고서야, 그는 자신이 하늘로 나는 것이 아니라 물속으로 가라앉고 있다는 것을 알았다.

마을 사람들이 물속에 휩쓸렸다.

칠복이는 물속에 가라앉은 채 모습을 감춰 버린 아내와 금순이를 찾느라 허우적거리다가 잠을 깼다.

눈을 뜨자 사무실 안이 물속보다 더 어둡고 답답했다.

옆에서 신음이 들렸다. 자세히 들어보니 신음이 아닌 우는 소리였다. 손판도가 울고 있었다. 그의 울음소리는 마치 헌털뱅이 자동차 굴러가는 소리와도 같았다. 칠복이는 손판도의 울음소리를 듣자 마음이 무거워졌다. 그에게 말을 걸려다 말고 잠든 척 숨소리를 죽였다.

칠복은 손판도의 울음소리를 듣고 처음으로 그에게서 사람다움을 느꼈다. 그것은 마치 그가 어렸을 때 무심히 지나치곤 했던 닭의장풀이나, 딱지꽃, 네잎갈퀴꽃 같은 하찮은 풀꽃이 새삼스럽고 아름답게 느껴져서 어른들한테 물어보아 그 풀이름들을 알았을 때의 기분과 같았다.

칠복이는 손판도가 왜 울고 있는 것인지 알 수가 없었다. 그러나 혼자 남몰래 우는 남자의 울음이 얼마나 슬프다는 것은 알고 있었다. 그래서 그는 슬픔이 말라 버릴 때까지 울도록 내버려 두었다.

뜨르르 뜨르르 굵은 빗방울 깨지는 소리 같은 전화벨 소리에 눈을 떠보니 사무실 창유리가 희번하게 밝아 왔다.

칠복은 어둠이 물러간 우윳빛 창유리를 바라보면서 몽글몽글 땅바닥에 스멀거리는 여름 안개를 연상했다. 창유리를 핥아대는 새벽의 빛깔은 간밤의 꿈처럼 혼몽했다.

전화벨 소리에 잠이 깬 손판도가 잠에 취한 목소리로 송수화기를 들고 잠꼬대처럼 입을 열었다.

"박 씨가 며칠간 못 나오겠다는구만."

손판도가 누운 채로 송수화기를 놓으며 말했다.

"박 씨라니, 같이 있는?"

"삼팔선 너머 고향에서 편지가 왔다누만."

"이북에서?"

"그 양반 넋 빠지게 삼팔선이 막혔다는 것도 잊고 이북 고향에 편지질이더니, 이북 5도청에서 이남에 있는 고향 사람을 찾아 편지를 전해 준 모양이야. 헤어진 지 삼십 년 만에 어제 서울에 사는 고향 사람한테서 답장이 왔다는 거야. 그래서 아침 차로 답장을 보낸 고향 사람을 만나러 가겠다는구만. 어린애같이 질금질금 울면서 전화를 하다니, 원."

"눈물 나오게도 생겼구만그려."

"삼십 년 만에 고향 사람 만나게 됐으니, 그놈에 아, 산이 막혀 못 오시는 게비여라는 노래 좀 그만 흥얼거릴라나 원. 박 씨한테서 그놈에 똑같은 노래를 귀에 못이 박이게 들어 싸서 진절머리가 나는구만!"

"박 씨 그 사람, 물이 빠지면 방울재에 한 번 데리고 가고 싶네."

"박 씨를? 왜?"

"우리 방울재 사람 맨들고 싶어서."

"칠복이 자네 박 씨를 좋아하는구만."

"고향 못 잊어 하는 사람치고 나쁜 사람 없네."

"나를 두고 하는 말 같네."

"비가 그쳤는디 수문 안 닫어?"

칠복은 손판도가 묻는 말에 대답을 피하며 말문을 돌렸다.

"호수 밑바닥을 보고 싶다면서?"

"정말 모가지가 댕겅 잘려도 괜찮겠는가?"

"모가지보다 더 귀한 걸 얻었어."

"이 세상에서 모가지보다 더 귀한 것이 뭣이당가?"

"어젯밤 꿈에 나를 낳아 준 부모 얼굴을 첨 봤는데 말이시, 이상하게 눈에 익은 얼굴이더구만. 그 얼굴이 방울재 사람들로 변했다가, 방울재 사람들 얼굴이 다시 생부모 얼굴이 되드란 말이시. 뒤죽박죽이어서 뭐가 뭔지 모르겠더니 꿈을 깨고 나서야 알 수가 있더구만. 그래서 난생처음으로 울었네.”

손판도의 이야기를 듣자 칠복이도 꿈 이야기를 해주었다.

손판도는 칠복이를 멀뚱히 바라보면서 간밤에 그를 사무실로 불러들여 함께 잔 것이 무척 잘한 일로 생각되었다. 그와 같이 자지 않았더라면 생부모의 꿈을 꾸지 못했을 거라고 믿었다. 갑자기 칠복이가 좋아졌다.

구만이와 순필이도 사무실로 불러들여 함께 잤었더라면 그들도 죽지 않았을지 모른다는 생각에, 처음으로 지난 일이 부끄럽기까지 했다.

손판도는 문득 구만이와 순필이의 시체를 건져 올리던 때의 일이 안개처럼 스멀스멀 뇌리에서 피어올랐다.

햇살을 넉넉하게 받고 둑 위 자갈밭에 나무토막처럼 빳빳하게 뉘어 있던 그들의 모습은 마치 월남의 정글 속에서 소나기를 맞은 채 썩어가던 이름 모를 시체들과 조금도 다를 바가 없었다.

시체를 본 손판도는 고향 사람이라는 연민이나 죽음에 대한 기본적인 슬픔도 느껴지지 않았다.

“물이 얼마나 빠졌는가 나가 보세.”

손판도는 소매 끝이 보풀보풀 닳아빠진 쥐색 잠바를 걸치며 사무실에서 나갔다. 칠복이도 징을 들고 뒤따랐다.

비는 그친 듯싶었으나 하늘에는 구겨 던진 거즈 뭉치같이 칙칙한 구름들이 높고 낮게 여러 겹으로 널려 있었다.

“별로 빠진 거 같지는 않구만.”

칠복이가 댐의 내벽 쪽을 내려다보며 말했다.

“수문으로 빠지는 물보다, 백암산 일곱 골짜기에서 흘러내려 오는 물이 더 많을 테니까.”

손판도는 아직 어둑한 그림자가 얕게 덮여 있는 댐의 상류, 골짜기 쪽을 먼 눈으로 훑아보며 말했다.

수면에는 아직 엷은 어둠이 숨을 쉬고 있었다.

"저기 어둠침침한 일곱 골짜기 좀 보소."

칠복이가 징채를 쥐고 있는 오른손을 들어 백암산을 가리켰다.

"수백 년 동안 방울재를 지켜 온 방울재의 혼이 저 골짜기에 숨어 있는 것 같지가 않은가?"

"방울재 혼이라니?"

손판도가 물었다.

"판도 자네가 어젯밤 꿈에 봤다는 방울재 사람들 말이시. 그것이 바로 방울재 혼이네."

칠복의 말에 손판도는 가볍게 코웃음을 쳤으나 마음속으로는 칠복이의 말이 옳은 것인지도 모른다고 생각하면서 서서히 어둠의 허물을 벗는 백암산 일곱 골짜기를 바라보았다.

"내 생부모 유골이 아직 묻혀 있을까?"

손판도가 백암산 골짜기에서 시선을 떼지 않은 채 혼자말처럼 낮은 소리로 묻더니,

"물속에 잠겨 버렸으니, 글쎄……."

하며 말끝을 흐려버렸다.

그들은 호수 밑바닥이 보일 때까지 기다리기라도 하는 듯 둑에 쇠말뚝처럼 꼿꼿하게 서서, 늦가을 큰비가 쏟아진 뒤 서릿바람이 드밀고 내려오는 백암산 골짜기와, 그 서릿바람에 서서히 어둠이 씻겨 가는 호수의 수면을 내려다보았다.

"그만 가봐야겠구만!"

칠복이가 천천히 몸을 돌려 해가 떠오르기를 기다리듯 동쪽 하늘을 쳐다보며 희미하게 말했다.

"가기는 어디로?"

"주막으로 내려가 봐야재. 우리 금순이년이 어젯밤에 잠도 안 자고 애비를 기다렸을 거여."

"딸년 데리고 올란가?"

"여편네 찾으러 가봐야겠구만."

"방울재로 오기로 했담서, 더 기다려 보재그려."

"여자라는 것은 버스 모양으로 기다린다고 해서 오는 것이 아닌 모양이여. 어젯밤에 꼭 올 줄 알았는디 말여."

"마누라를 찾아서 어쩔란가."

"방울재로 와야재. 나도 낚시꾼들 상대로 매운탕집이나 할까 허는디."

"내가 한 말 잊었는가?"

"무슨 말?"

"내 대신 자네가 땜 경비를 맡아 주란 말이시."

"안 될 말이여."

골짜기에 어둠이 벗겨지고 싸늘하게 느껴지는 옷 벗은 수목들이 쭈뼛쭈뼛 모습을 드러내기 시작하고, 호수의 수면이 살찐 여자의 둔부처럼 포실하게 떠올랐다.

"새벽부터 안개가 땅가시 모양으로 뻗는 걸 보니 비가 다 왔는 모양이구만."

손판도는 아까부터 수면 위에 무엇인가 거뭇거뭇 천천히 떠내려 오는 것을 지켜보며 말했다.

"내 말 진담이여. 어젯밤에 결심을 했으니 내 대신 자네가……."

손판도는 말을 계속하다 말고 시선을 빳빳하게 세워 수면을 지켜보았다. 떠내려오고 있는 물체가 점점 윤곽을 드러냈다. 나무토막 같기도 한데 나무토막치고는 부피가 크고 둔중하게 보였다. 순간 손판도는 육중한 쇠망치로 뒤통수를 얻어맞은 것처럼 아찔함을 느꼈다. 현기증 때문에 다리의 힘이 쫙 빠졌다. 처음 느껴보는 당혹감이었다. 불길한 예감이 휘감아 왔다.

"난 말이시, 갑자기 땜이 무서워서 단 하룻밤도 못 지키겠단 말이시."

그때 칠복이도 수면 위에 천천히 떠내려오고 있는 물체를 발견한 듯 손판도의 말을 듣는 둥 마는 둥 고개를 길게 빼어 수면을 바라보았다.

"저기 떠내려오는 게 뭣인가?"

"글쎄, 잘 모르겠구만."

"사람 아닌가?"

칠복이가 놀란 목소리로 다급하게 물었다.

"사람?"

"사람 같어. 죽은 사람이 떠내려오고 있구만."

칠복이도 당장 호수로 뛰어들 것처럼 징을 땅에 놓고 덤성거렸다. 서두르지 않으면 수문으로 빠지는 물살에 휩쓸려 가파른 시멘트 수로에 곤두박질칠 게 분명했다.

"칠복이 자네 여기 있게!"

손판도는 다급한 목소리로 명령하듯 힘주어 말하고는 부리나케 사무실 뒤켠으로 뛰어 내려가 굴참나무 밑동에 매어 둔 보트 위에 올라 바쁘게 노를 저었다.

"사람이 틀림없네. 수문으로 빠지기 전에 서두르소."

둑 위에서 칠복이가 손으로 나발을 만들어 입에 대고 큰소리로 외쳤다.

손판도는 죽을힘을 다해 노를 저었다. 그는, 월남전에서 그를 살리고 죽은 최 하사를 구한다는 전우애와 죽은 구만이와 순필이를 살려낸다는, 처음이자 마지막의 우정을 생각하며 팔뚝이 뻣뻣해지도록 쉬지 않고 노를 저어 나갔다.

물살에 헝클어진 갈파래 같은 머리채가 아니라도, 하늘을 향해 반듯하게 누운 채 떠내려오고 있는 시체는 여자가 분명했다.

손판도가 월남에서 보아 온 바로는 남자들이란 죽을 때도 대부분 허리를 앞으로 퍽 꺾으며 이마를 땅에 처박듯 꼬꾸라지기 십상이었고, 여자들이란 언제나 하늘을 향해 벌렁 나자빠졌다.

여자들이 총에 맞아 죽을 때 하늘을 향해 뒤로 나자빠지는 것을 본 손판도는 가끔, 여자들이란 왜 살아서나 죽을 때나 하늘 보기를 좋아하는 것일까 하고 생각을 굴려 보기도 했었다.

손판도는 떠내려오는 시체가 여자라는 것을 알자 갑자기 잘린 남근 언저리에 또 뭉클뭉클 통증이 서서히 꿈틀거렸다.

썩은 떡갈나무 잎이며 은회색의 물억새꽃들이며 검부러기 물때가 시체의 머리채와 겨드랑에 달라붙어 있었으며, 눈을 뜨고 구름 덮인 하늘을 향한 얼굴에 얼룩얼룩 갈색 점무늬가 어지러운 새끼 물뱀 한 마리가 늘어져 있다가 물속으로 기어들며 물비늘을 일으키고 헤엄쳤다.

손판도는 문득 갈색 점무늬 새끼 물뱀이 죽은 여자의 화신일지도 모른다는 생각을 하면서 시체 가까이에 보트를 들이댔다.

그는 죽은 여자의 얼굴을 들여다보다 말고 소스라쳐 고개를 둑 쪽으로 돌려 버렸다. 칠복이의 아내였다.

"죽었는가?"

밤새 아내를 기다리던 칠복이가 둑 위에서 큰 소리로 물었다.

손판도가 대꾸를 하지 않고 둑만 바라보고 있자,

"아는 사람이여? 혹시 방울재 사람 아닌가?"

하고 다시 물었다.

손판도는 말없이 천천히 물속으로 들어가서 빳빳하게 물 위에 누워있는 칠복이의 아내를 두 팔로 떠받쳐 조심스럽게 보트 위에 올려놓았다.

그러고는 두 발을 툼벙거리며 보트를 밀고 백암산 골짜기에서 흘러내려 오는 흙탕물의 물살을 거슬러 상류 쪽으로 올라갔다.

"판도 이 사람아, 뚝 쪽으로 나오지 않고 어디로 가는가?"

그가 죽은 칠복이의 아내를 보트에 태우고 상류로 올라가자, 둑 위에서 손판도의 행동을 지켜보고 서 있던 칠복이가 화난 목소리로 버럭 고함을 질렀다.

"칠복이…… 내가 올 때까지 꼼짝 말고 땜에서 기다리고 있으소잉. 그러고 엊저녁에 나한테 징을 쳐 주겠다고 약속을 했는데, 지금 좀 쳐 줄란가?"

보트를 밀고 상류로, 상류로 거슬러 올라가며 손판도가 큰 소리로 말했다.

그가 둑에서 멀리 떨어졌을 때, 갑자기 징소리가 방울재 하늘을 쒜흔들었다.

칠복이의 징소리는 멀고 먼 불귀의 북망산으로 가는 상엿소리처럼 슬프게 울었다.

해당화야, 해당화야 명사십리 해당화야

네 꽃 진다 설워 마라

명년 삼월 다시 오면

너는 다시 피련마는

우리 인생 한번 가면

어찌 그리 꽃과 같이

다시 돋아날 줄 모르느냐

손판도는 보트를 밀고 칠복이의 모습이 콩알만 해질 때까지 댐의 상류로, 상류로 거슬러 올라가면서, 그가 어렸을 때 손양중이한테서 배웠던 '화초가' 한 대목을 자꾸자꾸 되풀이해서 흥얼거렸다.

『한국문학』, 1980.7

물레방아 속으로

버스가 출발하자 내 마음은 바람 부는 날의 바다처럼 요동치며 설레기 시작했다. 정월 초하룻날의 새벽 버스 안은 통금이 훨씬 지난 겨울밤 거리처럼 한적하고 썰렁했다.

손님이라고 해야 섣달 그믐날 밤의 막차를 놓친, 여공 차림의 아가씨들 다섯과 허름한 가죽 잠바를 입은 청년 한 사람, 가족인 듯싶은 입성이 초라한 젊은 부부와 도토리만한 꼬마 둘, 나, 이렇게 모두 열 한 사람이었다.

나는 얼추 승객들의 입성과 표정만 살펴봐도 그들의 과거와 현재를 손금 들여다보듯 헤아려 짐작할 수가 있을 것 같았다. 그들의 표정은 모두가 눈이라도 휘뿌릴 것 같은 새벽 공기처럼 음울하게 얼어붙어 있었다.

나는 팔짱을 끼어 시린 손을 겨드랑이 깊숙이 쑤셔 넣으며, 차창 쪽으로 바짝 다가앉아 몸을 조그맣게 웅크렸다. 차창에는 크고 작은 여러 가지 꽃 모양의 성에가 피어 있어 밖을 볼 수가 없었다. 나는 눈을 감았다.

아내와 아이들한테 말 한마디 없이 휑하니 집을 나온 나는 마치 도망쳐 나오기라도 한 듯 가슴이 뛰었다. 30년 전 내 나이 9살 때 아무한테도 말하지 않고 고향에서 도망쳐 나오던 날 밤처럼 자꾸만 몸과 마음이 오그라들었다. 차라리 아내한테 말을 하고 집을 나올 걸 그랬구나 싶기도 했다. 하지만 지난 11년 동안 함께 살아오면서 아내한테 고향 이야기라고는 단

한 마디도 혀끝에 튕겨낸 적이 없는데, 어떻게 고향에 다녀오겠다는 말을 한단 말인가?

아내는 내가 말한 대로 내게는 고향이 없는 것으로 믿고 있지 않은가. 젖먹이 때부터 고아원에서 자라 왔다는 내 말을 찰떡같이 믿고 있는 아내가 아닌가.

초등학교 4학년짜리 큰아이가 지난 여름방학 때,

"아빠 고향은 어디야?"

하고 뚜벅 물었을 때도 선뜻 대답을 못 하고 벌레 씹은 표정으로 한사코 아들 녀석의 고무줄 같이 땡땡한 시선을 피하며 고수머리의 뒤통수만 긁적거리고 있는 내 옆구리를 찔벅하며,

"앤, 외갓댁이 아빠 고향이지."

하고 나 대신 대답을 해주지 않았던가.

아내는 내 앞에서 고향 이야기를 끄집어내는 것을 마치 무덤이라도 파헤치는 것만큼이나 끔찍스럽게 여기고 있는 터였다. 슬픈 내 과거 기억들의 실꾸리를 풀지 않게 하려고, 내 앞에서 그녀 자신의 어릴 적 이야기도 하지 않았다.

그런 아내한테 느닷없이 고향에 다녀오겠다는 말을 어떻게 하겠는가.

내가 갑자기 고향에 다녀 와야겠다는 생각을 한 것은 물레방아 때문이었다. 그 천년 묵은 유령의 뼈다귀 같은 물레방아가, 망각의 무덤에 깊숙이 파묻힌 30년 전의 기억을 내 머릿속에서 팔랑개비 돌리듯 되살아나게 한 것이다.

섣달 그믐날 밤, 우리 부부와 열한 살짜리 큰놈, 세 살 터울의 둘째 녀석, 이렇게 네 식구는 35평 맨션아파트 거실에서 소파에 앉아 아이스크림

을 먹으며 텔레비전을 시청하고 있었다.

텔레비전에서는 농악대가 한바탕 시끌벅적하게 화면을 어지럽히고 나자, 큰 해바라기꽃 같은 물레방아가 철철철 소리를 내며 돌아가기 시작했다.

"아빠, 저게 뭐야?"

큰놈과 작은놈이 동시에 물었다.

나는 두 녀석한테 물레방아를 설명해 주느라 진땀을 뺐다. 아무리 알기 쉽게 설명을 해도 두 녀석은 내 이야기가 쉽게 납득이 안 가는 모양이었다.

"나두 시골에서 자랐지만 물레방아는 아직 못 봤어요."

아내의 말에 나는 자신도 모르게 입을 헤벌리고 바람 빠지는 소리를 토해냈다.

"아빠, 우리 물레방아 구경 가!"

"우리 집에도 물레방아가 있었음 좋겠다."

두 녀석의 말에 나는 갑자기 심장이 멎는 듯한 아픔에 다시 신음 같은 한숨을 내뱉었다.

나는 물방앗간 집의 아들이었다.

30년 동안 그걸 까맣게 잊고 있었는데, 섣달 그믐날 밤 텔레비전 화면의 한 장면이 나를 과거의 무덤 속으로 끌어당겨 버린 것이다.

그날 밤 나는 밤새도록 과거의 무덤 속을 뒤척이면서 잠을 이루지 못했다. 내 머릿속에서 12층의 아파트보다 더 거대한 물레방아가 철철철 소리를 내며 잠시도 쉴 새 없이 밤새도록 돌았다.

물방앗간 집의 외아들인 나는 물레방아 돌아가는 소리를 들으며 잠을 이루었고 새벽에는 다시 그 소리에 일찍 깨어나곤 했다. 물레방아는 온종일 쉬지 않고 철철철 돌았다. 대쪽 같은 어머니의 고집을 이겨내지 못한 아버지는 어머니 주장대로 일감이 없을 때도 물길을 돌리지 않고 빈 물레방아를 돌렸다.

"제발 일감이 없을 때는 물방애도 좀 쉬게 합시다. 큰 비를 몰고 오는 것 같은 저눔에 소리 땜에……."

아버지는 이따금 겁많은 자라모가지를 하고 넌지시 어머니의 마음을 떠보곤 하는 것이었으나 그때마다 어머니는,

"저 소리가 아니면 한시도 못 사는 내 맘을 알면서도 또 그 소리요? 내가 뭣 땜시 죽지 못하고 사는지 모르요? 저 물방애 돌아가는 소리가 내 숨소리라고 생각허란 말이요. 물방애 소리가 그치면 나도 죽는 거라니께요."

하면서 갑자기 얼굴이 소나기 머금은 하늘처럼 음울하게 구름이 끼는 것이었다.

나이가 어린 나는 그때 어머니가 왜 한사코 일감이 있을 때나 없을 때나 한시도 쉬지 않고 빈 물레방아라도 돌리려고 하는 것인지 도무지 알 수 없는 일이었다. 그때 나는 어렴풋하게 어머니는 아버지의 기를 누르고 살기 위해 어머니 고집으로 물레방아를 쉬지 않고 돌리는 것인지도 모른다고 생각했다. 내가 보기에 아버지는 어머니의 내주장에 꼼짝 못 하고 눌려 살았던 것 같은데, 그것은 어머니 얼굴이 앵두꽃처럼 고왔기 때문인지도 모른다는 생각이 들기도 했다.

그런 어머니의 고집대로 우리 집 물레방아는 보릿고개에 시달려 곡식 한 톨 없는 봄부터, 방앗간 처마 끝에 팔뚝만 한 고드름이 수정의 발을 엮어 놓은 듯한 늦겨울까지 하루도 쉬지 않고 돌았다.

물레방아 도는 소리가 귀에 못이 박여 짜증스럽기까지 한 나는 아버지

대신 어머니한테 제발 빈 물레방아 좀 돌리지 말자고 불쑥 찍자 부리는 말투로 내쏘곤 했는데, 그때마다 어머니는 갑자기 슬픈 얼굴로 변해버리는 것이었다.

"노루목 사람들이 죄다 물방애 소리가 듣기 싫다고 해도 너만은 그런 말을 해서는 안 되는겨. 너도 이 에미가 죽기를 바라는겨?"

어머니는 그러면서 추적추적 눈물 바람을 했다. 나는 그런 어머니를 이해할 수가 없어 소태껍질을 씹는 얼굴로 방앗간 앞 쥐똥나무들을 멀뚱히 바라볼 뿐이었다.

어머니는 종일 방앗간 안에서만 살았다. 나는 어머니가 징검다리를 건너서 마을에 가는 것을 한 번도 보지 못했다. 어머니는 언제나 색이 희부옇게 물억새꽃 색깔로 바랜 특특한 몸뻬에 목화꽃 같은 흰 저고리를 입고, 머리에는 무명 수건을 두르고 방앗간 안에서 풍구를 돌리거나 천하대장군의 성난 얼굴 같은 크고 육중한 방앗공이를 피해가며, 손으로 확 안에 든 곡식들을 휘젓곤 하는 것이 일이었다.

방애야 방애야
어서 뱅뱅 돌아라
오늘밤이 다 되어도
가신 님은 아니 오네

어머니는 방앗간에서 노루목 사람들 곡식 찧는 일을 거들어주면서 남이 알아듣지 못하게 낮은 목소리로 늘 똑같은 노래만 흥얼거렸다.

어머니와는 달리, 나는 방앗간을 싫어했다. 그 때문에 방앗간에 붙어 있지 않고 학교에서 돌아오는 길로 방앗간에 책보를 던지고 마을로 건너가서 마을 친구들과 질펀하게 놀다가 돌아오곤 했다.

나는 날마다 노루목에서 제일 부자인 필식이네 집에 가서 놀았다. 나보다 두 살이나 아래인 필식이와 친구가 되려고 상수리, 산딸기, 오디, 팽, 버찌, 까치밥, 고욤이며, 깊은 산의 산머루, 다래, 으름까지도 따다가 주었다.

필식이네 집은 마을 첫 들머리 당산 옆에 있었는데, 노루목에서는 단 한 채뿐인 양철 지붕의 일본식 집이었다. 집 앞의 널따란 정원에는 시골집답지 않게 4월에 엷고 노란 꽃이 덩이덩이 피는 회양목이며, 석류나무, 황매화, 죽도화, 자목련, 철쭉, 모과나무, 매화, 명자나무, 측백나무, 월계화, 은행나무, 사철나무, 꽝꽝나무 등 온갖 꽃나무들이 곱게 다듬어져 봄부터 가을까지 시새워가며 꽃들을 피워 올렸으며, 집 옆 탱자나무 울타리가 보기 좋은 텃밭에는 감초며 양귀비, 구기자, 당귀, 산용담, 흰제충국, 잇꽃 등 약초들이 심어져 있어 집 가까이 가기만 해도 약초의 향기가 창자 속까지 스며드는 듯싶었다.

필식이네 집은 정원도 아름답고 텃밭도 넓거니와 집이 크고 방이 많아서 같은 또래 아이들 여럿이 맘대로 떠들며 뛰고 놀아도 아무도 나무람하지 않아서 좋았다.

필식이네 집은 폭포처럼 펑펑 물이 쏟아지는 부엌 앞의 작두샘도 신기했거니와, 유성기, 재봉틀 등 처음 보는 것들이 많았다

필식이네 집은 원래 일본 사람 소유였는데, 일본이 망해 쫓겨 가다시피 하면서 농장 관리인이었던 필식이 할아버지한테 농장과 집, 살림까지도 넘겨주었다고 했다.

그러나 내가 필식이 집에 자주 놀러 가는 것은 작두샘에서 물을 뿜어 올리거나, 유성기 소리를 듣기 위한 것만이 아니었다. 필식이는 내가 산 열매를 듬뿍 따 가지고 갈 때마다 안방으로 살짝 데리고 들어가서 필식이 아버지가 옆구리에 차고 다니던 권총을 자랑스럽게 보여 주곤 했는데, 나는 아무리 힘이 센 사람이라도 쉽게 죽일 수 있는 권총이 하도 신기해서 보기만 해도 찌릿찌릿 오금이 저리고 명치끝이 떨려옴을 느꼈다.

필식이 아버지는 지서 주임이었다. 사나흘에 한 번씩 지서에서 이십 리쯤 떨어진 집에 말을 타고 왔다 가곤 했다.

필식이 아버지가 알밤 껍질처럼 털이 윤기 나고 보드라운 큰 호마를 타고 마을에 올 때마다, 나는 괜히 마음이 울렁거렸다. 그런 그의 아들과 친구가 되었다는 사실이 자랑스럽기만 했다.

그런데 이상한 것은 마을과는 발걸음을 끊고 달팽이처럼 방앗간 안에서만 붙어사는 어머니는 내가 필식이 집에 가서 노는 것을 죽어라 하고 말리는 것이었다.

한번은 마을에서 밤늦게 돌아와서, 엉겁결에 필식이 집에서 놀다가 저녁까지 얻어먹고 왔다고 씀뻑 입을 열었다가, 회초리로 종아리에서 피가 나도록 맞은 적이 있었다.

왜 필식이 집에서 놀다 오면 안 되느냐고 어머니한테 대들며 따지듯 물었으나 어머니는 그 이유를 말해 주지 않았다. 어머니가 그러면 그럴수록 나는 청개구리처럼 필식이와 더 가까이 지내고 싶었다. 나는 필식이가 나를 따돌려 버리면 어쩌나 하고 늘 조마조마했다. 그의 환심을 유지하기 위해서 조금만 색다른 것이 있으면 무엇이든지 모두 가져다주곤 했다. 그 때문에 나는 학교에서 돌아오기가 무섭게 책보를 던지고 혼자 산과 들을 쏘다니며, 풀꽃이며, 이상하게 생긴 돌, 곤충이나 새, 산 열매 등을 따다 가 필식이한테 주었다.

나는 한 번도 빈손으로 필식이 집에 놀러 가본 적이 없었다. 산 열매가 없는 겨울에는 얼음을 깨고 붕어 새끼 한 마리라도 잡아서 갔고, 방앗간 맞은편의 깎아 세운 듯한 벼랑에 올라가 번갯불과 천둥이 치는 밤에만 자 란다는 바위옷이라도 뜯어다 줘야만 적성이 풀렸다.

그러나 아무리 잘해도 필식이는 언제나 시큰둥하게 나를 대했다.

내 꿈은 어른이 되면 필식이의 하인이 되는 것이었다. 그런 생각을 하 고 있었기 때문이었는지 필식이 집에서 그와 놀 때도 나는 상전처럼 그를 떠받들었다.

나는 날마다 필식이네 집에서 놀다가 어둠이 방앗간을 삼켜 버린 뒤에 야 징검다리를 건너 방죽 둑길을 타고 돌아오면서 행복감에 젖어 쌩쌩 휘 파람을 날렸다.

어둠을 밟고 방죽 둑길을 뛰어갈 때면 바람을 타고 들려오는 물레방아 도는 소리가 마치 큰비가 와서 봇물이 넘치는 소리처럼 듣기에 좋았다. 이상하게도 물레방아 소리는 멀리서, 그것도 밤에 들으면 짜증스러울 만 큼 그렇게 싫은 것만은 아니었다.

방앗일감이 없어 빈 물레방아가 어머니의 푸념노래처럼 씰씰씰씰 돌 아가는 낮이 긴 봄에는 아버지는 방앗간에 붙어 있지 않았다.

방앗간에 일이 없을 때면 아버지는 늘 마을의 통매장이 집에서 살다시 피 했다.

아버지는 물통이나 똥장군 같은 것들의 테를 고쳐주며 가난하게 살고 있는 얼금뱅이인 데다가 절름발이 장쇠와 가장 친하게 지냈다. 아마 아버지한테는 장쇠가 유일한 친구였는지도 몰랐다.

나는 아버지가 노루목 안에서 제일 가난하고 못난 장쇠와 친구라는 것이 창피하기까지 했다. 왜 아버지는 하필이면 그런 사람과 친구가 되었는지 불만이었다.

아버지의 그런 어리숙한 것이 싫었기 때문에 나만은 잘나고 똑똑한 부잣집 도련님과 친구가 되어야겠다고 마음속으로 단단히 다짐하고 공그려, 기를 쓰고 필식이와 친해지려고 했었는지도 모를 일이었다.

저녁밥 때가 되도록 아버지가 돌아오지 않으면 대쪽 같은 어머니의 성화에 쫓겨 멍에를 진 어스럭송아지처럼 가기 싫은 발걸음으로 어기적어기적 장쇠 집까지 아버지를 모시러 가곤 했다.

아버지는 장쇠네 바가지 우물 옆 마당에 멍석을 깔고 앉아서 장쇠를 도와 끝이 뭉툭하고 손잡이가 큰 칼로 대오리를 다듬어 주거나, 장쇠의 육자배기에 맞춰 덩더쿵 북장단을 맞춰 주고 있기 마련이었다.

장쇠는 목소리 하나는 고와서 노루목 안에서는 제일 소리를 잘한다고들 했으며, 그 목소리 하나로 몸이 성하고 얼굴도 반반한 마누라를 얻었다는 어른들의 이야기를 자주 들었다.

내가 심부름으로 마지못해 장쇠 집에 갈 때마다 장쇠는 허리를 구부려 얼굴을 내 눈높이로 바짝 들이대고 쿠리한 입김을 확확 풍기며, 자기 아들 구만이와 친하게 지내라고 버릇처럼 당부했지만, 나는 한 번도 시원하게 대답을 해주지 않았다.

마을에서 가장 가난한 사람의 아들인 구만이와 친구가 된다는 것은 죽기보다 더 싫었기 때문이다.

그런 나는 필식이 앞에서는 구만이를 거들떠보지도 않았다.

필식이네 식구들이 그 큰 집에 할아버지 할머니만을 남겨 두고 섬으로 피란을 간다고 노루목을 떠난 그해 첫여름, 방앗간 앞에 덩이져 핀 입술 모양의 용머리꽃은 예년에 비해 피를 토하듯 한결 더 붉어 보였다.

필식이가 소달구지를 타고 노루목을 떠난 그해 여름 나는 난생처음 총소리를 들었다. 모자에 붉은 별을 붙인 북쪽 사람들이 마을로 들이닥치면서 총을 마구 쏘았는데, 그 소리가 안산 너덜겅이 허물어지는 것처럼 짜글짜글 마을에 울렸다.

그러나 나는 총소리가 조금도 무섭지가 않았다. 붉은 별을 붙인 사람들이 필식이네 집 대문에 큰 간판을 걸고, 마을 사람들을 오라 가라 하며 진을 치고 있을 때도, 총소리를 듣기 위해 그들 가까이서 모이를 찾는 병아리처럼 배돌았다.

나는 필식이가 있을 때와 같이 날마다 그의 집에 가서 붉은 별을 붙인 사람들한테 집을 빼앗기고 골방으로 밀려난 필식이 할아버지 할머니를 위해 자잘한 심부름을 해주었다. 그때 나는 필식이가 다시 돌아오면, 그가 없는 동안에도 충직한 하인처럼 날마다 그의 집에 와서 할아버지 할머니를 도와주었다는 것을 자랑삼아 말해야겠다고 생각했다.

그 무렵, 아버지의 유일한 친구인 장쇠 아들 구만이가 귀찮도록 찰거머리처럼 나를 따랐다. 구만이는 그전에 내가 필식이한테 했던 것처럼 내게 잘했다. 나는 문득문득 내가 필식이가 되고 구만이가 나로 변한 것 같은 감미로운 착각을 하기도 했다. 구만이가 나의 충직한 하인이 된 것이다. 그는 내가 필식이한테 그랬던 것처럼 나를 만나러 올 때는 빈손이 아닌, 무엇인가 한 가지씩 내가 좋아하는 것들을 가져왔다.

구만이가 내게 가져오는 것이란 개똥참외며, 꽈리, 오미자 열매, 황다

갈색의 나팔버섯 외에도, 금빛 나는 녹색의 날개를 가진 물잠자리며, 저녁 무렵에만 슬프게 우는 쓰름매미, 나리꽃에만 앉는다는 호랑나비, 깊은 산에 가야 잡을 수 있는 비단사슴벌레 등 아주 진귀한 것들이었다.

구만이한테서 진귀한 선물을 받을 때마다 가슴이 설레었는데, 노루목에 끔찍한 일이 생긴 뒤부터는 구만이의 선물 따위에는 관심조차 없어져 버렸다. 나뿐만 아니라 구만이 쪽에서도 내게 무엇을 가져오는 일을 아예 잊어버릴 정도였다.

그 무렵 노루목에서는 실로 끔찍한 일들이 계속해서 터졌다.

그 일이 있은 뒤부터 노루목의 어른들은 방문과 사립문을 꼭꼭 걸고 죽은 듯이 숨을 죽이고 붙박여 살았다. 모자에 붉은 별을 붙인 낯선 사람들과 무서움을 모르는 내 또래의 아이들만이 마을 앞 돈단과 고샅들을 빗질하듯 훑고 다녔다.

나와 구만이는 붉은 별을 붙인 사람들이 비석거리 필식이네 큰 농장을 관리하던 그의 외삼촌을 죽이는 것을 보았다.

그들은 필식이 외삼촌을 전깃줄로 두 손을 꽁꽁 묶어 필식이네 사랑채 두엄자리 옆에 꿇어 앉히고, 두 다리의 오금에 큰 장작개비를 처넣고 여럿이서 번갈아 가며 작두질하듯 발로 허벅지의 대퇴골을 꿍꿍 힘을 써가며 짓밟았다. 그때마다 필식이 외삼촌은 안산 너덜겅이 찌렁찌렁 울리도록 비명을 질렀다.

그날 오후 총을 멘 낯선 사람들이 필식이 외삼촌을 물방앗간 위쪽 미나리밭 수구렁으로 끌고 가서 대창으로 찔러 죽였다. 메주볼에 방석코가 두리뭉슬한 젊은 사람이, 붉은 별을 붙인 그의 모자 차양을 깊숙이 잡아당겨 눈썹을 가린 다음, 두 손으로 대창을 단단히 쥐고는 꿇어앉은 필식이 외삼촌의 배를 푹 찔렀다.

메주볼 사내가 오른발로 앞가슴을 툭 차며 대창을 뽑자 필식이 외삼촌은 나뭇둥치처럼 옆으로 풀썩 쓰러지고 말았다.

맨드라미꽃보다 더 붉은 황혼이 마을 앞 팽나무 가지 끝에 매달리기 시작할 무렵, 필식이 외삼촌의 시체를 치우기 위해 아버지를 따라 미나리밭으로 가니, 꽃뱀 한 마리가 시체의 머리맡에 있다가 다급하게 똬리를 풀며 물달개비 풀섶 속으로 자취를 감추었다.

그날부터 물레방아가 돌지 않았다. 어머니가 아버지를 시켜 방앗간 물줄기를 돌려 버린 것이다.

물레방아 도는 소리가 뚝 그치자 숨 막힐 듯한 더위와 보이지 않는 공포가 목을 조르는 노루목을 바짝 덮쳐 누르는 것만 같았다.

"엄마, 왜 물레방아를 안 돌려?"

내가 묻자 어머니는,

"난리통에는 바람소리, 새소리까지도 무섭게 들리는 법이란다."

하고 말했을 뿐이었다.

필식이 외삼촌을 죽인 그들은 며칠 후에 필식이 할아버지와 할머니를 끌고 나와서 손을 뒤로 묶고 맷돌을 목에 매달아 마을 앞 방죽에 처넣어 버렸다. 깊은 방죽 흙탕물 속에 처박힌 필식이 할아버지와 할머니는 물위로 떠오르지도 않았다.

필식이 할아버지와 할머니가 방죽 속으로 맷돌과 함께 가라앉아 버린 것을 본 나는 무서운 줄도 모르고 해가 저물도록 방죽의 둑을 서성거리며 질금질금 소리 없이 눈물을 흘렸다. 그러나 참으로 나를 슬프게 한 것은 하룻밤이 지난 뒤에도 마을 사람 중에서 아무도 물속에 잠긴 필식이 할아버지와 할머니를 건져 올려 장사지낼 생각을 하지 않고 있다는 것이었다.

아버지한테 따지듯 그 이유를 물었더니,

"필식이 할아부지가 왜정 때 왜놈들 밑에 있으면서 못할 일을 너무 많이 했기 땜시……."

하면서 말끝을 흐려 버리고 말았다.

나는 아버지한테 계속 필식이 할아버지가 얼마나 못 할 짓을 했느냐고 도깨비바늘처럼 달라붙으며 자꾸 캐물었다.

"옛날 왜놈들이 지금 필식이네 농장 땅을 차지할 때, 필식이 할아부지가 왜놈의 앞잡이가 되어 갖고, 문서 없는 땅을 왜놈이 차지하도록 도와줬단다. 그래서 그때 억울하게 땅을 뺏긴 사람이 여럿이구만."

아버지는 그렇게 말하면서 왜놈들이 물러갔으니 그 땅을 빼앗긴 주인한테 되돌려줘야 당연할 터인데도 여지껏 필식이네가 독차지하고 있는 것은 잘못한 일이라면서 마치 필식이 할아버지와 할머니가 목에 맷돌을 매고 방죽 속에 잠겨 죽은 것이 당연한 것처럼 말했다.

그래도 나는 아버지한테 필식이 할아버지와 할머니를 물속에서 끌어내서 장사를 지내 줘야 한다고 말했다.

"장사를 안 지내 주고 내버려 뒀다가 필식이가 돌아오면 개 얼굴을 어떻게 봐요?"

그러면서 나는 아버지에게 제발 장사를 지내 줄 것을 칭얼대며 졸랐다.

필식이 할아버지와 할머니가 방죽에 잠겨 죽은 지 나흘째 되는 날, 아버지와 장쇠는 긴 장대 끝에 쇠스랑을 묶어 물에 잠긴 두 노인을 건져 올려, 방앗간 맞은편 개솔새풀이 많은 양지바른 곳에 묻어주었다.

필식이 할아버지와 할머니 무덤 옆의 개솔새가 엷은 보라색 꽃을 피우기 시작할 무렵, 모자에 붉은 별을 붙인 사람들이 모두 떠났다.

비행기들이 갈가마귀 떼처럼 노루목 하늘을 날고, 한바탕 지글바글 총소리가 노루목 안통을 쒜혼들고 나더니 필식이 아버지가 많은 경찰과 함께 다시 돌아왔다. 필식이 아버지는 마치 집에 남겨 두었던 두 늙은 부모가 죽게 되리라는 것을 알고 있었던 것처럼 얼굴에 슬픈 표정이 없었다.

필식이와 그의 어머니도 곧 돌아왔다. 필식이도 그의 아버지처럼 할아버지와 할머니의 죽음을 표나게 슬퍼하지 않았다.

나는 그의 할아버지와 할머니가 마치 나 때문에 죽임을 당하기라도 한 것처럼 미안한 생각과 다시 친구를 만났다는 기쁨에 엉엉 소리 내어 울고 말았다. 그러나 필식이는 울지 않았다.

나와 필식이는 다시 옛날처럼 어울렸고 구만이는 자동으로 내게서 떨어져 나갔다.

필식이가 돌아온 다음 날, 나는 어머니에게 여름 내내 돌리지 않았던 물레방아를 다시 돌리자고 했지만 어머니는 내 말을 들어 주지 않았다. 나는 물레방아라도 돌려서 필식이가 다시 돌아온 것을 환영해 주고 싶었고 노루목 하늘을 나는 새들과 안산의 나무와 풀들에게 알려주고 싶었던 거였다.

그러나 어머니는,

"아직은 아무 소리도 듣고 싶지가 않다. 총소리가 날 때는 아무 소리도 듣고 싶지 않어!"

하고 호도 껍데기처럼 늙어 버린 노인처럼 희미하게 말할 뿐이었다.

필식이네 텃밭 울타리의 탱자가 노랗게 익어 떨어질 때까지도 물레방아는 돌지 않았다.

나와 필식이는 날마다 안산 너덜겅 잡목숲으로 으름이며 다래를 따러 다녔다.

그러던 어느 날 밤에 물방앗간에 낯선 사람이 왔다. 찾아온 게 아니고 아버지가 등에 업고 왔다. 아버지 또래의 덩치가 큰 남자였는데 오른쪽 다리 오금탱이를 총에 맞았는지, 피 묻은 걸레 뭉치 같은 더러운 헝겊이 무릎에 여러 겹 뚤뚤 말려 있었다.

수세미 속처럼 앙상한 얼굴에 몇 달 동안이나 수염을 깎지 않았는지 얼굴과 턱이 온통 시꺼맸고, 입성은 마치 볏논에 참새를 쫓는 허수아비처럼 볼품이 없었다.

아버지의 등에 업혀 하나뿐인 방앗간의 골방에 들어온 그는 괴로운 듯 앙상한 얼굴을 험하게 찡둥그렸다. 그는 상한 오른쪽 발을 오그리지 못해 길게 뻗대고 횃대에 걸린 헌 옷가지들이 너절너절한 벽에 등을 기대고 앉아, 괴로운 얼굴로 희끄무레한 어둠 속에서 나를 찬찬히 바라보았다. 나는 그 낯선 사람의 눈길이 무서워 한사코 시선을 피했다.

아버지가 석유 등잔에 불을 댕겨 두꺼워지는 어둠을 쫓아 버릴 때까지 낯선 사람은 잠시도 내게서 눈을 돌리지 않았다.

어머니는 때 묻은 이불이며 베개를 쌓아 놓은 방구석에 고양이처럼 조그맣게 몸을 웅크리고 앉아서 훌쩍거렸다.

"이 어른한테 인사드려라."

나는 아버지의 말에 힐끔 낯선 남자를 훔쳐보았다. 섬뜩한 두려움을 느꼈다. 나는 인사를 하기가 싫어 지싯지싯 엉덩이를 들썩거리며 방문 쪽으로 물러앉았다.

"인사드리라니깐!"

아버지가 다시 다그쳐서야 나는 되도록이면 그의 눈길을 피하느라 얼굴을 돌린 채 물레방아 방앗공이처럼 단 한 번 고개를 꾸벅했을 뿐이었다.

"많이 컸구나. 이리 좀 뽀짝 와 줄래?"

그가 주먹 나발을 만들어 말을 하는 것처럼 울림이 좋은 목소리로 입을 열며 눈을 크게 뜨고 나를 살폈다.

나는 방문을 열고 뛰쳐나가고 싶었다. 그가 죽은 사람보다 더 무서웠다. 아마 다리의 상처 때문인지도 몰랐다. 내 생각에 그는 꿈틀거리며 죽어가고 있는 듯싶었다. 돌멩이에 맞아 길바닥에 뻗대고 죽은 뱀의 썩는 냄새처럼 그의 상처에서도 고약한 냄새가 훅훅 덮쳐왔다. 나는 그가 서서히 썩어가고 있는 것인지도 모른다고 생각했다. 썩어가고 있다고 생각하자 그가 더욱 무서워졌다.

"어르신 말대로 뽀짝 가그라."

다시 아버지가 큰 소리로 말했다.

그는 상처의 아픔을 참고 억지로 웃어 보였다.

나는 하는 수 없이 상처 썩는 냄새 때문에 왼손으로 코를 쥐어 싼 채 조심조심 곁눈질하며 그의 가까이 다가앉았다.

"그새…… 이렇게 크다니, 몰라보겠구나."

그가 꼬챙이로 곶감 꿰듯 띄엄띄엄 말을 연결하며 손으로 내 머리를 쓰다듬는 순간, 나는 썩은 살이 내게 닿기라도 하는 것 같아 목을 두 어깻죽지 속으로 깊숙이 넣으며 몸을 웅크렸다가 뽀르르 어머니 옆구리에 달라붙었다.

어머니는 그때까지도 훌쩍거리고만 있었다.

나는 낯선 손님이 도대체 누구인지를 알 수가 없어 숨이 막힐 지경이었다. 아버지와는 친구 사이처럼 서로 말을 놓았고, 어머니는 그에게 존칭어를 썼으나 그는 어머니에게 반말을 했다.

그가 어머니의 오빠일 거라고 생각했다. 그러나 어머니는 내게 외삼촌이 있다는 말을 한 번도 하지 않았었다.

나는 그날 밤 도대체 썩어가는 낯선 손님이 누구일까 하는 생각을 하다가 새우처럼 웅크린 채 잠이 들었다.

얼마를 자다가 목이 말라 눈을 떠보니 방 안에는 그때껏 석유 등잔불이 밝혀져 있었고, 세 어른은 잠을 자지 않고 앉아서 들독이라도 들어 올리는 것 같은 무겁게 가라앉은 목소리로 도란도란 이야기를 하고 있는 게 아닌가.

나는 잠이 든 척하며 눈을 감고 누워서 어른들의 이야기를 들었다.

"기름바위라면 노루목에서 오십 리도 안 되는데 어찌 한 번도 안 왔남?"

"기름바위에 온 지가 한 달 남짓밖에 안 됐어. 그리고 노루목 사람들 얼굴 대하기도 싫었고……."

아버지가 묻고 그가 대답했다.

"지난 팔 년 동안 어디 가 있었기에 여태 기별이 없었어?"

"신의주에 가 있었구만."

"신의주라니?"

"압록강 옆."

"어쭤, 멀찌기도 가 있었구만그려."

"여기저기 떠돌아 댕겼어."

"참봉 영감 죽은 거 모르재?"

"알어, 영감태기 할망구 한꺼번에 목에 맷돌을 달아서 방죽에 처넣었담서?"

"노루목 사람들 아무도 안 만났다믄서 그 이야기를 누구한티 들었어?"

아버지가 묻는 말에 그는 대답을 하지 않았다.

"그나저나 다리를 이렇게 많이 다쳤으니 으쩔거여. 새벽에 읍에 나가서 의원을 뫼셔 와야겠어."

"의원을 데려오다니 큰일 날 소리. 아무한테도 알려서는 안 돼. 한 이틀만 여기 머물렀다가 갈 거니께 다른 생각 허지도 말고……."

"가다니? 이 몸을 하고 어디를 가겠다는 겐가?"

갑자기 아버지의 언성이 높아졌다.

"지리산으로 들어갈 거네."

"지리산?"

"이틀 후에 동지들이 나를 데리러 이리로 올 거네."

말을 하고 나서 그는 상처의 통증 때문인지 길게 신음을 깨물었다.

나는 사내의 신음이 마치 필식이 외삼촌이 안산에서 대창에 찔려 죽을 때, 이빨로 기둥뿌리를 물어뜯는 것같이 찌릿찌릿 머릿속을 쑤셔 오는 비명 같다는 생각을 하면서, 슬며시 눈을 뜨고 그를 보려 했다. 그때 내 눈에 허수아비 옷보다 더 꾀죄죄한 그의 허리춤에 비주룩이 나와 있는 권총이 뚜렷하게 들어왔다. 나는 하마터면 벌떡 일어날 뻔했다. 권총을 찬 그가 갑자기 필식이 아버지처럼 위대하게 생각되었다.

"자네가 노루목을 떠난 뒤로 순식이 어머니는 하루도 쉬지 않고 물방애를 돌렸다네. 난리가 나기 전까지는 물방애 돌아가는 소리가 그치지 않았어."

아버지가 말했다.

"그래서 내가 아무리 멀리 가 있어도 내 머릿속에서 물방애가 쉬지 않고 돌았는개비구만. 철철철 내 머릿속에서 물방애가 쉬지 않고 도는데 내가 어찌 고향을 잊을 수가 있었겠나."

"나는 순식이 어머니를 말리지 않았네. 물방애를 쉬지 않고 돌리려고 하는 순식이 어머니 깊은 속을 알고 있기 땜시…… 그렇게 정성을 쏟아서 일념으로 물방애를 돌렸으니께 멀리 가 있는 자네 귀에까지 들렸겠제."

"순식이 어멈이 너무했구만. 자네한테 미안허이."

낯선 손님은 낮은 목소리로 그렇게 말하고 나서 신음을 깨물어 삼키느라고 끙끙거렸다.

나는 한쪽 눈만 지그시 뜨고 누운 채 줄곧 낯선 손님의 옆구리에 채여 있는 권총만을 뚫어지게 쳐다보았다.

"순식이 어머니한테나 자네한테나 죄를 짓고 있는 건 날세."

아버지의 목소리는 정말로 죄를 지은 사람처럼 맥이 빠져 있었다.

나는 어른들의 이야기에는 관심이 없었다. 어머니가 그동안 쉬지 않고 물레방아를 돌린 것이 왜 낯선 손님 때문이었는지, 아버지가 그에게 죄를 짓고 있다는 말이 무엇을 의미하는 것인지, 알 수도 없었거니와 알고 싶지도 않았다.

나의 관심은 오직 낯선 손님이 누구이기에 아버지가 그를 부처님 대하듯 하고, 어머니는 또 처음부터 고개를 꿍겨박고 훌쩍거리기만 하는 것인지, 그리고 그는 무엇을 하는 사람이기에 권총을 차고 있는 것인가 하는 것뿐이었다.

나는 의문의 매듭을 풀기 위해 여러 가지 생각들을 머릿속이 부스럭거리도록 여러 차례 굴려 보았지만, 도무지 실마리의 가닥이 추려지지 않았다.

어른들의 이야기를 듣느라 늦게까지 잠을 안 자고 눈을 뜨고 있었던 나는 할미산 쪽에서 질러오는 아침 햇살이 엉덩이에 불을 놓아서야 푸스스 일어나 앉았다.

어른들은 그때까지도 머리를 맞대고 앉아 있었다.

"우리 집에 누가 왔다는 말 입 밖에 내서는 큰일난다잉. 시키는 대로 안 했다가는 우리 식구 다 죽는겨."

아침을 먹고 방앗간을 나오려는데 아버지가 내게 다짐을 받았다. 나는 우리 식구가 다 죽는다는 아버지의 말에 문득 필식이 외삼촌의 죽은 얼굴 과, 시체 옆에 길다랗게 뻗질러 있던 꽃뱀 생각이 마른 번갯불처럼 뇌리 를 스쳤다.

전쟁이 끝났다는 데도 반 이상이 결석을 하고 있는 학교에서, 나는 내 가 가장 좋아하는 필식이한테 방앗간에 와 있는 권총을 차고 총 맞은 낯 선 손님 이야기를 할 수 없음이 마음 아팠다. 필식이한테 그 사실을 숨기 고 있다는 게 그렇게 죄스러울 수가 없어 그의 얼굴을 바로 보지 못했다.

나는 학교에 가면서부터 집에 돌아올 때까지 거무죽죽한 마음으로 입 을 꼭 다물었다.

내가 학교에서 돌아올 때까지도 아버지와 어머니는 낯선 손님과 고개 를 맞대고 어두컴컴한 방앗간 골방에 앉아 있었다.

"아가, 할미산에 가서 구절초꽃을 좀 뜯어 오그라."

어른들이 나무토막처럼 꼼짝 않고 앉아 있는 답답한 모습을 무너뜨리 기라도 하려는 듯 골방에 책보를 던지고 돌아서려는데, 어머니가 따라 나 오며 말했다.

"구절초꽃은 뭐하게?"

나는 머릿속에 분홍 빛깔의 구절초꽃을 떠올리며 물었다. 나는 구절초

꽃을 알고 있었다. 노루목 안에서 나만큼 꽃 이름을 많이 알고 있는 아이도 없었다. 나는 나무나 풀, 꽃, 새, 벌레, 물고기 이름들을 어느 누구보다 더 많이 알고 있다고 생각했다. 그래서 나보다 공부를 더 잘하는 친구들에게,

"힝, 그래도 새 이름이나 나무, 풀, 꽃 이름은 나만큼 모를 걸!"

하고 마음속으로 자랑하곤 했다.

내가 나무나 풀, 새, 벌레, 물고기 이름들을 많이 알고 있는 것은 다른 아이들보다 산과 들, 냇가를 더 좋아했기 때문이었다.

"총 맞은 상처에 구절초 꽃잎을 찧어 붙이면 낫는단다."

어머니는 슬픈 얼굴로 말하면서 조그만 망태기를 내 어깨에 메 주었다.

나는 망태기를 메고 징검다리를 건너 가을 햇살이 가득 괴어 있는 할미산 골짜기로 접어들면서, 분홍색 구절초꽃의 상큼한 향기와 피고름이 범벅된 낯선 손님의 썩어가는 상처를 열심히 비교하여 떠올렸다.

아름다운 구절초꽃이 썩어가는 상처를 낫게 한다는 게 신기하게만 생각되었다.

나는 참억새 풀섶 속에 무더기로 피어 있는 구절초꽃을 뜯어 망태기에 담으면서, 꽃은 이 세상의 모든 더러운 것들을 말끔히 낫게 할지도 모른다는 생각을 했다.

구절초꽃처럼 붉은 햇살이 서쪽 하늘에 퍼지기 시작할 때까지 꽃잎을 뜯은 뒤 산에서 내려오다가 당산나무 앞에서 필식이를 만났다.

섭섭하게도 필식이는 망태기 속의 구절초꽃을 몽땅 달라고 명령하듯 말했다. 자기 집 토끼에게 먹이겠다는 것이었다.

"토끼한테 먹이면 토끼털이 구절초꽃처럼 빨갛게 될지 누가 아니?"

필식이의 말에 나는 울음이 나오려고 했다. 어떻게든 구절초를 지키고 싶었다.

"이건 안돼, 우리 집에 와 있는 총 맞은 사람 상처에 붙일 거야. 우리 집에 권총 찬 사람이 총에 맞아 누워있거든!"

나는 그렇게 나도 모르게 말한 뒤 깜짝 놀라 발등을 찧고 싶도록 후회했다.

나는 결국 망태기 속의 구절초 꽃잎을 한 움큼 집어주면서 내가 그에게 한 말은 아무한테도 이야기하지 않겠다는 약속을 다짐받고 휘적휘적 방앗간으로 돌아왔다.

어머니는 내가 할미산에서 뜯어 온 구절초 꽃잎을 불그레한 꽃물이 질퍽하도록 손바닥으로 으깨어, 낯선 손님의 더러운 상처를 풀고 한 움큼 붙여주었다. 어머니는 썩고 있는 상처가 더럽지 않은지 흰 머릿수건이 피뭉치가 되도록 상처의 피고름을 닦아내고, 꽃잎 으깬 것을 붙인 다음, 헌 버들고리에서 새물 냄새가 풀풀 나는 어머니의 흰 속치마를 북 찢어 여러 겹으로 감아주는 것이었다.

구절초 꽃잎을 찧어 붙인 그 날 밤 낯선 손님은 밤새도록 끙끙 앓았다. 열이 오르는지 어머니는 그의 머리맡에 앉아서 이마에 찬 물수건을 쉴 새 없이 갈아 얹어 주었다.

"아무래도 내 오른쪽 다리를 잘라야 할란개비…… 이러다가는…… 온몸이 다 썩어 갈 건디……."

그는 앓으면서 띄엄띄엄 말을 이었다.

나는 그 말에 필식이네 머슴들이 돼지를 잡으면서 큰 칼로 자귀질하듯 다리를 찍어 자르던 모습을 떠올리며 으스스 턱끝을 떨었다.

"내장까지, 썩어들어가기 전에, 도끼로 내 다리를…… 잘라 주소."

그는 이렇게 말했다가는 이내,

"아닐세, 다리를 자르는 것보담…… 차라리 온몸이 썩어 이대로 죽는 것이…… 더 낫재."

하며 전날보다 더 퀭하게 눈자위가 들어간 눈으로 나와 어머니의 얼굴을 번갈아 가며 되작거려보았다.

다음날도 나는 학교에서 일찍 돌아와 할미산으로 구절초꽃을 뜯으러 갔다. 그때 나는 이상하게도 낯선 손님을 살려야 한다는 생각이 마음속에서 강렬하게 꿈틀거리고 있음을 알았다. 그를 살리기 위해서 열심히 많은 꽃잎을 뜯어, 햇빛을 좇는 산 그림자를 따라 내려왔다. 그날은 필식이를 만나지 않았다. 이상하게도 필식이를 만나지 않은 것이 그렇게 마음 편할 수가 없었다.

징검다리를 건너 방죽 둑길을 지나 방앗간으로 돌아오던 나는 깜짝 놀라 발걸음을 멈추어 섰다.

방앗간에서 뭉클뭉클 검은 연기가 머리를 풀고 하늘로 치솟고 있었다. 방앗간이 타고 있었다. 탕 하고 총소리가 붉게 물든 하늘을 찢었다.

나는 꽃망태기를 벗어던지고 방앗간을 향해 뛰었다.

구절초잎 색깔의 옷을 입은 사람들이 총을 겨누고 방앗간을 빙 둘러싸고 있었다. 얼핏 보니 필식이 아버지의 얼굴이 보였다. 필식이 아버지가 뭐라고 큰소리로 지휘를 했다.

순간, 가슴속에서 방앗간을 태우는 연기보다 더 뜨거운 불기둥이 뭉클 솟아올랐다.

불길을 뚫고 아버지가 낯선 손님을 업은 채 컹컹 생기침을 토해내며 방앗간에서 나오고 있었는데, 갑자기 탕탕탕 총소리가 안산을 흔들더니, 아버지와 낯선 손님이 나무등치처럼 앞으로 픽 고꾸라졌다.

"살려 줘요, 필식이 아버지!"

나는 울부짖으며 권총을 꼬나든 필식이 아버지의 팔에 매달렸다. 그러나 총소리가 계속 내 귀청을 뚫었다. 어머니가 손을 휘젓고 뛰어나오다가 그대로 아버지 옆에 픽 고꾸라졌다.

불기둥이 꿈틀 솟구치더니 우지직 방앗간 지붕이 내려앉으면서 아버지와 어머니, 그리고 낯선 손님을 한꺼번에 삼켜 버렸다.

붉게 물들었던 하늘은 이내 어두워졌다.

나는 아버지, 어머니의 죽음에 대한 슬픔보다 나도 죽게 될지 모른다는 두려움에 겁에 질려 후들후들 다리를 떨며 어둠 속을 뛰었다. 논둑길에 퍽퍽 쓰러지며 신작로까지 뛰어 한없이 걸었다.

면사무소 앞을 지나서 자갈이 깔린 신작로를 따라 밤새도록 걸었다.

큰 도시의 불빛이 하늘에 박힌 수많은 별처럼 반짝이는 모습을 보고서야 나는 신작로 가 미루나무에 등을 기대고 질퍽하게 두 다리를 뻗고 앉아 눈을 감았다.

"필식이 자식, 기어코 너를 죽이고 말 테다."

기진맥진한 나는 마음속으로 울부짖으며, 아버지와 어머니 그리고 낯선 손님은 내가 죽인 거나 마찬가지라는 견딜 수 없는 죄책감에 몸을 떨면서 닭의 똥 같은 눈물을 주르르 흘렸다.

나도 죽고 싶었지만, 죽기 전에 필식이를 죽여야 한다는 각오로 이를 응등 물고 흐늑거리는 도시의 불빛을 찾아 내려갔다.

음력 정월 초하룻날 아침의 햇살이 고기 비늘 같은 혓바닥으로 차창 유리의 성에를 핥아 녹일 무렵, 헌털뱅이 버스는 꽁무니에 매연을 뿜고 참나무가 듬성듬성 비스듬히 서 있는 운산고개 산허리의 황톳길을 해소병 앓는 노인처럼 헐떡이며 올라가고 있었다.

버스가 면사무소 앞에 멎자 여공 차림의 승객들이 한꺼번에 우르르 내려 버려 버스 안은 통금이 시작된 뒷골목처럼 썰렁하게 비었다.

나는 희끗희끗 눈 쌓인 산과 들을 먼 시선으로 열심히 더듬어보며 줄담배를 피웠다.

버스가 노루목에 가까워지자 다시 마음속에서 회오리바람이 거칠게 일렁이기 시작했다.

30년 전 달빛을 밟으며 참새만한 가슴에 복수의 칼을 묻고 떠나왔던 고향길을, 부끄러움에 전신을 떨며 다시 돌아가고 있는 것이었다.

모든 것이 꿈속에서처럼 낯설었다. 큰 바위가 웅크리고 있는 산 모퉁이며, 부옇게 햇살에 부서지는 골짜기, 간판 없는 주막, 논두렁과 마을들…… 모두가 낯선 모습으로 심장에 찍혀 왔다.

나는 문득 고향으로 가고 있는 것이 아니라 30년 전의 회색빛 과거의 시간 속으로 서서히 미끌려 들어가고 있는 듯한 기분에 현기증을 느꼈다.

시퍼런 복수의 칼 대신에 부끄러움에 떠는 한 마리의 속죄양이 되어 과거의 무덤 속으로 빠져들어 가고 있는 듯싶었다. 30년 전 이 길을 밟고 노루목을 떠나올 때는 기어코 다시 돌아와 필식이를 죽이고야 말겠다고 이빨을 응등 물었었다.

도시의 창자 썩는 냄새가 훅훅 코를 덮치는 다리 아래서 잠을 잘 때나, 성냥공장에서 토막 난 성냥개비들을 가려내기 위해 팔이 빠지도록 체질을 하면서도 마음의 숫돌에 복수의 칼날을 갈아세우는 것을 잠시도 잊지 않았다.

그러다가 우연히 시내버스 안에서 만난 신부님의 주선으로 야간학교에 다닐 때, 원수를 사랑하라는 성경 구절을 읽으면서도 복수의 불길은 무섭게 타올랐다.

야간 고등학교에 입학하던 날 나는 노루목 필식이한테 내 결심을 알리는 편지를 쓰지 않았던가.

필식이 네가 내 친구가 아닌 것과 같이 노루목은 이미 내 고향이 아니다. 네 아버지가 방앗간을 불태우고 우리 아버지와 어머니를 죽인 것처럼 나도 네 집을 불 지르고 너의 아버지와 어머니를 죽이고 말겠다. 이제 나는 너를 내 하인으로 만들기 위해서 이를 갈고 살겠다. 언젠가 복수하러 찾아가겠다.

나는 발신인의 주소를 밝히지 않은 채 필식이한테 편지를 써 보냈다.

그때 나는 복수하기 위해 살고, 복수하기 위해 공부를 하는 것으로 생각했었다.

나의 그런 생각이 알게 모르게 녹이 슬기 시작한 것은 초등학교 교사가 되어 30여 년 전의 내 나이 또래 아이들을 가르치면서부터였다. 나는 비로소 아이들을 이해하기에 이른 것이다. 아이들은 결코 아무도 미워하지 않는다는 것을 알게 된 것이다.

내가 필식이한테 방앗간의 낯선 손님 이야기를 한 것처럼, 필식이도 아무렇지 않은 마음으로 그의 아버지에게 말했으리라는 것을 헤아릴 수가 있었다. 필식이가 우리 아버지와 어머니를 죽이기 위해 그의 아버지한테 그런 말을 하진 않았을 것이라는 확신을 하게 된 것이었다.

그때 이미 복수의 칼은 내 마음속에서 부러져 버렸다. 그 후로 필식이 얼굴과 이름마저 잊어버리고 살았다. 고향 노루목도 잊고 살아왔다. 30년 전의 일은 과거의 무덤 속에 깊숙이 묻힌 채 잊혀졌다.

버스가 햇살에 질척질척 녹아내리는 가파른 황톳길을 내려가자 살진 암소의 엉덩판만한 들판이 눈에 들어왔다.

앙상한 잡목들이 촘촘한 산자락 끝 양지쪽에 30년 전 내가 다녔던 운산초등학교가 한가롭게 햇빛을 받고 엎뎌 있었다.

버스가 학교 앞 월곡리에서 멎자 나는 서둘러 미리 내렸다. 월곡에서 노루목까지는 2km 남짓 되었다. 월곡리에서 노루목까지는 30년 전 걸어서 학교에 다니던 길이라 바윗등걸, 길가의 나무들까지도 낯이 익어 보였다.

월곡리 아들바위를 보듬고 돌자 노루목 마을이 하늘을 향해 떠올랐다.

나는 잠시 걸음을 멈추고 서서 앙상한 팽나무 가지 사이로 떠오른 노루목을 바라다보았다.

월곡리에서 노루목까지 2km 남짓밖에 안 되는 거리였는데도 한 시간이 더 걸렸다. 나는 수없이 가던 걸음을 멈추고 꿈속의 기억들을 떠올리듯 조심스럽게 눈으로 노루목을 감치며 걸었다.

고향은 과거의 무덤이 아니고, 내 몸에 뿌려진 핏자국이자, 잊힌 부모의 슬픈 모습이었다.

나는 노루목이 가까울수록 감당할 수 없는 부끄러움에, 신작로를 따라 걷지 못하고 조붓한 논둑길을 어슬렁거리면서 떨리는 마음을 진정시켰다. 버스에서 미리 내려서 걷기를 잘했다고 생각했다.

나는 필식이를 만나기가 두려웠다. 옛날에 그에게 꼭 복수하겠노라는 편지를 보낸 것이 칼로 내장을 저미는 것처럼 후회스러웠다.

마을 사람들을 만나기도 부끄러웠다. 마치 벌거숭이가 되어 군중들 속으로 들어가는 것만큼이나 후끈후끈 심장이 달아올랐다.

나는 될 수 있으면 마을 사람들 눈에 잘 띄지 않게 몸을 조그맣게 웅숭그리며 논둑길을 타고 물방앗간 쪽으로 걸었다. 귀를 기울여 보았지만, 물레방아 돌아가는 소리는 들리지 않았다. 할미산 소나무 가지들을 흔들며 드밀고 내려오는 바람소리만이 들판에 가득했다.

하기야 나는 이미 물레방아 돌아가는 소리와 바람소리를 구별할 수조차 없었다.

물방앗간은 흔적조차 찾아볼 수가 없었다. 울타리처럼 둘러서 있었던 쥐똥나무는 한 그루도 남아 있지 않았고, 여기저기 돌무더기만 어지럽게 쌓여 있었다.

물받이 낭떠러지 아래도 메워져 버렸다.

나는 한동안 방앗간 언저리를 서성거렸다. 돌무더기 속에 아버지 어머니의 유골이 묻혀 있을 것만 같았다.

태양은 아직 머리 위에서 흔들리고 있었고 바람은 쉬지 않고 노루목 들판을 갈퀴질했다.

한 시간쯤 물방앗간 돌무더기 위에 앉아서 눈 덮인 안산을 바라보았다.

마을로 들어갈 용기가 나지 않았다.

방앗간의 돌무더기를 모두 들어내서라도 아버지와 어머니의 유골을 찾아내야겠다고 생각했다. 돌무더기를 들어내고 있는 사이 마을 사람들이라도 보게 되면 그 부끄러움을 어떻게 감당해야 좋을지 몰라 선뜻 손이 움직여지지 않았다.

나는 다섯 개비 째 줄담배를 피우고 나서 벌떡 일어나 마을 쪽으로 걸어갔다. 필식이 할아버지와 할머니가 잠겨 죽은 방죽 둑길을 지나 징검다리를 건너는 동안 다행하게도 마을 사람을 한 명도 만나지 않았다.

징검다리를 건너 마을 앞 당산에 선 나는 당황한 얼굴로 눈알을 굴렸다. 분명히 탱자 울타리는 그대로 남아 있는데 필식이네 집이 보이지 않았다. 양철집이 들어앉아 있어야 할 자리가 밭이 되어 어질더분하게 지푸라기들만이 널려 있었다.

나는 탱자 울타리를 한 바퀴 돌아 다시 당산으로 나와서 필식이네 집터와 울긋불긋 슬레이트 지붕으로 바뀐 네댓 채의 마을 지붕들이며, 옛날보다 더 작아 보이는 듯싶은 당산나무를 쓸어 보았다.

마을은 옛날 그대로였다. 달라진 것이라면, 필식이네 양철집이 없어져 버린 것과 울긋불긋 슬레이트로 바뀐 지붕 위에 텔레비전 안테나가 서 있는 것과 넓혀진 고샅뿐이었다. 고샅이 넓혀진 것과는 달리 모든 것이 작아진 듯싶었다. 당산나무도, 마을 앞을 흐르는 냇물도, 필식이네 탱자 울타리도, 돈단 아래 안 고샅으로 건너가는 두껍다리도 옛날보다는 훨씬 볼품없이 작아져 버린 것만 같았다.

나는 어디로 누구를 만나러 가야 할지 망설였다. 물방앗간에서 마을로 건너올 때까지만 해도 나는 꼭 필식이를 만나서 내 잘못을 용서받고 싶은 생각에 잠시 두려움도 부끄러움도 잊을 수가 있었는데, 필식이 집이 흔적조차 찾아볼 수 없게 되자 방향을 가늠하지 못하는 바람처럼 당산나무 옆을 서성거리고만 있었다.

잠시 후 마을 아낙들이 안 고샅에서 손바닥만한 두껍다리를 건너 당산 쪽으로 나오는 것을 보고서야 나는 마지못해 거의 충동적으로 몸을 움직였다.

마을 아낙들은 나를 알아보지 못했다. 나도 그들을 알아볼 수가 없었다.

나는 아버지의 유일한 친구였던 장쇠의 집으로 가고 있었다. 대밭 밑 장쇠네 집까지 가는 동안 나이가 지긋한 두 사람을 만났으나 역시 서로 알아보지 못했다.

장쇠네 집은 옛날 그대로였다. 외짝 사립문이 삐딱하게 반쯤 열려 있고, 토담 위로는 감나무가 비주룩이 고개를 들고 있었으며, 물매가 싼 초가지붕이 옛날 그대로였다. 잠시 사립문 앞에 서 있었더니 여남은 살 안팎의 사내아이가 콩고물이 묻은 쑥떡을 손에 들고 총알처럼 밖으로 튀어나오다가 나를 보자 섬칫 몸을 사렸다.

"애야, 네 성이 장 씨냐?"

내가 묻는 말에 소년은 검은자위가 많은 두 눈알을 바쁘게 굴리며 고개만 끄덕였다.

"네 아버지가 장구만 씨냐?"

"울 아부지 없어라우."

내가 묻고 소년이 대답했다.

"멀리 가셨냐?"

"작년에 죽었어라우."

순간 나는 할 말을 잃고 소년의 왼쪽 뺨에 있는 마른버짐을 들여다보며 한숨을 깨물어 삼켰다.

"할아버지는 계시냐?"

구만이 아들놈은 커다랗게 고개를 끄덕이더니 쪼르르 안으로 들어가 큰소리로 할아버지를 외쳐 불러댔다.

나는 마당으로 들어서면서 감나무 옆 바가지샘에 앉아서 걸레를 빨고 있던, 구만이 아내인 듯싶은, 중년 부인답지 않게 몸피가 가는 여자를 보았다. 구만이 아들놈이 호들갑을 떠는 바람에 물 묻은 손을 짙은 밤색 통치마 허벅지통에 쓱쓱 문질러 닦으며 일어서서 누구를 찾으러 왔느냐고 눈으로 물었다.

"영감님 계십니까?"

내가 구만이 부인을 향해 가볍게 눈인사를 하며 묻고 있을 때, 건넌방 문이 삐그덕 열리면서 구만이 아버지 장쇠가 밭은기침을 토하며 고개를 내밀었다.

장쇠는 절뚝거리며 방에서 나와 고무신을 꿰고, 손바닥으로 눈썹차양을 만들어 반짝이는 겨울 햇살을 받치며 나를 건너다보았다.

"저, 순식입니다요."

나는 토마루 쪽으로 가까이 걸어가서 장쇠 앞에 허리를 굽혔다.

"누구라고?"

아직 일흔이 넘지 않았을 터인데도 장쇠는 마른 죽순껍질처럼 폭삭 늙어 있었다. 얼금뱅이 얼굴은 추하게 찌들어지고, 허리는 꼽추처럼 굽어, 절뚝거리며 걷는 모습은 무대 위의 슬픈 광대처럼 보였다.

"물방앗간집 아들 순식입니다."

나는 큰 소리로 말했다. 그제서야 장쇠 노인은 떨어진 구두창 같은 손으로 눈곱자기가 붙은 눈언저리를 쓱 문지르고 나더니 한껏 허리를 펴고 찬찬히 내 얼굴을 들여다보았다.

"네가 물방앗간집 아들 순식이란 말이냐?"

장쇠 노인은 믿어지지 않는지 뜨악한 얼굴로 되물었다.

"이제야 찾아와서 죄송합니다."

"냉큼 들어가자. 내가 죽기 전에 와줘서 고맙다. 키가 훤칠한 게 네 애비를 쪽 뺐구만."

장쇠 노인은 내 손을 잡아끌고 옛날 방앗간 골방보다 더 나을 것 없이 어둡고 꾀죄죄한 건넌방으로 들어갔다.

"언제고 한번은 네가 올 줄을 알았다만……."

장쇠 노인은 물기 젖은 목소리로 말하며 아랫목의 구저분한 이불을 한쪽으로 밀쳐 나를 앉게 하고 밖에 대고 손자를 불렀다.

"방앗간은 둘러보았느냐?"

장쇠 노인은 내 옆에 앉으며 물었다.

"남은 게 아무것도 없더군요."

"자취도 없어져뿌렀재. 그래도 물방애 도는 소리는 여전히 들린단다."

"물레방아 도는 소리가요?"

내가 묻고 있을 때 마른버짐이 핀 구만이 아들놈이 들어왔다.

"아가, 이 어른헌티 인사드려라."

장쇠 노인은 내가 되묻는 말에 대답하지 않고 손으로 손자의 허리춤을 잡아 끌어당기며 걀걀걀 가래 끓는 목소리로 말했다.

구만이 아들놈은 선 채로 허리만 꺾었다가 폈다.

"이놈이 구만이 자식놈이다. 구만이가 너를 보면 친형제보다 더 반가와홀 껏인듸……."

"구만이 이야기는 들었습니다. 어쩌다가 그렇게……."

"술병으로 갔어. 다 제 팔자소관이니 으쩔 수 없는 게지. 참, 냉큼 일어서거라, 갈 데가 있어."

장쇠 노인은 한바탕 밭은기침을 다시 토해내고 나서 두 무릎을 짚고 일어섰다.

"부모님들 묘소에 성묘를 해야재."

"성묘라뇨?"

"네 부모님들 말여!"

장쇠 노인은 꾸짖는 목소리로 크게 말했다.

나는 장쇠 노인의 뒤를 따라나섰다.

우리는 대밭을 지나 가파른 황토 언덕을 추어 올라 똘배나무며 쥐똥나무들이 듬성듬성한 할미산 비탈로 접어들었다.

팔을 휘젓고 절뚝거리며 나보다 앞서가던 장쇠 노인은 할미산 골짜기를 가로질러 물방앗간 터가 빤히 내려다보이는 아기다박솔밭으로 내려가다가 걸음을 멈추고 나를 기다렸다. 장쇠 노인은 봉송한 무덤 앞에 서있었다.

"자, 인사 올려라."

장쇠 노인이 물방앗간 쪽을 내려다보며 말했다.

나는 솔가지를 꺾어 무덤의 뜰방 위에 놓고 두 번 절을 한 뒤 무릎을 꿇은 채 앉아 있었다.

"방앳간이 내려다뷔는 곳에 묘를 쓰길 잘했재. 아매, 네 부모님들은 죽어서라도 물레방아 소리를 들을끼야."

장쇠 노인은 앙당그러진 떡갈나무를 깔고 앉으며 말했다.

"전 부모님 유골이 방앗간 돌무더기 속에 그대로 묻혀 있을 걸로 생각했습니다."

"징해도 징해도 사람보다 더 징한 것은 없다. 넌 사람이 숯검정 모양 쎄

까맣게 불에 탄 것을 못 봤을 게다. 총에 맞아 죽고 다시 불에 탔으니 두 번 죽은 게지. 불에 탄 세 사람이 누가 누군지 구별조차 할 수 없었어."

말을 하고 나서 장쇠 노인은 한바탕 기침을 쏟았다.

우리는 말 없이 무덤 옆에 앉아서 산을 허물어 내리는 듯한 칼바람 소리를 들으며 발부리 아래 흔적조차 찾을 수 없는 물방앗간 터를 내려다보았다.

"다른 분들 무덤은 어디 있나요?"

나는 담담하게 물었다.

"세 분을 여기 함께 묻었다."

장쇠 노인은 슬픈 눈으로 무덤을 쓸어 보며 말했다.

"세 분을 함께요?"

나는 온몸에 섬찟한 기분으로 장쇠 노인과 무덤을 번갈아 보았다.

"셋은 아매 무덤 속에서도 정답게 지낼끄다. 나도 저 속으로 들어가서 그들과 함께 있고 싶구만."

나는 장쇠 노인의 말뜻을 이해할 수가 없었다.

"방앗간에 찾아왔다가 죽은 그분이 누구인지 아셔요? 저의 부모님이 돌아가신 것도 총 맞은 그분 때문인 것 같은데요."

나는 30년 전에 풀지 못했던 의문을 떠올리며 물었다.

"그 이야기는 집에 내려가서 해 주마."

우리는 두어 시간쯤 무덤 옆에 앉아 있다가 햇살이 엷어지고 바람이 날카롭게 드세어져서야 마을로 내려왔다. 장쇠 노인은 할미산에서 내려오면서 내가 묻지도 않은 필식이네 집안 이야기를 해주었다.

"네가 야행을 친 이듬해든가, 최 참봉 아들이 병원에 가서 쓸개를 떼어

냈단다. 쏠개를 떼어내도 낮지 않아 황소가 디뎌도 꿈쩍 않을 그 크나큰 살림이 거덜나고 말았어. 그 존 살림 다 작살내고 죽었재. 살림 거덜나고 아들 죽어 넘어지자 남은 가족들은 끈 떨어진 망석중이가 되고 말았어. 그래서 악으로 모은 살림은 악으로 망하고, 동절구도 밑 빠질 날이 있다고 허는 말이 빈말이 아닌갑더라. 필식이 모자가 빌어먹다시피 허고 살다가 결국에는 노루목을 떠났다. 한번 떠난 뒤로는 너 모양으로 소식이 뚝 끊겼어. 제 할애비 할미 묏등에 벌초를 안 허는 호로불쌍 놈이 되고 말았어."

나는 장쇠 노인의 이야기를 들으면서 버릇처럼 자꾸 하늘만 쳐다보았다. 햇살이 기울기 시작하는 하늘에는 백자 파편 같은 구름 조각들이 어지럽게 널려 있었다.

"필식이가 몇 살쯤 돼서 노루목을 떠났나요?"

나는 제발 내가 야간 고등학교에 들어가던 해 보낸 편지를 받아보지 않고 떠났기를 빌면서 물었다.

"글쎄다. 아매 구만이가 장가들이 삼사 년 전쯤 될까…… 집에 불이 나자 곧 떠났응께."

그렇다면 내가 보낸 편지를 받아본 뒤가 아니겠는가. 나는 갑자기 울고 싶어졌다. 어려운 환경에서 내 편지를 받은 필식이가 얼마나 고통스러워했을까 생각하니, 하늘을 바로 쳐다볼 수가 없었다.

집에 돌아온 장쇠 노인은 어둡기 전에 떠나겠다는 나를 한사코 놓아주지 않고 붙잡았다. 그는 내게 꼭 해줄 말이 있다면서 고의로 미적미적 시간을 끌었다. 그가 내게 해주겠다는 중요한 이야기란 다름 아닌 30년 전 방앗간에 찾아온 낯선 손님에 대한 것이라고 했다.

나는 하는 수 없이 하룻밤을 장쇠 노인 집에서 묵기로 하고, 쿠리한 노인 냄새가 나는 건넌방에 들어가 코트를 벗어 횃대에 걸고 앉았다.

장쇠 노인은 30년 동안 내가 살아온 이야기를 몇 번이고 되물으며, 지금은 뭘 하느냐, 자녀는 몇이나 되느냐, 집은 장만했느냐, 처가는 어디냐고 이것저것 알고 싶어 했다. 장쇠 노인은 밤이 깊어 자리에 들어서야 30년 전 물방앗간의 낯선 손님 이야기를 밭은기침 섞어가며 땀직땀직 실꾸리를 풀듯 가닥을 추려 나갔다.

담양 추월산 밑이 고향인 장쇠는 해방이 되기 4, 5년 전쯤 그의 나이 스물한 살 때 통매꾼으로 여기저기 절뚝거리며 흘러 다니다가 어느 여름 노루목에까지 오게 되었다. 그는 노루목 물방앗간에서 하룻밤 신세를 지게 되었다. 물방앗간에는 결혼한 지 1년 남짓 된 신혼부부와 방앗간 일을 거들어주는 신랑 또래의 일꾼이 함께 살고 있었다.

장쇠는 방앗간 풍구 옆에서 거적을 쳐 철철철 물소리를 들으며 함께 잤다. 장쇠는 점박이 일꾼이 마음에 들었다. 점박이 일꾼은 원래 무당의 아들이었는데, 아홉 살 때 무당 어머니가 죽고 올데갈데없이 되자 방앗간에 와서 허드렛일을 도와주며 목줄을 지탱해 왔다고 부끄럼 없이 자신의 이야기를 버선코 까뒤집어 보이듯 모두 이야기해 주었다.

키가 크고 고수머리를 한 사람 좋은 방앗간 신랑은 점박이 일꾼을 친구처럼 대해주었다.

장쇠는 방앗간 주인과 점박이 일꾼의 권유로 노루목에 눌러앉게 되었다. 그는 노루목에서 장가도 들었다. 세 사람은 친구가 되어 격 없이 어울렸다.

그 무렵, 자전거를 타고 주재소에 다니던 최 참봉 아들이 이미 첫아기를 낳은 방앗간 집 새색시를 은근히 넘보기 시작했다. 그러나 자신이 비

록 칼 찬 주재소 순사라고는 하나 남편 있는 새색시를 빼앗아 올 수도 없
는 일이어서, 못 먹는 감 찔러나 본다는 엉큼한 뱃심으로 자기와 방앗간
고수머리 마누라가 배를 맞췄다는 소리를 공공연히 떠벌리고 다녔다. 만
일 소문을 믿고 고수머리가 새색시를 쫓아내기라도 한다면 얼씨구나 하
고 첩으로 맞아들일 속셈이었다.

소문은 고수머리의 귀에까지도 들어가게 되었다.

도둑의 때는 벗어도 화냥의 때는 못 벗는다는 푼수로, 방앗간 고수머리
의 새색시는 영락없이 주재소에 다니는 참봉 아들과 그렇고 그런 사이로
어거지 낙인이 찍혀지고 말았다. 고수머리의 새색시는 칼로 가슴을 도려
내고 싶은 억울함에 방앗간 옆 팽나무에 목을 매달아 죽으려고도 해보았
지만, 점박이 일꾼한테 들켜 뜻을 이루지 못했다.

새색시가 목을 매려던 날 밤, 방앗간 고수머리는 가슴에 퍼런 식칼을
품고 참봉네 담을 넘어 참봉 아들의 방안을 덮쳤다. 그는 잠에 떨어진 참
봉 아들의 입에 수건을 뭉쳐 넣고 손발을 꽁꽁 묶은 다음, 눈 번연히 뜨고
보는 앞에서 참봉 며느리의 옷을 벗기고 겁탈했다.

고수머리는 그날 밤으로 노루목에서 자취를 감추고 말았다. 괜히 헛소
문을 퍼뜨렸다가 마누라를 잃은 참봉 아들은 허옇게 눈자위를 까뒤집고
긴 칼을 휘두르며 고수머리를 찾아 목을 베겠다고 울부짖었으나, 한번 자
취를 감춰 버린 고수머리는 결코 나타나지 않았다.

결국 참봉 아들은 아내를 내쫓고 새장가를 갔다. 새장가를 든 여자한테
서 낳은 아들이 필식이다.

노루목을 떠난 고수머리는 1년이 지나고 5년이 지나도 나타나지 않았다.

"총에 맞고 방앳간에 찾아온 낯선 손님이 바로 네 친아부지란다."

장쇠 노인은 긴 이야기를 끝내고 나서 목이 타는지 머리맡에 놓인 물 한 그릇을 단숨에 벌컥벌컥 좌악 들이켰다. 그때 나는 일어나 있었다. 장쇠 노인이 이야기하고 있는 도중에 머리가 떵한 기분으로 일어나 앉아 있었다. 나는 문득 할미산의 잔솔밭을 훼혼들고 내려오는 쌩한 칼바람 소리에 섞여 내 귀를 들쑤시는 물레방아 돌아가는 소리를 들을 수가 있었다.

　　나는 벌컥 방문을 걷어차고 어둠이 무덤처럼 답답하게 가득 괴어 있는 마당으로 뛰어나갔다. 그리고 물레방아 돌아가는 소리를 찾아 어둠 속으로 깊숙이 파묻혔다. 천둥소리보다 더 큰 물레방아 도는 소리가 도끼로 장작 패듯 내 머리를 여러 조각으로 빠겠다.

　　그러다 나는 나도 모르게 자꾸만 물레방아 속으로 빨려 들어가 30년이라는 긴 시간을 보듬고 쓸쓸쓸 소리를 내며 돌고 있었다.

『문학사상』, 1980.6

원한과 신명 사이

김열규(문학평론가, 계명대 석좌교수)

1. 징소리

상징이란 나타내기만 하는 것이 아니다. 물론 뭣인가를 뜻하는 기호로서 구실을 하지 않고는 한 상징은 온전할 수가 없다. 하지만 그것만으로는 족하지 않다.

상징은 일깨워야 한다. 불러일으켜야 한다. 지층의 밑바닥에서 화산 용암을 솟구치게 하는 힘을, 상징은 인간들의 마음에다 대고 터뜨려야 한다. 마음의 깊으디깊은 심층, 깊은 용소 밑간이 후미진 마음의 바닥에다 대고 상징은 초혼招魂이나 하듯 소리쳐야 한다. 이것이 상징의 환기작용喚起作用이다. 그리고 모든 예술은 필경, 이 상징력에 그것들의 힘을 집약시켜야 한다.

바닥의 것, 깊이 묻힌 것만을 불러일으키는 데서 끝나지 않는다. 깊은 샘 바닥에 바늘 끝 같은 구멍이 있고 거기서 빛살처럼 물줄기가 쏟아져 오르듯 상징을 접하는 사람들 마음 깊이에서는 늘 뭣인가가 솟구쳐 오르는 것이다. 하지만 그것이 전부는 아니다. 바닥에서 거죽으로 끌어 올리는 환기작용이 있듯이 까마득한 위를 향해 말하자면 하늘 끝 봉우리에 단숨에 날아오르는 듯 구실을 다하는 환기작용이 있다. 전자를 우리는 의미의 심층에서 떠오르는 것이라거나 기억의 저변에서 피어오르는 것이라 바꾸어 부르기도 한다. 이에 비해서 후자는 꿈은 꿈이되, 동경하듯 꾸는 꿈이라 부를 수 있을 것이다. 계시 같은 환기작용이다. 신의 소리라고 바꾸어 말해 오기도 하였다.

인간들은 요긴한 생각, 귀한 생각은 지층 밑에 가라앉히듯 제 속에 저장하기도 하지만 그와 함께 저 높은 곳, 어디 구름 속쯤에 차곡차곡 묵혀 두기도 한다는 것을 예술의 상징을 대할 때마다 사람들은 믿어도 좋은 것이다. 예술은 그래서 표현하지 않는다. 그것은 오직 상징한다.

상징은 우리들의 잠든 의식을 흔들어 깨우고 망각의 늪을 바닥에서부터 휘젓는다. 언젠가는 각성으로 정리될 커다란 충격과 파문을 우리 마음에 안겨 준다. 그것이 더러 우리를 결단이라도 내는가 싶게 휘몰아칠 때라도 좀 지난 뒤에 언제고 계몽의 앙금이 곱게 우리 마음속에 앉곤 하던 것을 수없이 경험하였을 것이다. 작품 「징소리」에 울리는 징소리는 무엇보다 예술의 상징 그 자체로서 우리 귀를 친다. 아니 영혼을 치는 것이다. 일제의 음울한 여운이 미처 사라지기도 전에 밀어닥친 6·25 전란 이후 산업사회의 내일을 바라보고 있는 오늘에 이르기까지 이 땅 역사와 사회와 그리고 인간의 저 깊은 밑층을 깡그리 뒤흔들고 휘저으면서 징소리는 울려 퍼지고 있다. 역사의 골짝과 사회의 그늘 그리고 인간들의 응달을 내달으면서 징소리는 우레처럼 우리에게 덮어 씌어지고 있다. 그것은 해일海溢 같은 것이다. 우리의 가슴이 빠개지게 그리고 힘살이 미어지게 그 소리는 우리에게 부딪쳐 오고 있다. 그것은 포탄 같은 것인지도 모른다. 누구도 피할 수 없는 폭탄이 된다. 그것은 절대로 유탄流彈이 아니다.

여기서 우리는 기록으로서의 역사와 상징으로서의 역사의 차이를 얘기

해도 좋을 것이다. 전자가 일어난 저 인간들의 사건을 박제화剝製化하고 그럼으로써 사건의 생명에서 등을 돌리고 있다는 사실을 「징소리」는 간접적으로 경고하고 있다. 역사서나 역사가란 사열대에 선 퇴역한 노 장군에 불과하다고 한 샤를르 페기의 목소리가 거기 섞여서 들려온다. 상징으로서의 역사는 인간들의 사건 현장을 현장의 말소리 그대로 살려놓으려는 탐욕을 억척스레 발휘한다는 것을 「징소리」는 들려주고 있다. 그것은 과거를 현전現前하게 한다. 거기서는 과거가 끝도 없이 우람한 물줄기를 내며 오늘 속을 역류하는 소리를 듣게 된다. 그것은 서사 문학의 위대한 순간이다. 역사의 무덤 밭에, 그것도 우리 현대사의 무덤 밭에 이제 쟁쟁하게 부활의 징소리가 울려 퍼지고 있는 것이다. 그것은 우리들의 상처를 새삼스레 후비고 든다. 생생하게 덧나고 다시 도지는 생채기의 아픔이 악마구리처럼 들끓는다. 우리들 육신肉身 저 속에 박혀 있던 탄환의 파편 조각이 다시 요동치는 것이다. 그러나 역사란 만성환자를 그냥 두어서는 안 된다. 그냥저냥 목숨 부지나 하며 사는 것 같지도 않게 찌들어가는 역사의 만성질환에 늦게나마, 아니 더 늦기 전에 예리한 메스를 들이대는 신호로 「징소리」는 그 의미를 발하고 있다. 그리하여 우리들이 어떻게나 역사를 만성질환에 서서히 길들게 하였는가를 뼈아프게 깨닫게 하는 것이다.

2. 원한과 신명 사이

「징소리」는 온갖 소리다. 그것은 모든 것의 소리. 천만 가지, 억만 가지 일체의 소리다. 그것은 주문인가하면 저주다. 부적인가 하면 살이다. 소망인 듯하다가도 무지한 악담이 되고 마는 소리. 부르는 소리 같았다가는 야멸차게 밀어붙이는 소리. 토닥거리며 감싸주는 곁에 칼을 들이대는 아우성,

애잔하게 어울리는 사랑이다가는 욕정으로 돌변하는 소리. 그 천변만화하는 소리는 그 징소리는 소리의 총체. 소리의 전부 같은 것인지도 모른다.

혼을 불어넣어 주고 또 사람들의 혼을 간직하고 있으면서도 혼이 빠지게 하는 소리. 징소리는 모순과 모순 사이에서 거침없이 메아리친다.

작품에서 일일이 증거를 대 보일 필요도 없이 징소리는 혼이요 고향이요, 그리고 기구祈求다. 한데도 그것은 아픔이요 후회요, 악몽이고 그리고 동티다. 그것은 말하자면 어떻게라도 들리고 또 들릴 수 있는 소리다. 인간이 지닌 감정의 빛깔과 마음의 모양만큼 그 가지 수가 많은 소리가 바로「징소리」다. 인연인가 하면 작별이고 추억인가하면 몽상夢想이다. 인간들의 모든 사건과 짓거리를 빠짐없이 담을 수 있는 소리다. 그것은 여의봉如意棒 아닌 여의음如意音이다.

징은 곰살맞은 현악기도, 사연 많은 관악기일 수도 없다. 그것은 우직한 타악기다. 두들기고 패야만 소리 내게 마련이다. 악기라기보다는 소리 내는 쇳조각이라 부르는 게 더 어울릴지도 모른다. 한데도 작가는 그것에 소리 전부를, 소리의 온갖 것을 담고 있다. 작가가 그럴 수 있었던 것은 징이야말로 꼴머슴 출신인 주인공 칠복이의 외모며 목소리를 똑 닮았기 때문인지도 모른다. 바꾸어 말하면 현대사의 가장 응달진 곳에 살다 간 사람들의 목소리를 담을 수 있는 확성기로는 징보다 더 좋은 게 있을 것 같지 않기 때문은 아닐까.

하지만 징이 울리는 그 수많은 소리에 구태여 갈래를 붙이자면 못 붙일 것도 없다. 두 갈래로 가름하자면 그 숱한 소리는 원한과 신바람 사이를 넘나들고 있다. 크고 작은 높고 낮은 그리고 서로 빛깔이며 느낌이 다른 그 많은 소리는 필경 한의 소리와 신명 소리의 음악으로 크게 두 가닥을 이룰 수 있을 것이다.

징소리는 하늘에서 햇살을 타고 내려오고 있는 듯싶기도 하였다. 흉년에 아기를 굶겨 죽인 젊은 어머니의 배고픈 울음, 고향을 잃은 사람들의 슬픈 울부짖음이나 전장에 나간 아들의 전사 통지서를 받고 눈물은 메말라 버린 채 숨만 가쁜 늙은 어머니의 목쉰 울음소리 같기도 하고, 긴긴 겨울밤 오동나무 잎이 휘휘 바람에 떠는 소리에 잠 못 이루고 대처로 돈벌이 간 남편을 기다리는 가난한 아낙의 긴 한숨, 때로는 순덕이처럼 다른 남자와 눈이 맞아 자식까지 버리고 집을 나간 아내를 원망하는 남편의 뼈를 깎아내는 듯한 탄식과도 같은 징소리.

이것은 마치 굿거리, 그것도 진오귀굿이나 씻김굿거리에서 무당이 주워섬기는 원귀冤鬼 목록과도 흡사하다. 이럴 때 징소리는 원성怨聲이 되고 한성恨聲이 된다.

거기에는 무엇보다도 먼저 주인공 칠복의 원한에 사무친 일생이 있다. 6·25의 소용돌이 속에서 애매하게 죄도 없이 학살당한 아버지와 그리고 아버지를 뒤따르듯 죽어간 어머니를 여의고는 꼴머슴으로 자라 간신히 밭뙈기나 장만하고 장가들어 사는가 싶더니 벼락 맞듯 땅을 잃고 아내를 빼앗긴 징채잡이 칠복은 이 땅 현대사의 대표적인 상흔 그 자체다. 그리고 전통적인 원귀의 원형 같은 인물이다. 아버지 물림인 징채잡이 칠복은 산 증인이다.

3. 생원령生怨靈들

스스로 원한의 화신인 칠복이 징을 치며 헤매고 있다. 지금은 거대한 댐 아래서 물에 잠긴 고향을 잊지 못해서 그리고 딴 사내와 눈이 맞아 달아난 아내를 찾아 칠복은 징을 울리며 헤매고 있다. 고향 사람들의 혼이라기보다 고향 그 자체의 넋을 부르며 꼴머슴 칠복이 징을 치고 다닌다. 아무 죄도 없이 다만 징 하나 때를 잘못 골라서 친 죄밖에 없이 죽임을 당한 아비의 땅이면 등지고 돌아설 만도 하건만 칠복에게 고향은 나무로 칠푼수면 뿌리 그것이었다. 미우나 고우나 그것 없이는 살 수 없는 곳이었다. 아내도 그런 점에서 고향 밭뙈기며 흙과 다를 바 없었다. 남편 싫다고 달아난 아내, 다시 찾아져도 내동댕이를 쳐야 할 여편네인데도 칠복은 고향 그리는 마음으로 그녀를 찾아 헤맨다. 징을 울리면서…… 마을이 물에 잠기고 더는 쓸모없는 굿물인 징을 치면서…….

마을에서 물려받은 것이라곤 날조된 죄의 찌꺼기요, 가난이요, 멸시요, 그리고 원한뿐인데도 칠복은 고향을 불러 징을 치고 아내를 찾아 징을 울린다. 이것은 목숨처럼 모질고 질긴 인연이라 부를 수밖에 다른 도리가 없다.

남도 땅을 헤매고 다니는 거렁뱅이, 그리고 반미치광이 칠복이, 이 생원령은 징을 치고 다니면서 또 다른 하고 많은 산 원귀寃鬼들을 만난다. 아니 산 원귀들을 불러낸 것인지도 모른다. 원한의 화신이 잇달아 징소리로 불러내는 또 다른 산 원령들의 얘기, 그것이 바로 작품「징소리」다. 산 원귀들이 잇달아 나타나고 그리고 그들을 불러낸 칠복의 징소리 장단 그대로 혹은 넋두리를, 혹은 푸념을 펼쳐간다. 푸념과 넋두리는 이 땅의 굿판에서 오래 이어진 원한의 사설이다. 넋두리와 푸념의 사설을 한풀이라 한다면 「징소리」야말로 한바탕의 한풀이 굿판이다. 이래서 우리는 칠복이를 씻김굿판의 무당에 견주어도 좋을 것이다. 씻김굿은 죽은 망령을 불러내어서 달래는 굿거리다. 남도판 오구굿이 다름 아닌 씻김굿이다. 오구굿판에서 언제나 그런 것은 아니지만 스스로 원한의 화신이 무당이 죽은 원령들을 불러내어 그들로 하여금 푸념과 넋두리를 되뇌게 하는 수가 있다. 칠복은 바로 그 같은 오구굿판의 무당을 닮았다. 「징소리」는 원한이 원한을 부르며 다니는 소리다. 물에 잠긴 방울재 마을에서 메기굿을 할 때 천지신명을 불러내던 굿물인 징이라서 산 원령도 수시로 불러낼 수 있었던 것이다.

허칠복의 일생은 생원령 사이의 순례와도 같다. 생원령이 하는 생원령 사이의 순례, 그것이 이 꼴 머슴 일생이고 작품 「징소리」의 줄거리다.

"저놈의 징소리에 바늘이 달렸나? 내 마음을 쿡쿡 쑤시네."

라고 뇌까리는 칠보증권의 장 과장도 생원령의 하나다. 그도 징채 잡이의 아들도 태어나긴 칠복과 다를 게 없다. 징 때문에 집안이 거덜 나고 아비가 애꿎은 죽임을 당하는 점에서도 장 과장은 칠복을 그대로 뒤집어쓴 팔자를 타고난 인물이었다. 징소리에 미쳐서 여편네 도둑맞고 빙충맞은 사내 꼴이 되기로는 장 과장 애비와 칠복은 매일반이었다. 칠복은 이렇게 해서 그의 징 때문에 도처에서 자신의 재판再版들을 만났다. 그것은 칠복의 복사판 같은 사람들이다.

그런 장 과장과 정이 연줄이 되어 만나게 된 맹 계장의 어머니 또한 지독한 원령이다.

자식을 잃거나 땅을 빼앗긴, 어머니들이 숨넘어가는 순간까지도, 풀리지 않고 평생을 가슴앓게 한 응어리진 한이, 오뉴월에도 서릿발이 칠 만큼 무서운 것이라고는 하지만, 고향을 떠나지 않으려고 한 것이 죄라면 죄일지 모르나, 지금껏 남한테 해를 끼쳐 본 일이 없는 그들 모녀를 죽게 한 것은 정말 알 수 없는…….

여인이 바로 맹 계장의 어머니다. 그녀의 남편은 이러다 할 죄 없이 죽임을 당한 인물이었다. 칠복의 아버지와 다를 바 없었다. 남편을 끌고 간 공비자들에게 윤간을 당하고 그리고 그 씨앗을 낳아 기른 여인. 그런 맹 계장의 어머니는 칠복의 아내 순덕이의 어머니랑 크게 다를 게 없었다. 청상으로 아들과 강간의 상흔인 반편 딸을 길러낸 맹 계장의 어머니는 마침내 그 딸과 함께 칠복이 치는 징소리를 들으면서 여자 단손으로 손수 지은 집에다 불을 지르고 자살을 하고 만다. 하필이면 아들 녀석인 맹 계장이 남편을 죽인 장본인에게서 남도 아닌 그 철천지원수에게 땅을 몰래 팔아먹고는 어미를 고향 집에서 떼 내려 하였기 때문이다. 땅을 어미 자신이라고 아들에게 일러 오던 맹 계장의 모친이다. 남편을 무고하게 죽인 자 앞에서 떳떳하게 살아 버티는 것이 최선의 복수고 남편의 원혼을 달래는 길이라고 믿고 살았던 노파다. 그 믿음이 하루아침에 아들에 의해 배신당했을 때 그녀는 스스로를 불꽃 속에 던져 버린 것이다. 여자가 그것도 이 땅의 여자. 아니 현대사 속에 살다간 이 땅은 여인이 겪고 견뎌야 했던 아픔을 혼자 도맡은 장본인이 맹 계장 어머니다. 이 노파도 칠복의 징소리에 이끌려 그 앞에 나타났고 그 징소리에 따라 이승을 하직해 갔다. 묘하게도 노파를 에워 비극이 일어난 시기마저도 또 환경마저도 칠복이 겪은 비극의 경우와 같았다.

댐 공사 때문이었다. 마을에 댐이 들어섰기 때문이다. 전통적인 농촌 사회와 도시산업사회가 빚는 갈등의 사생아死生兒적인 비극이란 점에 서로의 경우가 다르지 않았다. 도시산업사회에 뭉개져 간 전통사회 그 자체가 이미 커다란 원령이었다. 그리고 산업화는 이 작품에서 6·25에 버금가는 전쟁. 아니 그보다 더한 제2차 6·25로 암시되고 있다. 칠복의 징은 도처에서 이 땅의 전통사회, 우리들의 고향, 우리 모두의 뿌리가 원령으로 떠돌고 있는 것을 보여준다. 칠복의 징이 불러낸 것은 원령화한 이 땅의 현대사 그 자체다.

작품 「징소리」는 민족사라는 원령 사이에서 벌이는 순례고 굿판이다.

4. 유민들의 전설

이 언저리에서 작품은 현실을 넘고 소설을 딛고 허구를 넘어선다. 그리고 서서히 아주 천천한 걸음으로 전설로 화한다. 방울재의 전설이자 숱한 이 땅의 또 다른 방울재의 전설로 탈바꿈해 간다. 유민들의 전설. 땅 잃은 유민들의 전설이 되어간다.

아주 멀리까지 거슬러 올라가지 않아도 좋다. 저 가혹한 임란 이후 이른바 호패법號牌法의 올가미에서 벗어나려 농민들이 스스로 유민의 길을 찾아 나선 지가 지금에 이르러 몇백 년이란 말인가. 그들은 누구나 마음에 고향의 전설 하나씩은 간직하였을 것이 아닌가. 연해주 땅에의 유민은 이미 영-정조 무렵부터다. 그래서 흐름이 굵어간 유민의 역사. 그것이 일제의 동척회사에 의해 더욱 가속되고 남북의 분단으로 더욱 악화되다가 마침내 6·25에 이르러 막바지인가 했더니 사회의 산업화에 의해 덩달아 또 한번 해일처럼 들이닥친 게 아닌가. 「징소리」는 이제 최후로 남겨질 유민들의 전설이고자 한다. 아니 더는 그 슬픈 얘기는 이어지지 말아야 하기에 읽는 사람 듣는 사람은 누구도 그것이 마지막이기를 빌고 싶은 것이다.

한국의 전설은 땅의 내력이고 땅과 동체인 사람들의 사연이었다. 땅을 갈아 씨앗을 뿌리듯 가꾸어 온 것이 우리들의 전설이다. 그것은 마음들이 땅에 뿌리내리는 정신적 밭갈이 같은 것이었다. 작품 「징소리」는 이 땅의 흙이 마지막 남길 얘기로서 길이 전해질 것이다.

「저녁 징소리」, 「말하는 징소리」에서 다시 「무서운 징소리」로 이어지며 계속되던 칠복의 원한 순례이자 오구굿은 「마지막 징소리」에 접어든다. 그러고는 지금까지와는 달리 스스로 지은 회한悔恨, 제 잘못을 두고 우는 자책의 한탄 푸념을 펼쳐 놓는다. 그것은 칠복의 아내 순덕이의 자한기自恨記다. 남편을 배반하고 달아났다가 그 샛서방에게서 버림을 받은 여인. 그러면서 남편이 자신을 찾아 헤매며 울리는 것이 분명한 징소리를 뒤쫓아 남편과 고향으로 되돌아서려는 이 연인도 갈 데 없는 한녀恨女다.

칠복이 아버지가 울리는 징소리가 한창 요란하던 밤에 강간을 당한 순덕 어머니는 남편에게서 쫓김을 당하고 도망을 친다. 미쳐버린 그녀가 유랑하며 데리고 다닌 게 순덕이다. 순덕은 정신이상자가 된 어미가 부랑패들에게 윤간당하는 현장을 목도하는 만큼 상처투성이로 자라난다. 그러나 어린 순덕은 동화 속의 주인공처럼 무턱대고 어미 손을 이끌고 전혀 기억에 없고 알 길도 없는 고향길에 오르고 그것은 기적처럼 이루어진다. 철도 안든 딸에게 이끌려 고향에 돌아와 모처럼만에 남편 품에 안긴 순덕이 어미는 잠시 제정신이 드는가 싶더니 그 길로 물에 몸을 던져 죽고 만다.

순덕이의 마지막도 그 어미의 전철을 밟는다. 미혹과 죄의 구렁텅이에서 스스로 의식이 깨어나 고향에 돌아온 순간 남편의 징소리의 환청을 들으면서 옛 마을을 삼킨 거대한 댐 속에 몸을 던지고 만다. 모녀에게 정신이 든다는 것과 의식이 깬다는 것이 다같이 죽음을 의미했던 것이다.

이 땅의 문학은 근세기에 이르기까지 슬픈 종말에는 매우 인색했다. 한데도 유독 지명전설地名傳說에 만은 허다하게 비극적 종말을 남기고 있다. 지명전설은 놀이라고 해도 좋을 만큼 눈물과 피에 얼룩져 있다. 「징소리」라는 방울재 전설도 예외일 수가 없다.

5. 회종回宗하는 사나이

작품의 대단원인 「달빛 아래 종소리」에서 우리는 다시 한번 더 생원령을 만난다. 그것은 방울재 마을을 물에 삼킨 댐 관리사무소 야간 경비원인 손판도다.

손판도는 이중 성격을 지니고 있다. 중간 매개자격인 성격을 지니고 있다. 이 작품에서는 끝까지 고향의 뿌리이고자 하는 일꾼의 인물이 있다. 허칠복과 맹 계장 어머니, 칠복의 친구인 최순필이며 김구만들이다. 이북에 고향을 둔 박씨도 이 부류에 든다. 그들은 한결같이 징소리에 혼을 묻을 수 있는 사람들이기도 하다.

그런가 하면 고향에 떨치려 하는 인물들이 다른 한쪽에 있다. 그들은 도시화한 인물들이다. 칠보 증권의 장 과장이며 맹 계장. 그리고 순채를 뜯는 마을 사람들이 이 부류에 속한다. 맹 계장의 아버지를 무고하게 죽인 박차도란 인물도 이들 중 하나다. 이들에 고향이란 낙후요, 가난이요, 그리고 수모受侮일 따름이다. 이들은 또 장 과장처럼 칠복을 구박하고 징소리를 싫어하는가 하면 맹 계장처럼 삶의 편리를 위해선 아비의 원수하고도 즐겨 손을 잡는 위인들이다.

손판도는 이 양쪽에 걸려 있는 인물이다. 그러면서 그들이 이루고 있는 대립의 '메디에이터' 구실을 다하고 있다. 이 점에서 판도는 매우 중요한 인물이다.

손판도는 원래 방울재의 토박이는 아니었다. 그는 떠돌이부부의 아들로 태어났다. 그가 젖먹이일 때 공산군의 잔비殘匪로 쳐져서 남은 아비는 스스로 자행한 살생의 앙화를 받아 방울재 주민들에 의해 죽임을 당한다. 어미도 한자리에서 죽고 그때 젖먹이이던 그는 마을의 무당 부부에게 수양 되어 친자식처럼 자라난다. 어미는 남정네가 치마 끝을 잡아당기기만 해도 지레 속옷을 벗는 그런 위인이었다. 손판도 역시 6·25의 피멍울이었다. 훨씬 자라서 자신의 비밀을 알게 된 판도는 비뚤어져 갔고 방울재에 미련을 둘 턱이 없었다. 그는 방울재 수몰 사업에 앞장을 섰고 동리의 서낭나무를 찍어 넘어뜨린 장본인이기도 하였다. 그리고 그 공으로 그는 댐 관리소 직원으로 채용된 것이다. 그러고는 고향으로 되돌아와서 아내를 기다리며(아내가 먼저 댐의 물에 몸을 던진 것도 모르고) 칠복이가 치는 징소리에 이를 갈았다. 그것은 판도로서는 방울재 사람들에 대한 복수 같은 의미를 지니고 있었다. 그리고 '양어머니와 붙어먹은 놈'이라는 검은 멍에에 대한 몸부림 같은 것이었다. 어디를 어떻게 짚어 보아도 원한투성이인 사내였다.

그러던 그에게 결정적인 회심回心과 회종回宗의 순간이 찾아든다. 칠복이가 댐의 둑에서 아내를 기다리며 징을 치다 만 밤이었다. 거대한 인공 호수에 어둠이 깔리고 비가 흩뿌려치자 판도는 댐에 빠져 죽은 사람들의 환영 때문에 공포에 사로잡힌다. 그리고 외로움이 그를 좀먹는다. 그것은 월남전에서 여자 포로에 의해 잘려나간 그의 남근의 뿌리 부분이 아파 오는 것과 때를 같이하고 있었다.

그는 그 순간에 칠복을 찾아 어둠 속을 나선다. 칠복의 이름을 소리 질러 부르면서

'그놈의 징소리 때문이여. 내 맘이 드럽게 약해진 건 순전히 징소리 때문이구만.'

혼자 그렇게 생각한다. 징소리가 이 악의 씨에게 회종을 불러일으킨 것이다.

비를 맞고 있는 칠복을 댐 한구석에서 만난 판도는 차츰 아내가 돌아오리라고 확신하고 있는 칠복의 믿음에 동조한다. 그러면서 물아래의 방울재가 고향이라는, 뿌리라는 의식이 오랜 망각의 잠에서 서서히 깨어나기 시작하는 것이다. 호수 위쪽에 그의 생부모가 버려지다시피 묻혔다는 가매장지가 마음에 걸리기 시작한다. 그것은 분명한 전향이었다. 그래 판도는 드디어 칠복에게 징을 울려서 들려 달라고 부탁까지 하게 된다.

판도의 전향은 다음 날 아주 의미 있는 것으로 나타난다. 밤새워 수문을 열어젖힌 호수의 물줄기를 따라 멀리서 떠내려오는 여자의 송장을 판도는 칠복과 함께 발견한다. 금세 수문으로 흘러들어서 가파른 시멘트 수로에 곤두박질칠 것 같은 송장을 향해 판도는 혼자 급히 배를 저어간다. 가까이 가서 그것이 순덕이, 곧 칠복의 아내임을 발견한 판도는

"칠복이…… 내가 올 때까지 꼼짝 말고 댐에서 기다리고 있으소잉. 그리고 엊저녁에 나한테 징을 쳐주겠다고 약속을 했는데. 지금 쳐 줄랑가?"라고 소리친다. 판도는 칠복의 아내를 보트에 담아 싣고 칠복의 눈이 미치지 못할 백암산 골짜기 상류를 향해 거슬러 올라간다. 그곳은 그의 생

부모의 가매장에 가까운 곳이었다.

둑에서는 아내의 귀향을 확신하며 칠복은 계속 징을 치고 있었다. 그러나 판도는 어릴 때 들었던 상여 노래 같은 화초가를 흥얼거렸다. 그것은 판도가 자신을 슬퍼하는 「백조의 노래」 같았다.

인간에 깨고 고향에 눈뜬 순간, 말하자면 판도에게 제 정신이 든 순간, 판도는 죽음을 향해 노래 부르며 다가간 것이다. 그것은 순덕 어미와 순덕 자신의 죽음과 같은 의미를 지니고 있다. 그러면서도 같은 무리의 죽음 가운데서도 판도의 것은 단연 백미 편이다.

6. 신명의 대단원

판도의 전향은 '징소리'로 되돌아섬이고 고향에의 그리고 인간에의 되돌아섬이다. 그의 죽음은 성인의 죽음이다. 다 찢어지고 할퀼 대로 할퀴어진, 그래서 만신창이가 된 성인의 종언이다. 그러기에 판도에게 있어 죽음은 재생이다.

그의 전향은 재생에의 회종이었던 것이다. 드디어 징소리는 이 회종을 불러일으키고 그리하여 그 상징의 아름다운 꽃을 피운 것이다.

음울한 오구굿판의 무당처럼 잇달아 원혼을 불러냈던 칠복의 징소리는 드디어 여기서 맑게 씻겨진 원혼 하나, 정화된 한혼恨魂 하나를 불러낸 것이다. 앞서 말한 대로 남도의 오구굿을 씻김굿이라 한다. 칠복의 굿물인 징소리는 마침내 그 씻김에까지 다다른 것이다.

판도는 징소리에 어울린 것이다. 고향의 모든 사람과 어울린 것이다. 옛날 마을이 성하였던 시절 메기굿판에서 그러하였듯이, 징이 울리는 풍악과 사람들의 노래와 춤이 지녔던 그 신명 속에서 판도는 고요하게 귀의 한 것이다. 징 때문에 비로소 고향과 사람에 눈떠서는 징소리의 전송을 받으며 그는 구원의 한길을 가만가만 걸어간 것이다.

판도는 살아서 객귀客鬼였다. 양심에 저린 원귀怨鬼였다. 그러나 이제 그는 원한의 고를 풀고 원한의 부정을 씻고 깨끗한 혼령이 되어 환한 꽃길 밟듯 저승길을 떠나 간 것이다. 무당은 오구굿판에서 그리고 씻김굿거리에서 이 마지막을 위해 원혼을 불러내고 그리고 신명을 피운다. 신명은 해방이요 구원이다. 원한에서 놓여진 그 가벼움, 하늘 날 듯한 쾌적함 그 것이야말로 신명의 정체다. 살아서 판도는 입버릇처럼 떠다니고 싶다고 했다. 그것은 원한의 땅에서의 해방을, 그리고 원한의 사슬에서의 자유를 의미했다. 그는 죽음으로써 그것을 이룬 것이다. 뿐만 아니라 그는 칠복에게는 아내의 귀향을 비는 믿음이 그냥 머무르게 하여 주었다. 그것이 비록 이상적으로는 '판도라의 상자'라고는 해도 믿음을 믿음으로 영원히 머무르게 한 것은 강조해도 좋을 것이다.

되살아 난 혼, 구원받은 혼만큼 크게 신명에 지필 게 따로 없다. 칠복의 「징소리」는 생원령들의 초혼을 거쳐 드디어는 생원령에게 구원을 의미하는 죽음과 그리고 해방을 의미하는 신명을 불러일으켜 주었다. 여기서 칠복의 기나긴 굿판, 한스런 징소리의 굿판은 끝이 난다. 신명의 대단원이다.

*이 글은 『징소리』(수문서관, 1980)에 실린 초판 작품 해설임.

작가의 말 _ 「징소리」 연작을 쓰고 나서

끝끝내 내 방에 걸린 징은 울리지 않았다. 얼마 전 시장에서 4만 원이나 주고 산, 전깃불 쓰고 만든 고향도 역사도 모르는 한갓 상품에 불과한 이 가증스런 징은 끝내 민중의 아픔을 모르는가.

1978년 「징소리」(『창작과비평』, 1978. 겨울호)의 연작 첫 번째 작품을 쓸 무렵, 나는 거리의 엿장수한테서 수몰지로부터 흘러나온, 푸르죽죽한 청태가 낀 진짜 징을 구했었다. 그 징이야말로 전깃불 켜고 주조한 것이 아닌, 벌겋게 달은 시우쇠의 불빛에 쇠망치로 두들겨서 만든 농민들 정한의 때가 묻은 것이었다.

방울재라는 수몰지에서 나온, 아직 민중의 숨결이 살아 있는 그 징은, 「저녁 징소리」(『한국문학』, 1979.3)를 쓸 무렵 내 고향에서 수년 동안 초등학교 아이들에게 농악을 가르치는 선생한테 넘겨줘 버렸다.

나는 낚시꾼들이 몰려드는 수몰지 장성댐에 자주 찾아갔으며, 고향을 등지고 흔적도 없이 먼지처럼 도시의 밑바닥에 깔려버린 실향민들을 찾아 나섰다. 그리고 우연히 '저축'을 소재로 쓴 초등학생들의 글짓기 심사를 하다가, 눈물겨운 글 한 토막을 읽게 되었다. 수몰지에서 도회지로 나와 어렵게 살아가는 실향민의 아이가 고향에서 가지고 나온 징이며 꽹과리 등을 팔아 저금통장을 갖게 되었다는 이야기였다. 나는 곧 쉽게 중편 「말하는 징소리」(『신동아』, 1979.6)의 주인공 허칠복을 찾아낼 수 있었으며, 그의 이야기는 계속해서 「무서운 징소리」(『한국문학』, 1980.2)로 이을 수 있었다.

78년 가을부터 80년 봄에 이르는 1년 반 남짓 동안 3편의 단편과 중편 3편의 징소리 연작을 쓰면서, 나는 허칠복의 고향은 바로 내 고향이며 우리 모두의 고향이라고 생각했다. 만나면 쇳소리만 나고, 톱니바퀴처럼 맞물려 정확하게 계산하며 돌아가는 이 메마르고 비정한 현대사회 어디에 우리들의 고향이 있단 말인가.

허칠복의 고향이 물에 잠겼다고 하면 우리들의 고향은 망각이라는 무덤 속에 갇혀버렸는지도 모를 일이다. 이제 우리 민중의 정한이 찐득거리는 고향은 컴퓨터의 작동에서도 만나 볼 수가 없다.

어쩌면 영원히 찾을 수 없는 곳, 천당에 가기보다 더 어렵게 된 우리들의 진정한 고향은 어디에 있는 것일까. 태어나고 자란 곳이라고 해서 고향일 수는 없다.

진실로 우리가 되찾고 싶은 고향은 사랑과 믿음이 충만하고, 정이 넘치고, 자유와 정의가 바로 서 있고, 거짓이 없고, 부와 권력에 메달림이 없고, 징소리가 다시 울리며, 콩 한 조각도 둘이 나눠 먹을 정도로 인심이 포실한, 가장 인간적인 고향인 것이다.

'이조인간'이라고 비웃음을 사기 딱 알맞은 허칠복이가 간절하게 찾고 있는 그의 고향 방울재가 바로 어쩌면 우리가 영원히 갈 수 없는 진솔한 뿌리가 박힌 인간의 고향일지도 모른다. 그렇다면 허칠복은 결코 바보가 아니며 우리보다 몇 세기 앞서간 현명한 사람일지도 모르지 않는가.

우리는 그런 곳, 인간적인 고향이 현실 속에서는 찾을 수 없다고 이미 단념을 해버렸지만, 허칠복이만은 포기하거나 지치지 않고 쓰레기통에서 보석을 찾듯 온통 헤매고 있으니 말이다.

그런 점에서 우리는 그에게서 배울 것이 많다. 나는 그를 닮고 싶다.

그의 징소리가 목마르게 듣고 싶다.

1980년 8월 문순태(*이 글은 『징소리』(수문서관, 1980)에 실린 초판 작가의 말임.)

수록 작품 발표 지면

징소리	『창작과비평』, 1978.겨울
저녁 징소리	『한국문학』, 1979.3
말하는 징소리	『신동아』, 1979.6
마지막 징소리	『문학사상』, 1979.9
무서운 징소리	『한국문학』, 1980.2
달빛 아래 징소리	『한국문학』, 1980.7
물레방아 속으로	『문학사상』, 1980.6

| 1939년 | | 10월 2일(음력) 전남 담양군 남면 구산리에서 아버지 문정룡과 어머니 정순기 사이에서 장남으로 출생.(출생신고를 늦게 하여 호적에는 1941년생으로 됨) |

| 1946년 | 8세 | 전남 담양군 남면 남초등학교 입학. 10대 종손으로 훈장을 모시고 한문 공부를 함. 『천자문』, 『학어집』, 『사자소학』, 『명심보감』을 마침. |

| 1950년 | 12세 | 초등학교 5학년 때 6·25전쟁 발발, 고향 사람들이 좌우익으로 갈리어 서로 죽이는 광경을 목격함. |

| 1951년 | 13세 | 고향이 공비토벌작전지역에 해당되어 소개. 가족이 화순군 이서면 월산리 논바닥 토굴에서 생활. 이후 고향의 전답을 팔고 가족이 모두 광주 무등산 밑으로 이사함. 광주에서 아버지는 두부 배달과 막노동을 하고, 어머니는 도붓장사를 함. 어머니의 도붓장사하는 짐을 대신 지고 광주 인근 마을을 따라 다니거나 무등산에서 땔감을 해다 팖. |

| 1952년 | 14세 | 전남 신안군 비금면 신월리로 이사, 비금면에 있는 중앙초등학교로 전학. |

| 1953년 | 15세 | 외가가 있는 전남 화순군 북면 맹리로 이사, 화순군 북면 서초등학교로 전학. 공부를 하고 싶어 혼자 광주로 나와 학강초등학교 6학년으로 편입. |

| 1954년 | 16세 | 2월 22일 광주 학강초등학교 졸업. 3월 2일 광주 동성중학교 특대장학생으로 입학. 이후 광주에서 자취, 토요일 수업 후, 매주 걸어서 고향 인근 마을에 사는 학생들과 함께 담양의 잣고개와 유둔재를 넘어 학교에서 25km 떨어진 곳에 있는 외가 마을의 집을 왕복함. |

1957년	19세	2월 12일 광주 동성중학교 졸업, 3월 2일 광주고등학교 입학. 가족이 광주역 뒤 동계천의 판잣집으로 이사. 시인 이성부와 함께 당시 전남대학교 학생이었던 박봉우 선배를 만남. 광주 양림동에서 김현승 시인에게 시 쓰는 법을 지도 받음. 문예부에 들어가 김석학, 이성부, 윤재성과 함께 '문예반 4인방' 결성.
1958년	20세	서라벌예대 주최 전국 고교문예작품 모집에 시 당선.
1959년	21세	『전남일보』 신춘문예에 가명(김혜숙)으로 시 입선, 『농촌중보』(『전남매일』 전신) 신춘문예에 단편소설 「소나기」 당선, 『농촌중보』 시상식에서 소설가 한승원을 처음 만남.
1960년	22세	2월 20일 광주고등학교 졸업. 전남대학교 문리대학 철학과 입학.
1961년	23세	전남대학교 철학과에서 2학년을 마침, 전남대학교 용봉문학회 창립, 초대 회장을 지냄.
1963년	25세	김현승 시인이 숭실대학교로 옮기자, 숭실대학교 기독교 철학과 3학년에 편입. 숭대문학상에 시 「누이」 당선. 서울 신촌에서 자취를 하며 조태일 시인과 함께 김현승 시인 댁을 자주 방문함. 아버지가 47세로 세상을 뜨자 광주로 내려와 조선대학교 국문학과 3학년에 편입. 조선대학교 부속고등학교에서 독일어 강사로 일함.
1964년	26세	1월 5일 나주 영산포의 과수원집 딸 유영례와 결혼. 장녀 리보 출생.
1965년	27세	『현대문학』에 김현승으로부터 시 「천재들」 추천받음. 조선대학교 국문학과 졸업. 조선대학교 부속고등학교 독일어 교사로 부임.
1966년	28세	5월 6일 전남매일신문사 기자로 입사. 기자 생활을 하면서 전라도 지방의 토속 자료를 수집하고 역사적 사건들을 취재하여 정리한 『남도

의 빛』 발간. 장남 형진 출생.

1968년 30세 제4회 한국신문상 수상. 차녀 정선 출생.

1972년 34세 전남매일신문사 정치부장으로 승진. 신문 기자 생활에 매력 잃고 소
설 습작 시작. 매주 서울로 김동리 선생을 찾아가 소설 공부.

1974년 36세 『한국문학』 신인상에 단편 「백제의 미소」 당선. 이때 송기숙·한승원
등과 『소설문학』 동인 활동. 독일 뮌헨대학 부설 '괴테 인스티튜트'
에서 독일어 어학 과정을 마치고 귀국. 「백제의 미소」(『한국문학』 6월
호), 「불도저와 김노인」(『한국문학』 10월호) 발표.

1975년 37세 조선대학교 사대 독일어과 교수로 자리로 옮겼다가 한 학기를 마치
고, 전남매일신문사 편집부 국장으로 되돌아옴. 단편 「아버지 장구렁
이」(『한국문학』 3월호), 「열녀야 문 열어라」(『월간중앙』 5월호), 「빈 무
덤」(『시문학』 6월호), 「상여울음」(『세대』 10월호), 「무서운 거지」(『소설
문예』 12월호), 중편 「청소부」(『창작과비평』 봄호) 발표.

1976년 38세 단편 「멋장이들 세상」(『월간중앙』 3월호), 「기분 좋은 일요일」(『뿌리깊
은나무』 11월호), 「무너지는 소리」(『한국문학』 11월호), 「여름 공원」
(『창작과비평』 가을호) 발표.

1977년 39세 단편 「복토 훔치기」(『월간대화』 1월호), 「고향으로 가는 바람」(『월간중
앙』 3월호), 「말 없는 사람」(『신동아』 6월호), 「돌아서는 마음」(『시문학』
10월호), 「금니빨」(『뿌리깊은나무』 12월호, 「금이빨」로 작품명을 바꾸어 본
선집에 수록) 발표. 첫 번째 중·단편소설집 『고향으로 가는 바람』(창작
과비평사) 출간.

1978년 40세 단편 「번데기의 꿈」(『한국문학』 3월호), 「안개 우는 소리」(『문예중앙』
가을호), 「깨어있는 낮잠」, 「흑산도 갈매기」(『신동아』 12월호), 중편

「감미로운 탈출」(『한국문학』7월호), 「징소리」(『창작과비평』겨울호) 발표. 실록 장편소설『다산유배기』를『세대』에 연재. 평전『의제 허백련』(중앙일보사) 출간.

1979년   41세   단편「저녁 징소리」(『한국문학』3월호), 중편「말하는 징소리」(『신동아』6월호), 「마지막 징소리」(『문학사상』9월호) 발표. 장편『걸어서 하늘까지』를『일간스포츠』에 연재. 두 번째 중·단편소설집『흑산도 갈매기』(백제출판사) 출간.

1980년   42세   전남매일신문사에서 반체제 기자라는 이유로 해직당함. 단편「하늘새」(『뿌리깊은나무』8월호), 「탈회」(『한국문학』12월호), 중편「무서운 징소리」(『한국문학』2월호), 「물레방아 속으로」(『문학사상』6월호), 「달빛 아래 징소리」(『한국문학』7월호), 단막희곡「임금님의 안경을 누가 벗길 것인가」 발표. 대하소설『타오르는 강』을『월간중앙』에 4월부터 연재한 후 순천당에서 1권 출간. 장편『걸어서 하늘까지』상·하(창작과비평사), 첫 번째 연작소설집『징소리』(수문서관) 출간. 성옥문학상 수상.

1981년   43세   천주교에 입교(세례명 프란치스코). 단편「말하는 돌」(『소설문학』1월호), 「물레방아 소리」(『문예중앙』봄호), 「달빛 골짜기의 통곡」(『월간조선』3월호), 「난초의 죽음」(『소설문학』11월호), 「황홀한 귀향」(『문학사상』11월호), 중편「물레방아 돌리기」(『문학사상』5월호), 「철쭉제」(『한국문학』6월호)에 발표. 장편『아무도 없는 서울』을『여성동아』에, 『병신춤을 춥시다』를『신동아』에 연재. 대하소설『타오르는 강』1~3권(심설당)과 두 번째 연작소설집『물레방아 속으로』(심설당) 출간. 숭실대학교(구 숭전대) 대학원에 입학하여 김동리의 소설 창작 강의를 받음. 제1회 소설문학 작품상, 전라남도 문화상, 전남문학상 수상.

1982년	44세	문화공보부 주관 문인 유럽여행. 무크지 『제3문학』(한길사)으로 백

1982년 44세 문화공보부 주관 문인 유럽여행. 무크지 『제3문학』(한길사)으로 백우암·김춘복·윤정규·송기숙 등과 활동. 단편 「살아 있는 길」(『한국문학』 2월호), 「잉어의 눈」(『문학사상』 5월호), 「병든 땅 언덕 위」(『정경문화』 8월호), 「목조르기」(『소설문학』 9월호), 「노인과 소년」(『기독교사상』 12월호), 「탈회」(『행림출판』), 중편 「유월제」(『현대문학』 5월호), 「어머니의 땅」(『문학사상』 9월호) 발표. 장편 『피아골』을 『한국문학』(1982.4~1984.7)에 연재. 장편 『병신춤을 춥시다』(문학예술사), 『아무도 없는 서울』(태창문화사), 『달궁』(문학세계사) 출간. 장편소설 『달궁』으로 제1회 문학세계 작가상 수상.

1983년 45세 숭실대 대학원 국문과 졸업(석사논문 「한국문학에 나타난 한의 연구」). 광주에서 무크지 『민족과 문학』 편집위원으로 참여. 단편 「미명(未明)의 하늘」(『현대문학』 1월호), 「패자의 여름」(『소설문학』 1월호), 「거인의 밤」(『문학사상』 3월호), 「숨어사는 그림자」(『현대문학』 12월호), 「개안수술」(『홍성사』) 발표. 장편 『성자를 찾아서』를 『문학사상』에, 『연꽃 속의 보석이여 완전한 성취여』를 『수문서관』에 연재. 세 번째 중·단편소설집 『피울음』(일월서각) 출간. KBS TV 8부작 〈신왕오천축국전〉 취재팀 일원으로 6개월간 인도, 파키스탄 탐방. 인도기행문 『신왕오천축국전』 발간(KBS). 역사기행문 『유배지』(어문각), 첫 번째 산문집 『사랑하지 않는 죄』(명문당) 출간.

1984년 46세 단편 「어둠의 춤」(『소설문학』 1월호), 「비석(碑石)」(『문학사상』 1월호), 「두 여인 1」(『경향잡지』 3월호), 「두 여인 2」(『경향잡지』 4월호), 「할머니의 유산」(『학원』 6월호), 「인간의 벽」(『문학사상』 8월호), 「살아있는 소문」(『소설문학』 10월호), 중편 「무당새」(『한국문학』 9월호), 「어머니의 성(城)」 발표. 네 번째 중·단편소설집 『인간의 벽』(나남출판) 출간.

1985년 47세 2월 1일 순천대학교 국어교육과 교수 취임. 단편 「대추나무 가시」

(『문학사상』 2월호), 「황홀한 탈출」, 중편 「제3의 국경」(『한국문학』 11월호) 발표. 장편 『한수지』를 『서울신문』에, 『소설 신재효』를 『음악동아』에 연재. 장편 『피아골』(정음사) 출간.

1986년 48세 단편 「어둠의 강」(『현대문학』 5월호), 「사표 권하는 사회」(『문학사상』 7월호), 「살아있는 눈빛」(『소설문학』 9월호), 「안개섬」(『한국문학』 9월호), 「초가와 노인」, 「우울한 귀향」, 「우리들의 상처」, 중편 「일어서는 땅」 발표. 기행문인 『동학기행』(어문각), 다섯 번째 중·단편소설집 『살아 있는 소문』(문학사상사) 출간.

1987년 49세 단편 「달리기」(『문학정신』 1월호), 「살아남는 법」(『문학정신』 1월호), 「뒷모습」(『동서문학』 4월호), 중편 「문신의 땅」(『문학사상』 1월호), 「문신의 땅 2」(『한국문학』 3월호), 「호랑이의 탈출」(『월간경향』 11월호) 발표. 장편 『어둠의 땅』을 『주간조선』에 연재. 장편 『한수지』 1~3권(정음사), 『빼앗긴 강』(정음사), 『타오르는 강』(창작사) 출간. 중편집 『철쭉제』(고려원) 출간.

1988년 50세 순천대학교 교수직을 그만두고 『전남일보』 창간과 함께 초대 편집국장으로 부임. 단편 「한국의 벚꽃」(『현대문학』 3월호), 중편 「꿈꾸는 시계」(『문학사상』 4월호) 발표. 장편 『가면의 춤』을 『부산일보』에 연재. 여섯 번째 중·단편소설집 『문신의 땅』(동아) 출간.

1989년 51세 단편 「녹슨 철길」(『문학사상』 10월호), 장막 희곡 『황매천』(『민족과문학』) 발표. 장편 『대지의 사람들』을 『국민일보』에 연재. 『타오르는 강』 전7권(창작과비평사) 출간.

1990년 52세 단편 「소년일기」(『현대소설』 6월호), 장편 『가면의 춤』 상·하(서당), 『걸어서 하늘까지』 상·하(창작과비평사) 출간. 위인전 『김정희』(삼성출판사) 출간. 작품집 『문순태 문학선』(삼천리) 출간. 일곱 번째 중·단편소설집 『꿈꾸는 시계』(문학사상) 출간.

1991년 53세 『전남일보』 주필 부임. 중편 「정읍사」(『현대문학』) 발표. 소설창작이론집 『열한 권의 창작 노트 — 중견작가들이 말하는 나의 소설쓰기』(도서출판 창) 출간.

1992년 54세 카자흐스탄과 우즈베키스탄 여행. 카자흐스탄국립대학교 한국학과에서 '한국 소설의 흐름' 강연. 단편 「낯선 귀향」(『계간문예』 봄호), 「느티나무와 당숙」(『문학사상』 12월호) 발표. 장편 『느티나무』를 『계간문예』에 연재. 장편 『다산 정약용』(큰산) 출간. 두 번째 산문집 『그늘 속에서도 풀꽃은 핀다』(강천) 출간. 흙의 예술상 수상.

1993년 55세 단편 「최루증(催淚症)」(『현대문학』 7월호) 발표. 장편 『한수별곡』 상·중·하(청암문화사), 『도리화가』(햇살) 출간. 세 번째 연작소설집 『제3의 국경』(예술문화사) 출간.

1994년 56세 중편 「시간의 샘물」(『문학사상』 8월호), 「오월의 초상」(『한국문학』 9월호) 발표.

1995년 57세 광주·전남 민족작가회의 회장. 조선대학교 이사. 단편 「똥푸는 목사님」(『한국소설』) 발표.

1996년 58세 광주대학교 문예창작과 교수 취임. 단편 「흰 거위산을 찾아서」(『문학사상』 8월호, 「흰거위산을 찾아서」로 작품명을 바꾸어 본 선집에 수록), 중편 「느티나무 타기」(『현대문학』) 발표. 장편 『5월의 그대』를 『전남일보』에 연재.

1997년 59세 단편 「느티나무 아저씨」(『내일을 여는 작가』 7월호), 「무등산 가는 길」(『21세기 문학』 가을호), 「세상에서 가장 슬픈 이야기」(『문학사상』 11월호), 중편 「꿈길」(『문예중앙』 여름호) 발표. 장편소설 『느티나무 사랑』

1~2권(열림원) 출간. 여덟 번째 중·단편소설집『시간의 샘물』(『실천문학사』) 출간.

1998년 60세 장편소설『포옹』1~2권(삼진기획) 출간. 대학 교재『소설 창작연습』(태학사) 출간.

1999년 61세 단편「똥치이모」(『한국소설』), 「아무도 없는 길」(『현대문학』), 「혜자의 반란」(『문학사상』 3월호) 발표.

2000년 62세 대안신문『시민의 소리』발행. 광주·전남 반부패연대 공동대표. 단편「끝을 향하여」(『문학과의식』봄호), 「느티나무 아래서」(『문예중앙』 가을호), 「자전거타기」(『정신과표현』) 발표. 장편『그들의 새벽』1~2권(한길사) 출간.

2001년 63세 겨울, 척수 종양 수술. 단편「문고리」(『문예중앙』봄호), 「나는 미행당하고 있다」(『문학사상』), 「그리운 조팝꽃」(『미네르바』) 발표. 장편『정읍사 - 그 천년의 기다림』(이룸) 출간. 오방 최흥종 목사 실명소설『성자의 지팡이 - 영원한 자유인』(다지리) 출간. 소설창작이론서『소설 창작 연습 - 그 이론과 실제』(태학사) 출간.

2002년 64세 단편「마감 뉴스」(『문학나무』), 「운주사 가는 길」(『문예운동』) 발표. 중편「된장」(『문학과 경계』봄호) 발표. 장편『나 어릴 적 이야기』를『정신과 표현』에, 『자살 여행』을『미르』에 연재. 아홉 번째 중·단편소설집『된장』(이룸) 출간.

2003년 65세 단편「늙은 어머니의 향기」(『문학사상』 11월호, 「늙으신 어머니의 향기」로 개고해 본 선집에 수록), 「만화 주인공」(『한국소설』), 「대나무 꽃 피다」(『미네르바』) 발표. 장편동화『숲으로 간 워리』(이룸) 출간.

2004년 66세 단편「영웅전」(『동서문학』), 「은행나무 아래서」(『작가』) 발표. 「늙으

신 어머니의 향기」로 이상문학상 특별상 수상. 광주광역시 문화예술
상 수상.

2005년 67세 단편 「수줍은 깽깽이꽃」(『한국소설』), 「울타리」(『계간문예』), 중편 「감
로탱화」(『문학사상』) 발표. 동화집 『숲 속의 동자승』(『자유지성사』) 출
간. 장편 『41년생 소년』(랜덤하우스 중앙) 출간.

2006년 68세 광주대학교 정년퇴직. 담양군 남면 만월리 144번지(생오지)로 거처
옮기고 「생오지 문학의 집」 개설. 단편 「눈향나무」(『불교문학』), 「탄
피와 호미」(『문학들』) 발표. 열 번째 중·단편소설집 『울타리』(이룸),
세 번째 산문집 『꿈』(이룸). 작품집 『울타리』로 요산문학상 수상.

2007년 69세 '생오지 문학의 집'에서 소설 창작 강의. 단편 「황금 소나무」(『21세기
문학』), 「대 바람 소리」(『문학사상』), 「생오지 가는 길」(『좋은 소설』) 발표.

2008년 70세 국립아시아문화전당조성위 부위원장 임명. 생오지 문예창작촌 개설,
봄과 가을에 생오지 문학제 개최. 단편 「그 여자의 방」(『문학사상』),
「일기를 쓰는 이유」(『한국문학』), 중편 「생오지 뜸부기」(『계절문학』)
발표. 장편 『타오르는 별들』을 『전남일보』에 연재. 작품집 『울타
리』로 한국가톨릭문학상 수상.

2009년 71세 봄과 가을에 생오지 문학제 개최. 단편 「은행나무처럼」(『21세기 문
학』, 「은행잎 지다」로 작품명을 바꾸어 본 선집에 수록). 『전남일보』에 광주
학생독립운동을 소재로 한 장편 『타오르는 별들』 연재 이후, 『알 수
없는 내일』 1~2권(다지리)으로 제목을 바꿔 출간. 열한 번째 중·단
편소설집 『생오지 뜸부기』(책만드는집) 출간. 네 번째 산문집 『생오지
가는 길』(눈빛) 출간. 담양군민상 수상.

2010년 72세 단편 「자두와 지우개」(『계간문예』 가을호), 「돌담 쌓기」(『시선』 봄호)

발표. 작품집『생오지 뜸부기』로 채만식문학상 수상. 조대문학상 대
상 수상.

2011년　**73세**　(사)광주문화재단 이사. 모친 97세로 소천. 단편「아버지와 홍매」
(『21세기문학』, 「아버지의 홍매」로 작품명을 바꾸어 본 선집에 수록), 「안개
섬을 찾아」(『문학바다』, 「안개섬을 찾아서」로 작품명을 바꾸어 본 선집에 수
록), 「휴대폰이 울릴 때」(『동리목월문학』) 발표. 어린이 그림책『빛과
색채의 화가 오지호』(나무숲) 출간. 다섯 번째 산문집『그리움은 뒤에
서 온다』(오래) 출간. 담양대나무축제 이사장.

2012년　**74세**　대하소설『타오르는 강』(전9권, 소명출판) 완간. 재단법인 생오지문학
촌 설립 이사장 취임. 『타오르는 강』 북콘서트 개최.

2013년　**75세**　2년제 생오지문예창작대학 개설. 광주문화방송 시청자위원장. 단편
「시소타기」(『창작촌』), 조아라 실명소설『낮은 땅의 어머니』(광주
YWCA), 시집『생오지에 누워』(책만드는집) 출간. 한림문학상 수상.

2014년　**76세**　생오지문예창작촌 주최로 영산강문학 심포지엄 개최('영산강, 문학에
스미다'). 대하소설『타오르는 강』의 어휘 사전인『타오르는 강 소설
어 사전』(소명출판) 출간. 제9회 생오지문학제.

2015년　**77세**　광주전남연구원 이사장 취임. 광주U대회 개폐막식 시나리오 작업.
단편「시계탑 아래서」(『문학들』 여름호) 발표. 장편『소쇄원에서 꿈을
꾸다』(오래) 출간. 광주일보에 문순태 칼럼 연재.『소쇄원에서 꿈을
꾸다』로 송순문학상 대상 수상. 자랑스러운 광고인 대상 수상.

2016년　**78세**　박근혜 정부 블랙리스트문인 명단 포함. 단편「생오지 눈무덤」(『문학
들』), 「흐르는 길」(『광주전남소설문학회』) 발표. 열두 번째 중·단편소
설집『생오지 눈사람』(오래) 출간. 시「멸치」(『딩아돌하』) 발표.『문화

일보』에「살며 생각하며」칼럼 연재. 세브란스병원에서 위암 시술.

2017년　79세　세계문학페스티발 행사로「한승원·문순태 문학토크쇼」진행(담양문
　　　　　　　화원).「창작의 산실 - 나의 문학 어디까지」(『월간문학』).『기억과 기
　　　　　　　억들』(씽크 스마트)에 현기영 등 한국 대표 분단작가 5명의 작품을 중
　　　　　　　심으로 분단역사 체험에 대한 인터뷰 수록.

2018년　80세　시집『생오지 생각』(아침고요) 출간. 여섯 번째 산문집『밥 한 사발 눈
　　　　　　　물 한 대접』(아침고요) 출간. 한국소설가협회 최고위원. 작가협회 주
　　　　　　　최 '영산강문학 포럼'에서 '영산강과 서사문학' 주제 발표. 광주전남
　　　　　　　연구원 '남도학 강좌'에서 '영산강의 인문학적 자원' 강연. 시「그 이
　　　　　　　름」(『세계일보』) 발표. 시「홍어」(『서은문학』) 발표.

2019년　81세　한국산학연구원 '하우 투 리브' 인문학 강연. 광주문학관 건립추진위
　　　　　　　원. 전남도 인재육성추진위원.

2020년　82세　홍어를 소재로 한 100여 편의 시 가운데 한 편을『한국가톨릭문인회
　　　　　　　지』11월호에 발표, 2019 광주 세계수영선수권대회 주제 제정 자문
　　　　　　　위원장을 역임하고 체육훈장 기린장 수상(12월).